I0731357

GEWAGTE VERLOBUNG

KYLIE GILMORE

Übersetzt von
ANNA DRAGO

Übersetzt von
KATRIN DOLLE

Dies ist ein fiktionales Werk. Namen, Charaktere, Orte, Marken, Medien und Vorfälle sind ein Fantasieprodukt der Autorin oder werden fiktiv verwendet. Die Autorin erkennt den Markenschutz und die Rechte der verschiedenen Produkte, auf die in diesem fiktionalen Werk verwiesen wird und die ohne Genehmigung verwendet wurden, an. Die Publizierung / der Gebrauch dieser Marken wurde nicht autorisiert, in Verbindung gebracht mit oder gesponsert von den Inhabern der Marktrechte. Jegliche Ähnlichkeit mit tatsächlichen Ereignissen, Orten oder Personen, lebend oder tot, ist rein zufällig.

Gewagte Verlobung © 2015 von Kylie Gilmore

Covergestaltung The Killion Group

Veröffentlicht von: Extra Fancy Books

Übersetzt von: Anna Drago und Katrin Dolle

Alle Rechte vorbehalten. Kein Teil dieser Publikation darf ohne vorherige schriftliche Genehmigung der Autorin in irgendeiner Form oder mit irgendwelchen Mitteln reproduziert, verteilt oder übermittelt werden, sei es durch Fotokopien, Aufnahmen oder andere elektronische oder mechanische Methoden, außer für kurze Zitate in Besprechungen und zu gewissen anderen nichtkommerziellen Zwecken, die das Copyrightgesetz zulässt.

ISBN-13: 978-1-947379-53-4

1

Luke Reynolds ließ seinen Porsche 911 Carrera auf der gewundenen Landstraße ausrollen, die zum Majestic River Golfplatz führte, und murmelte vor sich hin: „Verdammt nochmal. Wer spielt schon beim ersten Hahnenschrei Golf?"

Er gab Gas, flog über eine Senke in der Straße, die seinen Wagen erschütterte und ihn einmal tief einatmen ließ. Er war ohnehin kein Morgenmensch, doch so früh an einem Montagmorgen für eine sieben Uhr-Golfrunde in Connecticut zu sein, wofür er von seinem Apartment in der Upper West Side Manhattans aus eine Stunde lang fahren musste, war lächerlich. Der einzige Grund, warum er der gottlosen Stunde zugestimmt hatte, war, dass sein potenzieller Klient, Bentley Williams, ihm gesagt hatte, dass Ken Ward, Lukes Konkurrent im Wettstreit um diesen Klienten, der Zeit bereits zugestimmt hatte.

Grr ... Er hatte keine Ahnung, wer dieser Neuling Ken überhaupt war. Er hatte noch nie von ihm gehört und hatte auch überhaupt nichts über ihn finden können. Er kratzte sich an seinem hellbraunen Bart und dachte an seinen Herausforderer. *Das musste eine hinterhältige Sabotage einer rivalisierenden Vermögensverwaltung sein, die versuchte, sich den frischgebackenen Milliardär unter den Nagel zu reißen.*

Bentley hatte unerwartet das Williams-Ölvermögen

geerbt, nachdem sein älterer Bruder an einem Herzinfarkt gestorben war. Er hatte Gerüchte gehört, dass Bentley ein wenig exzentrisch war und dass seine Familie ihm die Verantwortung für Aktivitäten übertragen hatte, die nichts mit Öl zu tun hatten. Mit anderen Worten, Partys. Für Luke war das in Ordnung. Eine gute Party gefiel ihm, besonders, wenn Leute da waren, die gern großes Geld ausgaben und die für ihre zukünftigen Investitionen jemanden brauchten, der ihnen den Weg wies. Luke wollte diesen Klienten so sehr, dass er es schmecken konnte. Seine Firma, Campbell Financial Group, hatte eine seltene Position in dem kleinen Team zu besetzen, das sich auf die oberste Stufe der vermögenden Kunden konzentrierte. Wenn er Bentley an Land ziehen konnte, gehörte diese Beförderung ihm. Ganz zu schweigen von der Jobsicherheit. Sein Boss hatte vor Kurzem auf seine wenig subtile Art, ihm Feuer unter dem Hintern zu machen, durchblicken lassen, dass die Firma plante, alle Teams zu verkleinern, abgesehen von dem, das die Top-Kunden betreute.

Ein kirschroter Mustang fing an, hinter ihm zu drängeln. Er trat genervt auf die Bremse und der Wagen berührte fast seine Stoßstange. Er ließ das Fenster runter und schrie: „Verschwinde, Arschloch!"

Als er in den Rückspiegel sah, entdeckte er eine blonde Frau, die ihm bedeutete, Gas zu geben.

Darauf fuhr er nur noch langsamer. Hier durfte nicht überholt werden – es war eine enge Straße ohne Mittellinie und voller unübersichtlicher Kurven.

Der Mustang ließ den Motor aufheulen und fuhr fauchend an ihm vorbei. „Das ist eine dreißig Meilen-Zone, Opa!", rief die Frau im Vorbeifahren, schnitt ihn und drängte ihn von der Straße. Er trat das Bremspedal durch und kam mit pochendem Herzen wenige Zentimeter vor einer riesigen Eiche zum Stillstand.

Wütend schlug er auf das Armaturenbrett. *Opa?* Er war zweiunddreißig Jahre alt! In der verdammten Blüte seines Lebens! Er trat aufs Gas und fuhr zurück auf die Straße, wo er sie schnell wieder einholte. Er folgte dem Mustang, der Gas

gab und gefährlich schnell auf diesem Abschnitt der nur
schlecht beleuchteten Straße fuhr. Die Sonne war immer noch
hinter den Bäumen versteckt. Er fuhr langsamer. *Scheiß drauf.*
Sollte diese Idiotin doch an einem Baum enden. Nicht er.

Er seufzte und sagte sich, er solle sich beruhigen. In
Gedanken ging er noch einmal durch, was seine Firma
Bentley durch ihre Beziehungen und ihre kollektive Erfahrung bieten konnte. Was er persönlich mit seinem Trackrecord
erfolgreicher Investitionen, seiner jahrelangen Erfahrung im
Handel mit Aktien an der Wall Street und der Verwaltung
von Portfolios bei Erreichbarkeit rund um die Uhr, sieben
Tage die Woche auf seiner privaten Handynummer zu bieten
hatte. Er war mehr als bereit für seine große Zeit als Finanz-
planer der Reichen.

Als er in der Lobby des Majestic River Country Clubs
ankam, die Golftasche über seine Schulter geworfen, war er
vollkommen ruhig. Bentley, sein dreißigjähriger potentieller
Klient, begrüßte ihn mit einem jungenhaften Lächeln. Er war
einen guten Kopf kleiner als Luke mit seinen eins neunzig,
und sein zerzaustes braunes Haar fiel ihm in seine blauen
Augen, was sein jungenhaftes Aussehen nur unterstrich. Er
trug ein grellgelbes Poloshirt und rosa-grün karierte Bermu-
dashorts. Zwei wunderschöne Blondinen standen links und
rechts von ihm; eine von ihnen war größer als er. Verdammt,
wenn man Milliardär war, konnte man vermutlich immer
zwei Blondinen im Schlepptau haben. Luke hatte auch ein
paar Millionen auf die hohe Kante gelegt, zum Teil verdient,
zum Teil von seinem Arschloch von einem biologischen Vater
geerbt, was nie schadete, wenn es um Frauen ging, auch
wenn er noch nie einen Dreier gehabt hatte. Er teilte eben
nicht gerne.

Die große Blonde lächelte ihn an, doch seine Welt blieb
stehen, als die kleine Blonde ihm mit feurigem Blick in die
Augen sah. Der Kontrast dieses Feuers zu ihrer zarten, fast
engelsgleichen Schönheit ließ ihn sie länger anstarren, als es
höflich gewesen wäre. Sie hatte ihre blonden Haare zu einem
Pferdeschwanz zusammengebunden, was ihr Porzellanpup-
pengesicht betonte. Glatte, perfekte Haut, rosa Lippen und

ein sexy athletischer Körper, schlank und fest mit spitzen Brüsten unter einem schlichten weißen Polohemd und weißen Shorts. Es juckte ihm tatsächlich in den Fingern vor Verlangen, sie zu berühren, bis er ihr erneut in die feurigen blauen Augen blickte und plötzlich erkannte, warum dieses Feuer auf ihn konzentriert war. Das war die Frau, die ihn von der Straße gedrängt hatte! Sie sollte Bentley besser nicht wegen seiner Rolle in ihrem kleinen Angsthasenspiel auf der Straße gegen ihn aufbringen. Er brachte seine abgelenkten Gedanken wieder auf Kurs und streckte seine Hand aus, um Bentley zu begrüßen.

„Schön, Sie kennenzulernen, Bentley, ich bin Luke Reynolds."

Bentley schüttelte ihm energisch die Hand, wodurch ihm sein zerzaustes braunes Haar nur noch weiter in die Augen fiel. Mit einer Kopfbewegung warf er sein Haar zurück. „Ich find's auch großartig, dich kennenzulernen! Wir können doch alle du sagen, oder? Ich hoffe, es war nicht zu früh für dich. Ich bin von Natur aus Frühaufsteher."

„Überhaupt kein Problem", sagte Luke unbeschwert. „Ich hatte einen Kaffee auf der Fahrt."

„Gut, gut", sagte Bentley und strahlte gut gelaunt. „Das hier ist meine Frau, Candy." Die große Blondine lächelte. Mit ihren hochhackigen Sandalen war sie genauso groß wie Luke.

Luke schüttelte ihre Hand und schenkte ihr sein bestes charmantes Lächeln, das bei Frauen immer funktionierte. „Freut mich sehr, dich kennenzulernen, Candy."

„Freut mich auch", zwitscherte Candy. „Ich bin nur hier, um zuzusehen. Bennie möchte, dass ich alle seine Geschäftspartner kennenlerne."

Bentley zog Candy an sich und legte einen Arm um ihre Taille. „Ich kann es einfach nicht ertragen, von meiner Candy getrennt zu sein. Ich liebe es, verheiratet zu sein."

„Ich auch, Zuckerbär", sagte Candy.

Sie rieben ihre Nasen aneinander und schnurrten.

„Jeder sollte verheiratet sein", sagte Bentley mit einem verliebten Lächeln. Wenn man bedachte, dass Bentley erst seit sechs Monaten verheiratet war, war Luke sich sicher, dass das

Ganze sich bald abnutzen würde. Obwohl zwei von Lukes fünf Brüdern verheiratet waren und einer kurz davor stand, fand Luke immer noch, dass diese ganze Liebessache eher ein Zufallsereignis war. Wie vom Blitz getroffen zu werden. Die Ehe seiner eigenen Eltern und die erbitterte Scheidung hatten ihn geprägt. Doch ihre Geschichte war nicht so anders als die des halben Landes. Mit einer Scheidungsrate von fünfzig Prozent war es ein Wunder, dass überhaupt jemand optimistisch genug war, den Bund fürs Leben zu schließen. Seine Brüder waren auf der guten Seite der Statistik, das hoffte er zumindest, doch nur die Zeit würde es zeigen.

Er wandte sich von den beiden Turteltauben ab und sah in die babyblauen Augen der rücksichtslosen Fahrerin. Ihr Gesichtsausdruck war grimmig.

Luke entschied sich, der Erwachsenere zu sein. „Das von vorhin tut mir leid. Ich bin kein Morgenmensch."

Sie ging zu ihm. „Hab ich bemerkt", sagte sie mit einem unerwarteten Lächeln, das ihn sofort misstrauisch machte.

„Ihr beide kennt euch also?", fragte Bentley.

Luke wollte gerade schon mit einem Kopfschütteln verneinen, als die kleine Blondine sagte: „Ja."

Und dann stellte sie sich auf Zehenspitzen und küsste ihn. Ihre warmen Lippen strichen über seine und ein Schlag unerwarteter Lust traf ihn. Ihr blumiger Duft hüllte ihn ein, während sie in sein Ohr flüsterte: „Ich bin Ken." Er erstarrte. Sie löste sich von ihm und ihre Lippen verzogen sich zu einem süßen Lächeln. „Hab dich lieb."

Luke hatte es die Sprache verschlagen; eine seltsame, fremde Erfahrung für ihn. Er war stolz darauf, ein wortgewandter Redner zu sein. Er war stolz darauf, ein geschmeidiger Redner zu sein. *Hab dich lieb*? Ken war eine Frau? Sie hatte ihn *geküsst*. Er war sich nicht sicher, welches dieser Dinge der größere Hirnfick war. Der Kuss war genau genommen ziemlich–

„Liebling, nicht so schüchtern", sagte Ken und lächelte ihn von ihren eins paarundsiebzig verschlagen an. „Du kannst es Bentley ruhig sagen."

Luke blinzelte langsam. „Ihm was sagen?"

Sie hakte sich bei ihm unter. „Dass wir verlobt sind." Sie strahlte. „Der Juwelier passt gerade die Größe meines Rings an. Darum trage ich ihn noch nicht."

Sein Gehirn legte endlich den Gang ein und er holte tief Luft, um diese unverschämte Lüge richtigzustellen, doch irgendetwas kam ihm in den falschen Hals, und am Ende verschluckte er sich und hustete hilflos, während Ken ihm auf den Rücken klopfte.

„Wunderbar!", rief Bentley mit einem strahlenden Lächeln. „Das wusste ich noch gar nicht. Luke, ich weiß ja, dass du in der Stadt arbeitest, und Ken, du bist in Connecticut. Wie habt ihr euch denn kennengelernt?"

Luke zögerte zu lang, sodass Ken ziemlich überzeugend antwortete: „Wir haben gemeinsame Freunde."

Bentley strahlte. „Jetzt wird unser kleiner Wettkampf auf jeden Fall ein Happy End haben."

„Welcher Wettkampf?", fragte Ken.

„Wer heute am besten spielt, bekommt mich als Klienten." Bentley strahlte, als wäre diese Ankündigung der beste Teil des Tages. „Aber jetzt bleibt es so oder so in der Familie. Fantadidlitastisch würde Candy sagen!"

Candy lächelte. „Oh ja!"

Moment, er musste das Spiel gewinnen? Sein Golfspiel war okay, aber nicht großartig. Er sah zu Ken. Sie grinste.

„Das kann nicht dein Ernst sein", brachte Luke hervor.

„Ich freue mich darauf", sagte Ken.

Bentley strahlte. „Keine Sorge, Luke. Wenn ihr erst mal verheiratet seid, teilt ihr euch das Geld sowieso. Oder, Candy?"

„Oh ja, natürlich!", sang Candy.

„Danke", sagte Ken liebenswürdig. „Du wirst nicht enttäuscht sein. Ich habe über deine Firma und eure derzeitigen Investitionen recherchiert und habe so viele—"

„Lasst uns jetzt nicht über das Geschäft reden", winkte Bentley ab. „Lasst uns spielen."

Er und Candy gingen voraus nach draußen. Luke packte Ken am Arm und zog sie außer Hörweite. Er baute sich ganz dicht vor ihrem Gesicht auf und sprach mit harschem Flüstern: „Was zum Teufel glauben Sie eigentlich, was Sie hier tun?"

„Ich sorge dafür, dass er uns mag", sagte sie und imitierte seinen Tonfall.

„Indem Sie lügen?"

„Sie haben ihn doch mit Candy gesehen", zischte sie. „Er liebt es, verheiratet zu sein."

„Hätten Sie denn nicht so tun können, als wären sie mit jemand anderem als ausgerechnet mit mir verlobt?"

Langsam schüttelte sie den Kopf. „Das wäre vermutlich besser gewesen. Daran ist Ihr sexy lodernder Blick schuld."

Er trat einen Schritt zurück. „Mein was?"

„Ihr Blick hat gelodert, als Sie mich gesehen haben. Als hätte Ihnen gefallen, was Sie gesehen haben." Sie zuckte mit den Schultern. „Jetzt lässt es sich sowieso nicht mehr ändern."

„Ich habe Sie nicht …" Er sprach den Satz nicht zu Ende, als ihm klar wurde, dass sein interessierter Blick wohl zu offensichtlich gewesen war. Verdammt! Er fuhr sich mit der Hand durchs Haar. Er musste dieses Geschäft unter Dach und Fach bringen und in Bentleys Gegenwart auszuflippen und sie anzuschreien, würde sicher nicht helfen. Trotzdem, das hier war verrückt. Was zum Teufel war nur los mit dieser Frau? Sie drängte ihn von der Straße, nannte ihn einen Opa und dann verkündete sie, dass sie heiraten würden, verdammt noch mal?

Er starrte sie wütend an und sie starrte genauso zurück. Er konnte es sich nicht leisten, seinen Ruf zu schädigen. Im Vermögensverwaltungsgeschäft waren Ergebnisse und ein tadelloser Ruf unabdingbar. Und die wohlhabende Elite war nur ein kleiner Kreis, in dem sich Gerüchte schnell herumsprachen. Sie würden von Glück sagen können, wenn sie überhaupt noch einen Job bekamen, wenn Bentley den Eindruck haben sollte, dass sie versuchten, ihn zu manipulieren.

Er sprach mit leiser Stimme weiter. „Und was passiert, wenn Bentley die Wahrheit erfährt?"

Sie hob ihr Kinn. „Ich habe vor, die Verlobung nächste Woche zu lösen."

Er starrte auf ihr trotziges kleines Kinn, was ein Fehler war, denn dadurch wanderte sein Blick zu ihrem schlanken Hals. Ein sehr ungewolltes Verlangen machte ihn nur noch wütender.

„Sie sind eine grottenschlechte Fahrerin", blaffte er. „Sie haben mich von der Straße gedrängt."

„Habe ich nicht. Ich habe Sie überholt."

„Und fast meinen Wagen gerammt."

Sie machte tststs. „Bitte. Ich bin eine exzellente Fahrerin."

Er knirschte mit den Zähnen. „Ken ist ein Männername."

„Und die Abkürzung von Kennedy."

„Ich bin mir sicher, dass Sie das dauernd hören. Warum kürzen sie ihn ab? Sie sollten bei Kennedy bleiben, wenn Sie keine Verwirrung stiften wollen."

Ihre blauen Augen blitzten auf, doch er ignorierte den elektrischen Schlag, der ihn durchzuckte. „Ich werde mir ja wohl noch selbst aussuchen dürfen, wie ich mich nennen lasse."

„Versuchen Sie es mal mit Dränglerin."

„Sie waren doch derjenige, der wie ein alter Mann gefahren ist."

„Ich war müde."

Sie grinste. „Das sind alte Männer auch."

Er richtete sich zu seinen vollen eins neunzig auf. „Es war noch nicht einmal ganz hell! Die Straße hat gefährliche Kurven–" Er schloss den Mund, als ihm bewusst wurde, dass er laut geworden war.

„Hab ich auch!", meldete Candy sich zu Wort, woraufhin Bentley seinen Kopf in den Nacken warf und lachte. Das glückliche Paar stand an der Tür und wartete darauf, dass er und Ken ihnen folgten.

„Du bist eine echte Kanone, Liebling!", sagte Bentley. Er drehte sich zu Luke und Ken um. „Ist sie das nicht?"

„Du bist ein glücklicher Mann", sagte Luke.

„Mmm-hmm", machte Ken.

Bentley strahlte erneut. „Ich bin so aufgeregt, dass ihr

beiden heiratet! Ich habe schon mit vielen Finanzplanern geredet, doch keiner von ihnen hatte dieses gewisse Extra, nach dem ich auf persönlicher Ebene suche. Darum bin ich auf euch beide gekommen. Luke wegen seines Rufs und Ken, weil sie eine unglaubliche Erfolgsbilanz vorzuweisen hat. Aber ich konnte mich einfach nicht entscheiden, darum" – er hob seine Hände – „lasse ich das Spiel entscheiden."

Lukes Brauen schossen überrascht in die Höhe. Kennedys Erfolgsbilanz? Sie konnte nicht älter als fünfundzwanzig sein. Wie viel Erfahrung konnte sie denn überhaupt schon haben?

Sie folgten Bentley nach draußen auf den Golfplatz, auf dem bereits eine Viererflight unterwegs war. Luke hatte gedacht, dass sie mit Sicherheit die einzigen Verrückten waren, die an einem Montagmorgen sieben Uhr als Abschlagszeit hatten. Luke staunte über die Tatsache, dass Bentley seine Suche bereits auf ihn und Ken eingeschränkt hatte, während Bentley ein paar Übungsschläge auf dem Putting-Green machte. Luke hatte eindeutig mehr Erfahrung, das sollte ihm also einen Vorteil verschaffen. Er machte ein paar Übungsschläge und trat zurück, um Ken ranzulassen. Sie hatte einen perfekt kontrollierten Schlag. *Verdammt.*

„Bereit?", fragte Bentley, als sie sich aufgewärmt hatten.

„Bereit", sagten Luke und Ken gleichzeitig.

Bentley winkte ein paar Caddys herbei, die sie begleiten sollten. Die jungen Männer musterten Candy, die sich in ihrer Aufmerksamkeit sonnte, verstohlen. Bentley bekam es gar nicht mit.

„Ladys first", sagte Candy und bedeutete Ken, den ersten Schlag zu machen. „Ich sehe ja nur zu."

„Ich schlage als Letzter ab", verkündete Bentley.

Ken stellte sich in Position und lockerte ihre Hüften, um ihre Haltung zu korrigieren. Luke versuchte angestrengt, nicht ihren herzförmigen Hintern in diesen engen weißen Shorts zu bemerken, und bedachte einen der Caddys mit einem wütenden Blick, weil er sie genauso angaffte. Der Ball flog mit einem beeindruckenden Drive in einem wunderschönen Bogen durch die Luft und landete so, dass das Grün leicht zu erreichen war. Luke kam ins Schwitzen, denn er hatte das ungute Gefühl, dass er dieses Spiel nicht gewinnen würde. Warum war Bentley bereit, seine finanzielle Zukunft vom Ausgang eines Golfspiels entscheiden zu lassen? War er denn wirklich so durchgeknallt, wie er gehört hatte?

Bentley und Candy begannen zu knutschen.

Ken warf ihm mit hochgezogener Braue einen Blick zu. Er kochte innerlich und brachte sich für seinen Abschlag in Position, dann schloss er einen Moment lang die Augen, während er versuchte, sich das Endergebnis vorzustellen.

„Nicht einschlafen", neckte ihn Ken.

Er riss die Augen auf. Er traf den Golfball mit einem kräftigen Schwung zu einem Drive mit ausgeprägtem Linksdrall, sodass er in dem kleinen Bunker neben dem Fairway landete.

„Oh, wie schade, Opa", flüsterte Ken, als sie an ihm vorbeirauschte und ihr blumiger Duft ihn vorübergehend ablenkte.

„Warum sind Sie hier?", flüsterte er und packte sie am Ellbogen. „Sie sehen aus, als kämen Sie gerade von der Uni."

Sie beugte sich zu ihm vor und lächelte, vermutlich für Bentley, doch Bentley war immer noch damit beschäftigt, seine Zunge in Candys Hals zu schieben. Keine leichte Aufgabe, wenn man bedachte, dass Bentley gut fünfzehn Zentimeter kleiner war als seine Frau. „Ich habe meinen Abschluss vor zwei Jahren gemacht. Ich bin in der Firma die Ehrgeizigste und mein Boss weiß das. Ich würde alles tun, um mir diesen Kunden zu krallen."

„Selbst mich ficken?", fragte er mit rauer Stimme, um ihr Angst einzujagen.

Trotzig hob sie ihr Kinn und er starrte auf den Puls, der schnell an ihrem Hals pochte. „Was immer nötig ist", flüsterte sie.

Er strich mit einem Finger über den wie wild hämmernden Puls an ihrem Hals und spürte, wie er hart wurde. Verdammt. Das durfte nicht passieren. Er ließ sich von ihrer reizvollen Verletzlichkeit und ihrer Unverfrorenheit verführen. Sie zuckte bei seiner Berührung nicht zusammen und zog sich auch nicht zurück, stattdessen hielt sie stur seinem Blick stand. Er spürte den äußerst seltsamen Neandertaler-Impuls, sie über seine Schulter zu werfen und mit nach Hause zu nehmen. Das hier war Wahnsinn. Er war kein Neandertaler. Er war geschmeidig, gebildet, kultiviert. Er hatte verdammt hart daran gearbeitet, so zu sein.

„Spielen Sie nicht mit mir", warnte er.

„Ich spiele, um zu gewinnen", knurrte sie.

Ja, sie knurrte. Er war noch nie so angetörnt gewesen. Was stimmte nur nicht mit ihm?

„Ich bin dran, ihr Turteltäubchen!", rief Bentley, dann schlug er mit einem umwerfenden Schwung ab, durch den sein Ball dem Loch sogar noch näherkam als Kens.

Ken schmiegte sich an ihn und legte einen Arm um seine Taille. So perfekt, wie sie an seine Seite passte, stellte er sich tatsächlich einen bizarren Moment lang vor, dass sie ein Paar waren.

„Wenn ich gewinne", sagte sie aus dem Mundwinkel mit leiser Stimme, die nur für seine Ohren bestimmt war, „werden wir uns beide über das gemeinsame Geschäft freuen. Und dann werden Sie sich ganz still daraus zurückziehen."

„Nur über meine Leiche."

„Danke, Liebling!" Sie löste sich von ihm und deutete auf das Grün. „Du bist dran." Sie grinste. „Wer am weitesten weg ist, darf anfangen."

Als er auf das Rough zuging, wurde ihm schlagartig bewusst, dass Ken genau wie er war – wahnsinnig ehrgeizig, berechnend und ambitioniert.

Im Geist rieb er sich die Hände. *Lasset die Spiele beginnen.*

2

Als sie sich dem neunten Loch näherten, redete Ken sich selbst gut zu, dass sie es schaffen konnte. Mit diesem Deal war sie ein bisschen vorgeprescht. Ihr Boss hatte keine Ahnung, dass sie hier war. In Wirklichkeit war sie nur eine kleine Angestellte. Als sie von Bentleys kürzlich erhaltenem Erbe gehört hatte, hatte sie die Gelegenheit genutzt, einen großen Klienten an Land zu ziehen. Bei der Arbeit tuschelten alle darüber, dass die Möglichkeit bestand, Bentley an Bord zu holen. Ihr Boss jedoch hatte in seinen Bemühungen, Bentleys Aufmerksamkeit auf sich zu ziehen, keine wirklichen Fortschritte gemacht, weder mit seinen zahlreichen Anrufen noch mit Einladungen zum Mittag- und Abendessen oder in die Bar. Er hatte ihm sogar einen großen Obstkorb geschickt, ohne Erfolg. Ken hatte eine Einladung zum Golf vorgeschlagen, doch ihr Boss hatte das ignoriert, da er mit seinem kaputten Knie nicht gut spielen konnte. Sie hatte versucht, sie zu einer Partie mit einzuladen, bei der ihr Boss einen Golfwagen fahren könne, doch am Ende war er von ihrer Beharrlichkeit genervt gewesen und hatte sie aus seinem Büro gescheucht.

Sie konnte sich doch einen Klienten wie Bentley nicht einfach so entgehen lassen. Frischgebackenen Milliardären begegnete man nicht jeden Tag. Also hatte sie von sich aus

Bentley eine Einladung zum Golf geschickt. Sie würde, falls Sie dieses Geschäft an Land zog, nicht nur eine Beförderung bekommen, die tatsächlich ihrer Qualifikation als Hochschulabsolventin mit einem Abschluss in Wirtschaft entsprach, sie würde auch die Gehaltserhöhung bekommen, die sie benötigte, um die Arztrechnungen ihres Vaters zu begleichen. Eine Operation an der Wirbelsäule, Reha und Krankengymnastik waren nicht gerade billig, nicht einmal mit einer Versicherung. Ganz zu schweigen von den enormen Schulden, in die ihre Familie geraten war, den Studiengebühren ihrer Schwester (sie war im ersten Semester) und der Tatsache, dass ihre drei jüngeren Geschwister immer noch zu Hause in ihrem viel zu engen Zwei-Zimmer-Apartment wohnten. Dass ihre Mom Teilzeit als Buchhalterin arbeitete, deckte kaum die Miete ab. Und dann gab es natürlich immer die Nebenkosten und Lebensmittel, die bezahlt werden mussten. Ihre Brüder, beide Teenager, konnten ordentlich was vertilgen, besonders der siebzehnjährige Alex. Sie spürte das vertraute Engegefühl in der Brust, wenn sie an Alex dachte, und zwang sich, einmal tief durchzuatmen.

Sie spürte, dass Luke sie gereizt anstarrte.

Sie hätte nicht behaupten sollen, dass sie verlobt wären. Die Verzweiflung hatte sie dazu gebracht. Und jetzt konnte sie es nicht mehr zurücknehmen, sonst würde sie aussehen wie eine lügende Idiotin. Sie war überrascht, dass Luke sie nicht vor Bentley bloßgestellt hatte, denn damit wäre sie sofort aus dem Rennen gewesen und nach Hause geschickt worden. Vielleicht machte es ihm nichts mitzuspielen, denn sie hatte ihm versichert, dass es nur für eine Woche sein würde. Vielleicht lag es auch daran, dass er sie so ansah, als würde er sie am liebsten verschlingen. In seiner Nähe fühlte sie sich nicht wohl. Lukes aalglattes gutes Aussehen mit den Designerklamotten, dem teuren Haarschnitt mit den blonden Strähnchen und dem sorgfältig getrimmten Bart täuschte sie nicht. Das war nur eine dünne Tünche über seiner natürlichen Aggression und rohen Sexualität, die direkt unter der Oberfläche brodelte. Sie mochte Männer, die sich gerne hinter Büchern versteckten und nicht versuchten, die Kontrolle zu übernehmen. Vor seinem Unfall hatte ihr Dad ihren kleinen Haushalt regiert – ein wohlwollender Diktator. Sie liebte den Mann von ganzem Herzen für alles, was er für sie getan hatte, doch die Wahrheit war, er hatte sich so gut um sie gekümmert, dass, als er das aufgrund seiner Verletzung nicht mehr konnte, alles den Bach runter gegangen war. Mach dich niemals von einem Mann abhängig, so lautete jetzt ihr Mantra. Und vor allem sollte sie sich niemals auf einen dominanten Mann einlassen.

Jedenfalls trat sie Luke beim Golf ganz schön in den Hintern und das war alles, was zählte. Sie musste dafür sorgen, dass Bentley sich bei diesem Spiel immer noch wohlfühlte, deswegen hielt sie sich ein wenig zurück. Golf war ihr Sport und in der Vermögensverwaltung machte es sich bezahlt, Golf zu spielen. Ihr Dad, der vor seinem Unfall Sportlehrer gewesen war, hatte ihr und ihren viel jüngeren Geschwistern jeden Sport beigebracht, seitdem sie laufen konnten, und ihnen geholfen, den Sport zu finden, in dem sie hervorragend waren. Ihr Sport war Golf.

Sie war an der Reihe und sah dem Ball hinterher, der durch die Luft flog und genau dort landete, wo sie ihn auf dem Green haben wollte, nur Zentimeter vom Loch entfernt.

„Fantastisch!", rief Bentley. „Hast du schon mal an eine Profikarriere gedacht?"

Luke sah sie von der Seite unter gesenkten Lidern hervor an. Seine Wimpern waren lang und dicht und rahmten seine dunkelblauen Augen perfekt ein. Ihr kam es wie eine Verschwendung vor, dass ein Mann solche Wimpern hatte. Ihre waren dünn. Ohne Mascara waren sie kaum zu sehen.

Sie lächelte Bentley an. „Ich interessiere mich mehr dafür, meinen Klienten dabei zu helfen, Investitionen mit einer soliden Rendite zu tätigen." Golf war nie ihre Leidenschaft gewesen, definitiv nicht genug, um es zu leben und zu atmen, wie die Profis es taten. Es war einfach etwas, das sie zum Spaß machte und in dem sie außergewöhnlich gut war. In ihrem ersten Jahr am College hatte sie einen Rekord im Frauengolf aufgestellt. Und in ihrem Abschlussjahr hatte sie diesen Rekord gebrochen.

Bentley nickte begeistert. „Wir werden definitiv noch öfter Golf spielen. Hey, vielleicht kannst du Luke ein bisschen Unterricht geben."

Sie drehte sich zu einem schmollenden Luke um. „Vielleicht dieses Wochenende?", fragte sie süß. Verlobte sahen einander vermutlich am Wochenende. Wie lange mussten sie diese Scharade noch aufrecht halten? Hoffentlich würde Bentley sich gleich für sie entscheiden, wenn das Spiel zu Ende war, dann würde Luke verschwinden und sie wäre von dieser heiklen Lüge befreit.

Luke straffte seine Schultern und schenkte ihr einen Blick, der deutlich sagte: *Eher friert die Hölle ein, bevor ich mir von dir Golfunterricht geben lasse.*

„Oh, Schatz!", rief Candy und hüpfte auf und ab. Ihre Brüste bewegten sich nicht. „Laden wir sie doch über das verlängerte Wochenende in unser Cottage ein."

Ken schluckte. Dieses Wochenende war Labor Day – sie hatten drei Tage frei.

Bentley und Candy drehten sich zu ihr um. „Was haltet ihr davon?", fragte Bentley. „Wir haben ein romantisches Wochenende geplant–"

„Das wollen wir ganz sicher nicht stören", versicherte Luke.

Bentley grinste. „Ihr stört doch nicht. Wir haben ein paar Angestellte da und machen ein Wellnesswochenende draus. Das können wir alle genießen. Ein bisschen Segeln. Und am Samstagabend gibt es eine Dinnerparty. Vielleicht ein paar neue Klienten für euch beide. Was sagt ihr?"

„Sehr gerne!", rief Ken. Je mehr potentielle Klienten, desto besser.

Candy klatschte in die Hände. „Großartig! Ich schicke euch die Adresse. Kommt am Samstagmorgen um Punkt sieben. Bennie fängt seine Partys gerne früh an. Es wird euch gefallen! Es ist in Greenport, genau da, wo der Fluss in den Sound mündet. Himmlisch!" Greenport war eine wohlhabende Enklave am Long Island Sound. Das „Cottage" war höchstwahrscheinlich ein Herrenhaus mit kitschigen Cottageanwandlungen.

„Vielen Dank", sagte Luke mit einem gezwungenen Lächeln. „Wir freuen uns drauf."

Candy begann, aufgeregt mit Bentley zu reden. Ken ging gleich zu Luke, der still vor sich hin kochte. Sein Duft war berauschend – sauber, frisch, ein Hauch Moschus –, vermutlich irgendein wahnsinnig teures Parfum. Sie nahm Lukes Hand und drückte sie. Er erwiderte den Druck, und aus irgendeinem Grund entspannte sie sich dabei.

„Ein Wellnesswochenende?", fragte er leise.

„So was machen die nun mal", flüsterte sie. „Die" waren die Reichen.

Luke legte einen Arm um ihre Schultern und zog sie an sich. Sie bemühte sich, die Röte unter Kontrolle zu bringen, von der sie spürte, dass sie ihren Hals hinaufkroch. „Dieses Wochenende kann auf zweierlei Arten verlaufen", sagte er mit leiser Stimme.

Sie verlor den Kampf gegen die Röte, als ihre Wangen und ihr Hals zu brennen begannen. „Ich weiß das."

Er sah ihr in die Augen. „Du weißt das?"

Sie nickte. Ein Desaster, wenn sie erwischt werden würden. Oder ein Desaster, wenn nicht. Und dann würden sie einander so lange an der Backe haben, bis Bentley sich entschied. Oder sie konnten so tun, als hätten sie Schluss gemacht, und dann wäre da dieses unangenehme *so tun, als wäre man noch befreundet, nachdem man verlobt war, während man sich weiter um den Klienten bemühte*, was ihr schon Kopfschmerzen bereitete, wenn sie nur daran dachte. Es war wirklich wichtig, dass Bentley eine schnelle Entscheidung traf.

Luke nahm seinen Arm von ihren Schultern, denn er war an der Reihe. Der Ball landete mehrere Meter neben dem Green.

Bentley drehte sich zu Ken um. „Ich hoffe, ihr mögt Massagen. Ich habe eine exzellente Masseurin gebucht. Zwei, um genau zu sein, für Paarmassagen." Er streichelte Candys Arm. „Obwohl Candy die beste Masseurin ist–"

„So haben wir uns ja auch kennengelernt", warf Candy ein.

„Doch ich wollte, dass sie auch mal eine Pause macht." Er

küsste Candy auf die Nasenspitze. „Jetzt bist du mal dran, massiert zu werden, Zuckerschnute."

„Klingt wunderbar!", zwitscherte Ken. Die beiden waren widerlich verliebt. Ken hatte schon reichlich Freunde gehabt. Nichts Ernstes, doch wenn sie jemals so widerlich verknallt sein sollte, würde sie sich lieber die Kugel geben. Im Ernst. Wenn man verliebt war, musste man sich doch nicht ständig küssen und verliebt tuscheln. Ihre Eltern waren nie so gewesen.

Luke musterte sie. Sie ignorierte ihn.

Als ihr Spiel endlich vorbei war, waren Bentley und sie beide unter Par. Sie ein bisschen besser als er. Und Luke war fünf Schläge drüber.

Als die Caddys die Schläger wegräumten, blieb Luke abrupt vor Bentley stehen. „Heißt das jetzt, dass du dich für Kens Firma entschieden hast?"

Ken hielt den Atem an.

„Wir wollen jetzt nicht übers Geschäft reden", sagte Bentley. „Lasst uns einfach Spaß miteinander haben. Für all das ist später immer noch genug Zeit."

Candy biss Bentley ins Ohrläppchen. Er lächelte entrückt.

Ken und Luke tauschten Blicke aus. So langsam hatte sie den Verdacht, dass Bentley überhaupt nicht über Geschäftliches reden wollte. Sie brauchte früher oder später eine unterschriebene Absichtserklärung für ihre Firma. Bevor ihre Familie gezwungen war, Insolvenz anzumelden. Die Gläubiger riefen bereits an und schickten böse Briefe. Ihre Schwester Frank würde ihr erstes Semester am College nicht beenden dürfen, wenn die Rechnung nicht innerhalb der nächsten dreißig Tage beglichen wurde.

„Wann wäre denn eine gute Zeit?", fragte Ken mit strahlendem Lächeln.

Bentley drehte sich zu Candy um. „Wann spreche ich gerne übers Geschäft, Can?"

Sie kicherte. „Nie."

„Die Flaming Penguins bluten dich aus", sagte Luke. Das war Bentleys Minor League Eishockeyteam. Auch Ken hatte keine Ahnung, warum er ein Team gekauft hatte, das nie gewann.

Ken mischte sich mit ihrem eigenen finanziellen Rat ein. „Bei *Dress the Kids* sehe ich ein paar Warnsignale, was die Geschäftsleitung angeht." *Dress the Kids* war eine Wohltätigkeitsorganisation, die gebrauchte Designerkleidung an Kinder spendete, die sie sich niemals leisten konnten. Doch leider wurden viele der Kleidungsstücke von Leuten, die für die Organisation arbeiteten, auf eBay verkauft. Wahrscheinlich behielten sie auch etliche der Kleidungsstücke für sich. „Eine bessere Alternative wäre, eine Stiftung zu gründen–"

„Jemand Lust auf Eis?", fragte Bentley.

„Ich liebe Eis", strahlte Ken. *Es ist noch nicht einmal elf, aber der Klient hat immer Recht.*

Luke legte seinen Arm auf ihre Schultern. „Ich auch." Hitze breitete sich in ihr aus. Aus irgendeinem merkwürdigen Grund fiel es ihr, je öfter Luke sie berührte, immer schwerer, so zu tun, als ließe es sie kalt. Sie fühlte sich extrem überhitzt und unbehaglich.

„Ungefähr in zehn Minuten kommt ein netter Laden", sagte Bentley. „Folgt mir."

Er und Candy gingen durch den Country Club voraus.

„Ich fahre", sagte Luke, als er ihr die Tür des Clubs aufhielt.

„Nein, ich fahre, Honey", sagte Ken und lächelte süßlich zu ihm auf. Er bedachte sie dafür mit einem finsteren Blick.

Bentley und Candy setzten sich in (was sonst?) ein weißes Bentley Cabriolet.

Luke und sie standen auf dem Parkplatz zwischen ihren beiden Autos, die sie in gegenüberliegenden Reihen geparkt hatten, und lieferten sich ein Blickduell. Sie weigerte sich, sich von seiner Größe und seiner arroganten Haltung einschüchtern zu lassen. Was sollte es schon, dass sie im Vergleich zu seiner einsdreiundachtzig großen, muskulösen Statur mit ihren einssiebenundfünfzig wie ein Zwerg wirkte? Sie war innerlich stark, da, wo es darauf ankam. Sie musste die Kontrolle haben. Auf dem Fahrersitz, wörtlich und im übertragenen Sinne.

„Es sieht nicht gut aus, wenn wir getrennt fahren", sagte sie, dann stieg sie in ihren Wagen.

Er seufzte und setzte sich auf den Beifahrersitz. Sie verkniff sich ein Lächeln und ließ den Motor an, dann drehte sie die Klimaanlage weit auf, weil sie hoffte, so sein köstliches Parfum von sich fernzuhalten, das sie am liebsten direkt von seiner Haut inhaliert hätte.

„Kein Grund zu triumphieren", sagte er.

„Ich habe doch gar nichts gesagt!" Sie blickte stur geradeaus und wartete, dass Bentley losfuhr, während sie sich bemühte, nicht zu lächeln. Auch wenn das sehr, sehr schwierig war. Sie spürte, dass sich ein hämisches Grinsen ankündigte.

Er drückte ihr einen warmen Finger gegen die Wange. „Ich kann Ihr Grübchen sehen."

Sie runzelte die Stirn, denn seine Berührung fühlte sich einfach zu gut an, stark und warm. Er wäre ganz anders als ihre unbeholfenen Freunde der Vergangenheit. Das hier war ein selbstbewusster Mann, der gern das Sagen hatte.

„Ich kenne da einen guten Ort, wo Sie sich Ihren Finger hinschieben können", sagte sie.

Er nahm seine Hand herunter. „Wie sind Sie überhaupt hierhergekommen?", bellte er. „Welcher Boss, der auch nur ansatzweise bei Verstand ist, schickt einen Anfänger, um Bentley an Land zu ziehen?"

Sie sah ihm in die Augen und sagte mit einer Stimme, die so fest wie möglich war angesichts des dünnen Eises, auf dem sie sich bewegte: „In der Firma kam sonst niemand in Frage. Mit denen hätte er sich nicht getroffen." Das stimmte in gewisser Weise. Den Teil, dass sie auf ihre Initiative hin zu dieser Golfeinladung gekommen war, ließ sie aus.

„Aber es ergibt immer noch keinen Sinn, wie Sie hierhergekommen sind." Ein Herzschlag verging und sie konnte geradezu hören, wie es in seinem Hirn ratterte, während er versuchte, die Puzzleteile zusammenzusetzen. Sie wandte sich ab. „Moment. Es ist wegen des Golfs, stimmt's?" Er lachte. „Bentley wollte nur einen guten Golfpartner."

„Nein." Auch wenn Bentley nach ihrem Handikap gefragt

hatte. Vielleicht hatte er auch von ihren Collegerekorden gehört. Eine schnelle Google-Suche hätte ihm das verraten.

„Doch. Verdammt, Kennedy, Sie werden das hier nicht gewinnen. Haben Sie überhaupt Erfahrung?"

Sie starrte weiter geradeaus. „Nennen Sie mich nicht Kennedy."

„Aber so heißen Sie doch."

„Alle nennen mich Ken." Warum brauchte Bentley denn so lange? Er schien mit Candy zu flirten, während er mit ihrem Haar spielte. *Auf geht's, Leute!*

„Ich werde Sie nicht mit einem Männernamen ansprechen, wo Sie doch ganz offensichtlich dem zarteren Geschlecht angehören."

Ihr wurde ganz heiß, als sie nur das Wort *Geschlecht* mit dieser tiefen Stimme aus seinem Mund hörte. „Ich bin nicht – ach halten Sie doch die Klappe! Ich habe mir in den letzten Jahren den Arsch aufgerissen, um alles von Simon zu lernen."

„Simon Barrett? Simon Barrett hat *Sie* geschickt?"

„Ja und ja."

„Bullshit. Was sind Sie, seine Sekretärin?"

Sie wurde rot, denn das war ein wenig zu nah an der Wahrheit.

„Heilige Scheiße. Sie haben ganz schön Mumm."

„Ich bin nicht seine Sekretärin!"

Er stieß einen leisen Pfiff aus. „Jetzt sagen Sie mir aber nicht, dass Sie die Praktikantin sind."

Sie sah ihm in die Augen. „Bin ich nicht."

Er holte sein Handy heraus. „Ich rufe ihn an. Wahrscheinlich weiß er nicht einmal, dass Sie hier die Barrett Group repräsentieren."

„Nein!"

„Dann sagen Sie mir, wie Sie hierhergekommen sind."

Sie zögerte.

„Sagen Sie es mir", knurrte er.

Endlich parkte Bentley rückwärts aus. „Ich habe Bentley zu einer Partie Golf eingeladen und ihm erzählt, was ich für ihn tun könnte."

Er tippte eine Nummer in sein Handy ein. „Ich wähle bereits."

Sie begann zu schwitzen und drehte sich zu ihm um. „Ich bin Simons Assistentin, okay? Golf war der einzige Fuß, den ich in die Tür bekommen konnte, und ich brauche die Beförderung."

Luke schüttelte den Kopf. „Ich würde ja lachen, aber ich befürchte, dass Bentley verrückt genug ist, sich auf eine unerfahrene *Beraterin* zu stürzen, nur weil er Ihr Golfspiel mag."

„Ich brauche die Beförderung aus einem sehr wichtigen Grund", sagte sie.

„Und zwar?", fragte er gedehnt.

„Meine Familie braucht das Geld."

Er machte große Augen. „Sie haben Kinder?"

„Nein–"

„Hören Sie zu." Er sah sie mit strengem Blick an. „Ich spiele das hier nur so lange mit, wie es dauert, Bentley davon zu überzeugen, dass ich die bessere Wahl bin."

„Meinetwegen."

Luke schnaubte. „Ich muss Ihnen zugutehalten, dass Sie die Initiative ergriffen haben, aber das hier ist eine Nummer zu groß für Sie. Dieser Klient gehört mir."

Sie beobachtete, wie Bentley in ihrer Nähe langsam zur Ausfahrt des Parkplatzes fuhr, und stellte im Radio ihren Lieblingssender ein, dann trommelte sie mit ihren Fingern im Rhythmus zum Rap. Die provokanten, aggressiven Texte und der Beat gaben ihr immer Energie. Sie musste aggressiv bei der Arbeit sein. Rap half ihr dabei.

Bentley fuhr vom Parkplatz und sie folgte ihm.

Luke drehte das Radio leiser. „Meine Verlobte steht also auf Rap."

Sie hob eine Braue. „Lassen Sie mich raten. Easy Listening?" Sie drehte das Radio wieder ein bisschen lauter, damit sie die Musik hören, ihn aber immer noch verstehen konnte.

„Für wie alt halten Sie mich?", fragte er in einem ernsthaft beleidigten Ton.

Sie wartete hinter Bentley an einer roten Ampel und drehte sich um, um ihn anzusehen. Hellbraunes Haar mit blonden Highlights, dunkelblaue Augen mit Lachfältchen, hellbrauner Bart ohne graue Haare. „Dreißig?"

Er schüttelte den Kopf. „Und für Sie ist das alt?"

„Typen in meinem Alter können sich kein teures Parfum leisten."

Er runzelte die Stirn. „Wovon reden Sie?"

Sie wedelte mit einer Hand durch die Luft und warf einen Blick nach vorn. Bentley stand immer noch an der Ampel und wartete darauf, nach links abbiegen zu können. „Ihr Parfum. Es muss teuer sein, so gut wie es riecht."

„Sie finden, ich rieche gut?"

Als sie zu ihm hinüber blickte, stellte sie fest, dass er grinste. Sie atmete scharf ein und blickte geradeaus. Dieses Lächeln war der Hammer. Bei seinem Charme konnte eine Frau wirklich weiche Knie bekommen. Nur Glück, dass sie Widersacher waren, darum bestand keine Gefahr, dass sie schwach wurde.

Darum zuckte sie nur mit den Schultern. Dieses aufgeblasene Ego brauchte nicht noch mehr Schmeichelei. Die Ampel schaltete auf Grün und sie folgte Bentley auf die Hauptstraße.

„Ich bin zweiunddreißig", sagte Luke, „und das ist übrigens kein bisschen alt."

„Mir doch egal, wie alt Sie sind", erwiderte Ken. „Sie haben mit dem Alter angefangen. Sie meinen, nur weil ich dreiundzwanzig bin–"

„Sie sind dreiundzwanzig!", keuchte er.

Sie sah seinen entsetzten Ausdruck. „Und?"

„Wie kann es dann sein, dass Sie vor zwei Jahren Ihren Collegeabschluss gemacht haben?"

„Nächste Woche werde ich vierundzwanzig. Himmel, können Sie bitte mal das Alter vergessen. Nur, weil ich noch jung bin, heißt das nicht, dass ich nicht gut in meinem Job bin. Ich kann und werde das schaffen." Sie packte das Lenkrad noch fester. Sie wusste, sie hatte nicht viel Erfahrung, doch sie hatte eifrig gelernt, hatte alles, was sie über Finanzen in die Finger bekommen konnte, studiert und alles, woran ihr Boss Simon arbeitete, verfolgt.

Luke war still. Sie atmete einmal tief durch. Verdammt, er

roch so gut. Sie ging dazu über, durch den Mund zu atmen. Mehrere Minuten vergingen, in denen sie dem Rap aus dem Radio lauschte. Ken schaltete jedoch das Radio aus, als die Musik zu sexy für ihre derzeitige Gesellschaft wurde. Sie starrte beim Fahren auf die Rücklichter an Bentleys Bentley und versuchte, sich darüber klar zu werden, wie sie diesen Deal am schnellsten an Land ziehen konnte, ohne ein Wellness-Wochenende über sich ergehen lassen zu müssen oder Bentley und Candy die Wahrheit zu gestehen.

Bentley winkte aus dem Fenster und deutete auf einen Eisstand mit einer riesigen Eiswaffel mit einem lächelnden Cartoon-Gesicht am Straßenrand.

Luke meldete sich zu Wort. „Was bekomme ich dafür, dass ich am Wochenende Ihren Verlobten spiele?"

Sie versteifte sich, denn ihr gefiel gar nicht, wie sich das anhörte. „Was wollen Sie?"

Seine Stimme klang heiser. „Was haben Sie mir zu bieten?"

Sie wurde rot. Er konnte unmöglich andeuten, was sie vermutete. Das war dreist. Und erniedrigend. Warum törnte es sie also an? Es war dieses verdammt teure Parfum. Und die tiefe, heisere Stimme. Sie folgte Bentley auf den Parkplatz.

„Golfstunden?", fragte sie und hoffte, dass ihre Stimme normal und unbekümmert klang.

„Nächster Versuch."

„Sexuelle Gefälligkeiten gibt es bei mir nicht!", platzte sie heraus.

Er lachte schallend. „Sie denken, dass ich Sie will?"

Am liebsten wäre sie im Erdboden versunken. „Halt die Klappe", murmelte sie.

Das brachte ihn erst in Fahrt und er lachte wie eine verdammte Hyäne.

„Fahr zur Hölle", zischte sie.

Er lachte weiter. Idiot. Am liebsten hätte sie ihm eine geknallt, damit er endlich die Klappe hielt. Sie parkte ein Stück von Bentley entfernt. Candy und Bentley begannen, einander zu küssen, sobald der Wagen stehenblieb, also nutzte sie die Gelegenheit, Luke einen wütenden Blick zuzuwerfen.

Er wischte sich die Lachtränen aus dem Gesicht und grinste immer noch. „Der war gut, Kennedy."

„Ken", presste sie zwischen zusammengebissenen Zähnen hervor, dann stieg sie aus dem Wagen und knallte die Tür zu.

Einen Augenblick später war er an ihrer Seite und verflocht seine Finger mit ihren. „Sie sind niedlich, wenn Sie wütend sind", sagte er leise.

Bentley und Candy küssten einander noch immer in ihrem Wagen.

Sie stellte einen Fuß auf den von Luke mit dem festen Vorsatz, ihm ihren Absatz durch den Schuh zu bohren, doch er packte sie und hob sie hoch, sodass sie mit beiden Füßen auf seinen stand, den Rücken an seiner Front. Er legte von hinten seine Arme um sie und seine Hitze und Stärke überraschten sie lange genug, dass er im Tandemgang mit ihr zum Eisstand gehen konnte. Sie hing fest, wurde wie ein Teil eines niedlichen, verliebten Paares getragen, und genauso sahen Bentley und Candy sie, als sie endlich aus ihrem Wagen ausstiegen. Ihr war noch nie in ihrem Leben etwas so peinlich gewesen.

„Da ist ja das glückliche Paar!", rief Bentley.

„Schau, wie niedlich sie miteinander gehen!", bemerkte Candy.

„Kennedy liebt das", verkündete Luke. *Grr.*

Bentley und Candy stellten sich händchenhaltend neben ihnen an. „Nehmt das Bananensplit", sagte Bentley. „Wir sind ganz begeistert davon."

„Klingt gut!", sagte Ken strahlend und bemühte sich, so zu tun, als wäre kitschiges Liebespaarverhalten vollkommen normal für sie.

„Ich werde dich füttern, Sweetheart", flüsterte Luke in ihr Ohr.

Sie unterdrückte einen Schauer. Was hatte sie da nur losgetreten?

3

Luke sah vom Picknicktisch aus zu, wie Bentley und Candy einander löffelweise mit Bananensplit fütterten. Was sollte ein verlobter Mann tun? Er sah zu Kennedy hinüber, die neben ihm saß und von ihrem gemeinsamen Bananensplit aß. Er weigerte sich, sie Ken zu nennen, sie war viel zu feminin für diesen Namen. Und vorhin hatte sie sich überraschend gut in seinen Armen angefühlt. Sie war leicht wie eine Feder, doch ihre zierliche Gestalt war vielmehr eine Fassade für das, was sie wirklich war – eine Kämpferin. Sie würde nicht klein beigeben. Und er sollte verdammt sein, wenn es ihm nicht jetzt schon Spaß machte, sich mit ihr zu streiten. Und sie überraschte ihn auch ständig – wie leicht sie rot wurde, ihr feuriges Temperament, der Rap. Sein Leben war zu einer vorhersehbaren Routine geworden, selbst die Partys, zu denen er in die Stadt fuhr, wurden immer von der gleichen Art Mensch besucht – geschliffen, reich, selbstverliebt. Die Frauen, die er traf, waren abgebrüht und – außerhalb des Schlafzimmers – stinklangweilig. Sex war für ihn immer ein Spiel gewesen, immer besonders erhebend, wenn er eine Frau fand, die gerne dominiert wurde, doch selbst dann hatte er in letzter Zeit das Gefühl, dass es immer derselbe Trott war.

Er dachte wirklich daran, das Wochenende mit ihr in Bentleys Cottage zu verbringen. Nur, weil er wusste, dass, sobald er das Geschäft an Land gezogen hatte, sie nichts mehr mit ihm zu tun haben wollen würde und das dann das natürliche Ende ihrer gemeinsamen Zeit wäre. Wenn er in ihrer Lage wäre, würde er sich dann auch nicht mehr sehen wollen. Warum etwas fortsetzen, wenn man das Rennen verloren hatte. So war es perfekt. Außerdem war er nicht auf der Suche nach etwas Dauerhaftem und vor allem nicht mit einer so verdammt ehrgeizigen Frau wie ihr.

„Auf", sagte er und hielt ihr einen Löffel voll Vanilleeis mit Schokoladensauce vors Gesicht.

Ihre blauen Augen sprühten Funken, doch sie öffnete den Mund. Er lächelte und fütterte sie.

Sie rammte ihren Löffel in das Eis, nahm eine halbe Kugel und einen dicken Klecks heiße Schokolade. Sie hielt den tropfenden Löffel in die Höhe. „Du bist dran."

Er lehnte sich zurück. „Das ist zu viel. Das tropft gleich auf mein–"

Sie stieß den Löffel in seine Richtung, darum packte er schnell ihr Handgelenk und schluckte das Eis. Dann sah er ihr in die blauen Augen, während er den Löffel ableckte. Sie erschauerte.

„Kalt?", fragte er und verkniff sich ein Lächeln. Er hielt immer noch ihr zartes Handgelenk und streichelte mit seinem Daumen über den Puls, der zu seiner Zufriedenheit beschleunigte. Diese seltsame Anziehung war definitiv beiderseitig.

„Nein." Sie wurde rot und ihre Wimpern senkten sich flatternd, als sie auf den Tisch blickte und ihr Handgelenk aus seinem Griff zog.

Noch einmal sah er zu Bentley und Candy hinüber. Candy kicherte, als Bentley ihren Mund mit einer Serviette abtupfte und sie dann küsste. Widerlich süß. Doch wenigstens wusste Luke, wie man sich anpasste. Zuckersüße, verliebte Gesten würden Bentley glauben machen, dass er mit seinesgleichen zusammen war.

„Brauche ich eine Serviette?", fragte er Kennedy und hoffte, dass sie den Hinweis verstehen und Bentley und Candy imitieren würde. *Abtupfen und küssen, Baby.*

„Nein. Obwohl, da ist ein bisschen ..." Sie deutete mit

einem rosa lackierten Fingernagel auf seine linke Wange. „Genau da."

Absichtlich wischte er über die falsche Stelle. „Hab ich's erwischt?"

Sie schüttelte den Kopf.

Er tupfte sein Kinn ab. Sie schüttelte erneut den Kopf und er reichte ihr die Serviette. Sie sahen einander in die Augen, wobei ihre wieder loderten. Er zwang sich, nicht zu lachen.

Als sie ihn einfach weiter anstarrte, hob er eine Braue. Sie warf ihm die Serviette ins Gesicht. Er konnte nicht anders, er musste lachen.

„Es ist so schön, ein Paar zu treffen, das genauso glücklich ist wie wir", sagte Bentley. Er wickelte eine lange Strähne von Candys welligem, blondem Haar um seinen Finger, hob es an seine Nase und atmete einmal tief ein.

„Wie lange seid ihr schon zusammen?", fragte Candy lächelnd.

Luke wischte sich das Eis aus dem Gesicht. „Wie lange, Baby? Es fühlt sich an, als wären wir schon immer zusammen."

„Aww", seufzte Candy und lehnte sich gegen Bentley.

Kennedy blickte gen Himmel und einen Moment lang dachte Luke, sie würde aufgeben. „Vier Monate, drei Tage und elf Stunden."

„O mein Gott, sie zählen sogar die Stunden!", quietschte Candy. „Wie viele Stunden sind wir schon zusammen, Bennie?"

„Fühlt sich an, als hätte ich dich erst gestern kennengelernt!", antwortete Bentley.

„Aww, Zuckerbär", schnurrte Candy. „Ich liebe dich."

„Ich liebe dich mehr", erwiderte Bentley.

Sie rieben ihre Nasen aneinander, dann umarmten sie einander und küssten sich erneut – das Eis war vergessen. *Noch mehr öffentliche Liebesbekundungen.* Er sah Kennedy an, die auf das Eis starrte, das schnell schmolz, und kämpfte gegen den Drang an, ihr Gesicht hineinzustoßen. Nur ein bisschen spielen. Vielleicht eine nette Essensschlacht. Das wäre jedoch äußerst unprofessionell. Irgendetwas an

Kennedys Anspannung weckte in ihm das Bedürfnis, sie locker zu machen. Sie war zu jung, um so ernst zu sein.

Luke beugte sich zu ihrem Ohr vor. „Soll ich dich mit der Banane füttern?"

Sie starrte die reichlich phallisch aussehende Banane an und stieß ihm ihren Ellbogen in den Bauch.

„Uff", ächzte er, doch sie hatte ihm nicht wirklich wehgetan.

Sie stand auf. Er stand ebenfalls auf und wartete ab, was sie als nächstes tun würde.

Bentley und Candy fütterten einander wieder mit dem Eis und blickten dem anderen tief in die verliebten Augen.

Als Kennedy zurück zum Eisstand ging und dabei vor sich hin murmelte, folgte er ihr. Dort angekommen, nahm sie sich ein paar Servietten.

„Haben wir ein Problem?", fragte er. Sie waren ein ganzes Stück von Bentley und Candy entfernt, doch vorsichtshalber senkte er seine Stimme.

Sie starrte ihn wütend an, dann fiel ihr Blick auf seinen Schritt und er trat vorsichtig etwas zurück, als ihm klar wurde, dass er vielleicht eine Grenze überschritten hatte. „Keine Tiefschläge", sagte er.

„Wahrscheinlich würde Ihnen das gefallen", spie sie ihm entgegen. Doch dann verzog sich ihr Gesicht und sie drehte sich um.

„Hey, hey, hey." Er stellte sich vor sie, während sie in die Ferne starrte und schnell blinzelte. „Es tut mir leid. Ich habe die Grenze überschritten."

„Ich brauche das wirklich", sagte sie mit erstickter Stimme. „Und mir gefällt all das nicht, Ihr ..." Sie wedelte mit der Hand durch die Luft. „Sie wissen schon."

Er wusste es besser. Noch nie hatte er im Geschäft diese Grenze überschritten. „Hey, tut mir leid. Ich wollte nur locker sein. Wird nicht wieder vorkommen."

„Ich habe mir die Suppe eingebrockt–" Sie sah ihn mit säuerlicher Miene an und Augen, die vor unvergossenen Tränen glänzten. „Und jetzt muss ich sie auch auslöffeln."

Diese glänzenden Augen machten ihn fertig. Er hatte nicht

gewollt, dass sie sich schlecht fühlte. Er wollte ihre Wange streicheln, sie in den Arm nehmen.

Er schob seine Hände in die Taschen. „Von jetzt an werde ich Sie wie Konkurrenz behandeln."

Ihre Stimmung hellte sich auf. „Ja?"

Er ließ die Schultern sinken, alle Hoffnungen auf eine nette, ungezwungene Wochenendaffäre waren dahin. „Absolut."

Sie nickte. „Also, ähm, wie wäre es mit einem Meeting Freitagabend? Sie wissen schon, damit wir uns austauschen können und für das Wochenende wenigstens das Wichtigste vom anderen wissen."

Sein Blick schoss zu ihren Augen. Auf keinen Fall würde er bei einem Wellnesswochenende mit ihr professionell bleiben können. Sie verlangte das Unmögliche von ihm.

Er bewegte sich auf sie zu, denn er wollte sie sowohl daran erinnern, welche Anziehung es zwischen ihnen gab, als auch daran, dass sie wie ein Paar aussehen sollten, für den Fall, dass Bentley und Candy sie beobachteten. Als er in ihr Ohr flüsterte, rötete sich die zarte Muschel schnell. „Ich muss Sie nur warnen. Solange Sie so tun wollen, als wären wir verlobt, kann ich nicht versprechen, dass ich professionell bleibe. Tut mir leid, das kann ich einfach nicht."

„Ich dachte, Sie wollen mich nicht", sagte sie mit leiser Stimme.

Er sah ihr in die Augen. „Das war eine Lüge."

„Aber Sie haben wie eine Hyäne gelacht!", empörte sie sich und stemmte die Hände in die Hüfte.

„Ich habe nie behauptet, dass ich ein Prinz sei", sagte er mit einem verschlagenen Grinsen.

Sie stieß gegen seine Brust und er packte ihre Handgelenke und hielt sie fest. „Sind Sie dabei oder nicht, Kennedy? *Sie* haben dieses Spiel angefangen. Haben Sie auch den Mumm, es bis zum Ende durchzuziehen?" Sein Blick senkte sich auf ihren Mund. Plötzlich wollte er sie wirklich küssen.

„Ich-ich–", stammelte sie.

Er ließ ihre Hände los. „Raus damit."

Sie blickte zu ihm auf. „Ja. Ich bin dabei."

Er musste unwillkürlich lächeln. „Perfekt. Wo wohnen Sie?"

„Clover Park, aber–"

„Wirklich? Ich bin in Clover Park aufgewachsen." Er neigte seinen Kopf. „Ich kann mich gar nicht an Sie erinnern."

Sie beugte sich vor, stellte sich auf Zehenspitzen, um ihm ins Ohr zu flüstern, und ihr Duft nach Blumen, so weich und zart, hüllte ihn ein. Am liebsten hätte er diesen Wochenendflirt auf der Stelle begonnen. „Schh. Wir sollten einander ziemlich gut kennen, wenn wir verlobt sind, denken Sie nicht?"

Er kämpfte gegen seinen natürlichen Instinkt an, die Initiative zu ergreifen, und verschränkte seine Hände hinter seinem Rücken.

„Im Garner's auf einen Drink um acht?", fragte sie mit leiser Stimme.

„Sehr gern." Er sah zu Bentley und Candy hinüber, die lächelnd ihre Bananensplits zu Ende aßen. Er dachte daran, dass sein und Kennedys Eis mittlerweile eine geschmolzene Suppe sein mussten. Er drehte sich zu ihr um. „Möchten Sie noch ein Eis?"

„Ihh, nein. Es ist viel zu früh, um Eis zu essen. Es ist ja noch nicht einmal Mittag."

Ihm ging es genauso. Sie kehrten zum Picknicktisch zurück. Er nahm die Schale und warf sie in den Mülleimer auf der anderen Seite des Parkplatzes. Als er zurückkam, sah er, wie Kennedy sich lächelnd mit Bentley und Candy unterhielt, und ging etwas schneller, denn es war zwar eine Sache, Kennedy zu wollen, doch es war eine vollkommen andere, einen Klienten an sie zu verlieren.

Sie lächelte ihn angespannt an. „Candy hat mir gerade von dem Aromatherapie-Körperpeeling erzählt, das sie für dieses Wochenende geplant haben."

„Vergiss nicht die Paarmassage", warf Bentley ein.

Körperpeeling? „Klingt sehr entspannend", sagte Luke.

„Ihr kommt zuerst dran", sagte Candy. „Wir behandeln unsere Gäste immer gern besonders."

„Oh, das ist doch nicht nötig", sagte Kennedy zur gleichen Zeit, als Luke sagte: „Muss ich wirklich?"

Bentley und Candy tauschten einen Blick aus und lachten.

Kennedy runzelte die Stirn und sah ihn an. Hatten Candy und Bentley sie durchschaut?

„Was ist denn so lustig?", fragte Luke.

Bentley schüttelte den Kopf. „Ich habe Candy gesagt, dass Männer kein Körperpeeling mögen." Er rümpfte die Nase. „Am Ende riecht man wie ein Blumenbeet."

„Und dann wollen wir Frauen jeden Zentimeter an euch ablecken", schnurrte Candy. Sie sah zu Kennedy hinüber. „Nicht wahr?"

Kennedy wurde bis zu den Haarwurzeln rot. Selbst ihr Nacken leuchtete rot. Seine Finger prickelten erneut – er hätte sie so gerne berührt.

„Oh ja", sagte Kennedy. „Nicht, dass ich schon mal ein Körperpeeling gehabt hätte, aber ich bin mir sicher–"

„Du hattest noch nie eins?!", rief Candy, ihre braunen Augen weit aufgerissen, als wäre es schockierend, dass jemand noch nie ein Peeling hatte. „Dann seid ihr definitiv als erste dran. Bennie, lass uns auch jemanden buchen, der Maniküre und Pediküre macht. Das volle Programm."

„Sollst du haben, Zuckertörtchen", sagte Bentley.

„Wir können es nicht abwarten", sagte Kennedy mit einem gezwungenen Lächeln.

„Wir auch nicht!", rief Candy.

Luke gab den Versuch auf, seine Hände von Kennedy zu lassen. Er legte einen Arm um ihre schmalen Schultern und zog sie an seine Seite. „Das wird ja mal eine Erfahrung."

Sie legte einen Arm um seine Taille. „Ich kann es nicht abwarten, dich nach Blumen duftend zu erleben", schnurrte sie.

„Ich auch nicht", sagte er mit rauer Stimme. „Aus einem *heißen* Grund." Wenn Kennedy dieses Spiel spielen wollte, war er dabei.

Sie drehte sich um, legte ihre Arme um seinen Hals und küsste ihn zärtlich; es war eher ein Hauch auf seinen Lippen. Dann löste sie sich von ihm, ließ ihre Arme sinken und sah

mit einem Grinsen im Gesicht zu ihm auf. Sie hatte also gerne
die Kontrolle, war es das? Sie mochte es nicht, wenn er so
ranging, doch umgekehrt war es okay? Sorry. So spielte Luke
nicht.

Er bekam vage mit, dass Bentley und Candy zu ihrem
Wagen zurückgingen, und ihm wurde bewusst, dass er jetzt
nicht nur so tun musste, doch er wollte wirklich mehr.

Er schob eine Hand in Kennedys Nacken und zog sie zu
einem harten Kuss an sich. Er spürte, wie sie plötzlich scharf
Luft holte, spürte den Moment, in dem sie nachgab und ihre
Lippen weich wurden und sich für ihn öffneten, während ihre
Hand sein Hemd packte. Ein triumphaler Schauer durchfuhr
ihn und er schob seine Zunge in die Hitze ihres Mundes,
vertiefte den Kuss.

„Lasst uns losfahren, ihr Turteltäubchen", rief Bentley
fröhlich aus der Ferne.

Luke unterbrach den Kuss und löste sich von ihr, erregt
und mit dem dringenden Bedürfnis nach mehr. Kennedys
Augen waren vor Verlangen finster, als sie ihn ansah.

In dem Moment wusste er mit einer Sicherheit, die ihn
hätte zu Tode erschrecken und ihn in die Flucht hätte
schlagen sollen, ihn jedoch stattdessen erregte–

Es gab kein Zurück.

4

Kennedy saß am Freitagabend auf einem Barhocker im Garner's Sports Bar & Grill und rechnete kurz durch, was sie sich leisten konnte. Sie hatte Luke absichtlich gebeten, sich erst nach dem Abendessen mit dir zu treffen. Sie hatte kein Firmenkonto, über das sie ein Geschäftsessen hätte abrechnen können, und auf keinen Fall würde sie Luke irgendetwas bezahlen lassen. Dann wäre ihr Meeting zu sehr wie ein Date. Sie beabsichtigte, dieses Wochenende mit ihm durchzuziehen, das hieß aber nicht, dass sie irgendetwas mit ihm anfangen würde. Sie hatte fünf Dollar, die sie ausgeben konnte. Der Rest ihres Gehalts war für die Miete und Lebensmittel für ihre Brüder und ihre Schwester verplant. Sie nahm immer mehr ab, weil sie Mahlzeiten ausließ, doch sonst hätte ihr mageres Gehalt einfach nicht gereicht. Ihre Brüder, Alex und Quinn, waren mitten in einem Teenagerwachstumsschub. Jamie war dreizehn und als Mädchen etwas wählerischer, was sie aß, doch Kennedy sorgte dafür, dass die Ernährung ihrer Schwester nicht zu kurz kam. Ihr Magen knurrte und sie nahm sich eine kleine Brezel aus der Schale auf der Bar. Zum Abendessen hatte sie nur Cracker mit Erdnussbutter gegessen und das war Stunden her.

Das billigste auf der Getränkekarte war Cola. Mehr konnte sie sich nicht leisten. Obwohl sie gerne einen fruchtigen Cock-

tail bestellt hätte. Es war so lange her, seitdem sie sich etwas
gegönnt hatte, das nicht absolut notwendig gewesen war. Sie
überflog die Karte ein zweites Mal. Sie würde sich auch noch
ein alkoholfreies Bier leisten können. Sie würde auf Luke
warten, bevor sie etwas bestellte.

Sie legte das Blatt Papier, das sie vorbereitet hatte,
zusammen mit einem kleinen Notizblock und einem Stift
auf die Bar. Sie hatte ein paar Dinge übersichtlich zusam-
mengefasst, die Luke wissen sollte. Ihr Alter, ihren zweiten
Vornamen, wo sie zur Schule gegangen war, Namen und
Alter ihrer Geschwister, ihre Lieblingsmusik, Bücher, Filme
und Hobbys. Keine Haustiere, das war also einfach. Die
waren in ihrer Wohnung nicht erlaubt. Sie konnte sich nicht
vorstellen, was er sonst noch wissen sollte. Das reichte mit
Sicherheit, um als Paar durchzugehen. Oh, vielleicht sollte
sie sich noch eine Geschichte einfallen lassen, wie sie
einander kennengelernt hatten. Sie nahm den Stift und
begann, eine kleine romantische Geschichte auf dem Block
festzuhalten.

Eine maskuline Stimme grollte in ihrem Ohr, und sie
zuckte zusammen. „Was schreiben wir denn da?"

Als sie über ihre Schulter sah, grinste Luke sie an. Ihr Puls
stolperte. Dieses Lächeln war … wow. Und sie hatte diese
Woche ein wenig zu viel Zeit damit verbracht, an diesen
Körper zu denken, der sie an ihren Lieblingsspieler bei den
Yankees erinnerte. Es waren nicht nur die Muskeln, es war
seine beinahe elegante Art sich zu bewegen; er fühlte sich
wohl in seiner Haut, war stark und selbstbewusst.

Er ließ sich auf dem Hocker neben ihr nieder und sie
atmete dieses köstliche Parfum und den einfach nur männli-
chen Duft von Luke ein, während sie ihren Stift ablegte. „Ich
habe die Geschichte aufgeschrieben, wie wir uns kennengelernt haben."

Er gab Josh, dem Barkeeper, ein Zeichen. „Ah ja. Durch
gemeinsame Freunde. Wie genau ist es passiert?"

„Es war ein Dienstag im April."

„Ein Dienstag, wie? Dann muss es nach der Arbeit
gewesen sein."

„Ja. Wir waren einkaufen–" Sie hielt inne, als er seine Hand auf ihren Arm legte. „Was?"

„Wir haben uns *nicht* beim Einkaufen kennengelernt."

„Doch. Wir waren beide mit unseren gemeinsamen Freunden auf der Suche nach einem Muttertagsgeschenk."

„Im April? Und Sie meinen wirklich, dass Männer mit ihren Freunden shoppen gehen?"

Sie sträubte sich. „Es waren nur noch wenige Wochen bis zum Muttertag."

„Kein Mann geht so früh einkaufen." Er drehte sich zu Josh um, der gerade zu ihnen gekommen war. „Hey, Josh, kannst du mir ein Sam Adams bringen?" Er drehte sich zu ihr um. „Was möchten Sie? Etwas Fruchtiges?"

„Ich nehme ein Coors Light."

Josh nickte und begann, es zu zapfen.

„Eine Biertrinkerin, wie?", fragte Luke. „Ich hätte gedacht, dass Sie eher ein Margarita-Mädchen sind."

Margaritas waren köstlich, aber teuer. Sie zuckte mit den Schultern und wandte sich ihrem Notizblock zu, wo sie *Seidenschals für unsere Mütter kaufen* durchstrich. Sie hatte sich vorgestellt, dass sie gleichzeitig nach einem gegriffen hatten und es einfach gewusst hatten, als bei der Berührung ein Funke übergesprungen war. Es klang trotzdem gut.

„Mach ihr statt dem Bier bitte einen Frozen Strawberry Margarita!", rief Luke Josh zu.

Sie drehte sich entsetzt um. „Bestellen Sie nicht für mich. Ich bleibe beim Bier."

„Geht auf mich", sagte er.

Sie schüttelte den Kopf. „Sie müssen nicht–"

Er beugte sich vor. „Ich habe gesehen, wie Ihre Augen aufleuchteten, als ich den Margarita erwähnt habe. Lassen Sie mich die bestellen. Die nächste Runde geht auf Sie. Okay?"

Sie konnte sich nicht leisten, was er bestellt hatte. Gott, das war so peinlich. Sie biss sich auf die Lippe und starrte auf ihren Notizblock. Vielleicht sollte sie einfach gehen. Vielleicht sollte sie morgen gar nicht zu Bentleys Cottage fahren. Wem versuchte sie, etwas vorzumachen? Das war eine ganz andere Liga als die, in der sie spielte. Luke würde das Geschäft an

Land ziehen. Sie war nur eine kleine Assistentin. Sie schloss
ihren Notizblock und stand auf.

„Sie gehen?", fragte Luke.

Sie nickte, und der Kloß in ihrem Hals machte das Reden
unmöglich. Sie wandte sich ab.

„Sie können jetzt nicht gehen", sagte er, griff nach der
Gürtelschnalle an ihrer Jeans und zog daran.

„Luke!"

Seine Lippen verzogen sich zu einem langsamen, sexy
Lächeln. „Setzen Sie sich. Ich möchte eine anständige
Geschichte in diesem Notizblock sehen. Nicht eine lahme
Begegnung beim Shoppen."

Sie schnaubte. Er tippte auf den Notizblock. „Fangen Sie
damit an, dass Luke Reynolds der traumhafteste Mann war,
den Sie je gesehen haben. Jede Geschichte sollte so anfangen."

„Sie sind ganz schön eingebildet", murmelte sie. Doch sie
ließ sich wieder auf dem Barhocker nieder. Ihr Frozen
Margarita mit Salzrand kam und sah einfach erdbeerlecker
aus.

„Trinken Sie", sagte er, hob sein Glas in ihre Richtung und
sah sie über den Rand an.

„Sagen Sie mir nicht ständig, was ich tun soll", sagte sie,
dann hob sie das Glas, trank einen langen, köstlichen Schluck
und stieß einen seligen Seufzer aus.

„Gut?", fragte er. Er nahm ihren Zettel von der Bar.
„Geburtstag am nächsten Dienstag. Dienstage müssen Ihre
Glückstage sein."

Sie erwiderte nichts und er las weiter, was sie für ihn
aufgeschrieben hatte. Sie machte sich wieder an die
Geschichte, wie sie einander kennengelernt hatten. Was war
denn eine männliche Art, jemanden an einem Dienstagabend
kennenzulernen? Sie hatte keine Ahnung. Sie ging kaum aus.
Für gewöhnlich arbeitete sie. Hin und wieder traf sie sich mit
ein paar Freundinnen in der Stadt, dann aber in deren Apartments. Da sie so wenig Geld hatte, war sie in ihrem Gesell-
schaftsleben ziemlich eingeschränkt. Oh, vielleicht hatten sie
sich bei einer Ladies Night im Garner's kennengelernt. Sie
war mit ihren Freundinnen, Julia und Hailey, ein paarmal

dort gewesen. Es gab nichts Besseres als einen Zwei-Dollar-Bierabend.

„Wir haben uns bei einer Ladies Night kennengelernt", informierte sie ihn und kritzelte wie wild die Szene aufs Papier, wie sie mit Julia und Hailey an der Bar herumhing. Vielleicht war Luke mit zwei seiner Freunde da und sie alle begannen, sich zu unterhalten. Dann stellten sie und Luke fest, dass sie etwas gemeinsam hatten, vielleicht mochten sie beide ein gutes Buch wie *Der Wind in den Weiden*. Sie hatte ihren jüngeren Geschwistern das Buch mindestens fünfzigmal vorgelesen. Seitdem sie sechs Jahre alt gewesen war, hatte sie für sie immer die Ersatzmutter / den Babysitter gespielt. Alle sagten immer, dass sie ihren Geschwistern gar nicht ähnlich sah. Sie war die einzige mit blonden Haaren und blauen Augen in ihrer dunkelhaarigen Familie. Manche fragten sogar, ob sie adoptiert war, was wehtat, denn es traf zumindest teilweise zu. Ihre Mom hatte ihr schon in jungen Jahren erklärt, dass der Mann, den Kennedy für ihren Dad gehalten hatte, sie adoptiert hatte. Ihre Eltern waren damals erst neunzehn gewesen. Ihren biologischen Dad hatte sie nie kennengelernt. Kennedy hatte alles darangesetzt, sich davon nicht beeinträchtigen zu lassen. Und dass ihr Stiefvater es niemals bereute, das Kind eines anderen Mannes adoptiert zu haben. Sie wollte nie, dass er sie als Außenseiterin sah, obwohl sie wusste, dass es schwierig gewesen sein musste, mit neunzehn das Kind eines anderen anzunehmen, während er arbeitete und selbst noch zur Schule ging.

Sie biss sich auf die Lippe. Wo war sie noch einmal in ihrer Liebe-auf-den-ersten-Blick-Geschichte? Oh! Sie hatten sich die ganze Nacht unterhalten und schnell gewusst, dass es Liebe war. Ja, das konnte funktionieren.

Sie spürte seinen warmen Atem an ihrem Ohr und bemerkte, dass Luke über ihre Schulter las. „Wann haben wir zum ersten Mal miteinander geschlafen?", fragte er mit leiser Stimme, die wie ein Bienenschwarm in ihr summte.

Ihre Wangen wurden rot. „Ich weiß nicht. Vielleicht, ähm, zwei Monate später?"

Er schmunzelte. „Wenn ich eine Frau in einer Bar

aufreißen würde, würden wir mit Sicherheit nicht den ganzen Abend *reden.*"

„Sie würden gleich am ersten Abend mit ihr schlafen?"

„Natürlich, wann sonst?"

Sie sah ihm in die Augen und bemerkte den ernsten, abgebrühten Ausdruck. Das hier war ein Mann, der noch nie verliebt gewesen war. „Das ist überhaupt nicht romantisch."

„Ist es schon." Er trank einen langen Schluck von seinem Bier. „Männer mögen Action. Und das nennen wir romantisch."

Sie dachte darüber nach. Nein, das konnte auf keinen Fall stimmen. Sie hatte mit keinem ihrer Freunde so schnell geschlafen. Als sie ihn ansah, bemerkte sie, dass er seine Lippen zu einem kleinen Lächeln verzogen hatte, was sehr nervtötend war. Er war einfach viel zu aufgeblasen und selbstbewusst. Ein richtiger Klugscheißer.

„Sie haben keine Ahnung von Liebe", sagte sie, dann trank sie einen großzügigen Schluck von ihrem Cocktail. So köstlich, so süß, stieg ihr der Tequila bereits in den Kopf. Alles um sie herum fühlte sich plötzlich weich und verschwommen an.

„Sie wissen nichts vom wahren Leben", sagte er und hob herausfordernd eine Braue.

Sie verzog das Gesicht und trank einen weiteren Schluck.

„Sie sollten ein bisschen langsamer machen", sagte er, „Sie sehen aus, als würden Sie nicht viel vertragen."

Jetzt trank sie erst recht weiter. Gott, das war so gut. Sie stützte ihren Kopf auf ihre Hand und lächelte verträumt vor sich hin. Was gab es Besseres als einen Barflirt? Sie drehte sich zu ihm um. „Wie wäre es mit einem Blind Date?"

„Mit wem?"

„Mit mir, Dummkopf!" Sie lachte, da es so offensichtlich war. Sie kamen beide aus Clover Park. Gemeinsame Freunde hatten ein Abendessen arrangiert, damit sie sich hier im Garner's kennenlernten. Dann hatten sie sich unterhalten. Vielleicht gab es auch schon einen Gutenachtkuss und der war so leidenschaftlich, dass sie gleich gewusst hatten, dass es wahre Liebe war. Sie seufzte glücklich und schrieb es auf.

Er beugte sich wieder über ihre Schulter, um zu lesen. „Meh. Okay. Nicht so gut wie Sex, aber akzeptabel. Ein leidenschaftlicher Kuss ist okay. Mit Zunge?"

Sie dachte ernsthaft darüber nach. Luke schmunzelte.

„Sie machen sich lustig über mich!", sagte sie. „Das wird Bentley nicht fragen."

Luke grinste. „Er wird annehmen, dass jeder so küsst wie er." Er streckte seine Zunge heraus und bewegte sie. Sie lachte. Genau so sah Bentley aus, wenn er mit Candy knutschte. „Sie sollten mehr lachen. Meistens sehen Sie aus, als lastete das Gewicht der Welt auf Ihren Schultern."

„Das liegt vermutlich an Ihnen!" Sie lockerte ihre Schultern, die sich zum ersten Mal seit langer Zeit leicht anfühlten. Köstlicher, himmlischer Strawberry Margarita.

Sie schob ihm den Zettel mit ihren Informationen in die Hand. „Da, lernen Sie das auswendig. Und dann erzählen Sie mir von sich."

Er begann laut vorzulesen. „Dreiundzwanzig, verträgt keinen Alkohol–"

„Das steht da nicht!"

Er fuhr fort. „Zwei Brüder, Alex und Quinn; zwei Schwestern, Frank und Jamie … Was hat es mit diesen Männervornamen auf sich?"

„Meine Mom wollte nicht, dass wir mit weiblichen Vornamen in der Geschäftswelt benachteiligt wären. Ich schätze, sie hat große Hoffnungen in uns gesetzt."

„Ken, Frank und Jamie." Er verzog das Gesicht. „Francesca?"

„Jupp!" Sie leerte ihren Cocktail und strahlte. Dann zog sie einen Fünf-Dollar-Schein aus ihrer Handtasche und kippte alles Kleingeld klirrend auf die Theke. „Fünf Dollar und siebenundzwanzig Cents", verkündete sie.

Er nahm den Schein und schob ihn wieder in ihre Hand. „Stecken Sie das weg. Ich mache das schon."

„Ich bezahle selbst." Sie legte den Schein zurück auf den Tresen.

Er steckte ihn in die Gesäßtasche seiner Jeans. „Den gebe ich Ihnen später zurück."

Sie griff nach dem Schein und er nahm ihre Hand und drückte sie gegen seinen Po. Sie versuchte, ihre Hand wegzuziehen, doch sein Griff war so fest, dass es ihr nicht gelang. Sie seufzte und ließ ihn gewähren. Es war irgendwie nett, dass er ihre Hand hielt und sie an seinen Po drückte. Sie musste sich ohnehin daran gewöhnen, dass er sie berührte, wenn sie dieses Wochenende überstehen wollten.

Er ließ ihre Hand los und wandte sich wieder dem Zettel zu. „Ihr zweiter Vorname ist Iris? Haben Sie alle blumige zweite Vornamen?"

„Ja. Die Mädchen schon. Das waren die Namen, die meiner Mom am besten gefallen haben, doch als sie mit mir schwanger war ..." Sie sprach nicht zu Ende. Davon hatte sie noch niemandem erzählt.

„Was?", fragte er, drehte sich um und sah mit diesen atemberaubenden blauen Augen in ihre. Sie waren fast, wie nannte man diese Farbe noch? Wie das Blau in Monets *Sternennacht über der Rhone*. Sie seufzte verträumt, als sie in diese bodenlosen Tiefen starrte.

Er lehnte sich zurück und musterte sie. „Sind Sie betrunken?"

„Nein." Sie wedelte mit den Fingern vor seinem Gesicht. „Dummerchen."

„O-kay." Er schüttelte den Kopf und konzentrierte sich wieder auf den Zettel. Sie wandte sich ihrem Notizblock zu und schrieb Mrs Kennedy Reynolds und ergänzte die Ys und das S mit geschwungenen Schnörkeln. Zu schade, dass es kein I gab, sonst hätte sie ein Herzchen als i-Punkt gemalt.

„In Ordnung", sagte er. „Jetzt habe ich einen Eindruck. Und übrigens ist Ihr Geschmack, was Bücher, Filme und Musik angeht, ziemlich bizarr."

Sie hielt ihren Stift mitten im Wort an und unterbrach ihr zweites elegantes Schreibschrift-Mrs-Kennedy-Reynolds auf ihrem Notizblock. „Was meinen Sie?"

„Ich meine, dass nichts davon zusammenpasst." Er tippte auf das Papier. „Rap, *Der Wind in den Weiden*, Fantasy-Romane und Ihr Lieblingsfilm ist *Good Fellas*? Das ist, als könnten Sie sich nicht entscheiden, ob sie ein verträumter Hippie oder ein tougher Gangster sein wollen."

„Ich bin beides. Und Rock mag ich auch." Sie wedelte mit einer Hand durch die Luft. „Wer mag Rock nicht?"

„Was ist Ihre Lieblingsband?"

„Griffin Huntley."

„Ach so? Meine auch. Ich war letzten Monat bei seinem Konzert im Madison Square Garden. Solo ist er sogar noch besser als damals bei Twisted Star."

„Das stimmt." Sie schürzte ihre Lippen und war ein bisschen neidisch, dass er dieses Konzert besucht hat. „Sie Glückspilz."

Er trank einen Schluck Bier. „Trotzdem passt das meiste bei Ihnen nicht zusammen. Ich glaube, Sie sind verwirrt."

Sie stieß einen Finger vor sein Gesicht. „Jetzt erzählen *Sie* mir von sich. Vielleicht sind *Sie* ja derjenige, der verwirrt ist."

Er packte ihren Finger. „Das Wichtigste steht nicht auf dem Zettel."

„Und das wäre?", fragte sie und überflog den Zettel. Sie war sich ziemlich sicher, dass sie die wichtigen Dinge alle erwähnt hatte.

Er nahm ihren Finger und deutete auf eine freie Stelle ganz unten. „Zum Beispiel ihre Männer-Historie."

Daran hatte sie nicht gedacht. Sie drehte sich zu ihm um. „Was wollen Sie denn wissen?"

Er ließ ihren Finger los, wahrscheinlich, damit sie schreiben konnte. „Länge, Dauer …"

Sie runzelte die Stirn, als sie versuchte, sich zu erinnern. „Ich hab's nie nachgemessen. Meine Güte, ich weiß nicht, fünfzehn Zentimeter? Und Dauer … Zehn Minuten?"

Luke platzte fast vor Lachen. Ihre Wangen brannten. Sie schlug seinen Arm, als ihr klar wurde, dass er sich über sie lustig machte.

„Ich meinte die Länge der Zeit, die Sie mit ihnen zusammen waren", sagte er, als er das Lachen unter Kontrolle bekam. „Und die Dauer der Beziehungen." Da musste er wieder lachen.

Sie sah ihn wütend an. „Sie haben es absichtlich so formuliert, dass es–" Sie senkte ihre Stimme „–nach Sex klang."

Er schüttelte den Kopf und grinste immer noch. „Oh nein. Das können Sie mir nicht anhängen. Das war Ihre schmutzige Fantasie."

„Nein, Ihre!"

Er wurde ernst, als er den Blick auf ihren Notizblock senkte. Sie folgte seinem Blick dorthin, wo sie mehrmals Mrs Kennedy Reynolds geschrieben hatte.

„Das war nur, um für dieses Wochenende zu üben", versicherte sie ihm mit einem Schulterklopfen. *Mann, Mann, Mann.* Sie tätschelte ihm weiter die Schulter, streichelte ihn beinahe, denn seine Schulter fühlte sich so wohlgeformt und warm an.

Luke räusperte sich. „Okay, auf geht's, Informationen über Luke. Schreiben Sie das auf, denn am Ende werde ich Sie abfragen."

Sie nahm ihren Stift. „Ich bin gut in Prüfungen."

„Das wette ich. Ich wette auch, Sie sind gerne zur Schule gegangen."

„Das bin ich!"

Er schüttelte den Kopf. „Wenn Sie nicht so niedlich wären, wäre ich ganz schön angepisst, weil Sie mich in diese Nummer reingezogen haben, *Mrs Kennedy Reynolds.*"

Sie kicherte. „Luke …" Sie beugte sich vor und sah ihm tief in seine blauen Sternenaugen. „Wir sollten professionelle Grenzen haben, wenn wir nicht mit Bentley zusammen sind."

„Na schön, dann sind Sie eben nicht niedlich."

Sie schmollte.

Er nahm ihr Kinn und drehte es zurück zum Notizblock. „Geburtstag am fünfzehnten März. Ich bin zweiunddreißig, kein alter Mann – vergessen Sie das nicht."

Sie schrieb es auf und drehte sich zu ihm um. „Als ich Sie kennengelernt habe, habe ich Sie für älter als zweiunddreißig gehalten. Als ich dreißig gesagt habe, wollte ich nur nett sein."

Er schnaubte. „Warum das? Liegt es am Bart?" Er kratzte sich das Kinn.

Sie zuckte die Schultern. „Ich weiß es nicht. Ich habe Sie ja nie ohne gesehen."

Er verzog das Gesicht. „Das ist es. Ich werde den Bart abrasieren."

„Trotzdem werden Sie mir immer alt vorkommen", trällerte sie.

Darauf verzog er das Gesicht noch mehr. „Das macht Ihnen so richtig Spaß, oder?"

Sie nickte und schlürfte ihren Cocktail. So viel Spaß wie jetzt hatte sie lange nicht gehabt. Das musste an ihrem köstlichen Frozen Margarita liegen. Wenn sie reich wäre, würde sie jeden Tag Margaritas trinken.

„Möchten Sie noch einen?", fragte er, als er ihr leeres Glas bemerkte.

Sie leckte sich die Lippen. Sie hätte gerne noch einen, doch ihr Geld war schon in seiner Gesäßtasche, und damit würde sie ohnehin keine zwei Margaritas bezahlen können. „Nicht nötig."

„Sagen Sie es einfach, wenn Sie noch einen Drink wollen." Er machte dem Barkeeper ein Zeichen. „Ich bestelle mir noch ein Bier."

„Aber Ihr Geld ist in meiner Tasche", sagte sie.

Er sah sie an. „Was?"

„Ich meine, mein Geld ist in Ihrer Tasche."

Er hob eine Hand. „Ich mach das schon."

„Lu-u-uke, ich kann Ihnen das nicht zurückzahlen."

„Machen Sie sich deswegen keine Sorgen. Ich weiß noch, wie es war, als ich in Ihrem Alter war und ich von einem Gehaltsscheck zum nächsten gelebt habe." Er unterbrach sich und schloss die Augen. „Gott, jetzt fühle ich mich alt." Er zeigte mit einem Finger auf sie. „Sie sollten besser aufhören, mich als alt zu bezeichnen."

Sie grinste verschlagen. „Oder was?"

„Oder ich werde Ihnen meine Männlichkeit beweisen müssen."

Sie kicherte. Als ob er das müsste. Er war bei Weitem der sexieste Mann, den sie jemals kennengelernt hatte. Vielleicht sogar der sexieste Mann in Amerika. Sie strahlte und dankte ihm im Stillen für diesen schönen Anblick.

Er tippte ihr an die Nasenspitze. „Möchten Sie was essen? Ich fürchte, Sie schwimmen geradezu in Tequila."

Sie schüttelte den Kopf und schwankte zur Seite. Luke ergriff ihren Arm und hielt sie fest. „Wie wäre es mit Nachos?", fragte er.

„Das wäre köstlich", gestand sie.

Er nickte, bestellte das Essen und die Getränke und wandte sich ihr wieder zu. „Bereit für weitere Fakten?"

Sie hob ihren Stift. „Bereit."

„Fünf Brüder. In chronologischer Reihenfolge: Gabe, Vince, Nico, genauso alt wie ich, Jared und Angel. Nico stehe ich besonders nahe."

„Ich sollte Nico kennenlernen."

Er schnaubte. „Nein, sollten Sie nicht."

„Warum nicht?"

Er beugte sich vor und sie atmete einmal tief ein. Diesen Luke-Duft sollte man in Flaschen füllen. Ach nein, gab es ja schon. Das war sein Parfum. Sie kicherte innerlich.

Luke zupfte an einer ihrer Haarsträhnen. „Er ist der bestaussehendste von uns. Die Frauen schwärmen nur so für ihn. Ganz sicher werde ich meine Verlobte nicht an meinen Bruder verlieren."

Einen Moment lang wurde ihr schwindlig. Sollte sie darauf bestehen, seinen Bruder kennenzulernen? Nein, nein, nein. Sie waren nicht wirklich verlobt.

„Denken Sie nicht so angestrengt nach", sagte er. „Da kommt ja schon Rauch aus Ihren Ohren."

Sie drehte sich zu ihm um. „Sie ziehen mich zu gerne auf."

Er verkniff sich ein Lächeln und tippte auf die Bar. „Das stimmt."

„Und ich mache das noch viel lieber", sagte sie und beugte sich zu ihm vor.

Er grinste zu ihr hinab. „Das bezweifle ich ernsthaft."

Ihr zweiter Margarita und sein Bier kamen und beide tranken einen Schluck. „Erzählen Sie mir, was Sie am liebsten mögen", sagte sie.

„Heiße Frauen, die keinen Alkohol vertragen", antwortete er sofort.

Sie versteifte sich. Sprach er von ihr?

„Schreiben Sie das auf", beharrte er.

Pflichtbewusst schrieb sie es auf, wurde rot und trank einen langen, erfrischenden Schluck von ihrem Drink. Er schmunzelte.

Sie warf den Stift nach ihm, doch er duckte sich. Dann hielt er einen Finger hoch, hob den Stift vom Boden auf und reichte ihn ihr. „Sie haben da was verloren."

„Jetzt seien Sie doch mal ernst!", protestierte sie. „Ich soll Sie kennen. Ich brauche richtige Fakten. Wollen Sie das Wochenende unbedingt vermasseln?"

Er hörte auf zu lächeln. „Nein, will ich nicht."

„Dann okay. Sagen Sie mir, was Sie wirklich mögen."

„Geld, Geld, Geld."

Sie spürte, dass Wahrheit in diesen Worten steckte, und musste das nicht aufschreiben. Sie kannte diesen brennenden Ehrgeiz, diesen Trieb, aus dem Nichts etwas aufzubauen. Mit Geld hatte man die Wahl, schlicht und einfach.

„Lieblingsbuch?", fragte sie.

Er schüttelte den Kopf. „Hab keins."

„Lieblingsmusik?"

„Rock."

Das schrieb sie auf. „Lieblingsfilm?"

„*Good Fellas.*"

Sie legte den Stift ab und sah ihn genervt an. Das war *ihr* Lieblingsfilm. „Hören Sie auf, mich aufzuziehen."

„Tue ich nicht."

Sie starrten einander lange an. „Ich bin lustig, wie?", zitierten sie beide den Film gleichzeitig.

„Ich amüsiere dich?", fragte Kennedy.

„Als wäre ich ein verfickter Clown?", fragte Luke.

„Kein verfickter Clown", sagte sie lachend. „Nur ein Clown."

Luke schüttelte den Kopf. „Verdammt, Kennedy. Es wird nicht schwer sein, so zu tun, als wäre ich dein Lover."

Sie stammelte. „Sie meinen Verlobter, seit wann duzen wir uns?"

Er sah ihr mit loderndem Blick in die Augen und ihr Puls raste. „Das ist doch wohl dasselbe, oder nicht? Und wenn wir verlobt sind, sollten wir uns auch duzen." Ihr Mund wurde plötzlich trocken. Sie trank einen großen Schluck und bekam schlagartig Kopfschmerzen von dem eisigen Getränk. „Ah!" Sie presste ihre Fingerspitzen an die Schläfe.

„Drück deine Zunge gegen den Gaumen", sagte Luke. „Das wärmt und dein Hirn taut gleich wieder auf."

Das tat sie und er sah zu. Nach ein paar Augenblicken war der Schmerz tatsächlich verschwunden. „Du bist ein Genie", sagte sie. Er neigte den Kopf. „Mein Bruder Jared ist Arzt. Von ihm lerne ich immer kleine, hilfreiche Dinge. Die Kopfschmerzen kommen daher, wenn das kalte Zeug deinen Gaumen berührt."

Sie stützte ihr Kinn in ihre Hand. „Faszinierend."

Er grinste. „Jetzt machst du dich über mich lustig." Er trank einen Schluck von seinem Bier. „Sonst noch was, was du wissen möchtest?"

„Wie machen wir das mit dem Schlafen?", fragte sie. Wenn sie nüchtern gewesen wäre, hätte sie das niemals angesprochen, doch es machte ihr Sorgen. Bentley und Candy würden ihnen ja sicherlich nur ein Zimmer geben.

„Ich vermute, du möchtest, dass ich mich wie ein Gentleman verhalte und auf dem Boden schlafe."

Erleichtert atmete sie auf. „Das wäre großartig. Danke!"

„Ich bin kein Gentleman."

Sie verzog das Gesicht. „Ich werde mir *nicht* das Bett mit dir teilen."

„Dann kannst du ja am Boden schlafen. Schließlich war es deine Idee."

Sie sah ihn finster an und dann einfach nur, weil sie ihn ansehen wollte. Betrachtete seine hellbraunen Haare mit den blonden Highlights, die ein Vermögen gekostet haben mussten, die dunkelblauen Augen, die gerade Nase, die sinnlichen Lippen, die zu einem kleinen Lächeln verzogen waren. Der sexy getrimmte Bart. Es war alles zu viel. „Du siehst einfach zu gut aus", sagte sie.

Er hob eine Braue. „Das hat noch nie jemand zu mir gesagt. Sonst noch irgendwelche Beschwerden?"

„Ja." Sie musterte ihn von oben bis unten. „Du bist auch zu sexy. Mit diesem teuren Parfum. Den muskulösen Schultern. Den sehnigen Unterarmen." Sie stieß einen Finger in seinen Bizeps und traf auf harte Muskeln. „Was bist du, so ein Fitnesstyp?"

Er schenkte ihr ein Lächeln mit perfekt weißen Zähnen. „Ich trainiere eben."

Sie deutete auf seinen Mund. „Und dann dieses perfekte Lächeln. Mann!"

Die Nachos kamen und sie griff zu. Sie verbrannte sich den Mund an dem heißen Käse und löschte das Brennen gleich mit ihrem Drink.

Luke schüttelte betreten den Kopf. „Meine Sünden nehmen kein Ende. Sonst noch was?"

Sie hob einen Finger. „Ja. Arrogant, viel zu selbstbewusst, Klugscheißer, geldgierig, unprofessionell–"

„Hey, hey, hey. Ich bin *nicht* unprofessionell. Alles andere, von mir aus, aber das nicht. Ich habe mich entschuldigt, als ich die Grenze überschritten habe. Und das ist ein einziges Mal passiert." Er beugte sich vor. „Und korrigiere mich, wenn ich falsch liege, aber seitdem habe ich nicht auf *deine* Avancen reagiert."

„Was!"

Er hob seine Brauen. „Du hast mich zuerst geküsst *und* du hast meinen Po angefasst."

„Hab ich nicht!" Sie wurde rot. „Du hast mich gezwungen, deinen Po anzufassen!"

„Als du versucht hast, mein Geld zu stehlen."

Ihre Hände ballten sich zu Fäusten. „Das ist mein Geld in deiner Gesäßtasche!"

„Kennedy", sagte er mit ruhiger, leiser Stimme.

Sie atmete schwer. „Was?"

„Kannst du dich bitte setzen? Die Leute starren uns schon an. Du bist ein bisschen laut."

Sie hatte gar nicht bemerkt, dass sie aufgestanden war. Sie warf einen peinlich berührten Blick auf die neugierigen Leuten im Gastraum, dann ließ sie sich wieder auf ihren Barhocker sinken und nahm sich einen Nacho.

Nachdem sie gekaut hatte, sagte sie: „Du solltest nicht zulassen, dass ich mich blamiere."

„Es ist nicht so leicht, dich unter Kontrolle zu halten."

Sie konnte das Lächeln in seiner Stimme hören und sah ihn an. Er zwinkerte. Sie war hin- und hergerissen, ob sie ihn ohrfeigen oder küssen sollte. Diese Cocktails stiegen ihr wirklich zu Kopf. Man sollte nie Margarita auf leeren Magen trinken. Sie aß noch ein paar Nachos.

„Ich habe da auch ein paar Beschwerden", sagte er gedehnt.

Sie verzog das Gesicht. „Was zum Beispiel?" Wahrscheinlich würde er ihr wieder einen Vortrag darüber halten, dass sie es war, die überhaupt diese dumme Verlobten-Scharade initiiert hatte. Doch was tat man nicht alles aus Verzweiflung?

„Deine Schönheit ist viel zu zart und weiblich für deinen Namen."

Sie tunkte einen Nacho in Guacamole. „Für meinen Namen kann ich nichts." Sie sah ihm in seine dunkelblauen Augen. „Moment, was?"

„Und nicht nur das. Du bist auch zu, ähm, hmmm ..." Er drückte einen Finger an ihre Lippen. „Wie kann ich das ausdrücken, ohne in Schwierigkeiten zu kommen? Hier wird mit zweierlei Maß gemessen."

„Wieso zweierlei Maß?"

„Du darfst sagen, dass ich sexy bin–" er beugte sich vor und ihr stockte der Atem „– was ich *toll* finde, aber wenn ich das erwidere, heißt es gleich wieder, dass ich unprofessionell sei."

Er hob seine Brauen und wartete auf ihre Antwort. Sie starrte auf seinen Mund, der nicht lächelte, sie jedoch irgendwie anzog. Sie spürte, wie sie sich vorbeugte–

Und fiel geradewegs von ihrem Barhocker.

5

Luke fing Kennedy auf, bevor sie zu Boden fallen konnte. Dann schlang sie überraschend ihre Arme um seine Taille und schmiegte ihren Kopf an seine Brust. Er hielt sie einen Moment lang und war sich nicht sicher, was er tun sollte. War das ein Signal? Oder war das nur eine freundschaftliche Umarmung? Sein Körper drängte ihn zu mehr. Sie zu küssen und zu schmecken und zu berühren. Sie mit nach Hause zu nehmen und sich tief in ihr zu vergraben.

Sie hob ihren Kopf und sah ihm in die Augen. „Tut mir leid", sagte sie leise.

Ihre leise Stimme weckte seinen angeborenen Beschützerinstinkt. Sie für sich zu beanspruchen und jeden anderen von ihr fernzuhalten. „Wofür?"

„Dass ich dich in diesen Schlamassel gezogen habe. Ich kann verstehen, wenn du das nicht durchziehen willst."

Anders als sie vielleicht glaubte, freute er sich sogar darauf. Nicht, dass er eine Wellnessbehandlung wollte. Doch er hatte bereits Fantasien davon, wie Kennedy nichts als ein Handtuch bei der Massage trug und einen winzigen Bikini, wenn sie segeln gingen. Dass sie sich ein Zimmer teilten, würde definitiv zu mehr führen. Das wurde ihm immer klarer, je mehr Zeit er mit ihr verbrachte. Als er sich auf dem

Golfplatz mit ihr angelegt hatte, hatte er noch unter Schock gestanden, weil sie seine Konkurrentin war. Doch nach ihrem Kuss hatte er ein ganz anderes Bild von ihr bekommen, nicht nur als Konkurrenz, sondern als eine schöne, komplexe, sexy Frau.

„Ich werde das schon überstehen, schon gut."

„Du musst mich wirklich hassen", sagte sie elend, woraufhin er sich schuldig fühlte.

„Hey, weißt du–"

„Aber ich habe gute Gründe! Meine Familie braucht mich. Sie sind verschuldet. Drei meiner Geschwister wohnen noch zu Hause, für Frank ist die Studiengebühr fällig, die Reha hat die unbezahlten Rechnungen an ein Inkassounternehmen weitergeleitet–"

„Hey, mir macht das nichts aus." Er hob sie an der Taille hoch und setzte sie wieder auf ihren Barhocker. Er konnte sie wirklich nicht länger halten, ohne sie zu küssen. Ein Teil von ihm wollte ihr einfach nur all ihre Sorgen nehmen und sie die unbeschwerte Dreiundzwanzigjährige sein lassen, die sie sein sollte. „Lass uns einfach das Wochenende genießen. Nichts Geschäftliches, es sei denn, Bentley bringt es zur Sprache. Wir spielen das verliebte Paar und tun so, als wäre das unser Leben. Wir werden für ein fabelhaftes Wochenende wie Bentley und Candy sein. Ich glaube, wir haben uns das verdient."

Sie schwieg.

„Was sagst du?", fragte er und stieß sie mit dem Ellbogen an. „Kann ich dein hingebungsvoller Freund sein? Kann ich süße Worte sagen und deine Hand halten und–" er schnappte übertrieben nach Luft „– dich auf die Lippen küssen?"

Sie kicherte und sah ihn von der Seite an. „Warst du schon einmal ein hingebungsvoller Freund?"

Er zögerte. Seine längste Beziehung hatte drei Monate gehalten, und wenn er ehrlich war, hatte er sich nie sehr um seine Freundinnen bemüht. Sie waren einfach nie eine Priorität für ihn gewesen.

„Wenn ich nein sage, wirst du es mich dann trotzdem versuchen lassen?", fragte er.

Sie nickte. Er nahm sich einen Nacho und aß ihn. Auch sie aß weiter.

„Zuckerschnute", sagte er, um es auszuprobieren.

Sie schmunzelte.

„Honig … kuchen", fügte er hinzu. „Bentley ist ein perfektes Vorbild." Er nahm sich einen Nacho, beladen mit Dip. „Mal sehen, wie du als Candy bist."

Ihre blauen Augen wurden ganz groß. „Isch ab disch lieb, Zuckerbär." Sie beugte sich vor und rieb ihre Nase an seiner. Er erstarrte. Sie sahen einander in die Augen und eine elektrische Anziehung vibrierte zwischen ihnen, bis sie sich von ihm löste.

„Ziemlich überzeugend", sagte er, dann schob er sich einen Nacho in den Mund.

„Du auch", sagte sie und leerte den Rest ihres Drinks.

„Also, ähm …" Zum zweiten Mal in seinem Leben war er sprachlos. Es war das *isch ab disch lieb*, das ihn aus dem Konzept brachte. Das erste Mal war es ihm so ergangen, als Kennedy verkündet hatte, dass sie verlobt waren.

„Iss", sagte sie und schob den Nachoteller in seine Richtung. „Ich schaff das nicht alles allein."

Ein paar Augenblicke lang aßen sie schweigend.

„Wie kommt es, dass ich dich nie hier gesehen habe?", fragte er.

„Mein Dad hat eine Stunde von hier an einer Privatschule unterrichtet und meine Geschwister und ich sind jeden Morgen mit ihm gefahren. Wir mussten alle keine Gebühren bezahlen. Wir sind morgens ziemlich früh losgefahren, so um halb sieben, und meistens erst um sechs oder sieben wieder nach Hause gekommen. Er hat als Sportlehrer viel Nachmittagsunterricht gehabt, den wir alle mitmachen mussten. Außerdem warst du in der Schule acht Jahre über mir."

Er trank einen Schluck von seinem Bier. „Schon, aber was ist mit dem Sommer? Was ist mit den Wochenenden?"

Sie warf ihm einen Blick zu. „Warum interessiert dich das so sehr? Ich bin mir sicher, dass du mir keine Beachtung geschenkt hättest. Als du deinen Abschlussball hattest, war ich neun Jahre alt."

Er ließ seinen Kopf in seine Hände sinken und ächzte.

Sie streichelte seinen Rücken. „Alter ist nur eine Zahl. Mach dir keine Sorgen. Dafür gibt es jetzt Pillen."

Er richtete sich abrupt auf. „Ich brauche keine Pillen, um einen hochzukriegen!"

„Ich trink auf dich, Mann!", polterte ein grobschlächtiger, tätowierter Typ am anderen Ende der Bar mit erhobener Faust. „Sag ihr, was Sache ist."

Seine Wangen brannten. Er sah die Leute finster an, die in der Nähe standen, ihn anstarrten und tuschelten. Kennedy grinste.

Er zupfte an ihren Haaren, dann hielt er inne und strich ihr weiches Haar über ihre Schulter. „Amüsierst du dich?"

Sie sah ihm mit strahlendem Lächeln in die Augen. „Ehrlich gesagt schon."

Langsam gewöhnte sie sich an ihn und fühlte sich sicherer. Es hätte also einfach sein sollen, zum Todesstoß anzusetzen und ihr diesen Klienten einfach aus den Krallen zu ziehen, doch stattdessen spürte er, wie er ihr gegenüber weich wurde. Er mochte sie einfach zu sehr für jemanden, mit dem er im Wettbewerb lag.

Seine Stimme klang heiser. „Was mache ich nur mit dir?"

„Du wirst mich heiraten", kicherte sie.

Die Wahrheit dieser Worte traf ihn wie ein Elektroschock. „Du hast recht."

Sie wandte sich wieder den Nachos zu, während ihr Gesicht rot anlief. „Nicht wirklich, meine ich. Nur zur Show." Sie gestikulierte unbeholfen. „Du weißt schon, was ich meine."

„Ja." Er schüttelte den Kopf. Was war nur los mit ihm? Er steigerte sich in diese Fantasie hinein. Es war alles nur eine Scharade. Er durfte das Ziel nicht aus den Augen verlieren. Sein Blick blieb an Kennedys eleganter Kinnpartie hängen und er wandte sich ab. Das wahre Ziel, sagte er sich. Nicht sie.

Definitiv nicht sie. Sie war ein netter Bonus auf dem Weg zum Ziel.

„Komm", sagte er. „Ich bring dich nach Hause."

„Ich will noch nicht nach Hause gehen", sagte sie. „Es ist noch früh."

„Und wir haben morgen einen frühen Auftritt."

Sie sah ihn gereizt an und wischte sich den Mund mit einer Serviette ab.

Er musste sie sicher nach Hause bringen, weg von sich. Denn je mehr Zeit er mit ihr verbrachte, desto mehr wollte er sie. So sehr, dass er sich nicht einmal mehr Zeit für sein übliches Gesäusel nahm, sondern herausplatzte: „Möchtest du mit zu mir kommen?"

„Um mit dir zu schlafen?"

„Nur, um ein bisschen abzuhängen", sagte er in einem spontanen Versuch, cool zu tun. Dann fiel ihm ein brillanter Grund ein, mit dem er sie überreden konnte. „Wir könnten am Morgen gemeinsam zu Bentleys Haus fahren. So wäre es überzeugender, dass wir das glücklich verlobte Paar sind."

„Wo du recht hast ..."

„Also kommst du mit zu mir?" Seine Stimme war einen Tick zu hoch. *Komm wieder runter.*

„Ich glaube nicht."

Vor Enttäuschung ließ ihn sein Charme im Stich. „Warum nicht?"

Sie sah ihm geradewegs in die Augen. „Ich vertraue dir nicht."

„Du kannst mir aber—"

„Wahrscheinlich würdest du mich im Schrank fesseln und ganz allein zu Bentley fahren."

„Dich zu fesseln ist mir nie in den Sinn gekommen." Doch wenn er jetzt so darüber nachdachte ...

Sie hob einen Finger. Dann schrieb sie eine Adresse auf eine Seite in ihrem Notizblock, riss sie heraus und reichte sie ihm. „Hol mich morgen früh ab. Ich wohne sowieso auf dem Weg nach Greenport."

Er versuchte, sich seine Enttäuschung nicht anmerken zu lassen. Er würde das ganze Wochenende mit ihr verbringen. Warum also die Eile? Er sollte ohnehin nicht mit ihr schlafen, richtig? Es konnte ja sein, dass sie irgendeinen teuflischen Plan hatte. Man musste sich ja nur ansehen, was sie bereits für einen teuflischen Plan geschmiedet hatte. Sobald er daran dachte, wie riskant es wäre, mit ihr zu schlafen, schob er diese Sorge bereits beiseite. Er würde das Risiko eingehen. Er lebte sein Leben nicht nach der Frage, was man tun sollte und was nicht, sondern nur nach dem, was er tun *konnte*.

Er zog sein Handy aus der Tasche. „Nummer?"

Sie ratterte sie herunter und er speicherte sie. Dann speicherte sie seine Nummer und kicherte.

„Was ist denn so lustig?", fragte er und zog ihr Handy zu sich. Sie hatte seine Nummer anstatt unter seinem Namen unter *Teufel* gespeichert.

Er hielt sein Handy in die Höhe, in dem er sie unter *Honey* gespeichert hatte. Das war um einiges schmeichelhafter. Ihm wurde klar, dass sie ihn trotz ihrer offensichtlichen Chemie tatsächlich nur als ihren Feind betrachtete. Dieser Gedanke störte ihn mehr, als er für möglich gehalten hätte.

Er stand auf. „Ich kann dir die Hölle zeigen, wenn du das willst." Er wusste, wie man mit harten Bandagen kämpfte. Er konnte es mit den Besten aufnehmen.

Auch sie erhob sich und strahlte zu ihm auf. „Und ich werde dir einen Vorgeschmack auf den Himmel geben."

„Fuck", murmelte er, dann legte er seine Hand an ihren Hinterkopf, zog sie an sich und senkte seinen Mund auf ihren. Es war ihm egal, dass sie in einer gut besuchten Bar waren. Das Verlangen war einfach zu stark. Sie sackte gegen ihn, während er sie langsam und leidenschaftlich küsste. Sie schmeckte nach Erdbeeren und Gewürzen, ihre Lippen waren weich und warm. Sein anderer Arm legte sich um ihre Taille und presste sie an sich. Er konnte nicht aufhören. Je mehr er sie küsste, desto mehr wollte er sie. *Mehr*. Er ließ seine Hand über ihren Po gleiten. *O Gott, mehr.*

Ein paar Pfiffe ertönten in der Bar.

Widerwillig löste er sich von ihr. Sie starrte ihn an, zwei Finger an ihren Lippen. Er pochte, war schmerzhaft hart und wollte sie immer noch mit einem Drang, der so schnell nicht nachlassen würde. Er musste sie von sich schieben, bevor er sich gar nicht mehr beherrschen konnte.

Er legte seinen Finger unter ihr Kinn. „Du hättest dich nicht mit dem Teufel einlassen sollen."

Sie zog ihr Handy hervor und tippte schnell. „So", sagte sie und hielt es ihm hin. „Jetzt stehst du unter *Alter Mann*."

Er verkniff sich ein Grinsen, denn er wusste, dass sie ihn aus dem gleichen Grund provozierte wie er sie. Um ein bisschen Distanz zwischen sie zu bringen. Er holte sein Handy hervor und änderte auch ihren Namen. Er zeigte ihr ohne Kommentar das Display. Ein Wort, das sie keuchen und ihn lächeln ließ.

Mein.

~

Kennedy ging so schnell sie konnte und so gerade wie ihr beschwipster Körper es zuließ zum Ausgang der Bar. Sie brauchte dringend frische Luft und musste weg von Luke. Unglücklicherweise legte Luke die Hand an ihren Ellbogen und ging mit ihr.

„Nur mein fürs Wochenende", sagte er. „Kein Grund durchzudrehen."

Sie schüttelte ihn ab und ging weiter. „Ich drehe nicht durch." Sie stieß gegen den Empfangstisch und ein Stapel Speisekarten fiel zu Boden. „Oh, tut mir leid!", sagte sie zu niemand Bestimmtem. Die Empfangsdame war nach dem Abendessenansturm gegangen. Sie ging in die Hocke, um die Speisekarten aufzuheben, verlor die Balance und landete auf ihrem Po.

Luke machte tststs. Sie sah ihn wütend an, als er den Kopf schüttelte. Und ihr nicht half. Er war definitiv kein Gentleman. Sie rappelte sich auf die Knie auf, sammelte alle Speisekarten ein und legte sie zurück auf den Empfangstisch.

Luke schob seinen Arm unter ihrem durch und begleitete sie zur Tür hinaus.

„Ach, *jetzt* spielst du plötzlich den Gentleman", blaffte sie.

„Ich möchte nur nicht, dass du noch einmal auf deinem

Allerwertesten landest." Vor dem Eingang blieb er stehen. „Ich möchte nicht, dass du das falsch verstehst, aber ich glaube ehrlich nicht, dass du fahren solltest. Kommst du bitte mit zu mir? Du kannst deinen Rausch ausschlafen und morgen früh bist du frisch und munter."

„Ha!" Sie stemmte ihre Hände in die Hüfte. „Ha-ha-ha! Du hältst mich wohl für ziemlich blauäugig."

Er lachte leise. „Oh ja. Und mit diesen blauen Augen hast du eindeutig zu tief ins Tequilaglas geguckt."

„Ich werde *nicht* mit dir nach Hause gehen."

Er stieß ein gequältes Seufzen aus. Sie ahmte ihn mit ihrem eigenen gequälten Seufzen nach.

Er lächelte, woraufhin sie ihn am liebsten geohrfeigt hätte. „Lass mich dich wenigstens nach Hause fahren."

„Und warum ist das erst die zweite Option? Hmmm?" Sie stellte sich auf Zehenspitzen und sah ihm direkt ins Gesicht. „Warum hast du das nicht gleich vorgeschlagen?"

Er grinste sie ohne jede Reue an. „Weil ich ein böser Nicht-Gentleman bin."

Sie wich zurück. „Das stimmt."

„Ich parke hier", sagte er und zeigte auf seinen dunkelblauen Porsche, der nur wenige Meter entfernt stand. „Wo stehst du?"

„Auf dem hinteren Parkplatz."

„Und warum bist du dann vorne rausgegangen?"

„Ich wollte so schnell wie möglich weg von dir!"

Er neigte seinen Kopf. „Na, das hat ja großartig funktioniert. Möchtest du jetzt mitfahren?"

„Das wäre wahrscheinlich eine gute Idee", gestand sie. „Die Straßenlaternen sind zu grell und du glühst geradezu mit einer goldenen Aura." Sie gestikulierte vage von seinen Schultern zu seinen Knien und deutete damit die Aura um seinen Körper an.

Er hob eine Braue. „Äh, ja, klar. Steig ein." Er hielt ihr die Tür auf. Als sie saß, schloss er die Tür, stieg auf der anderen Seite ein und gab ihr die Fünfdollarnote zurück. Sie stopfte das Geld in ihre Handtasche, ohne etwas dazu zu sagen.

„Dein Wagen steht für ein paar Tage ganz gut auf dem hinteren Parkplatz. Clover Park ist sicher."

Sie seufzte. „Ich weiß."

„Wo wohnst du?"

„In den Apartments am Rand der Stadt. Du weißt schon, Clover Ridge."

„Alles klar."

Plötzlich wurde ihr klar, als sie auf die Main Street bogen, dass Luke vielleicht auch nicht mehr fahren sollte. „Vielleicht hätten wir ein Taxi nehmen sollen."

„Weshalb?"

Sie musterte seine Hände, die am Lenkrad ganz ruhig wirkten. „Bist du dir sicher, dass du fahren kannst?"

„Pff. Ich hatte ein Bier. Am zweiten habe ich kaum genippt, weil ich so damit beschäftigt war, die Länge und Dauer deiner Sexerlebnisse herauszufinden." Er schmunzelte.

Sie verschränkte die Arme und starrte zum Fenster hinaus. Doch dann überwog die Neugierde. „Was ist mit deinen?"

„Nichts Besonderes."

Er sah zu ihr hinüber und ihr Blick blieb an seinem Mund hängen, als sie sich daran erinnerte, wie er sich an ihrem angefühlt hatte, fest und genau richtig, dazu das Kratzen seines Barts. Sie seufzte.

Er hob einen Mundwinkel. „Alles gut bei dir da drüben?"

„Ja." Sie straffte ihre Haltung und zwang sich, ihm wieder in die Augen zu sehen, doch er blickte geradeaus auf die Straße. Einen langen Moment bewunderte sie sein Profil. *Hör auf damit!* Sie trug wohl eine Margarita-Brille. Sobald sie nüchtern war, würde sie sich daran erinnern, wie grässlich er war. Er war ihre größte Bedrohung, ihr Konkurrent. *Der Feind.*

Sie fuhr mit ihren Fingern durch das weiche Haar in seinem Nacken. Er sagte nichts, darum machte sie weiter.

„Was war deine längste Beziehung?", fragte sie. „Warst du je verliebt?"

„Drei Monate und nein."

Sie fuhr sich mit den Fingern durch ihr eigenes Haar.

Irgendwie war seins weicher. Wieder spielte sie mit seinem Haar. „Das ist gut."

„Warum ist das gut?"

„Weil einen die Liebe dumme Sachen machen lässt. Zumindest sagt meine Mom das immer, und wenn man überlegt, wie das mit ihr und meinem Dad gelaufen ist, würde ich sagen, dass sie recht hat."

„Wie ist es denn bei den beiden gelaufen?"

„Eine Menge Liebe, kein Geld."

„Das klingt aber doch gar nicht so schlecht."

Sie ließ ihre Hand sinken. „Es ist ätzend, arm zu sein!"

„Ich fasse es nicht, dass ich das sage, aber sind sie glücklich?"

Sie fuhr das Fenster hinunter und hielt ihren Kopf in den Wind.

„Kennedy?"

„Würdest du bitte aufhören, mich so zu nennen? Dann klingt es wie ein hübscher Name und das ist er nicht. Er ist bestenfalls gewöhnlich."

„Aber du bist alles andere als gewöhnlich."

Sie wandte sich ihm wieder zu. „Sie waren glücklich, bis ihnen das Geld ausgegangen ist. Also, offensichtlich ist Liebe nur bis zu einem bestimmten Punkt hilfreich."

„Du warst auch noch nie verliebt", sagte er.

„Woher willst du das wissen?"

„Weil du so zynisch darüber redest. Das verstehe ich. Aber ich muss dir sagen, ich habe Liebe bereits in Aktion gesehen. Meinen Bruder Nico hat es wirklich schlimm erwischt. Und, ganz ehrlich, nach seiner ersten Ehe hätte ich nie gedacht, dass er noch einmal heiraten würde. Aber ich habe ihn nie so glücklich gesehen wie jetzt. Er heiratet nächsten Monat."

„Na, das ist ja schön für ihn."

Er schnaubte. „Ja. Schön für ihn. Also ... erzähl mir mehr von dir. Allergien? Was tust du so, wenn du nicht so tust, als wärst du verlobt, oder wenn du nicht zu viel trinkst oder reiche Klienten an Land ziehst?"

Sie legte ihre Hände an den Kopf. „Immer nur eine Frage auf einmal. Gott. Mir brummt der Schädel."

„Was machst du gern in deiner Freizeit?"

„Nicht viel. Ich arbeite und helfe meinen Eltern mit meinen jüngeren Geschwistern."

„Und wie hilfst du?"

„Ich sorge dafür, dass sie ihre Hausaufgaben erledigen, dass ihre Klamotten sauber sind, ihr Mittagessen eingepackt ist und sie ihr Abendessen bekommen."

„Machen deine Eltern das alles nicht?"

„Mein Dad kann nicht. Er hat sich den Rücken verletzt. Meine Mom macht ein paar Sachen davon, zwischen ihrer Arbeit und den Fahrten zu den Arztterminen meines Dads. Ich erledige den Rest. Sonst ist das Risiko bei dem Chaos groß, dass ein Kind zu kurz kommt."

Er blieb an einem Stoppschild stehen. In Clover Park gab es nicht viel Verkehr. „Du wohnst noch zu Hause?"

„Ja. So ist es einfacher. So kann ich helfen. Miete sparen."

„Wow. Du bringst ganz schöne Opfer. Ich liebe meine Familie, aber ich konnte es nicht abwarten, meine eigene Wohnung zu haben. König im eigenen Reich, wenn du verstehst, was ich meine?"

Sie konnte es sich nicht vorstellen, allein zu leben. „Fühlst du dich nie einsam?"

Er trat aufs Gas und antwortete nicht gleich. Schließlich sagte er: „Nein. Wie könnte ich das bei einer so großen Familie? Am Sonntagabend fahre ich immer nach Hause zum Abendessen und die ganze Bande ist da. Jetzt auch diverse Schwägerinnen und ein neuer kleiner Neffe, Miles."

Sie erschauerte. „Ich hab es nicht eilig, Kinder zu kriegen. Ich habe den Großteil meines Lebens dabei geholfen, die Kleinen großzuziehen. Das älteste Mädchen ist automatisch der Babysitter."

„Hm."

„Was soll das denn heißen?"

„Nichts."

„Nein, im Ernst, was ist?"

Er zuckte mit den Schultern. „Nichts. Nur eines Tages wirst du einen Mann kennenlernen und wirst Babys mit ihm haben wollen." Er schüttelte lächelnd den Kopf. „Hör dir das an, jetzt klinge ich schon wie meine Schwägerin Zoë. Sie färbt langsam auf uns ab mit ihrem Traum, mich und all meine Brüder verheiratet und mit Babys zu sehen."

„Ich würde nur Kinder kriegen, wenn mein Mann wirklich *viel* hilft. Am besten wäre, wenn er zu Hause bleiben würde und ich arbeiten gehen könnte."

„Ich bin mir sicher, dass derjenige, wen auch immer du mal heiraten wirst, bereit wäre, seinen Teil beizutragen. Du würdest dich auf nicht weniger einlassen."

Sie gähnte. „Verdammt richtig." Ganz anders als ihr Dad. Die Ehe ihrer Eltern war eher traditionell, ihr Dad verdiente das Geld und kommandierte alle herum, während ihre Mom zu Hause blieb und sich um das Haus und die Kinder kümmerte. Das hatte großartig funktioniert, bis ihr Dad diese Rolle nicht mehr spielen konnte. Sie war sich nicht sicher, ob ihre Eltern sich jemals an die neue Situation gewöhnen würden. An eine, in der ihre Mom die Rolle der Verantwortlichen übernehmen musste, während ihr Dad im Hintergrund blieb.

Luke zupfte ihr an den Haaren. „Sieh mal einer an, wer da am Freitagabend so früh müde wird. Wer ist hier jetzt der oder die Alte?"

„Halt die Klappe", murmelte sie. Das nächste, was sie wahrnahm, war, dass Luke ihre Schulter anstupste.

„Wir sind da", sagte er.

Sie musste wohl eingedöst sein. „Ich bin wach."

„Dann sehe ich dich in alter Frische morgen früh. Um Viertel nach sechs."

Sie sah ihn an. Er erwiderte den Blick. Sie konnte nicht anders, als sich von seiner selbstbewussten, insgesamt ansprechenden Art angezogen zu fühlen. Sie streckte ihre Hand aus und streichelte seinen weichen Bart. „Der hat mich gekitzelt, als du mich geküsst hast. Ich bin noch nie von einem Mann mit Bart geküsst worden."

„Sonst noch was, was du gerne mit einem Mann mit Bart ausprobieren würdest?" Er wackelte mit den Brauen. „Mir würden da ein paar Dinge einfallen."

Hitze sammelte sich zwischen ihren Beinen, als sie sich

etwas davon lebhaft vorstellte. „Nichts!", platzte sie heraus und ihre Wangen brannten. „Ich kann mir überhaupt gar nichts vorstellen!"

Er lachte schallend. Sie schüttelte den Kopf und stürmte aus dem Wagen und hinüber zu ihrem Apartment im Erdgeschoss. Luke wartete, bis sie im Haus war, was sie irgendwie süß fand. Sie winkte in seine Richtung. Es war doch gar nicht so schlecht, einen vorgetäuschten Verlobten zu haben.

6

Einen vorgetäuschten Verlobten zu haben, war das Schlimmste, was ihr je passieren konnte. Erstens hatte Luke seinen Bart abrasiert. Sie wünschte sich wirklich, er hätte das nicht getan. Denn jetzt sah er nicht mehr zu alt für sie aus. Er sah jung aus, könnte glatt Mitte Zwanzig sein und er war atemberaubend gutaussehend – Wangenknochen, für die Frauen töten würden, ein markantes Kinn und sinnliche Lippen, die ständig zu einem kleinen Lächeln verzogen zu sein schienen, das sie in den Wahnsinn trieb. Als wüsste er, welche Wirkung er auf sie hatte. Ohne den Bart konnte sie sich nur noch auf seine dunkelblauen Augen konzentrieren, die ihren Blick wieder und wieder anzogen. Nun ja, abgesehen von seinem Körper, der ein T-Shirt ausfüllte, das eng genug war, um über seinen breiten Schultern und dem definierten Bizeps zu spannen. Sie war sich sicher, dass er diese Farbe und den Schnitt ausgewählt hatte, um seinen goldenen Teint und die Muskeln zu betonen. Zu ihrem Erstaunen war er sofort ganz der hingebungsvolle Freund. Und er war gut darin.

Am liebsten hätte sie ihn auf der Stelle getötet.

Er verdrehte ihr den Kopf, nur um bei Bentley einen Vorteil zu haben. Das musste so sein. Auf keinen Fall konnte er sich über Nacht in sie verliebt haben.

Obwohl es sich wirklich so anfühlte. In dem Moment, als sie vor Bentleys „Cottage" vorfuhren, das tatsächlich eher ein Herrenhaus war, war Luke ganz der verliebte, zukünftige Ehemann. Er ging vorne um seinen Porsche herum und half ihr aus dem Wagen. Dann trug er ihre Reisetasche, die er auf seinen Porsche-Rollenkoffer gelegt hatte (ja, Porsche, wie sein Auto), und verflocht seine Finger mit ihren, während sie gingen, um ihre Gastgeber zu begrüßen. Bentley und Candy winkten ihnen begeistert von der Haustür am anderen Ende der runden Einfahrt aus zu.

Sie ließ das Herrenhaus auf sich wirken – ein einladendes, zweistöckiges Arts-and-Crafts-Haus mit angebauter Garage mit fünf Stellplätzen. Die Solarzellen auf dem Garagendach überraschten sie. Es gab eine riesige Veranda vor dem Haus, die sich über die gesamte Länge des Gebäudes erstreckte, mit Schaukelstühlen, auf die sie sich gerne hingesetzt hätte, ohne sich Sorgen um ihre Familie oder ihren Job oder ihren vorgetäuschten Verlobten machen zu müssen.

„Willkommen in unserem bescheidenen Cottage!", rief Candy, als sie sie erreichten, und umarmte sie beide nacheinander.

Bentley küsste sie auf die Wange und schüttelte Luke die Hand. „Herzlich willkommen! Bitte hier entlang, um euer entspanntes Wochenende zu beginnen! Das Verwöhnpersonal wartet schon auf euch." Er gab einem jungen Mann an der Garage ein Zeichen, der herbeigeeilt kam. „Joe wird euren Wagen für euch parken."

Luke reichte ihm langsam die Schlüssel. „Vorsicht mit der Kupplung."

Joe nickte schnell. „Natürlich, Sir."

Sie erstarrte. Sie hatten Angestellte! Sie würde niemals hierher passen.

„Lass uns reingehen, Sweetheart", sagte Luke und zog an ihrer Hand.

Sie folgte ihm in das große, zweistöckige Foyer, das ganz in honiggoldenem Holz gehalten war – Parkettfußboden, Holzpaneele an den Wänden und eine lange, geschwungene

Holztreppe. Über ihr hing ein Lüster aus kunstvoll gedrechseltem Holz.

Eine Frau mittleren Alters, die ihre Haare zu einem ordentlichen Knoten gesteckt hatte, kam auf sie zu. Ihre weiße Hose hatte ordentliche Bügelfalten. Sie blieb vor ihnen stehen und Luke grüßte sie mit einem Nicken.

„Guten Tag, Mr Reynolds, Ms Ward, ich bin Elizabeth, und ich werde mich um alles kümmern, was Sie dieses Wochenende benötigen."

„Freut mich, Sie kennenzulernen", sagte Kennedy und war sich sicher, dass sie die Frau niemals um etwas bitten würde. Sie war es gewohnt, alles selbst zu erledigen, was getan werden musste.

„Lassen Sie es uns wissen, wenn wir uns danebenbenehmen", sagte Luke augenzwinkernd.

Die Frau wurde rot und lächelte. „Lausbub", schmunzelte sie. Dann schien sie sich an ihre Rolle zu erinnern und wurde wieder ernst. „Ihr Zimmer ist oben, das dritte rechts. Wechseln Sie in Ihre Bademäntel und kommen Sie danach wieder runter. Ich bringe Sie dann für Ihr Körperpeeling ins Spa."

Kennedy schluckte. Sie hatte einen Bikini mitgebracht und hoffte, dass sie damit durchkommen würde, ihn bei den Paarbehandlungen zu tragen. Sie war nicht bereit, vor Luke und Personal, das sie noch nie gesehen hatte, nackt zu sein. Plötzlich fühlte sich sogar der Bikini angesichts des hinreißenden, jungen Luke, der bereit war, seine Männlichkeit zu beweisen, riskant an. Sie wünschte sich wirklich, sie hätte ihm den Bart wieder ankleben können. Damit war es ihr viel leichter gefallen, ihn als für zu alt für sich abzutun.

„Danke", sagte Luke. Er ging voraus die Treppe hinauf, und sie folgte ihm.

Ihr Zimmer war riesig und wirkte mit bordeauxroten Wänden und tiefen Brauntönen, einem großen Doppelbett und mehr Stauraum, als sie jemals brauchen würden, eher maskulin. Zwei Kommoden, ein Kleiderschrank, Nachttischchen, eine Bank am Fußende des Betts, ein Sitzbereich mit zwei hochlehnigen Sesseln und passenden Polsterhockern waren darin. Gemälde mit Strandszenen zierten die Wände.

„Nett", sagte Luke. Er deutete auf die Bank am Fußende. „Da schläfst du."

„Ha-ha."

Seine Lippen verzogen sich zu einem wissenden Lächeln, das sie ihm am liebsten aus dem Gesicht geschlagen hätte. Er hatte viel zu viel Spaß auf ihre Kosten.

Er stellte das Gepäck bei der Bank ab und betrat das En-Suite-Badezimmer. „Kennedy!", rief er. „Das Bad musst du dir ansehen!"

Sie warf einen Blick in eine riesige Glaskabine. „Heilige Scheiße! Die Duschkabine ist ja größer als mein ganzes Badezimmer zu Hause."

Sie folgte ihm in den Raum und sah sich um. „Gibt es hier auch genügend Brausen?", fragte sie. Sie stand vor der gefliesten Doppeldusche mit einer langen Bank an der Rückwand. Von der Decke hingen zwei Regenduschköpfe, zwei normale Duschköpfe an der Wand und zwei Duschschläuche. „Ich schätze mal, damit man bloß keine Stelle übersieht."

Er grinste. „Es gibt auch Dampf." Er deutete auf den Regler dafür. „Das hier wird lustig."

Sie trat einen Schritt zurück. Dann noch einen. „Ich werde nicht mit dir duschen."

„Dampfbad?", fragte er. „Mit Handtuch?"

Sie betrachtete die lange Bank in der Kabine und stellte sich den Luxus vor, einfach da zu sitzen und den Dampf all ihre Sorgen wegschmelzen zu lassen. Sie drehte sich wieder zu ihm um. „Vielleicht."

Er grinste. „Du weißt, dass du es willst. Schau, ich weiß, dass du mich nicht gut kennst, aber ich verspreche, dass ich nicht plötzlich zum Tier werde. Also entspann dich. Das hier wird ein schönes Wochenende. Wir werden bei Bentley einen guten Eindruck hinterlassen und uns bis zur Abfahrt keine Sorgen um das Geschäft machen. Das sind drei Tage Spaß. Bist du dabei?" Er streckte die Hand nach ihr aus.

Sie starrte sie an. Er bewegte seine Finger und bedeutete ihr, zu ihm zu kommen. Die Einladung versprach eine Menge Spaß und sie spürte, wie sie angezogen wurde, bis sie schließlich ihre Hand in seine legte. Er zog sie ganz nah an sich, so nah, dass ihre Zehen aneinanderstießen. Sie blickte auf in seine dunkelblauen Augen, die vor Schalk funkelten, und bereute es sofort.

„Du weißt schon, dass wir nichts miteinander anfangen dürfen, oder?", fragte sie. „Ich möchte nur sichergehen, dass du das weißt. Das Letzte, was ich gebrauchen kann, ist eine Beziehung mit einem Kollegen."

Er ließ ihre Hand los. „Ich bin nicht dein Kollege. Ich bin dein Konkurrent."

„Noch schlimmer."

„Dann fangen wir eben nichts miteinander an."

„Oh." Sie kam sich dumm vor. „Gut."

„Gut." Er betrachtete sie ernst und blickte in ihre Augen. „Wie alt sehe ich denn ohne Bart aus?"

Sie wandte den Blick ab, denn ohne Bart sah er einfach zu gut aus. „Ich weiß nicht."

„Komm schon. Sei ein bisschen nett. Sag mir, dass ich nicht wie ein Opa aussehe."

Ihre Lippen zuckten. „Du siehst nicht wie ein Opa aus."

„Onkel?"

Sie sah ihm in die Augen und kicherte. „Bruder."

Er zog an ihrem Pferdeschwanz. „Dann lass uns jetzt die Bademäntel finden und uns abreiben lassen." Er zog eine schiefe Grimasse. „Hattest du schon mal ein Peeling?"

Sie rümpfte die Nase. „Nein."

„Dann ist es ja für uns beide das erste Mal." Er ging ins Schlafzimmer. Einen Moment später kam er mit zwei dicken, weißen Bademänteln zurück ins Bad. „Ob wir drunter nackt sein sollen? Ich hatte noch nie einen Wellnesstag."

„Ich werde es jedenfalls nicht sein."

„Was trägst du drunter?"

„Badesachen."

„Okay, ich dann auch." Er zog sein T-Shirt aus und sie sah die schönste männliche Brust, die sie je gesehen hatte, mit nur einem Flaum von Brusthaaren, die unterhalb seines Bauchnabels zu einer hübschen Spur wurden, die im Bund seiner Hose verschwand … Sie riss ihren Blick hoch. Er grinste und drehte sich um, um zurück ins Schlafzimmer zu gehen. Sein

Rücken war goldene Haut und Muskeln. „Ich kann spüren, dass du mich beäugst!", rief er über seine Schulter.

„Hab ich nicht!" Sie knallte die Badezimmertür zu. Dann fiel ihr ein, dass ihre Badesachen draußen in ihrer Reisetasche waren. Sie wartete ein paar Minuten, dann rief sie endlich: „Bist du salonfähig?"

„Manchmal!", rief er zurück.

Sie seufzte genervt. „Ich meine, bist du angezogen?"

„Nein."

„Sag mir, wenn du was anhast. Meine Badesachen sind da draußen."

Ein Herzschlag verging. „Okay, jetzt bin ich angezogen."

Als sie das Badezimmer verließ, stand er in einer blau-grünen Badehose da und sah vollkommen entspannt und unbekümmert aus. Sie eilte an ihm vorbei, zog ihren schwarzen Bikini aus der Reisetasche und verschwand wieder im Bad.

„Hetz doch nicht so", sagte Luke in neckendem Ton. „Du reißt noch irgendwas um, wenn du hier herumrennst wie ein verschrecktes Reh."

Sie blieb abrupt stehen. „Ich bin *kein* verschrecktes Reh."

„Ich meine nur, dass du dich entspannen sollst. Das wird ein nettes Wochenende. Mach dich einfach locker."

Sie starrte ihn wütend an, hauptsächlich, weil er so entspannt wirkte und sie kurz davor stand auszuticken. „Ich kann mich nicht locker machen, nur weil du es mir sagst", schnaubte sie. „Ich muss mich wohlfühlen. Für so was brauche ich Zeit." Sie wedelte mit ihrem Bikini in seine Richtung. „Hast du denn gar keine Ahnung von Frauen?"

Er schüttelte den Kopf. „Offensichtlich nicht."

„Hör einfach auf, mir zu sagen, dass ich mich locker machen soll." Wieder wedelte sie mit ihrem Bikini in seine Richtung. „Und hör auf, mich anzugaffen." Sie wedelte noch einmal. „Und zu flirten."

„Ist das ein Bikini?", fragte er. „Sieht ziemlich winzig aus."

Am liebsten hätte sie mit Ihrem Fuß aufgestampft. „Hast du *irgendwas* von dem gehört, was ich gesagt habe?"

„Okay, was soll ich deiner Meinung nach tun?" Er verschränkte die Arme, wodurch sich sein Bizeps anspannte. „Klär den Neandertaler, mit dem du verlobt bist, doch bitte mal auf."

Sie wedelte mit dem Bikini durch die Luft. „Verhalte dich einfach normal."

„Ich verhalte mich normal."

„Dann verhalte dich wie ich. Freundlich, aber nicht zu freundlich."

Er zeigte auf sie. „Sollst du haben."

Sie ging betont langsam ins Bad zurück, da sie nicht wollte, dass Luke glaubte, dass sie sich wie ein verschrecktes Reh verhielt. Okay, sie *war* nervös. Das konnte sie zugeben. Sie hatte noch nie eine Wellnessbehandlung gehabt und ganz sicherlich nicht in Gegenwart eines Mannes, den sie kaum kannte. Einem flirtenden, zu gut aussehenden, sexy Mann, der ganz eindeutig nicht zu alt für sie war. Wenn sie ihm in einer Bar begegnet wäre, hätte sie–

Sie atmete einmal tief durch, dann zog sie sich aus und den schwarzen Bikini an. Er hatte ein schlichtes Oberteil, das am Rücken zusammengebunden wurde, einen hübschen silbernen Ring zwischen den Cups und dazu passende Ringe am Höschen. Obenrum hatte sie nicht gerade viel, untenrum allerdings auch nicht, wenn sie ehrlich war. Sie hatte eine athletische, fast jungenhafte Figur mit kleinen Brüsten und schmalen Hüften. Sie seufzte. Wenn sie sich neben der vollbusigen Candy vorstellte, wusste sie schon, wer die Aufmerksamkeit bekommen würde. Und das war auch okay so. Sie zog den Bademantel an, der ihr bis zu den Knöcheln ging, und entspannte sich endlich, als dessen Wärme und Weichheit sie einhüllte. Dann verließ sie das Bad.

Luke eilte gleich auf die andere Seite des Zimmers. „Sieh mich nicht an!", rief er mit angespannter Stimme. „Ich brauche meinen Bademantel."

Sie nahm seinen Bademantel, den er auf dem Bett liegengelassen hatte, und reichte ihn ihm. Er griff danach und trat mit gestresster Miene einen großen Schritt von ihr weg, bevor er den Bademantel anzog, als hätte er etwas zu verbergen.

„Okay, ich hab's verstanden", sagte sie. „Depp."

Er drehte sich um und grinste. „Fühlst du dich jetzt besser?"

Sie schüttelte den Kopf und ein unfreiwilliges Lächeln zupfte an ihren Mundwinkeln.

Er ging zu ihr, legte einen Arm um ihre Schultern und zog sie an sich, dann drückte er einen Kuss auf ihren Kopf. „Und jetzt gehen wir uns eine Abreibung verpassen lassen."

Barfuß gingen sie die Treppe hinunter, wo Elizabeth genau dort wartete, wo sie sie verlassen hatten. „Folgen Sie mir bitte", sagte sie knapp.

Sie gingen an einem großen Wohnzimmer voller gemütlicher Möbel vorbei, einem Billardzimmer und einer Bibliothek, dann einen langen Flur hinunter, der zu einem privaten Wellnessbereich führte. Luke und sie tauschten Blicke aus. Der Wellnessbereich war vom vorderen Teil des Hauses getrennt. Sie betraten einen nur gedämpft beleuchteten Raum mit zwei Massageliegen, auf denen bereits saubere weiße Laken lagen. Klassische Musik rieselte aus den Lautsprechern in der Decke, dazu das beruhigende Plätschern des Wassers eines künstlichen Wasserfalls in der Ecke. Eine junge blonde Frau betrat den Raum durch eine andere Tür und begrüßte sie freundlich.

„Ich freue mich so, Bentleys Freunde kennenzulernen", sagte sie. „Ich bin Pam. Und Sie müssen das glücklich verlobte Paar Luke und Ken sein."

„Das sind wir", bestätigte Luke.

„Bentley hat uns schon viel von Ihnen erzählt", sagte Pam mit einem strahlenden Lächeln.

„Hat er das?", fragte Kennedy.

„Oh ja, wir hatten gestern per Videokonferenz eine Mitarbeiterbesprechung. Sie können die Bademäntel jetzt ausziehen und sich auf den Bauch legen. Als erstes werden wir Ihren Körper mit dem Peeling exfolieren, dann kommen heiße Tücher und eine Massage. Und am Ende geht es unter die Wasserfalldusche nach draußen. Hört sich das gut an?"

„Ja", sagte Kennedy steif. Sie wartete darauf, dass Luke als erster seinen Bademantel auszog.

„Lass mich dir helfen, Honey", sagte Luke und öffnete den Gürtel ihres Bademantels.

Sie konnte ihn schlecht wegstoßen und sein verschmitzter Blick sagte ihr, dass er das nur allzu gut wusste. Das war Teil der Scharade. Das Letzte, was sie jetzt gebrauchen konnte, war, dass Pam Bentley erzählte, dass sie nicht das waren, was sie zu sein schienen.

Er fackelte nicht lange, schob ihr den Bademantel von den Schultern und betrachtete sie eingehend, während er ihn ihre Arme hinabstreifte. Er schluckte und in seinen Augen war kein Schalk mehr zu sehen, nur noch Hitze. Sie kletterte schnell auf die Liege, legte sich mit dem Gesicht nach unten darauf, dann wandte sie ihren Kopf Luke zu. Auch er zog seinen Bademantel aus und kletterte auf die andere Liege.

Er machte ein Kussgeräusch in ihre Richtung. Sie spürte, wie sie rot wurde, und wandte ihren Kopf ab.

„Was für ein Peeling hätten Sie denn gern?", fragte Pam. „Wir haben Aprikose, Blaubeere oder Kokosnuss."

„Wir nehmen beide Kokosnuss", sagte Luke.

Kennedy drehte ihren Kopf zurück und sah ihn an. „Ach so?"

„Wir wollen ja nicht, dass es sich beißt. Wir sollten schon beide gleich riechen, richtig?"

„Und was hast du gegen Aprikose einzuwenden?"

Er hob seine Brauen. „Das fragst du mich wirklich? Ich will am Ende nicht wie Obstsalat riechen. Tropischer Strand ist da viel besser."

„Sehr gute Wahl", bestätigte Pam, bevor sie sich daran machte, Lukes Rücken zu bearbeiten. Er zwinkerte Kennedy zu, doch sie wandte erneut den Kopf ab.

Die Tür öffnete sich wieder und ein großer blonder Mann kam herein. „Da bist du ja, David", sagte Pam. „Sie ist bereit für dich."

Kennedy versteifte sich. Wie sollte sie sich denn entspannen können, wenn ein Mann, den sie noch nie gesehen hatte, sie überall befingerte?

„Oh nein", sagte Luke. „Kein Mann legt Hand an meine

zukünftige Frau außer mir. Pam, wenn Sie bitte rüber zu Kennedy gehen würden?"

Ken wandte sich Luke zu und er nickte kaum merklich. Plötzlich mochte sie ihn wirklich, weil er ihre Sorge verstand.

Pam schmunzelte. „Junge Liebe."

Luke musterte David. „Ich werde auf Pam warten."

„Aber dann ist es keine Paarmassage und -behandlung mehr", beschwerte sich David. „Ich bin wirklich gut. Darum bin ich ja hier."

Kennedy legte schnell einen anderen Gang ein. Luke war es unangenehm, von einem Mann massiert zu werden. Sie wollte die Sache nicht verkomplizieren, wo Bentley sich doch ihretwegen solche Mühe gegeben hatte. „Ist schon in Ordnung. David kann mich behandeln."

Pam und David arbeiteten sehr effizient, exfolierten sie mit dem Kokosnusskörperpeeling, bearbeiteten erst die Rückseite und dann die Vorderseite. Sie gewöhnte sich schnell an Davids Hände und spürte, wie sie sich unter seinen sicheren, geübten Berührungen entspannte.

„David kommt gleich mit den heißen Tüchern zurück", sagte Pam. „Wenn Sie sich bitte wieder auf den Bauch drehen würden?" Dann machte sich daran, ihre Utensilien wegzuräumen.

„Ich fühle mich ganz frisch", flüsterte Luke.

Ken unterdrückte ein Kichern. „Du siehst auch sehr frisch aus", flüsterte sie zurück.

David kam mit einem Stapel heißer Tücher zurück, die er und Pam über ihnen ausbreiteten. Es fühlte sich himmlisch an. Sie entspannte sich mit einem gehauchten *„Aah"*.

Nach ein paar Minuten unter den heißen Tüchern brachten Pam und David das Massageöl. „Ist es okay für Sie, wenn ich Ihr Bikinioberteil öffne?", fragte David Kennedy. „Es ist einfacher, wenn keine Bänder im Weg sind."

„Ähm, natürlich." Er öffnete sie.

„Nichts, was ich nicht schon gesehen hätte, nicht wahr, Honey?", fragte Luke.

Alle lachten außer ihr. Sie würde sich nicht umdrehen, wenn nicht alles an seinem Platz gesichert war.

„Sie sollten auch das Höschen ausziehen", sagte Pam. „Ich lege ein Handtuch über Ihren Intimbereich. Sie auch, Luke."

Luke schälte sich ohne zu zögern aus seiner Badehose. Kennedy wandte schnell den Blick ab, doch erst, nachdem sie einen kurzen Blick auf seinen knackigen Po erhascht hatte. Himmel. Und was jetzt? Sollte sie Luke bitten, die Augen zu schließen?

Und dann, ohne ein Wort zu sagen, tat er es – er schloss die Augen einfach von selbst. Sie zog ein Handtuch über sich und schlüpfte schnell aus dem Höschen.

Dann begannen sie mit der Massage, jeder bearbeitete sie vom Hals über die Schultern zum Rücken, dann zum Po und die Beine hinunter. Nach zwanzig Minuten fühlte Ken sich wie eine schlaffe Nudel. Sie war noch nie massiert worden. Sie musste unbedingt sparen und sich ab und zu eine Massage gönnen.

„Sie können sich jetzt umdrehen", sagte Pam zu Luke.

Sie konnte nicht anders. Sie warf einen verstohlenen Blick in Richtung der anderen Liege. Grundgütiger, der Mann war gut bestückt. Und dann war er wieder bedeckt.

„Sie auch", sagte David zu ihr.

„Ähm, kann ich mein Oberteil wiederhaben?", fragte Kennedy.

„Natürlich." David half ihr dabei, es anzuziehen, und verknotete es am Rücken. Vorsichtig drehte sie sich um und achtete dabei darauf, dass das Handtuch sie bedeckte.

David begann mit der Kopfmassage und sie entspannte sich wieder. Dreißig Minuten später waren sie fertig, setzten sich auf und zogen ihre Unterteile wieder an. Sie lächelte ihn albern an. Er grinste.

„Und jetzt abspülen", sagte David. „Bitte hier entlang."

Sie folgten ihm nach draußen zu einer zweieinhalb Meter hohen Wasserfalldusche. David hielt seine Hand darunter und testete das Wasser. „Schön warm. Jetzt genießen Sie die Dusche, und wenn Sie fertig sind, folgen Sie dem Steinpfad zur Seitentür, da wartet dann ihr Bad auf sie."

Mit diesen Worten verschwand David. Luke und Ken ließen ihre Handtücher auf der Bank vor der Dusche liegen, bevor Luke ihre Hand nahm und sie unter das Wasser zog. Sie fühlte sich, als stünde sie unter einem echten Wasserfall. Der Wasserdruck war erstaunlich. Luke hielt den Kopf unter das Wasser und strich seine Haare aus dem Gesicht. Als das Wasser in Rinnsalen über seinen Körper lief, sah er aus wie eins dieser Parfummodels, die gerade aus dem Wasser stiegen, tropfnass, strotzend vor Muskeln und Sex.

Sie schloss die Augen und ließ das Wasser über ihren Kopf rauschen. „Wir riechen wirklich nach Kokos, findest du nicht?"

„Ja. Aber nichts, was ein Wasserfall und ein Bad nicht abspülen würden. Dein Bikini gefällt mir."

Sie öffnete die Augen. Jupp, sie war immer noch mit einem Sexgott unter einem Wasserfall. Er starrte sie an, wartete vermutlich auf eine Reaktion. Ihr Bikini war nicht ansatzweise so schick wie seine Designerklamotten. „Hab ich von Target."

Er lachte. „Ist doch egal, woher du ihn hast. Mir gefällt er an dir."

„Oh."

Sein Blick wanderte zu ihren Brüsten, dann hinunter zu ihrem flachen Bauch, ihrer schmalen Hüfte und schließlich zu ihren Zehen. Er war der König der lüsternen Blicke. „Sehr hübsch, Kennedy."

„Ich bin viel zu entspannt, um von dir genervt zu sein", sagte sie, bevor sie sich langsam umdrehte, um sich weiter abzuwaschen.

Er strich mit einer Hand über ihren nassen Rücken und hielt knapp über ihrem Po an. „Was hab ich denn jetzt wieder getan?"

Sie drehte sich zurück und hob seine Hand in die Höhe. „Flirten, lüsterne Blicke und Handgreiflichkeiten."

„Aww ... du bist aber hart mir gegenüber."

Sie ließ seine Hand los. „Nicht annähernd hart genug."

„Das bist aber nur du."

Sie senkte den Blick und sah, dass er ziemlich hart war. Sie wurde rot und sah ihm in die Augen. „Kannst du mir sagen, warum du so stolz dreinblickst?"

„Ich stelle gerade meine Männlichkeit unter Beweis", erklärte er.

Sie verdrehte die Augen. „Ich gehe jetzt baden." Sie wandte sich um, doch er packte sie am Ellbogen. Das Wasser rann über sein schönes Gesicht, seine goldene, muskulöse Brust, über die – *schluck* – Beule in seiner Badehose. Sie riss ihren Blick los.

„Kennedy, dir ist schon klar, dass erwartet wird, dass wir zusammen baden."

War es nicht. „Ich bin mir sicher, dass es eine große Wanne ist."

„Egal, wie groß sie ist. Es ist immer noch eine Wanne." Er streichelte ihre Wange. „Es könnte sein, dass sich unsere Körper ... berühren. Denkst du, du kommst damit klar?"

Sie hob trotzig ihr Kinn. „Ich komme mit allem klar, was du mir austeilst."

Seine dunkelblauen Augen funkelten herausfordernd. „Ich habe nicht einmal angefangen auszuteilen."

„Auf geht's, Reynolds."

Er lächelte, als hätte er gerade einen großen Sieg davongetragen. Ha! Er bedeutete ihr, als erste aus der Dusche zu kommen. „Nach dir, Ward."

Klar, er hörte sich an wie ein Gentleman, doch wahrscheinlich begaffte er nur ihren Po. Es war nicht ihre Art, vor einer Herausforderung zu kneifen, darum drehte sie sich um und ging hinaus. Zwei ordentlich gefaltete, frische Handtücher warteten auf sie auf der Bank. Der Haufen gebrauchter Handtücher und ihr Haarband waren nirgendwo zu sehen. Sie nahm sich das frische Handtuch und wickelte es um sich. Er schlang das zweite um seine Taille, dann gingen sie gemeinsam den Pfad entlang.

„Hi, Ken!", rief Candy und winkte, als sie sich entlang einer kleinen Sanddüne der Long Island Sound Seite des Grundstücks näherte. Kennedy war schon einmal am Sound gewesen, wenn auch nicht auf einem Privatgrundstück. Der Strand bestand zum größten Teil aus grobem Sand mit Felsen und zerbrochenen Muscheln. Sie mochte den Sound, denn das Wasser war hier ruhiger als am Meer, und die Wellen leckten nur vorsichtig am Sand. Das Wasser war eine Mischung aus Salzwasser vom nahegelegenen Atlantik und Süßwasser vom Catawan River.

Bentley war an ihrer Seite. „Hi, Luke! Hi, Ken! Fühlt ihr euch schon entspannt?"

„Absolut", sagte Luke.

„Es war wunderbar", schwärmte Kennedy. „Wir wollten uns gerade einweichen lassen."

„Genießt es!", sagte Bentley. „Wir sehen euch dann beim Mittagessen. Wir lassen uns jetzt massieren."

Luke verflocht seine Finger mit ihren und sie gingen weiter den sich windenden Steinpfad entlang ans andere Ende des Wellnessbereichs. „Das sind wirklich nette Leute."

„Sind sie." Sie sprach leiser weiter. „Ich weiß gar nicht, warum manche Leute derart über Bentley herziehen. Er hat das Herz am rechten Fleck."

„Man braucht mehr als Herz, um ein kluger Investor zu sein", sagte Luke leise. „Und das ist er nicht."

„Deswegen braucht er mich."

„Deswegen braucht er *mich*."

Sie presste die Lippen aufeinander. Die Anspannung, die ihr gerade wegmassiert worden war, baute sich wieder auf.

Luke drückte ihre Hand. „Entschuldige. Ich verspreche, nichts Geschäftliches mehr bis zum letzten Tag. Ich kann spüren, dass du dich schon wieder verkrampfst. Entspann dich."

Er ging etwas schneller den Weg entlang und öffnete die Seitentür. Sie betraten einen schwach beleuchteten, gefliesten Raum mit einer riesigen, herzförmigen Wanne voller Seifenschaum, umgeben von flackernden Kerzen. Zwei Champagnerflöten standen am Wannenrand. Aus den Lautsprechern in der Decke plätscherte sanfter Jazz.

Luke rieb sich den Kiefer. „Wow, das ist romantisch."

Sie drehte sich zu ihm um. „Ja." So etwas hatte sie im wahren Leben noch nie gesehen. Nur im Fernsehen.

„Wir sollten uns wohl in die Wanne setzen." Er wirkte plötzlich nervös und sie hätte am liebsten gelacht. Hatte er Angst vor einem Schaumbad?

Sie glitt in die Wanne, ließ den Bikini an und entspannte sich in dem dampfend heißen Wasser. „Es ist wunderbar. Komm rein."

Er stieg auf der ihr gegenüberliegenden Seite ins Wasser, streckte sich aus und lehnte seinen Kopf an den Wannenrand. „Das ist schön. Komm nur nicht zu mir."

„Warum nicht?"

„Das ist mir ein bisschen zu romantisch. Ich fürchte, du könntest falsche Vorstellungen bekommen." Er zwinkerte.

Sie verdrehte die Augen. Dann nahm sie eine der Champagnerflöten und trank einen Schluck. Verdammt, an diesen Lebensstil könnte sie sich glatt gewöhnen.

Er streckte seine Hand aus, als wollte er nach der anderen Champagnerflöte greifen, die in ihrer Nähe stand. „Könntest du mir den Champagner reichen?"

Sie nahm sein Glas und reichte es ihm. Er ergriff es, stellte es auf den Rand, packte sie und zog sie auf seinen Schoß.

„Du hast mich reingelegt", sagte sie über ihre Schulter.

„Ich habe mich hier drüben so einsam gefühlt."

Sie nippte an ihrem Champagner, stellte die Flöte ab und lehnte ihren Kopf an seine Schulter. Er legte seine Arme um sie. Sie spürte seine Härte, die sich gegen ihre Hüfte drückte, doch sie war viel zu entspannt, um sich zu bewegen oder zu beschweren.

„Hättest du, als du mich am Montag auf dem Golfplatz kennengelernt hast, gedacht, du würdest am Samstag mit mir in einer Liebeswanne sitzen?", fragte er in ihr Ohr.

Ein heißer Schauer durchlief sie. „So enden all meine Geschäftstreffen."

Er schmunzelte. „Ich mag dich. Das wollte ich eigentlich nicht, aber ich tue es eindeutig."

„Ich mag dich auch", gestand sie. Sie trank noch einen Schluck vom Champagner und dann ließ sie sich einfach treiben und entspannte sich. Die Musik wechselte von Jazz zu einem sexy Hip-Hop-Beat, dessen Text recht eindeutig war. *Fuck you hard, fuck you on the inside …*

"Das ist bestimmt Candys und Bentleys Sex-Playlist", vermutete Luke.

Sie lachte, dann kam ihr ein entsetzlicher Gedanke. „Meinst du, sie haben es schon mal in dieser Wanne getrieben?"

„Wahrscheinlich."

Sie versuchte, sich aufzusetzen, doch Luke hielt sie fest. „Mach dir keine Sorgen. Ich bin mir sicher, sie haben Angestellte, die alles reinigen."

Sie erschauerte. „Was denkst du, dass sie sonst noch für uns geplant haben?"

„Keine Ahnung." Er stützte sein Kinn auf ihre nackte Schulter. „Wie kann man ein Kokosnusspeeling, heiße Wickel, Massage, Wasserfall und ein romantisches Schaumbad noch toppen?"

„Mit Sex?"

Er strich ihr Haar auf eine Seite und küsste ihren Hals, was elektrische Impulse ihre Wirbelsäule hinab schießen ließ. „Meinst du, sie haben hier eine offizielle Sexzeit? Einen Termin vorm Mittagessen?"

Sie kicherte.

„Da bebt das Haus sicher von den Fundamenten bis zum Dach." Er bewegte seine Beine und ließ sie auf seinem Schoß hüpfen. „Ooh, ja. Bennie! Oh, Candy. Oh-oh-oh!"

„Luke!", lachte sie und versetzte ihm einen Klaps auf den Arm.

Er hielt inne und sie drehte sich in seinen Armen um. Er grinste. Sie konnte nicht widerstehen und strich mit einer Hand über seine Wange und den Unterkiefer, der sich mit Stoppeln überzogen ein wenig rau anfühlte. Sein Lächeln verschwand.

„Ich wollte dich nur mal ohne Bart spüren", sagte sie leise.

„Sonst noch was, das du gerne ohne Bart tun würdest?", fragte er mit rauer Stimme. Sein Blick fiel auf ihren Mund. Es fühlte sich wie die natürlichste Sache der Welt an, sich vorzubeugen und ihre Lippen auf seine zu pressen.

Er übernahm die Kontrolle über den Kuss und zog sie fester an sich, dann drang seine Zunge in ihren Mund ein und kostete ihre. Sie stöhnte und schlang ihre Arme um seinen Hals. Er vertiefte den Kuss und seine Hände glitten an ihrem

Rücken hinunter und zogen sie rittlings auf seinen Schoß. Seine Hände wanderten hinauf zu ihrem Kopf und eine Hand grub sich in ihre Haare, während er sie in einen berauschend entspannten Zustand reiner Hingabe küsste. Dann unterbrach er den Kuss und starrte sie mit glühenden Augen an.

„Das heißt nicht, dass wir eine Beziehung haben", sagte sie schnell.

„Wir haben keine Beziehung", stimmte er ihr zu, dann ergriff er wieder Besitz von ihrem Mund.

Sie riss ihren Mund los. „Es ist einfach keine gute Idee."

„Furchtbar", nickte er und beugte sich für einen weiteren Kuss vor.

Sie schlug mit einer Hand gegen seine Brust. „Furchtbar?"

„Ich, ähm, dachte, wir wären uns einig." Er küsste ihren Kiefer. „Ein Spaßwochenende."

Sie rutschte von seinem Schoß.

„Wo ist das Problem?", fragte er mit genervter Stimme.

Sie stand auf und stieg aus der Wanne, nahm sich schnell ihren Bademantel und zog ihn an. Sie hätte fast ihr Ziel aus den Augen verloren. Mit Luke rumzumachen, war keine gute Idee. Er war ihr Konkurrent. Bentley hatte die Konkurrenz auf sie beide reduziert und sie konnte es sich nicht leisten, Luke einen Vorsprung zu geben. Sie hätte fast vergessen, dass sie sich auf ihr Mittagsmeeting mit Bentley und Candy vorbereiten musste.

„Dieses Wochenende ist rein geschäftlich", sagte sie, bevor sie zur Tür hinauseilte. Sie war fast draußen, als sie ihn hinter sich rufen hörte.

„Wir hatten uns auf Spaß geeinigt!"

7

Kennedy hatte es nur halb den Steinpfad zurück zum Haus geschafft, als sie Bentley, Candy und einen älteren, kahlköpfigen Herrn mit runder Brille auf der Terrasse stehen sah, als warteten sie auf sie. Sie ging langsamer weiter und dachte sich, dass sie vielleicht wissen wollten, wo Luke war und warum sie nicht bei ihm war, als Luke außer Atem an ihrer Seite auftauchte.

„Hi, Honey", sagte er leise. „Was ist denn das für eine Versammlung?"

Sie atmete erleichtert auf, weil sie jetzt Candy und Bentley so nichts erklären musste. „Keine Ahnung", sagte sie genauso leise.

Bentley strahlte sie an, als sie auf der Terrasse ankamen. „Ken, Luke!", rief er. „Ich möchte euch Master Johnson vorstellen."

Kennedy trat vor, begrüßte ihn und schüttelte seine Hand. Luke schloss sich ihr an.

„Wir sind vor unserer Massage über ihn gestolpert", sagte Bentley, „und wussten, dass unsere Massage warten musste, damit du und Luke ihn so schnell wie möglich kennenlernt."

Kennedy warf Luke einen Blick zu. Hatten Bentley und Candy gewusst, was in der Badewanne passiert war? Hatten sie absichtlich die Musik gewechselt, um alles etwas zu beschleunigen? Luke hob eine Braue, als wollte er sagen, *wer weiß?*

Bentley fuhr fort. „Er ist unser Liebesguru und wir sind so froh, dass er dieses Wochenende spontan verfügbar war. Er wird mit euch dieselbe Sitzung machen, die Candy und ich vor unserer Hochzeit hatten."

„Oh, Kennedy und ich–", sagte Luke bestimmt „– wir brauchen keine Beratung. Trotzdem danke, wir werden–"

„Ach, er ist doch kein Berater", sagte Candy. „Er ist ein spiritueller Guru. Er wird euch auf das Wesentliche eures wahren Pfades führen und euch in eine Ehe geleiten, die euch beide für immer erfüllen wird."

Kennedy meldete sich zu Wort. „Das ist wirklich nett, aber nicht nötig."

Der Guru hakte sie unter und ging los.

„Sollten wir uns denn dafür nicht erst mal anziehen?", fragte sie in einem letzten verzweifelten Versuch, einer Paarberatung aus dem Weg zu gehen.

Luke eilte ihr hinterher und ergriff ihre Hand.

„Keine Sorge!", rief Candy. „Ihr müsst euch nicht anziehen! Bei den Sitzungen seid ihr nackt, damit ihr nichts verbergen könnt. Das ist symbolisch."

„Aber ich mag meine Kleidung!", rief Kennedy über ihre Schulter. Sie war schon ziemlich entspannt von der Massage vorhin, dem Bad und dem Champagner. Doch *so* entspannt war sie noch lange nicht.

Sie gingen an einem Infinitypool vorbei auf die andere Seite des Anwesens, wo eine Art Tipi stand.

„Wir gehen da jetzt rein", sagte Luke mit gespielt ernster Stimme. Als zögen sie in eine Schlacht.

Sie kicherte. Vielleicht taten sie das auch. Als sie sich dieses Wochenende vorgestellt hatte, hatte sie sicherlich nicht an eine nackte Paartherapie gedacht. Sie überlegte kurz, ob sie die Flucht ergreifen sollte, doch so war sie nicht. Sie würde das bis zum Ende durchziehen und alles tun, was nötig war, um zu gewinnen.

～

Luke setzte sich im Schneidersitz auf eine geflochtene Matte, die auf dem Canvasboden des Zeltes lag, dem sogenannten Guru gegenüber. Der Mann hatte darauf bestanden, dass sie ihre Bademäntel an einem Haken am Eingang ließen. Luke saß in Badehose da, denn er hatte sich geweigert, sich vor einem Wildfremden nackt auszuziehen. Er bezweifelte, dass Kennedy es tun würde. Obwohl sie im Moment schon ziemlich locker drauf war.

„Setz dich bitte zu deinem Liebsten", sagte Master Johnson zu Kennedy und deutete auf die Matte, auf der Luke saß. „Ich werde den Kreis mit dem Salbei-Bündel reinigen, dann könnt ihr eure Badesachen ausziehen."

Er entzündete ein dickes Bündel Salbei und begann einen Singsang in einer fremden Sprache, vermutlich frei erfunden, und wirbelte es durch die Luft, während er im Kreis um sie herum ging.

Kennedy ließ sich neben Luke fallen und flüsterte ihm laut ins Ohr: „Das kann er doch nicht ernst meinen! Wir machen auf gar keinen Fall eine Nackttherapie."

Luke schüttelte langsam den Kopf.

„Wenn euch nasse Badesachen lieber sind", sagte Master Johnson, „dann behaltet sie eben an."

„Wie wäre es mit nackt unter einem Bademantel?", fragte Luke. Denn, auch wenn er nichts dagegen hätte, Kennedy nackt zu sehen, war er nicht so heiß darauf, dass Master Johnson sie so sah. „Ist doch immer noch sehr symbolisch, nicht wahr, Honey?"

Sie nickte. Beide nahmen sich ihre Bademäntel und zogen die Badesachen darunter aus, dann kehrten sie zu ihrer Matte zurück.

Master Johnson ließ sich im Schneidersitz auf einer kleineren Matte ihnen gegenüber nieder. „Vielleicht symbolisiert dieses krampfhafte Festhalten an einer äußeren Hülle eine schützende Schale für euch beide", sagte er mit ernster Stimme.

„Vielleicht", antwortete Luke gut gelaunt.

Kennedy fummelte an ihrem Bademantel herum. „Ich mag meine Schale", platzte sie heraus.

Master Johnson brummte missbilligend und bildete mit seinen Fingern ein Zelt vor sich. „Also, wo sollen wir anfangen?"

„Sagen Sie es uns, Master Love", sagte Luke. Das hier war vollkommener Humbug. Doch er würde tun, was immer Bentley wollte. Das wäre es wert, wenn er ihn dafür als Klienten an Land ziehen konnte. Kennedy biss sich auf die Lippe und versuchte, nicht zu lächeln.

„Worauf hofft ihr in eurer Ehe?", fragte Master Love.

„Glück?", riet Luke.

Master Love überdachte diese Antwort ernsthaft. „Ist das eine Frage?"

„Glück", wiederholte Luke jetzt bestimmt.

Kennedy schwieg. Sie beschäftigte sich damit, mit dem Saum ihres Bademantels zu spielen. Langsam fühlte er sich wirklich allein in dieser Ehe.

Luke stieß sie mit dem Ellbogen an und sie richtete sich abrupt auf. „Dem stimme ich zu", sagte sie.

„Verstehe", sagte Master Love, seine Stimme triefte nur so vor Missbilligung. „Und erwartet ihr, dass euer Partner euch glücklich macht?"

„Ja", antworteten er und Kennedy gleichzeitig. Wenigstens waren sie einer Meinung. *Zustimmen, zustimmen, zustimmen und von hier verschwinden.*

„Nein", blaffte Master Love. „Ihr dürft niemals erwarten, dass der andere euch glücklich macht. Ihr müsst selbst glücklich sein."

„Warum soll man sich dann überhaupt die Mühe machen und heiraten?", fragte Luke.

„Ja", pflichtete Kennedy ihm bei. „Warum die Mühe?"

Master Love blickte von Kennedy zu Luke. „Seid ihr euch sicher, dass ihr heiraten wollt?"

„Ja", sagte Kennedy bestimmt.

„Luke?", fragte Master Love.

„Ja, ich will", sagte er, worauf Kennedy zusammenzuckte. Er verkniff sich ein Lächeln. Er liebte es, sie zu provozieren.

„Dann gut." Der Liebesguru rieb seine Hände aneinander. „Ich sehe, mit euch muss ich richtig arbeiten. Lasst uns ganz am Anfang beginnen. Geburtstag und Jahr. Ich werde eure Sterne befragen und von da ausgehen."

Kennedy hob ihre Hand, als wäre sie in der Schule. Luke sah sie von der Seite an. Sie nahm ihre Hand herunter. „Ich glaube nicht an Astrologie", sagte sie.

Luke hob seinen Daumen in ihre Richtung. „Ich auch nicht."

Master Loves Gesicht wurde rot, bevor er tief durch die Nase einatmete. Er faltete seine Hände vor sich. „Und woran glaubt ihr *dann*?"

„Kapitalismus", sagte Kennedy.

„Den freien Markt", sagte Luke.

„Der war gut", kicherte Kennedy. Er nickte und nahm das Kompliment an.

Master Love kochte. „Ist das hier eine Fusion oder eine Ehe?"

„Beides", sagte Luke.

Kennedy wand sich an seiner Seite. Sie wollte genauso dringend aus diesem Tipi raus wie er.

„Wie lange seid ihr schon zusammen?", fragte Master Love mit angestrengter Stimme.

„Vier Monate", sagte Kennedy.

„Das ist nicht gerade lang", sagte Master Love. „Vielleicht wäre es klug–"

„Aber wir lieben uns", unterbrach Luke. „Warum sollen wir warten? Sie wird ja nicht jünger."

„Du auch nicht!", schnaubte Kennedy.

„Und wollt ihr Kinder?", fragte Master Love.

„Ja", sagte Luke, während Kennedy antwortete: „Vielleicht."

Sie sahen sich beide an. „In ferner, ferner Zukunft", fügte sie hinzu.

Master Love atmete erneut tief durch, um Kraft zu schöpfen. „Wir wollen unseren Kreis schließen." Er griff nach ihren Händen, um einen Kreis zu bilden. „Schließt die Augen", sagte er und ging mit gutem Beispiel voran.

Kennedy behielt ihre Augen offen. Luke wusste das, denn auch er schloss sie nicht. Sie warfen einander einen Blicke zu und hätten sich fast verschluckt, weil sie versuchten, nicht zu lachen. Doch sie durften den Liebesguru nicht vertreiben. Das würde Bentley definitiv nicht gefallen.

Luke stöhnte. „Ich fühle es. Der Geist der wahren Liebe bewegt sich in mir."

Kennedy biss sich auf die Lippe, um nicht zu lachen.

„Was sagt er?", fragte Master Love mit gedämpfter Stimme. Seine Augen waren immer noch geschlossen.

„Er sagt mir, dass es hier eine Aura gibt", sagte Luke, der gerade eine Welle der Inspiration spürte. „Violett. Für die höchste, reinste Liebe." Seine Stimme hob sich. „Sie umgibt uns. Kennedy! Siehst du sie auch?"

Master Love öffnete die Augen und musterte ihre Aura.

„Ich sehe sie!", rief Kennedy. „Oh, Luke, das ist so schön." Sie stand auf, zog ihn auf die Füße und begann sich zu wiegen.

„Bewegt der Geist der Liebe dich auch?", fragte Master Love Kennedy.

„Ja!" Sie hob die Arme über ihren Kopf und wiegte sich vor und zurück. „Er sagt mir, die Fusion unserer Seelen sei Schicksal."

„Schicksal!", rief Luke, dann hob er sie in seine Arme und trug sie geradewegs aus dem Zelt.

„Wartet!", rief Master Love. „Wohin geht ihr?"

„Wenn einen der Geist der Liebe bewegt, geht's direkt ins Bett!", rief Luke über seine Schulter.

Kennedy kicherte. Er hörte hinter sich ein Rascheln, als hätte Master Love gerade das Tipi verlassen.

„Schhh", machte er. „Er folgt uns."

Master Love erschien an ihrer Seite und hielt sie auf. „Ich vermute, das ist die Verkörperung eurer Liebe. Und da ihr den Geist bereits spürt–"

„Ohne dich hätten wir das nicht geschafft", sagte Luke. „Wir stehen in deiner Schuld. Danke."

Der Mann lief rot an. „Natürlich. Dafür bin ich ja da. Ich bin–"

„Bye, Master Johnson!", rief Kennedy.

Luke ging schneller. Sobald er um die Ecke des Hauses

kam, sah er über die Schulter, um sich zu vergewissern, dass sie nicht mehr verfolgt wurden. „Er ist weg."

Kennedy lachte. „Meinst du, es gibt Leute, die wirklich diesen Mist glauben?"

Er sah sie gerne lachen, sie sah so unbeschwert aus. „Manchen scheint es zu helfen. Bentley zum Beispiel."

„Kannst du dir vorstellen, dich vor Master Johnson auszuziehen, während er all diese Fragen stellt?"

„Meinst du, er zieht sich normalerweise auch aus?"

„O Gott, hoffentlich nicht!"

Er ging weiter und trug sie den ganzen Weg bis zum Haus.

„Luke, du kannst mich jetzt runterlassen."

„Kann ich nicht. Der Liebesguru hat dich an mich gebunden. Wenn ich dich absetze, zerreiße ich das Band."

Sie kicherte. „Was war das eigentlich für ein Typ?"

„Wahrscheinlich irgendein Buchhalter, der einen Ständer bekommt, wenn er mit nackten Paaren rumhängt."

„Wahrscheinlich bezahlen sie ihm Tausende dafür, dass er ihnen sagt, dass sie für immer glückliche Seelenverwandte sein werden. Als gäbe es so was überhaupt!"

„Nicht wahr?" Er sah ihr in die Augen. Ihre Miene war entspannt und glücklich und sie streichelte seinen Arm. „Siehst du, das ist der Grund, weswegen meine Idee eines Wochenendes voller Spaß doch Sinn macht. Wir wissen beide, dass es nicht für immer ist. Was Bentley und Candy haben, ist Dusel. Da hat der Blitz eingeschlagen."

Sie hörte auf, seinen Arm zu streicheln. „Könntest du mich jetzt abstellen?"

„Nein."

Sie seufzte, wehrte sich aber nicht. „Hätte ich dich auf irgendeine andere Weise kennengelernt, hätte ich mir vielleicht ... etwas Spaßiges vorstellen können, aber geschäftlich betrachtet ist es einfach nicht gut, wenn ich mit meinem einzigen Konkurrenten ins Bett steige. Bentley hat gesagt, dass nur noch wir zwei im Rennen sind."

„Und du meinst, wenn du dich auf mich einlässt, gibt mir das einen Vorteil?"

„Ja!"

„Aber ich bin bereits im Vorteil", sagte er ernsthaft. „Ich bin qualifizierter und habe mehr Erfahrung."

„Das ist ja mal ehrlich", schnaubte sie.

„Und ich habe noch mehr Ehrlichkeit für dich. Ob wir uns jetzt aufeinander einlassen oder nicht, hat absolut nichts mit dem Ergebnis dieses Wochenendes zu tun. Können wir also einfach Spaß haben und das Geschäftliche zurückstellen?"

„Diese Seite von dir ist so unattraktiv", zischte sie zwischen ihren Zähnen hindurch.

„Welche Seite?"

„Arrogant, viel zu–"

„Still!" Elizabeth, die Haushälterin, öffnete die Terrassentür, um sie zurück ins Haus zu lassen.

Er nickte Elizabeth zu, ging weiter und trug Kennedy geradewegs in ihr Schlafzimmer, wie es der Liebesguru erwartete. Wahrscheinlich hatte er Bentley und Candy bereits vom „Erfolg" ihrer Sitzung berichtet.

Hinter sich stieß er die Tür mit dem Fuß zu und setzte sie aufs Bett. Ihr Bademantel öffnete sich und er erhaschte einen Blick auf die Wölbung einer Brust und ihren glatten, flachen Bauch bevor sie ihn schnell wieder zuzog.

Er setzte sich neben sie und strich ihr die Haare aus dem Gesicht. Sie waren zerzaust, noch klamm von ihrer Freiluftdusche.

Sie rutschte an den Bettrand. „Ich werde mich anziehen."

„Aber der Liebesguru denkt, dass wir es jetzt tun", sagte er grinsend.

Sie verdrehte die Augen und stand auf.

„Komm schon. Wir sollten wenigstens ein bisschen auf dem Bett rumhüpfen und stöhnen, damit sie denken, dass wir es tun. Elizabeth lauscht vermutlich, um über unseren Fortschritt zu berichten."

„Mach du nur. Ich ziehe mich an."

Er kletterte aufs Bett und hüpfte ein paarmal auf und ab, was das Bett zum Quietschen brachte. „Oh, Luke", sagte er mit hoher Stimme. „Du bist der König!"

Sie stürmte zurück. „Halt die Klappe", zischte sie und ihre

blauen Augen schossen Funken in seine Richtung. „So höre ich mich überhaupt nicht an! Und ich würde dich nie im Leben König nennen!"

„Glorreicher Hengst?" Er deutete auf seinen Schambereich. „Denn ich bin tatsächlich bestückt wie ein–"

„Stell dir einfach vor, wir wären in stiller Ekstase", sagte sie zwischen ihren Zähnen hindurch.

Er betrachtete ihr gerötetes Gesicht, ihre blauen Augen loderten immer noch gereizt. „Ich glaube nicht, dass du still wärst."

Sie verschränkte die Arme. „Bin ich. Ich bin sehr still."

„Dann haben deine Freunde es nicht richtig gemacht." Er imitierte weiter ihre Stimme. „Luke, ja! Mach's mir! Härter!"

Sie schlug sich eine Hand vor den Mund. „Ich schwöre, wenn du nicht aufhörst–"

Er zog die Hand weg. „Dann mach du es." Er klopfte aufs Bett neben sich. „Wenn du überhaupt weißt, wie Ekstase klingt." Er grinste.

Sie schnaubte und verdrehte die Augen.

Wieder öffnete er den Mund und sie setzte sich. Er musste sich anstrengen, nicht zu sehr zu triumphieren. Das hier würde gut werden. Er hüpfte wieder und das Bett quietschte.

Sie schloss die Augen und saß einen Moment lang still da. „O-o-o-h", stöhnte sie schließlich, und er wurde steinhart. „Ah. Ah. Ah. Ja!"

Sie sah ihn zufrieden an.

„Mach weiter", flüsterte er.

„Ja, genau da." Sie tat so, als müsste sie nach Luft schnappen. „O Gott, o Gott. Ja!" Sie stieß einen kehligen Schrei aus, der so echt und so orgasmisch klang, dass er sie auf die Matratze zog, ehe er wusste, was er da tat. Er hielt inne. Für gewöhnlich besaß er mehr Finesse, doch ihre Laute hatten einen mächtigen Instinkt geweckt.

Er stützte sich auf seine Unterarme und sah sie an. „Du bist verdammt gut darin, Kennedy."

Sie sahen einander in die Augen. Langsam senkte er den Mund, wollte einen Kuss und sonst nichts. Doch in dem Moment, als seine Lippen ihre berührten, packte ihn eine

Woge roher Lust, ein schmerzhaftes Verlangen, das ihn sie
viel zu sehr wollen ließ. Er zog sich zurück, unterbrach den
Kuss, doch dann schob sie ihre Hand in sein Haar, zog ihn
wieder an sich und ihr süßer Mund öffnete sich für ihn. Er
nutzte das voll aus, küsste sie, bis sie beide atemlos waren,
dann wanderte er über ihre Wange und weiter hinunter zu
ihrem schlanken Hals, den er so unbedingt kosten wollte. Sie
neigte den Kopf, bot ihm noch mehr Haut. Er dominierte
gerne, sorgte dafür, dass die Frau losließ, deswegen tastete er
sich vor, ließ seine Zähne über sie kratzen, zog langsam ihre
Handgelenke über ihren Kopf und hielt sie mit einer Hand
dort fest. Sie stöhnte und er ergriff Besitz von ihrem Mund,
grob und gierig, und sie gab nach. Ihr Mund wurde weich
und sie spreizte ihre Beine für ihn. Süße, süße Hingabe. Er
hielt ihre Handgelenke weiter fest und machte sich wieder an
ihren Hals, arbeitete sich dann von dort hinunter, küsste und
biss und beruhigte ihre Haut mit seiner Zunge.

„Nur ein Wochenende", flüsterte sie eindringlich. „Nur
Sex. Keine geschäftlichen Winkelzüge. Versprich es."

Er hob seinen Kopf. „Gott, ja." Mehr hatte er von Anfang
an nicht gewollt. Und er plante keine Winkelzüge. Dieser
Klient gehörte ohnehin ihm.

Sein Mund klatschte auf ihren. Er spreizte ihre Beine
weiter, presste sich noch fester an sie, Scham an Scham, bis sie
tief in ihrer Kehle stöhnte.

Da klopfte es an der Tür. Kennedy riss ihren Mund von
seinem.

„Einen Moment!", rief sie.

Er rollte von ihr herunter, genervt und einfach nur
enttäuscht. Sie hatte einer Wochenendaffäre zugestimmt. Das
sollte reichen, doch es fiel ihm schwer zu warten. Er hatte
noch nie jemanden so gewollt wie sie.

Sie sprang vom Bett, zog den Bademantel wieder zu und
eilte zur Tür. Er hörte Elizabeths klare Stimme. „In einer
halben Stunde servieren wir das Mittagessen. Bentley und
Candy möchten, dass Sie sich im Speisesaal zu ihnen
gesellen."

„Natürlich", antwortete Kennedy. „Danke."

Sie schloss die Tür wieder und nahm ihre Reisetasche, dann eilte sie ins Bad.

Er setzte sich auf. „In einer halben Stunde könnten wir eine Menge Spaß haben!", rief er halb ernst. „Das ist dreimal das, was dein bester Typ gemacht hat."

Sie hielt inne, drehte sich um und sah ihn wütend an. Vielleicht war die letzte Bemerkung unangebracht gewesen. Doch im Ernst, er hätte fast mit seiner eigenen Ausdauer geprahlt, als er gehört hatte, dass sie gesagt hatte, dass ihre „Beziehungen" nur zehn Minuten lang gewesen waren.

„Denk noch mal darüber nach", sagte er mit seinem charmantesten, sexiesten Lächeln.

Sie wirbelte herum, stürmte ins Badezimmer und schloss die Tür hinter sich.

„Denk aber nicht zu lange!", rief er.

Er ließ sich zurück aufs Bett fallen und ächzte. Er hatte immer noch einen Ständer. Hätte Elizabeth nicht an die Tür geklopft, wäre er sicher um einiges weiter gekommen. Obwohl er sich wirklich nicht beschweren wollte.

Diese fingierte Verlobung funktionierte besser, als er gedacht hatte.

8

Kennedy zog sich ein schlichtes, schulterfreies Top mit Blumenmuster an, dazu eine Caprihose und Sandalen, dann kämmte sie ihre Haare und schminkte sich. Als sie aus dem Bad kam, war Luke mit seinem Handy beschäftigt und war immer noch oben ohne. Sie wandte den Blick ab. Heute Nacht hatten sie dafür reichlich Zeit. Bei dem Gedanken wurde er nervös. Luke, der auf ihr lag, sie küsste, sie vor Lust in den Wahnsinn trieb, doch jetzt ... jetzt musste sie sich wieder auf Bentley konzentrieren.

„Hey, Hübsche", sagte Luke und blickte von seinem Display auf. „Gib mir fünf Minuten."

„Lass dir so viel Zeit wie du brauchst", sagte sie und ging, denn sie war entschlossen, sich wieder um ihre eigentliche Mission zu kümmern. Es war einfach zu leicht, sich den Verstand mit der Lust seiner Gegenwart benebeln zu lassen. Sie eilte die Treppe hinunter und ging in Gedanken ihren Vorschlag einer Stiftung durch, die sowohl Steuern sparen als auch William Oil gute Publicity verschaffen würde.

Sie betrat ein elegantes Esszimmer, in dem Bentley und Candy sich bereits an einem Ende eines langen Kirschholztischs niedergelassen hatten. Beide orangenfarbene Shirts und Shorts.

„Da bist du ja", sagte Bentley mit einem breiten Lächeln. „Du siehst ja mal entspannt aus. War das Spaerlebnis gut?"

„Es war wunderbar", antwortete sie ehrlich. „Danke nochmal für die Einladung."

„Wo ist Luke?", fragte Candy und blickte hinter sie.

Sie setzte sich Candy gegenüber. „Er macht sich noch fertig."

„Hat ihm das Peeling gefallen?", fragte Candy. „Bennie hat es beim ersten Mal gar nicht gefallen."

„Doch, und ob", antwortete Luke und betrat den Raum. Sein marineblaues Polohemd betonte das dunkle Blau seiner Augen und sie wünschte sich, dieses ablenkende Detail wäre ihr nicht aufgefallen. Irgendwie schaffte er es mühelos, Upper Class und einen entspannten Look zu verbinden. Seine Sandalen sahen nach Designerschuhen aus. Ihr Blick blieb an seinen Waden hängen, wofür es eigentlich keinen guten Grund gab, außer, dass sie muskulös waren, golden und wohlgeformt. Sie seufzte innerlich. Ganz wie der Rest an ihm.

Er blieb an ihrem Stuhl stehen und beugte sich hinab, um ihre Wange zu küssen. „Danke, dass du auf mich gewartet hast", sagte er mit leiser Stimme. Er lächelte sie an, ein Lächeln, das seine Augen nicht erreichte, ein Lächeln, das ihr sagte, dass er sie durchschaut hatte. Dann setzte er sich neben sie.

Sie rang kurz mit einem Anflug von Schuldgefühlen, schüttelte sie dann aber ab. Das hier war Geschäft.

Bentley machte ein Zeichen und ein Mann, ganz in Weiß gekleidet, wie sie es auch schon bei Elizabeth gesehen hatten (die Uniform seiner Angestellten?) kam mit einem silbernen Tablett mit Appetithäppchen an den Tisch. Sie beobachtete, wie Bentley und Candy auf das zeigten, was sie wollten, und der Mann nahm es mit einer Zange und legte es auf ihre kleinen Teller. Als das Tablett bei ihr war, konnte sie sich nicht zwischen Krebsfleisch in Blätterteig, einer Art Pastete auf Crostini und Miniquiche entscheiden.

„Ich nehme eins von allen", sagte Luke.

„Ich auch", sagte sie schnell.

Der Mann nickte. „Sehr wohl", sagte er und legte die Köstlichkeiten auf ihre Teller.

Als erstes aß sie das Krebsfleisch in Blätterteig. So buttrig und köstlich, dass sie beinahe gestöhnt hätte. Sie war an Cracker und eilig draufgeschmierte Erdnussbutter und Marmeladenbrote gewöhnt.

„Habt ihr auch die ganze Spa-Behandlung gemacht?", fragte Luke Bentley und Candy.

„Das machen wir morgen", sagte Candy. „Wir wollten nicht versäumen, Zeit mit euch zu verbringen. Wir dachten uns, wir könnten nach dem Mittagessen alle zusammen segeln gehen. Und dann, Ken, morgen könnten du und ich uns vielleicht eine Mani-Pedi gönnen, sobald ich mit meiner Spa-Behandlung fertig bin. Was denkst du?"

„Klingt gut", sagte Kennedy. Sie hatte noch nie eine Mani-Pedi gehabt, doch sie wusste, dass es dieses Wochenende nur darum ging zu tun, was Bentley und Candy wollten.

„Wie hat euch beiden denn die Wanne gefallen?", fragte Candy mit wissendem Lächeln.

„Sehr gut", sagte Luke mit einer tiefen Stimme, die mehr implizierte. Er lächelte sie an und sie zwang sich, das Lächeln zu erwidern. Unter dem Tisch drückte er ihre Hand, wodurch sie sich entspannte.

Bentley und Candy lachten. „Die mögen wir auch besonders gern", sagte Bentley und ergriff Candys Hand.

Kennedy unterdrückte einen Schauer und sah Luke an, dessen Ausdruck sich nicht änderte. Er war gut.

Nach den Appetithäppchen genossen sie eine kalte Melonensuppe, danach einen Teller mit frischem Hummer, gerösteten Kartoffeln und Spargel. Es war die beste Mahlzeit, die sie je gegessen hatte. Sie war so satt, dass sie nicht einmal mehr die Schokoladenmousse essen konnte, die als Dessert kam. Sie würden sie aus dem Raum rollen müssen.

„Keine Nachspeise?", fragte Luke sie.

Sie legte eine Hand auf ihren Bauch, der sich anfühlte, als wäre er größer geworden. „Ich bin zu voll."

„Du bist so schlank", sagte Candy. „Ich bin ganz schön neidisch. Auf Dessert könnte ich nie verzichten."

„Frag mich in ein paar Stunden, wenn ich wieder Platz habe. Dann könnte ich das ganze Ding essen", sagte Kennedy lächelnd.

„Vergesst nicht", sagte Candy, „heute Abend ist die Dinnerparty. Nicht Black Tie, aber schon schick. Und dann gehen wir für ein Lagerfeuer an den Strand." Sie drehte sich zu Bentley um. „Habe ich was vergessen?"

„Nein, das ist alles für heute", sagte Bentley.

„Wer kommt denn zur Dinnerparty?", fragte Kennedy.

„Nur ein paar meiner engsten Freunde", antwortete Bentley.

„Kann Prinz Erik denn kommen?", fragte Candy.

Kennedy machte große Augen. Ein Prinz?

Bentley schüttelte den Kopf. „Diesmal nicht. Irgendein dringendes Geschäft, um das er sich kümmern muss. Das Leben eines Prinzen ist nicht nur Spiel und Spaß. Aber lass mich sehen ..." Dann ratterte er eine Liste von Namen herunter, die so gar nicht das waren, was Kennedy erwartet hatte. Keine Industrietitanen, keine Milliardäre, die mit Trustfunds zur Welt gekommen waren. Die Gäste waren berühmte Schauspieler, Rockstars und Profisportler. Natürlich hatten sie Geld, doch die Atmosphäre würde eine ganz andere sein. Sie hatte das ungute Gefühl, dass sie für diese Gruppe nicht im Geringsten interessant sein würde. Und sie hatte auch nichts Schickes anzuziehen. Sie schob ihre Hände unter ihre Beine, damit sie nicht wieder anfing, an den Nägeln zu kauen. Vielleicht hatte sie vorher schon nicht in ihrer Liga gespielt, als sie einen Klienten wie Bentley an Land ziehen wollte, doch wenigstens hatte sie solide recherchiert, um ihn damit zu beeindrucken. Diesen Leuten jedoch wäre das egal.

„Das klingt fantastisch", sagte Luke. Und er klang so, als meinte er es auch.

„So nach Spaß!", sagte sie und ahmte seinen Tonfall nach.

Luke fragte Bentley nach dem Haus und ganz offensichtlich war es sein Lieblingsthema, denn er erzählte ihm alles darüber, wie er an das Haus gekommen war und wie er das Anwesen für seine Partyideen hatte umgestalten lassen.

„Gäste zu unterhalten ist so wichtig, wenn man Beziehungen aufbaut", beendete Bentley seine Rede. „Naja, ihr beide kennt das ja."

„Ganz deiner Meinung", sagte Luke.

Kennedy hatte das Gefühl, eine außerkörperliche Erfahrung zu haben, als schwebte sie über allem. Sie war auf eine teure Privatschule gegangen mit Kindern, die aus Familien mit altem Geld stammten. Sie konnte sich schon behaupten, doch das hier, mit Prominenten, das war eine ganz andere Sache. Die Ereignisse des Tages holten sie ein. Die fremdartige Erfahrung, nackt zu sein, während Fremde an ihr herumhantierten. Das ständige Auf und Ab mit Luke, was eine Lust ausgelöst hatte, an die sie kein bisschen gewöhnt war. Plötzlich war sie erschöpft.

„Entschuldigt mich bitte", sagte sie. „Ich muss mal für kleine Mädchen."

Candy nickte ihr zu und die Unterhaltung lief ohne sie weiter. Sie ging hinauf in ihr Zimmer, schloss leise die Tür und ging wie ferngesteuert zum Bett hinüber, auf das sie sich mit dem Gesicht voran fallen ließ.

Ein paar Minuten später wurde die Tür geöffnet und sie hörte Schritte. Sie machte sich nicht die Mühe, den Kopf zu heben. Ob es nun Luke war oder Elizabeth, die nach ihr sehen wollte, sie hatte keine Energie. Wer auch immer es war, setzte sich aufs Bett, und sie wusste gleich anhand der Art, wie das Bett quietschte und ihr ganzer Körper aufzuhorchen schien, dass es Luke war. Ganz zu schweigen von seinem köstlichen, teuren Parfum.

„Entspannst du schon wieder?", fragte Luke. Er streichelte ihr Haar. „Haben wir nicht den ganzen Morgen damit verbracht, uns zu entspannen?"

Sie drehte sich auf die Seite, um ihn anzusehen. „Bist du schon einmal einem Prominenten begegnet?"

„Sicher, oft, bei Partys in der Stadt. Das sind ganz normale Leute, nur mit dem Unterschied, dass man ihr Gesicht aus dem Fernsehen kennt."

Sie setzte sich auf. Sollte sie sich ihm anvertrauen? Oder würde ihr Geständnis es ihm nur leichter machen, Bentley für sich zu gewinnen und sie loszuwerden?

„Raus mit der Sprache", sagte er. „Sonst sehe ich mich gezwungen, es aus dir rauszukitzeln."

„Ich befürchte, dass ich verdammt verkrampft sein werde", platzte sie heraus. „Ich werde einfach wie ein Idiot aussehen und Bentley wird denken, dass ich jemandem wie ihm nichts zu bieten habe."

„Mein Vorteil."

Sie stöhnte, ließ sich wieder aufs Bett fallen und bedeckte ihr Gesicht mit beiden Händen. „Aah!" Sie ließ die Hände sinken. „Ich weiß gar nicht, warum ich dir das erzählt habe. Jetzt habe ich dir meine Schwäche quasi auf einem Silbertablett serviert."

Er warf sich neben sie auf seinen Rücken. „Ich war schon immer im Vorteil. Ich habe jahrelang an der Wall Street gearbeitet. Ich habe Beziehungen, viele, viele Beziehungen, und zehn Jahre Erfahrung. Dagegen stehen deine zwei Jährchen als Assistentin." Er drehte sich um und bohrte seine dunkelblauen Augen in sie, bevor er ihr einen direkten Schlag in die Magengrube versetzte. „Dieses Spiel war noch nie fair. Ich erwarte, mit Bentley als Klienten aus dieser Sache hervorzugehen."

Langsam begann die Wut in ihr zu kochen. Er war so verdammt eingebildet. Er hatte keinerlei Respekt vor ihren Fähigkeiten.

Sie stützte sich auf einen Ellbogen. „Na, wenigstens ist das mal ehrlich."

Er drehte sich auf die Seite und stützte seinen Kopf auf die Hand. „Ich will nur nicht, dass du eine falsche Vorstellung von dem bekommst, was hier läuft. Jetzt weißt du, wo du stehst. Kannst du nicht einfach den besten Abend deines Lebens genießen? Nicht jeder wird auf eine A-List-Bentley-Party eingeladen."

„Den besten Abend meines Lebens mit dir genießen?"

„Mit wem sonst?"

Sie kämpfte innerlich, weil sie ihn wegen seiner überheblichen Art am liebsten geschlagen hätte, und zugleich fürchtete sie, dass er recht hatte. Sie setzte sich auf, schwang ihre Beine über die Bettkante und stützte ihre Ellbogen auf die Knie, während sie über das nachdachte, was er gesagt hatte. War es wirklich so? War das Spiel nicht fair? Doch warum hatte Bentley die Liste der potentiellen Kandidaten dann auf sie beide reduziert? Das war passiert, bevor sie verkündet hatte, dass sie verlobt waren. Es musste doch einen Grund dafür geben, dass sie dieses Meeting bekommen hatte – etwas, das Bentley in ihr sah und mochte.

Ihr Handy klingelte in ihrer Handtasche. Sie sprang auf, um den Anruf anzunehmen.

Es war ihr jüngerer Bruder Alex. „Ken", sagte er mit kleinlauter Stimme, „kannst du mich bei der Polizei in Clover Park abholen? Mom ist bei einem Elternwochenende in Franks College und Dad will, dass ich die Nacht im Gefängnis verbringe, damit ich eine Lektion erhalte, aber ..." er senkte seine Stimme, war jetzt kaum mehr hörbar. „Dieser Ort macht mir Angst. Ich bin unten im Keller. Es sieht aus wie ein Kerker." Seine Stimme brach. „Ich glaube, ich habe eine Ratte gesehen."

Sie stöhnte. „Was hast du getan?" Seit dem Unfall ihres Vaters hatte Alex nur Mist gemacht.

„Was gestohlen."

„Und was? Ich habe dir doch gesagt, dass wir uns die Sneaker, die du willst, nicht leisten können." Mit siebzehn überstieg Alex' Bedürfnis, sich seinen Freunden mit Markenklamotten und -schuhen anzupassen, sein Verständnis dafür, wie schlimm die finanzielle Situation war, in der sich seine Familie befand. Und das, nachdem sie es ihm schon mehrmals zu erklären versucht hatte.

„Die waren es nicht", murmelte Alex.

„Was denn?"

„Nichts. Okay? Könntest du bitte kommen und mich abholen?"

„Ich kann nicht. Ich habe nicht einmal mein Auto hier. Jemand hat mich nach Greenport mitgenommen."

„Ich kann aber nicht die Nacht in einem Kerker mit Ratten verbringen. Bitte, Ken." Seine Stimme am anderen Ende der Leitung war so kläglich, dass ihr Großeschwesterinstinkt erwachte. Er war immer so süß gewesen. Von all ihren

Geschwistern war Alex immer derjenige gewesen, der sich immer an sie gewandt hatte, wenn er eine Umarmung oder extra Aufmerksamkeit gebraucht hatte, weil ihre Mom mit ihren Geschwistern überfordert gewesen war.

„Warte." Sie deckte das Mikrophon ihres Handys ab und wandte sich Luke zu. „Kannst du mir Geld für ein Taxi zurück nach Clover Park leihen?"

Er stand auf. „Was ist?"

„Mein Bruder braucht mich."

„Dann los. Ich fahre dich."

Einen Moment lang starrte sie ihn an, überrascht, dass er bereit war, so spontan Bentleys Haus zu verlassen, um ihrem Bruder zu helfen, den er nicht einmal kannte. „Du musst nicht mitkommen. Ich kann ein Taxi nehmen."

Er sah ihr direkt in die Augen. „Ich hab doch gesagt, dass ich dich fahre."

„Ähm ... danke."

Er nickte.

Sie sprach wieder mit Alex. „Ich komme, um dich abzuholen. Müssen wir eine Kaution bezahlen oder werden sie dich gehen lassen?"

„Kaution?", entfuhr es Luke. Sie wedelte mit der Hand, um ihm zu bedeuten, dass er still sein sollte.

„Sie lassen mich gehen", sagte Alex. „Ich bin minderjährig. Kannst du ihnen sagen, dass du die Erlaubnis von Dad hast?"

Sie seufzte. Sie würde ihren Dad bitten müssen, anzurufen und dem zuzustimmen, doch das war unwahrscheinlich. Ihr Dad konnte sowieso nicht fahren, selbst wenn er es gewollt hätte, denn ihre Mom hatte den Wagen und er war seit seiner OP nicht mehr selbst gefahren, da er Schmerzen hatte, wenn er sich bewegte. Sie würde versuchen, ihre Mom auf dem Handy zu erreichen. Sie wusste, dass ihre Mom ihrem Dad niemals offen in den Rücken fallen würde, doch vielleicht wäre sie bereit, ihn anzurufen und in ruhigem Ton mit ihm zu reden. Von da an würde Kennedy übernehmen.

Sie entschuldigten sich schnell bei Bentley und Candy,

sagten die Segeltour ab und versprachen, pünktlich für die Cocktailstunde vor der Party zurück zu sein.

Als sie in Lukes Wagen saßen, drehte er sich zu ihr um. „Wir fahren zum Polizeirevier?"

„Leider."

Er ließ den Motor an und fuhr auf die Hauptstraße. „Was hat dein Bruder denn angestellt?"

Sie schüttelte den Kopf, denn sie konnte es immer noch nicht ganz fassen. „Ladendiebstahl. Ich weiß nicht was. Er ist siebzehn. Wahrscheinlich Jeans oder einen Pullover mit irgendeinem Sportlogo. Ich habe ihm gesagt, dass wir uns das Markenzeug nicht leisten können. Wie soll er denn jetzt auf ein gutes College kommen? Er ist jetzt sicher vorbestraft."

„Vielleicht nicht. Vielleicht können wir einen Deal mit der Polizei aushandeln. Der Chief hat sich in der Police Athletic League seit Jahren für jugendliche Problemfälle engagiert. Und Chief O'Hare hat genau da angesetzt, wo Chief Bailey aufgehört hat."

Wir? Zum ersten Mal hatte sie das Gefühl, nicht allein in ihrer Bemühungen zu sein, ihrer Familie zu helfen. „Woher weißt du das alles?"

Er verzog seinen Mund zu einem schiefen Lächeln. „Weil ich früher selbst mal einer dieser Problemfälle war."

9

„Du!", rief Kennedy

Luke lachte. „Ja, ich. Liegt es an meinem geschliffenen Look, dass du mich für quietschsauber hältst?"

„Du wirkst gar nicht kriminell."

„Ich bin auch nicht kriminell. Ich war nur früher ein ziemlicher Punk."

„Was hast du denn angestellt?"

„Nichts, wofür ich im Gefängnis gelandet wäre. Hab meinem Dad Geld aus dem Geldbeutel geklaut, mit einem Baseballschläger auf Briefkästen eingeschlagen, gelabert wie ein Wasserfall und Graffitis gesprüht. Du weißt schon, der übliche Scheiß, wenn man sich als Teenager selbst zu finden versucht."

„Wie bist du da wieder rausgekommen?"

Er antwortete nicht.

„Das bist du doch, oder?"

„Mehr oder weniger." Er lächelte sie schief an. „Ich sage immer gerne, dass ich einfach erwachsen geworden bin, doch die Wahrheit ist, dass ich das alles meinem Stiefvater Vinny zu verdanken habe. Er hat die Vaterrolle für mich übernommen, als mein eigener Dad ein echtes Arschloch gewesen ist, und obwohl ich ein nervtötender, rebellierender Teenager war, hat Vinny zu mir gestanden. Er hat mir gezeigt, aus welchem Holz ein echter Mann geschnitzt ist. Manchmal braucht ein Junge, der außer Kontrolle gerät, einfach einen Mann, zu dem er aufblicken kann. Der ihm zeigt, wie man ein Mann wird."

„Kann ich dich anheuern?"

Er lachte schallend. „Was ist denn mit deinem Dad? Kommt er mit der Aufgabe nicht klar?"

Sie starrte aus dem Fenster auf die teuren Boutiquen und Restaurants der Innenstadt von Greenport. Wo sollte sie anfangen? Ihr Dad war einmal ein großartiger Vater gewesen, hatte sich intensiv um ihre Schulbildung und ihre sportlichen Aktivitäten gekümmert, da sie alle auf dieselbe Schule gingen. Sie vermisste die Autofahrten, wenn er sie zur Schule gebracht und wieder abgeholt hatte, auf denen sie sich alle unterhalten und viel gelacht hatten. Jetzt war er ein ganz anderer Mensch.

Sie wandte sich wieder Luke zu. „Er hat sich bei einem Autounfall den Rücken ganz schlimm verletzt." Gott sei Dank war er allein gewesen, keines ihrer jüngeren Geschwister war verletzt worden. Sie war jedes Mal dankbar, wenn sie sich vorstellte, was alles hätte passieren können. Sie hätte es nicht ertragen können, wenn einem von ihnen etwas passiert wäre.

Sie fuhr fort. „Er ist vor ein paar Monaten am Rücken operiert worden, aber er hat immer noch Schmerzen. Er kann nicht arbeiten. Er nimmt Schmerzmittel und macht Krankengymnastik, doch ihm geht es ziemlich elend. Darum blafft er alle an, dass sie ihn in Ruhe lassen sollen." Sie seufzte. „Die Versicherung hat die Zahlungen eingestellt. Meine Eltern haben alle ihre Ersparnisse für seine Therapie ausgegeben. Also … Ja. Im Moment ist die Lage angespannt. Ich schätze, Alex hat irgendwas gestohlen, das er haben wollte und wir uns nicht leisten konnten."

„Erzähl mir von Alex."

Und so, wie er das sagte, hatte sie das Gefühl, dass er es wirklich wissen wollte. Dadurch mochte sie ihn noch mehr.

„Er ist gerade ins letzte Schuljahr gekommen", sagte sie. „Seine Noten sind nicht schlecht, aber auch nicht top. Er könnte ein Einserschüler sein, wenn er sich nur ein bisschen

Mühe geben würde. Er ist klug. Doch das ganze letzte Halb-
jahr musste er ständig nachsitzen und meine Mom hat sich
seinetwegen furchtbar aufgeregt. Ich versuche einzuspringen,
aber ich arbeite ja auch, und ich komme nicht immer zu ihm
durch. Er hat diese Teenagerattitüde."

„Ein tougher Typ?"

„Nicht so tough. Also, er ist schon groß genug, um
jemandem in den Arsch zu treten, und er würde mich
umbringen, weil ich das jetzt sage, aber im Inneren ist er
immer noch ganz weich. Unter dieser harten Schale ist er
immer noch mein süßer, kleiner Bruder." Ihre Stimme brach
und sie versuchte, die Tränen zurückzuhalten. Sie durfte nicht
zulassen, dass Alex sein Leben wegwarf, nur weil zu Hause
alles so schwierig war.

„Hey, alles wird gut." Er nahm ihre Hand und drückte sie.
„Wirklich. Das klingt einfach wie der übliche Teenagerprotest.
Er nimmt doch keine Drogen, oder?"

„Nein. Definitiv nicht."

„Woher weißt du das?"

„Ich wohne noch zu Hause. Ich habe ihn nie betrunken
oder bekifft erlebt. Er sieht meistens nur so aus, als wäre er
angepisst."

„Angepisst ist okay. Vielleicht hat er nur gestohlen, um ein
Mädchen zu beeindrucken. Wäre nicht das erste Mal, dass ein
Junge was Dummes für ein hübsches Mädchen tut."

„Im Ernst? Gefängnis riskieren für ein hübsches Gesicht?
Wenn es das ist, lasse ich ihn in der Zelle verrotten."

Er warf ihr einen Blick zu. „Das ist hart. Hast du noch nie
was Verrücktes und Dummes getan für einen gutaussehenden Typen?"

„Nein."

„Verdammt, ich hatte mir wirklich Hoffnungen gemacht."
Er grinste und sie musste unwillkürlich lachen.

„Danke, dass du mich begleitest. Mit dir kommt es mir
leichter vor. Ich fühle mich nicht mehr ganz so wütend."

„Das freut mich. Wir werden am Garner's anhalten und
deinen Wagen holen. Ich habe leider nicht genug Platz für
drei." Er deutete mit einem Daumen nach hinten. „Der Rück-

sitz ist ein Witz. Dann folge ich dir nach Hause, und wir fahren zusammen zurück nach Greenport."

„Klingt nach einem guten Plan. Danke nochmal."

„Später kannst du dich ausgiebig bedanken."

„Luke!"

Er schmunzelte. Wäre sie ihm nicht so dankbar gewesen, hätte sie ihn geschlagen.

Als sie, nachdem sie ihren Wagen geholt hatten, vor dem Polizeirevier in Clover Park vorfuhren, schaffte sie es endlich, ihre Mom dazu zu bringen, dort anzurufen und ihnen zu bestätigen, dass Kennedy ihren Bruder abholen durfte. Ihre Mom hatte nichts davon gewusst, doch nachdem sie kurz ausgerastet war, hatte Kennedy es geschafft, ihrer Mom zu versichern, dass sie sich darum kümmern würde. Sie hoffte, Chief O'Hare hatte ihrem Bruder bereits gesagt, dass er ihn laufen lassen würde. Sie wollte nicht, dass Alex sich unnötig Sorgen machte.

Sie drückte den Rufknopf an der verschlossenen Tür. Chief O'Hare ließ sie herein. Sie hatte ihn schon ein paarmal im Ort gesehen, als er im Dienst gewesen war, doch sie kannte ihn nicht gut. Er war um die vierzig, groß, hatte breite Schultern und war verdammt furchteinflößend. Er hatte kurzes dunkelbraunes Haar, scharfe haselnussbraune Augen und eine ernste Miene, die einem sagte, dass er sich von niemandem etwas vormachen ließ. Seine scharfen Augen landeten auf ihr, zuckten zu Luke, dann wieder zu ihr. „Sind Sie Kennedy?"

Sie schluckte. „Ja."

„Kommen Sie rein."

Sie traten ein. Bevor sie darum bitten konnte, ihren Bruder sehen zu dürfen, stellte Luke sich vor.

„Luke Reynolds", sagte er und reichte ihm seine Hand. „Ryan, richtig? Mein Bruder Gabe ist mit Shane befreundet." Sie schüttelten einander die Hände. „Als Teenager habe ich mit Chief Bailey gearbeitet."

Das tough aussehende Gesicht des Polizisten hellte sich auf und er lächelte. „Dachte ich mir doch, dass du mir bekannt vorkommst. Wie lange ist das her? Ich erinnere mich daran, wie du ungefähr –" er hielt seine Hand etwa einen halben Meter unter Lukes Größe „– so groß warst."

Luke lächelte. „Das war ich. Ungefähr viertes Schuljahr. Das war, bevor du an die Polizeiakademie gegangen bist?"

Chief O'Hare drehte sich zu ihr um, lächelte und sah jetzt viel weniger einschüchternd aus. „Sein Bruder Gabe ist mit meinem jüngeren Bruder Shane befreundet." Er wandte sich zurück an Luke. „Wie ist es dir ergangen? Sieht so aus, als hätte Chief Bailey dich auf den rechten Weg gebracht."

Luke lachte. „Ja, mir geht es gut."

„Wohnst du hier in der Nähe?", fragte Chief O'Hare. „Wir haben festgestellt, dass die besten Trainer in der Police Athletic League ehemalige jugendliche Straftäter sind." Er beugte sich verschwörerisch vor. „Und ich meine den Begriff liebevoll." Er richtete sich auf. „Mein Bruder Trav war früher auch oft in Schwierigkeiten, doch er hat sein Leben in den Griff bekommen. Jetzt trainiert er das Baseballteam der Sechs- bis Achtjährigen, zusammen mit seinem Freund Rico. Travs Sohn, Bryce, ist auch im Team. Wir könnten noch einen Fußballtrainer für die jüngeren Kids gebrauchen. Und Männer wie du kommen am besten zu den Kindern durch."

Kennedy wurde unruhig. Es war ja gut und schön, sich über alte Zeiten auszutauschen, aber was war mit ihrem Bruder, der in irgendeinem Kerker verrottete?

„Ich wohne in der Stadt", sagte Luke.

Chief O'Hare nickte. „Lass mich wissen, wenn du irgendwann wieder herziehst."

„Werde ich", antwortete Luke.

„Was ist jetzt mit meinem Bruder?", fragte Kennedy etwas ungeduldig.

Chief O'Hare kniff die Augen zusammen und er schaltete wieder in den furchteinflößenden Cop-Modus um. „Er hat ein Buch aus dem Buchladen geklaut. War nicht das erste Mal. Rachel und Shane, die Ladenbesitzer, haben schon mehrmals mit ihm gesprochen, aber er macht es immer wieder. Schließlich haben sie mich angerufen, weil sie gehofft haben, dass ich ihn zur Vernunft bringen könne. Er hat mich beschimpft und ist mit dem Diebesgut davongerannt. Ich konnte nicht anders, ich musste ihn festnehmen."

„Er klaut Bücher?", fragte Luke. „Was ist denn gegen die Leihbücherei einzuwenden?"

Chief O'Hare schüttelte den Kopf. „Weiß nicht. Vielleicht bekommst du es ja aus ihm raus. Er stiehlt Bilderbücher. Du weißt schon, für kleine Kinder."

Kennedy runzelte die Stirn. Das war merkwürdig. „In unserem Haus ist kein Kind mehr so klein, dass es Bilderbücher bräuchte."

„Sagen Sie einfach, er soll damit aufhören, dann ist alles gut", sagte Chief O'Hare. „Rachel und Shane wollen keine Anzeige erstatten, aber man muss das Übel an den Wurzeln packen. Wir wollen ja nicht, dass er dazu übergeht, andere Sachen zu stehlen." Er sprach mit leiser Stimme weiter. „Der einzige Grund, weswegen er im Kerker ist, ist, weil Ihr Vater es so wollte. Ich dachte mir, es könnte nicht schaden, ihm einen kleinen Vorgeschmack auf das zu geben, was passiert, wenn man das Gesetz bricht."

Er war also wirklich in einem Kerker! Kennedy nickte. „Ich werde mit ihm reden. Können Sie ihn bitte herholen?"

Chief O'Hare drehte sich um und verschwand durch eine Tür, um ihn zu holen.

„Das ist das lahmste Verbrechen, von dem ich je gehört habe", sagte Luke kopfschüttelnd.

„Es ergibt einfach keinen Sinn", sagte Kennedy. „Unsere jüngste Schwester ist dreizehn."

„Vielleicht gibt es ein Mädchen, das er mag und das einen jüngeren Bruder oder eine Schwester hat."

„Nicht alles dreht sich um Sex!"

Jemand räusperte sich. Als sie aufblickte, sah sie Chief O'Hare mit ihrem großen, athletisch gebauten Bruder, dessen dunkelbraunes Haar zerzaust aussah und ihm über die ebenfalls dunkelbraunen Augen fiel, während er zu Boden starrte.

„Hi, Ken", sagte Alex mit leiser Stimme.

Sie eilte zu ihm und umarmte ihn und ihr Kopf reichte ihm gerade bis zur Brust. Früher hatte sie ihn herumtragen können. Diese Tage waren lange vorbei, doch er war immer noch ihr süßer kleiner Bruder. Er erwiderte die Umarmung fest.

Sie löste sich von ihm und strich ihm die Haare aus dem Gesicht. „Geht's dir gut?"

„Ja", murmelte er, seine Wangen waren gerötet, während er unter seinen Wimpern hervor den anderen Mann ansah, der mitbekam, dass sie ihn so begluckte.

„Komm", sagte sie und wandte sich zum Gehen. Sie blieb noch einmal stehen und drehte sich um. „Danke, Chief O'Hare."

„Keine Ursache", antwortete der Chief. „Hey, Alex."

Alex sah ihm in die Augen. „Was?"

„Ich will dich hier nicht wieder sehen", befahl er mit einer Stimme, die keinen Widerspruch duldete.

„Nein, Sir", murmelte Alex kleinlaut.

Sie ging mit ihm zur Tür hinaus. Luke folgte ihnen, nachdem er sich vom Chief verabschiedet hatte.

Als sie erst einmal draußen auf dem Bürgersteig waren, streckte Luke Alex seine Hand entgegen. „Hey, Kennedy hat vergessen, uns einander vorzustellen. Ich bin Luke Reynolds."

Alex schüttelte seine Hand. „Hi", murmelte er.

Sie schloss den Wagen auf. „Steig ein."

„Es sei denn, du würdest gerne in einem Porsche fahren", sagte Luke und deutete auf seinen Wagen, der ein paar Parkplätze weiter stand.

„Heilige Scheiße!", rief Alex und klang schon wieder etwas mehr wie früher. „Das ist dein Wagen? Der Hammer!"

Luke grinste. „Ja."

Kennedy runzelte die Stirn. „Luke, du kannst ihn nicht mit einer Fahrt in deinem Wagen belohnen, nachdem er im Gefängnis gelandet ist."

Luke nickte, dann wandte er sich wieder Alex zu. „Also, wer ist das Mädchen?"

Alex' Ohren und Wangen wurden leuchtend rot. „Was? Ich weiß nicht. Gibt kein Mädchen." Er wandte den Blick ab.

„Wer ist das Mädchen, für das du Bilderbücher stiehlst?", drängte Luke erneut.

Alex kickte einen Stein den Bürgersteig hinunter. „Wer hat dir das gesagt? Ich stehle keine blöden Bilderbücher." Alex wusste nicht, dass Chief O'Hare sie bereits aufgeklärt hatte.

„Ach nein?", fragte Luke ungezwungen. „Was hast du dann gestohlen?"

Alex hob trotzig das Kinn. „Zigaretten."

„Alex!", rief Kennedy. Sie marschierte geradewegs zu ihrem Bruder zurück, der neben Luke stand. „Wir wissen, was du gestohlen hast! Hör auf, so zu tun, als wärst du cool. Außerdem habe ich dir erklärt, wie ungesund das Rauchen für dich ist. Erinnerst du dich noch an diese grässlichen Fotos mit den Spätfolgen?"

„Er raucht nicht", sagte Luke, „oder doch?"

Alex presste die Lippen aufeinander.

Kennedy seufzte und hielt an ihrer schnell schwindenden Geduld fest. „Der Buchladen erstattet keine Anzeige, aber wenn du so weitermachst, werden sie es tun. Dieses Jahr ist so wichtig für deine Uni-Bewerbung. Du kannst dir keine Vorstrafen leisten."

„Ich bin minderjährig", sagte Alex genervt. „Das zählt nicht."

„Und ob es zählt!", rief sie. „Es kommt trotzdem in deine Akte. Willst du womöglich noch in einer Jugendstrafanstalt landen?"

Alex murmelte etwas Unverständliches.

Für Kennedys Geschmack nahm er das alles nicht ernst genug. „Ich kann nicht immer zu deiner Rettung eilen! Du musst dich zusammenreißen!" Sie bemühte sich sehr, ihre Stimme zu kontrollieren. Sie musste zu ihm durchkommen und durfte ihn nicht wegstoßen. „Lern fleißig, halt dich an die Regeln, dann kannst du aufs College gehen. Du willst doch nicht immer zu Hause festsitzen." Sie legte eine Hand auf seinen Arm. „Halt noch ein Jahr durch. Okay?"

Alex antwortete darauf nichts, sondern schüttelte lediglich ihre Hand ab.

„Antworte deiner Schwester", blaffte Luke.

„Okay", murmelte Alex.

Ein Herzschlag verging schweigend. Sie sah von Alex zu Luke und seufzte. „Steig in meinen Wagen, Alex."

„Weißt du, worauf Mädchen stehen?", fragte Luke Alex ohne Vorwarnung.

Alex drehte sich skeptisch zu ihm um.

„Luke, bitte nicht", hob sie an.

„Sie stehen auf Komplimente", sagte Luke. „Kostet dich keinen Cent. Nur einen netten Spruch, du bist so niedlich oder hübsch oder schön, das hängt vom Mädchen ab. Man will ja auch nicht unglaubwürdig werden." Er lehnte sich an seinen Porsche, sah aus wie ein Paradespiel eines Typen, der heiße Frauen abschleppen will. „Mädchen wissen genau, wenn man ihnen Quatsch erzählt."

Alex nickte langsam.

„Von da aus kannst du es steigern", fuhr Luke fort. „Hübsches Kleid, hübscher Rock." Er winkte ab. „Du weißt schon, was auch immer sie gerade anhaben. Und was auch immer du tust, antworte auf die Frage *sehe ich hier drin fett aus* niemals mit etwas anderem als Nein. Das ist eine Fangfrage, ganz egal, wie oft sie sagt, dass sie die Wahrheit von dir hören will."

Alex grinste und hielt dann plötzlich inne. „Bist du Kens Freund?"

„Nur *ein* Freund", antwortete Luke locker.

„Cool", sagte Alex.

Er war schon ziemlich cool, dachte Kennedy. Und als sie Luke diesmal ansah, war es voller Bewunderung dafür, wie leicht er mit etwas Unerwartetem umging, dass er an das Gute in ihrem kleinen Bruder glaubte und einfach locker von Mann zu Mann mit ihm sprach. Jetzt jedoch, nachdem sie über seine Methoden aufgeklärt war, würde sie sicherlich nicht mehr auf irgendeins seiner falschen Komplimente hereinfallen.

„Hast du sie schon um eine Verabredung gebeten?", fragte Luke ihren Bruder.

Alex schüttelte den Kopf.

„Frauen reden gern", riet Luke. „Sprich einfach mit ihr. Von da an geht es ganz natürlich weiter."

„Das reicht, Luke", meldete Kennedy sich zu Wort. Als nächstes würde er ihrem Bruder noch Ratschläge in Sachen Sex geben.

Luke zog eine Braue hoch. „Entschuldige bitte, Miss Ward, wir führen hier gerade ein Männergespräch, das dich nichts angeht."

„Genau", sagte Alex.

Sie verdrehte die Augen.

„Okay, lass uns fahren", sagte Luke und richtete sich auf. „Du fährst mit deiner Schwester und bedankst dich bei ihr dafür, dass sie deinen elenden Hintern aus dem Gefängnis geholt hat."

„Danke", murmelte Alex.

„Gern geschehen", sagte Kennedy. „Das war das erste und letzte Mal!"

Alex schlurfte zu ihrem Wagen. Er war still und in sich gekehrt, als sie ihm auf der Rückfahrt eine Standpauke darüber hielt, dass er der älteste Junge war und ihrem jüngeren Bruder, Quinn, der zu ihm aufblickte, ein Vorbild sein musste. Sie sah, wie Quinn mit ein paar anderen Kindern auf dem Basketballplatz am Eingang zu ihrem Apartmentkomplex' Körbe warf, und hupte ihm zu, als sie auf den Parkplatz fuhr. Er hob nur kurz die Hand, denn mit fünfzehn war er zu cool, um mit seiner großen Schwester gesehen zu werden. Das war draußen. Im Haus wandte er sich mit allem, was er brauchte, an sie. Sie hatte ihre Geschwister schon in jungen Jahren dazu ermutigt, sich an sie zu wenden, und hatte immer sofort auf alles reagiert, was sie brauchten, sei es ein Sandwich, das sie in vier Dreiecke schnitt, um ihnen bei den Mathehausaufgaben zu helfen, die ihre Eltern wegen der neuen Methoden verwirrend fanden, bis hin zu Problemen in der Schule. Da sie sechs Jahre älter war als die anderen und ihr klar war, welche Rolle sie in der Familie spielte, hatte sie sehr hart daran gearbeitet, gebraucht zu werden.

Sie parkte in der Nähe ihrer Wohnung. Luke stellte den Wagen auf dem Platz neben ihrem ab.

„Bye", sagte Alex angespannt. Er stieg aus dem Wagen

und sie stieg ebenfalls aus und eilte hinüber zum Beifahrersitz von Lukes Porsche.

Alex blieb neben Luke stehen und Luke kurbelte das Fenster herunter. „War schön, dich kennenzulernen", sagte Alex mit jetzt viel freundlicherer Stimme. „Meinst du ..."

„Was?", fragte Luke.

„Meinst du, ich könnte mit deinem Porsche mal eine Runde fahren?", fragte Alex.

„Nein", sagte Luke.

Alex' Miene verhärtete sich. Er zog sich zurück. „Dachte ich mir."

„Geh nach Hause!", rief sie. „Du hast Hausarrest!"

Er verdrehte die Augen und schlenderte davon. Verdammt. Sie hatte keine Zeit für so was. Sie musste zu Bentleys Party. Doch jetzt, da sie zu Hause war, wollte sie ihr Kleines Schwarzes mitnehmen. Sie hatte ein Sommerkleid eingepackt, das war aber nicht elegant genug für eine Party mit Promis.

Luke drehte sich zu ihr um. „Bereit?"

„Warte kurz. Ich muss nur kurz reingehen."

„Möchtest du, dass ich mitkomme?"

„Nein! Ich meine, dass ist nicht nötig."

Einen Moment lang sah er verletzt aus, dann holte er sein Handy heraus und las seine E-Mails.

Sie musterte ihn kurz. Seine Miene war neutral, doch sie wusste, dass sie seine Gefühle verletzt hatte, weil sie ihn nicht ins Haus gebeten hatte. Warum wollte er ihre Familie kennenlernen?

Sie legte eine Hand an seinen Arm. „Du hast das wirklich gut gemacht mit ihm. Danke."

„Kein Problem", sagte er und sah nicht einmal auf.

Sie ging zum Apartment und schloss die Tür auf. Ihr Dad saß in seinem alten abgewetzten beigefarbenen Lehnsessel da und sah fern. Der Unfall hatte ihn altern lassen. Es tat ihr weh zu sehen, dass ihr sonst so lebensfroher, sportlicher Dad völlig niedergeschlagen wirkte. Er hatte Falten im Gesicht, die zuvor nicht dagewesen waren, sein bereits dünner werdendes, dunkelbraunes Haar war langsam von Grau durchzogen und seine dunkelbraunen Augen waren vom Schmerz verschattet.

„Hi, Dad."

„Du hättest ihn nicht da rausholen sollen", blaffte er. Ihr Dad war früher freundlicher gewesen. Der chronische Schmerz hatte ihn jähzornig gemacht.

„Er hatte Angst. Ich habe mit ihm geredet."

Sein Blick zuckte zu ihr und wurde hart, als er sie durchbohrte. „Das sollte er auch! Wenn man das Gesetz bricht, bezahlt man den Preis dafür. Du tust ihm keinen Gefallen damit, wenn du ihn verhätschelst." Er kniff die Augen zusammen. „Wo warst du überhaupt?"

„Ich habe dir doch gesagt, dass ich übers Wochenende bei einem Klienten bin. Ein Arbeitswochenende. Netzwerken mit ein paar wichtigen Leuten."

„Hört sich nach Schickimicki an."

„Ist es auch."

„Schlaf dich nicht nach oben."

Sie versteifte sich. Er nahm keinerlei Blatt mehr vor den Mund und diese Veränderung an ihm gefiel ihr gar nicht. Vielleicht hatte er schon immer diesen zynischen, harten Blick auf die Welt gehabt, doch diese Härte hatte sie erst seit dem Unfall bei ihm bemerkt.

Sie schüttelte den Kopf. „Wie kannst du so was zu mir sagen?"

„Ich wollte dir lediglich einen Rat geben. Sei klug, Ken. Reiche, alte Säcke mögen hübsche, junge Dinger wie dich."

„Bentley ist nicht alt und außerdem verheiratet."

Er verzog das Gesicht und blickte zum Fernseher. „Kannst du mir einen Whisky holen?"

„Der ist alle."

„Verdammt. Kannst du mir welchen besorgen?"

„Kann nicht. Ich habe gerade genug Zeit, um mein Kleid zu holen und zurückzufahren. Heute Abend gibt es eine Party."

„Na, dann mach dir mal keine Sorgen, dass dein alter Vater hier leidet", blaffte er. „Geh nur zu deiner Schicki-Micki-Party."

Sie verkniff sich eine Antwort, erinnerte sich, dass er Schmerzen hatte und dass er nicht er selbst war, wenn er sich so benahm. Sie ging in das Zimmer mit den Etagenbetten, das sich ihre Geschwister teilten. Sie hatte immer im Wohnzimmer auf der Couch geschlafen. Die drei Schwestern teilten sich den Schrank im Schlafzimmer und die Jungs die Abstellkammer im Flur als Kleiderschrank. Ihre dreizehnjährige Schwester, Jamie, lag auf dem oberen Bett auf dem Bauch, hatte Kopfhörer auf und malte in ihren Block.

Kennedy durchwühlte den Schrank nach ihrem einen hübschen Kleid und zog es heraus. Sie schnappte nach Luft und drehte sich zu Jamie um. „Hast du mein Kleid getragen?" Sie trugen dieselbe Größe, obwohl Jamie bereits ein Stück größer war als sie.

Jamie bemerkte sie nicht, darum marschierte Ken zum Bett und rüttelte am Rahmen. Jamies dunkelbraune Augen wurden groß. Sie setzte ihre Kopfhörer ab. „Hey, Ken, wann bist du denn nach Hause gekommen?"

„Vor fünf Minuten. Hast du mein schwarzes Kleid getragen?"

Jamie zwirbelte eine Locke ihres langen dunkelbraunen Haars. „Nein."

„Lügnerin! Da ist ein riesiger Fleck drauf." Ein roter Fleck verunzierte das Kleid an einer Seite. Sie hielt ihrer Schwester das Kleid vors Gesicht.

Jamie rümpfte die Nase. „Bei Tageslicht sieht es noch schlimmer aus, nicht wahr? Ich hab versucht, es mit Mineralwasser rauszubekommen, aber Kirschkuchen wäscht sich wirklich schlecht raus."

„Du kleine Ratte. Du weißt, dass du die Finger von meinen Sachen lassen sollst! Ich habe heute Abend eine sehr wichtige Party und das hier ist das einzige, was ich da tragen kann!"

Jamies Unterlippe zitterte. „Aber es war mein erster Tanz. Robbie hat mich eingeladen. Ich konnte nicht Nein sagen. Er ist der süßeste Junge der ganzen Schule!"

„Dann hättest du eines deiner Kleider anziehen sollen oder mich wenigstens fragen können!" Sie starrte auf den

Fleck. Auf keinen Fall würde sie den rechtzeitig rausbekommen. „Es gab Kirschkuchen bei eurem Tanz?"

„Nein, danach. Wir sind danach noch ins Café gegangen, auf einen Nachtisch."

„Und warum hast du mir nicht erzählt, dass das passiert ist? Vielleicht hätte ich den Fleck rausbekommen können."

Jamie sah zerknirscht aus. „Ich dachte ja, ich hätte ihn rausbekommen. Ich habe gleich Sprite draufgegossen. Das ist doch wie Mineralwasser ..."

„Argh!" Sie warf das Kleid auf das untere Bett. Dann ging sie zurück zum Schrank und durchwühlte ihn. Sie hatte drei Hosenanzüge, ein paar Röcke und ein gelbes Sommerkleid, das hübscher war als das, das sie eingepackt hatte, aber nicht richtig für den Anlass. Sie zog das Sommerkleid heraus. „Du nimmst nie wieder meine Sachen, ohne mich zu fragen!"

„Tschuldigung", sagte Jamie und verdrehte die Augen. Dann setzte sie die Kopfhörer wieder auf.

Kennedy stürmte aus dem Zimmer. „Bye, Dad."

Er grunzte.

Sie marschierte nach draußen, brabbelte vor sich hin und stieg in Lukes Wagen.

Er sah sie an und steckte sein Handy weg. „Oh-oh. Was ist passiert?"

„Nichts."

„Bist du sicher? Warum siehst du dann so angepisst aus?"

„Mir geht's gut." Sie nestelte an ihrem Kleid herum und sah ihn nicht an. „Lass uns einfach fahren."

„Oh-oh. Ich weiß, was *mir geht's gut* bedeutet, wenn es von einer Frau kommt. Sag mir, was passiert ist."

„Meine Eltern sind Idioten, meine Schwester ist eine blöde Kuh und ich habe nichts anzuziehen! Dieser Fummel passt nicht für heute Abend!" Sie wedelte mit dem Kleid.

Er runzelte die Stirn. „Eines der Probleme kann ich aus der Welt schaffen."

„Du wirst mir nichts zum Anziehen kaufen."

Er verschränkte die Arme. „Und du meinst, ich möchte mit meiner Verlobten in diesem ... *Ding* ... bei einer A-List-

Party aufkreuzen?" Er gestikulierte unbeholfen in Richtung des Kleides.

Sie drückte das Kleid an sich. „Was ist denn falsch daran?"

„Sag du es mir."

„Nichts."

„Dann trag es."

Sie legte es in ihren Schoß und starrte es an. Dann sah sie ihm in seine dunkelblauen Augen. „Es ist nicht schick genug."

Er musterte sie einen Moment und sie wand sich unter seinem Blick. Sie wusste, dass das, was sie sagte, keinen Sinn ergab. Doch sie steckte in einer Zwickmühle zwischen Stolz und Scham, weil sie so auf einer schicken Dinnerparty fehl am Platz wirken würde.

„In Ordnung", sagte Luke endlich. „Hier ist der Deal. Wenn du mich ein Kleid kaufen lässt, lasse ich dich viel Haut darin zeigen."

„Das macht keinen Sinn. Warum sollte ich–"

Sein Blick erhitzte sich, seine Worte waren unmissverständlich erotisch gemeint. „Um mir eine Freude zu machen."

Sie schwieg, denn sie war seine ständigen Versuche, sie mit seinem Sexappeal aus dem Konzept zu bringen, leid.

Er ließ den Motor an und fuhr vom Parkplatz. Sie fuhren schweigend, nur das Radio, das auf einen Classic Rock Sender eingestellt war, dudelte im Hintergrund.

Schließlich hielt Luke vor der schicken Boutique an, die sie vorhin im Zentrum von Greenport bewundert hatte. In derselben wohlhabenden Gegend, in der Bentley sein Sommer-„Cottage" hatte.

Sie starrte die Designerkleider im Schaufenster an. Umwerfend. Und viel zu teuer.

Sie rutschte auf ihrem Sitz herunter. „Luke, diese Kleider kosten sicher mindestens ein Wochengehalt, deins, nicht meins. Ich könnte dir das niemals zurückzahlen."

„Du kannst es mir heute Nacht zurückzahlen." Als sie schwieg, fuhr er fort. „Ich will nur, was jeder Mann will. Fängt mit einem S an."

„Es wird keinen Sex geben!"

Er lachte schallend. „Ich meinte eine schöne Frau. Aber, hey ... für mich ist beides akzeptabel."

Sie knirschte mit den Zähnen. „Das war eine Falle."

Er grinste. „Ich kann doch nichts dafür, wenn du so schmutzige Gedanken hast."

Grr...

Seine dunkelblauen Augen funkelten amüsiert. „Und jetzt komm mal wieder runter."

„Es muss dir einen Heidenspaß machen, mich zu provozieren."

Er nickte. „Das tut es. Bereit, ein Kleid zu kaufen, meine Schöne?"

Und obwohl sie wusste, dass „meine Schöne" wahrscheinlich nur ein Spruch war, den er ständig benutzte, erwärmte sie sich unweigerlich für das Kompliment. Er nahm ihre Hand, sah ihr in die Augen und strich mit seinen Lippen über ihren Handrücken. Sie bemühte sich sehr, sich nicht anmerken zu lassen, welche Wirkung es auf sie hatte. Kein Mann würde sie jemals zu einer schwärmenden, liebeskranken Närrin machen.

Sie presste ihre Lippen fest aufeinander. Er hielt immer noch ihre Hand.

Sie sahen einander herausfordernd in die Augen.

Schließlich gab sie nach. „Okay, na schön, du kannst mir ein Kleid kaufen."

„Wie großzügig von dir", sagte er mit ernstem Gesicht.

Ein paar Augenblicke später betrat sie die Boutique und fühlte sich in der eleganten Atmosphäre sofort fehl am Platz. Sanfter Jazz rieselte aus den Lautsprechern, Jasminduft hing in der Luft und an den Kleiderständern hingen zahllose hübsche Cocktail- und Abendkleider. Designerhandtaschen hingen an einer Wand und auf ein paar Regalen an der Wand gegenüber warteten Designerschuhe. Alles von der Art, die sie nur im Schaufenster bewundern und insgeheim danach sabbern konnte.

Eine elegante Brünette in einem figurbetonten hellblauen Rock mit passendem Blazer kam auf sie zu. „Kann ich Ihnen behilflich sein?"

Kennedy war für einen Moment sprachlos. Sie wusste nicht einmal, wo sie anfangen sollte.

Luke ergriff das Wort. „Wir suchen etwas, das so schön ist wie sie."

„Verstehe", sagte die Frau und lächelte Kennedy an.

Kennedys Wangen brannten. Sie fand ihre Stimme wieder. „Ich suche ein Cocktailkleid für eine Party."

„Gibt es ein Preislimit?", fragte die Frau und wandte ihren Blick von Kennedy zu Luke.

„Was immer sie möchte", sagte Luke zu ihrer Überraschung. Er blieb nicht stehen, sondern ging zu einer Polsterbank in der Mitte des Ladens, wo er sich hinsetzte und sein Handy aus der Tasche holte.

„Sehr schön", sagte die Frau zu ihr. „Wenn Sie mir bitte folgen würden?"

Kurz darauf war Kennedy in einer Umkleide und probierte ein Kleid nach dem anderen an, das die Verkäuferin ihr brachte. Sie konnte sich nicht entscheiden. Am besten gefielen ihr die Kleinen Schwarzen im Stil ihres eigenen, doch sie hängte sie alle wieder zurück. Entweder war es zu einfach oder zu teuer. Manchmal war der Preis einigermaßen vernünftig, doch es gefiel ihr nicht. Manchmal mochte sie es, doch bei einem Preis von zweitausend Dollar blieb ihr der Mund offen stehen.

Hin und wieder ging sie hinaus und bat Luke, ihr seine Meinung zu sagen. Jedes Mal schüttelte er den Kopf. Endlich probierte sie ein rotes Kleid, das ihr auf den ersten Blick gefallen hatte. Sie strahlte und drehte sich vor dem Spiegel im Kreis. Es war der perfekte Kompromiss aus elegant und modisch. Ein ärmelloses Etuikleid, das knapp über ihren Knien endete. Ein Kragen mit Strasssteinen über einem tiefen V-Ausschnitt mit gekreuzten Bändern auf dem Rücken begeisterte sie. Es war ein Roberto Cavalli und sauteuer. Fünf Riesen. Sie war hin- und hergerissen zwischen wahrer Liebe und dem flauen Gefühl, das der Preis verursachte.

Sie trat aus der Umkleide, um sich im dreiteiligen Spiegel davor zu betrachten.

„Das ist es!", rief die Verkäuferin begeistert.

Kennedy betrat den Verkaufsraum. „Luke?"

Er blickte von seinem Handy auf, lächelte und nickte.

„Dann nehme ich es wohl", sagte sie zur Verkäuferin und versuchte, ihre Begeisterung zu verbergen.

„Ausgezeichnet. Ich werde es für Sie einpacken." Sie verließ den Umkleidebereich und Kennedy folgte ihr. „Brauchen Sie Schuhe dazu?"

Sie dachte gleich an den Preis des Kleides. „Nein, das Kleid reicht."

„Kauf passende Schuhe!", rief Luke.

Und so verließ sie den Laden mit ihrem ersten Paar Jimmy Choos. Silberne Glitzersandalen mit Keilabsatz und gekreuzten Riemchen. Sie waren umwerfend, sie rang das schlechte Gewissen wegen des Preises nieder und genoss einfach den Kauf. Eines Tages würde sie sich Designerkleidung und -schuhe leisten können. Und das erste, was sie tun würde, sobald sie es Luke zurückgezahlt hatte, war ein ausgiebiger Shoppingausflug.

Nachdem Luke alles mit seiner Kreditkarte bezahlt hatte, trug er die beiden Kartons, die die Verkäuferin mit einer breiten rosa Schleife zusammengebunden hatte, für sie zu seinem Wagen. Selbst die Verpackung war teuer und schön.

„Irgendwann werde ich dir das zurückzahlen", sagte Kennedy.

„Ein einfaches Danke reicht", antwortete er, während er die Schachteln im Kofferraum verstaute.

„Danke."

Er schloss den Kofferraum. „Gern geschehen."

„Warum hast du zu dem roten Kleid ja und zu allen anderen nein gesagt?"

Er blieb vor ihr stehen. „Weil ich wusste, dass es dir am besten gefällt. Bei dem Kleid hast du gestrahlt. Bei den anderen Kleidern nicht."

Sie musterte ihn. „Bist du immer so aufmerksam?"

Er hob einen Mundwinkel zu einem schiefen Lächeln. „Ganz ehrlich, du bist ein offenes Buch. Ich lese einfach nur die Großbuchstaben."

„Bin ich nicht. Das hat noch niemand über mich gesagt."

„Dann bist du bisher wohl nur mit Idioten ausgegangen."

„Einige von ihnen waren ziemlich klug."

„Mit wenig Erfahrung was Frauen angeht, wette ich." Er öffnete ihr die Beifahrertür. „Bereit für die Party?"

„So bereit ich nur sein kann", sagte sie.

Er sah zu ihr hinüber. „Bist du nervös? Die Frau, die den Nerv hatte, sich einen Milliardär als Klienten angeln zu wollen, und das ohne jeden Trackrecord?"

„Ich bin nicht nervös. Ich bin mir sicher, dass es großartig wird."

„Du bist eine grottenschlechte Lügnerin."

Sie setzte sich in den Wagen. Sie musste ihre Nervosität besser verbergen, wenn sie den Abend überstehen wollte. Sobald Luke auf dem Fahrersitz saß, ging sie in die Offensive. „Wenn ich so eine schlechte Lügnerin bin, warum glauben Bentley und Candy dann, dass wir ein Paar sind?"

Er warf ihr einen Blick zu, den sie nicht interpretieren konnte. „Ist das nicht offensichtlich?"

„Nein."

Er ergriff ihr Kinn, worauf sich ihr ganzer Körper erhitzte. „Du siehst mich an, als wolltest du mich zum Frühstück vertilgen."

„Was! Tue ich nicht!"

Er streichelte mit seinen Fingern ihren Hals. „Vielleicht sehe ich ja aus, als hätte ich dich gerade als Nachtisch vernascht."

Sie wurde feucht. „Luke", stammelte sie. Sie war diese unverblümte Art nicht gewohnt, besonders nicht von einem umwerfenden Mann, dessen Hand jetzt auch noch weiter hinab wanderte und dessen Finger über ihr nacktes Schlüsselbein strichen.

Er warf ihr ein schiefes Lächeln zu. „Es ist mein Kater-der-den-Vogel-gefressen-hat-Blick."

Sie schluckte. „Wir sollten fahren."

Seine Finger wanderten an ihrem Hals wieder empor und hielten an ihrem schnell klopfenden Puls inne.

Sie benetzte ihre Lippen. „Wir sollten jetzt wirklich zurückfahren."

Er starrte auf ihren Mund. „Kennedy–" Er beugte sich vor und sie hielt den Atem an. „Ich kann es nicht erwarten, dich zu haben."

„Hör bitte auf, über Sex zu reden." Sie starrte auf seine sinnlichen Lippen, die sich zu einem sexy Lächeln verzogen. „Ist das alles, woran du denkst?"

Er ließ seine Hand sinken und lehnte sich zurück. Plötzlich war sie lächerlich enttäuscht.

„Nein, ich denke nicht immer an Sex." Er ließ den Motor an und wandte sich ihr wieder mit einem langsamen, sexy Lächeln zu. „Manchmal denke ich auch an Sport."

„Dann denk jetzt an Sport!"

Traurig schüttelte er den Kopf. „Funktioniert nicht, wenn neben mir eine schöne Frau sitzt."

Sie stieß ihren Finger in seine Richtung. „Ich weiß, dass das nur ein Spruch ist. Du hast meinem Bruder gesagt, er solle Frauen Komplimente machen."

Seine dunkelblauen Augen brannten sich in ihre. „Benutz deinen Bullshit-Radar. Lüge ich?"

Sie atmete scharf ein. „Nein."

Er nickte. „Es ist besonders schwierig, nicht an Sex zu denken, wenn eine sexy Frau neben mir sitzt."

Sie schnaubte. „Es macht dir viel zu viel Spaß, mich aufzuziehen. Ich würde mich über dich ärgern, aber ich bin viel zu dankbar für alles, was du für mich und Alex getan hast."

Endlich legte er den Gang ein und fuhr vom Parkplatz. „Das war die ganze Zeit mein teuflischer Plan."

„War es?" Sie versuchte immer noch, aus ihm schlau zu werden. War er ein gnadenloser Konkurrent? Ein Verführer mit Hintergedanken? Oder ein ehrlicher, netter Mann mit einem festen Glauben an Familie?

„Sag du es mir."

Es wäre so viel einfacher, ihn in die Feindeskategorie einzuordnen, doch ihr Bauchgefühl sagte ihr, dass Luke genau die Art Mann war, in die sie sich wirklich verlieben könnte. Und das war das Letzte, was sie gerade gebrauchen konnte. *Mach dich nie von einem Mann abhängig.*

„Kennedy?"

Sie seufzte. „Du warst einfach nur du selbst."

„Und?" Als sie nichts antwortete, beendete er den Satz für sie. „Und du magst mich. Und zwar sehr."

„Wo du recht hast ...", gestand sie resigniert.

Er lächelte und ihr Herz machte einen Sprung. „Ich auch." Er grinste. „Ich mag mich auch, meine ich."

„Luke!"

Er blieb an einer Ampel stehen und sah ihr in die Augen. „Ganz ehrlich, ich mag dich viel zu sehr."

Das wärmte sie mehr als alles andere, das er gesagt hatte. Sie sah ihn an und ließ einfach den Mann auf sich wirken, sein gutes Aussehen, ja, aber auch sein gutes Herz.

„Mach nur so weiter", sagte er. „Dann werden wir spätestens bei Sonnenuntergang die Laken zerwühlen."

„Was hab ich denn getan?", fragte sie unschuldig, doch sie wusste es. Ihre Augen mussten sie verraten haben, denn sie dachte daran, wie wunderbar er einfach war.

Er strich mit seinem Daumen über ihre Unterlippe und ihre Mund öffnete sich von selbst. „Das ist ein Versprechen."

Sie glaubte ihm.

10

Luke ging im Gästezimmer, das er sich mit Kennedy teilte, auf und ab. Er konnte es nicht länger ertragen. In dem Moment, als Kennedy in diesem sexy Kleid aus dem Bad gekommen war und ihre blonden Haare offen über ihre Schultern flossen, hatte er gewusst, dass seine übliche langsame Verführung nicht passieren würde. Er wollte sie unbedingt, gierig, und ausgehend von dem Blick, den sie ihm vorhin zugeworfen hatte, wollte sie ihn genauso. Trotzdem musste er wenigstens die Cocktailstunde mit Bentley, Candy und anderen, die vielleicht früh angekommen waren, über sich ergehen lassen. Er konnte nicht vollkommen auf das nötige Networking verzichten, um den Klienten an Land zu ziehen, den er brauchte. Die Party mit den Promis würde erst später am Abend stattfinden. Vielleicht konnte er zwischen den Cocktails und der Party mit Kennedy zurück ins Zimmer.

Sie zog sich ihre neuen Sandalen an und drehte sich zu ihm um. Sie sah ein wenig unsicher aus. Aus irgendeinem Grund war sie von der Tatsache eingeschüchtert, dass manche Partygäste berühmt waren.

Er stieß einen anerkennenden Pfiff aus und sie wurde rot. Sogar mit den hohen Absätzen war sie winzig. Instinktiv hätte er sie am liebsten in den Arm genommen und vor der Welt beschützt. Obwohl sie ihm sicher an die Gurgel springen würde, wenn sie das wüsste. Sie war stark und unabhängig. Das gefiel ihm ja so an ihr. Er konnte sich entspannen und er selbst sein, ohne sich Sorgen zu machen, dass er ihre zarten Gefühle verletzte.

„Wunderschön", verkündete er und ging zu ihr. Der tiefe V-Ausschnitt ihres Kleides gab den Blick auf die Wölbung ihrer Brüste und ihr Brustbein frei. Er hatte vorhin schon bemerkt, als sie ihren Bikini angehabt hatte, dass sie zu dünn war, doch er hatte es nicht ansprechen und sie in Verlegenheit bringen wollen. Er hoffte nur, dass sie nicht eine dieser Frauen war, die hungerten, um gut auszusehen. Jetzt, da er auf festerem Grund mit ihr stand – sie hatte zugegeben, dass sie ihn mochte, und damit eindeutig klargemacht, dass er kein Feind war –, wollte er sichergehen, dass es ihr gut ging.

„Du siehst auch gut aus", sagte sie beinahe schüchtern, als sie ihn unter den Wimpern hervor ansah.

„Nicht so gut wie du." Heute Abend trug er Business Casual – ein weißes Hemd mit einer maßgeschneiderten grauen Hose und italienischen Lederschuhen. Er legte eine Hand an ihren unteren Rücken, direkt oberhalb ihres Pos, während er sie aus dem Raum führte. „Bist du immer so dünn gewesen?"

„Was meinst du?"

„Ich kann dein Brustbein und deine Rippen sehen. Isst du genug?"

Sie nahm seine Hand und schob sie an ihrem Rücken weiter nach oben. „Ich war schon immer zierlich. So bin ich eben."

Er blieb stehen und sah ihr in die Augen. „Verzichtest du auf Mahlzeiten?"

„Manchmal."

„Warum das denn? Du brauchst keine Diät. Ich bin mir sicher, du würdest genauso sexy aussehen, wenn du ein bisschen mehr auf den Rippen hättest."

Sie versuchte es mit einem Lächeln zu überspielen, doch er sah die Sorge in ihren Augen. Sie verbarg etwas. „Willst du mich etwa fett füttern?"

Er nahm ihre Hände. Sie waren immer noch allein im Flur

im ersten Stock. „Wie oft machst du das, ich meine, Mahlzeiten auslassen?"

„Nicht oft. Nur ein- oder zweimal die Woche. Ich hungere nicht."

„Aber warum?"

Sie wandte den Blick ab. „Es ist nichts. Manchmal haben Alex und Quinn eben richtig Hunger. Sie sind im Wachstum, darum gebe ich ihnen meine Portion."

„Könnt ihr euch nicht genug Essen leisten?"

Sie zog ihre Hände weg und wich zurück. „Ich wachse nicht mehr. Ich brauche es nicht so dringend wie sie."

„Kennedy, das ist nicht richtig." Sie hungerte ihren jüngeren Brüdern zuliebe? Das war so bemerkenswert wie alarmierend. „Das werden wir ändern. Du musst essen."

Sie wollte weitergehen, doch er packte ihre Hand und hielt sie fest.

„Ich brauche keine Hilfe", beharrte sie. „Ich bin kein Fall für die Wohlfahrt."

„Und ob du Hilfe brauchst."

Ihre blauen Augen blitzten. „Das geht dich nichts an. Lass uns einfach zu dieser Party gehen."

„Ich werde nicht ruhig dabeisitzen und zusehen, wie du hungerst."

„Ich hungere nicht!"

Wieder riss sie ihre Hand los und eilte zur Treppe. Er folgte ihr, entschlossen, der Sache auf den Grund zu gehen. Hier würde er nicht zusehen, wenn Kennedy sich im wahrsten Sinne des Wortes bis auf die Knochen für ihre Familie abrackerte. Sie war zu jung und auf ihren zierlichen Schultern war diese Last mehr als fehl am Platz.

„Guten Abend", sagte Elizabeth, die sie im Foyer erwartete. „Cocktails gibt es draußen am Pool." Sie deutete zum hinteren Teil des Hauses.

„Danke", sagte Luke.

„Sehr schönes Kleid, Miss Kennedy", sagte Elizabeth.

„Danke", sagte Kennedy dankbar.

Sobald sie außer Hörweite waren, sagte er zu Kennedy: „Ich möchte heute Abend sehen, dass du etwas isst."

„Vergiss es einfach", zischte sie.

Sie versuchte, ihm davonzulaufen, doch er nahm ihre Hand und verflocht ihre Finger. Er sprach mit leiser Stimme: „Vergiss nicht, wir sind glücklich verlobt."

„Aber nicht mehr lange", antwortete sie und ihre blauen Augen blitzten. Die Lust packte ihn. Warum fand er sie so reizend, wenn sie seinetwegen angepisst war? Vielleicht, weil sie solch eine würdige Sparringpartnerin war. Er musste wirklich aufhören, sich mit ihr anzulegen.

„Du liebst es, meine Verlobte zu sein", sagte er ihr.

Ihr Kiefer verkrampfte sich. Er verkniff sich ein Grinsen.

„Du solltest das Grinsen besser lassen, bevor ich es dir aus dem Gesicht schlage", drohte sie.

Er lachte schallend.

„Da ist ja das glückliche Paar!", verkündete Bentley und begrüßte sie an der Terrassentür mit einem Cocktailglas, aus dem ein Pfefferminzblatt ragte.

Candy stand neben ihm und nippte an einem Glas Weißwein. „Wir haben euch heute beim Segeln vermisst. Mojito?"

„Oh ja, gern", sagte Kennedy.

„Aber nur einen", warf Luke ein. „Sie verträgt absolut nichts." Vor allem nicht, da sie eindeutig untergewichtig war. Letzteres würde jedoch nicht mehr lange so sein. Dafür würde er sorgen.

Bentley und Candy lachten. „Er passt ja richtig auf dich auf, Honey", sagte Candy. „Dein Kleid gefällt mir. Stella McCartney?"

Die beiden Frauen gingen davon und unterhielten sich angeregt. Er bemerkte, dass er lächelte, weil er froh war, dass er ihr bei ihrem Kleidproblem hatte helfen können. Bis jetzt sah es so aus, als wären sie nur zu viert.

Bentley strich sich sein zerzaustes braunes Haar aus den blauen Augen. „Willst du auch einen Drink?"

„Ich würde gerne noch ein bisschen warten, danke."

„Ist alles gut bei euch?"

„Ja, absolut. Wir freuen uns auf die Party."

Bentley strahlte. „Ich hoffe, ihr tanzt gern. Ich habe Griffin Huntley gebeten zu spielen. Er ist ein Freund."

„Im Ernst? Das ist ja … wow. Ich bin ein großer Fan." Luke war schon ein Fan von Griffin Huntleys Musik gewesen, als der noch bei Twisted Star gespielt hatte, doch seitdem er vor drei Jahren seine Solokarriere gestartet hatte, hatte er die Musikszene mit seiner einzigartigen Kombination aus Rock, Country und dem unbeschreiblichen Griffinherz erobert. Lieder, bei denen man wirklich etwas empfand, selbst, wenn es keine Balladen waren. Seine Musik lief ständig im Radio und er war gerade von einer Welttournee zurückgekommen. Er hatte gehört, dass Griffin vor ein paar Jahren in Clover Park aufgetreten war, doch Luke hatte es verpasst, weil er da bereits in der Stadt gewohnt hatte. Er war mehr als aufgeregt. „Kennedy!"

Sie kam mit einem Mojito in der Hand hinter einer Säule hervor. „Was ist?"

Candy folgte ihr und sah ihn neugierig an. Die beiden Frauen hätten unterschiedlicher nicht sein können, hochgewachsen und klein, vollbusig und zierlich, quirlig und ernst, und doch schien es Klick gemacht zu haben.

Er ging zu ihr. „Griffin Huntley spielt heute Abend hier."

Kennedy schnappte nach Luft. „Du meine Güte. Ich liebe ihn."

„Oh, er ist wirklich ein ganz Süßer", schnurrte Candy. „Ich werde ihn euch vorstellen. Seine Freundin ist ein Knaller. Du wirst sie lieben, Ken. Sie ist eine clevere Geschäftsfrau wie du. Seine Managerin."

Kennedy strahlte angesichts ihres Kompliments. „Cool", sagte sie und trank einen Schluck von ihrem Mojito.

„Lass uns dir was zu essen finden", sagte Luke zu Kennedy.

„Die Hors d'Oeuvres kommen bald", sagte Candy. „Ich sehe mal nach dem Catering."

Sie ging ins Haus. Bentley folgte ihr und kniff ihr in den Po. Candy quietschte und sie liefen lachend in die Küche.

„Hör auf, dich wie meine Mutter aufzuführen", blaffte Kennedy.

„Ich passe nur auf dich auf."

„Dann lass das bitte einfach. Wenn du dir weiter Hoffnungen auf zerwühlte Laken bei Sonnenuntergang machen willst …" Sie sah ihn vielsagend an und seine Hose wurde plötzlich eng. „Dann solltest du dieses Essensthema ganz schnell sein lassen."

Er legte einen Arm um ihre Taille und zog sie an sich. „Du kannst nicht aufhören, an die zerwühlten Laken zu denken, oder?"

Sie sah ihm unbeirrt in die Augen. „Ja."

„Und?"

Sie musterte ihn ernst. „Da führt kein Weg dran vorbei, oder?"

Er ließ seinen Arm sinken. „Jetzt kling mal nicht zu begeistert."

Sie schnaubte. „Naja, wir teilen uns ein Zimmer, also …" Sie trank ihren Mojito. „Außerdem waren wir uns einig, du weißt schon, nur fürs Wochenende."

Irgendwie machte das nicht ganz so viel Spaß, wie er erwartet hatte. Sie schien beinahe aus Resignation mit ihm zu schlafen. Er wollte schon sagen *du musst mir keinen Gefallen tun*, als ihm eine bessere Idee kam – er würde sie einfach mit nach oben nehmen und ihr zeigen, wie aufregend es sein konnte. Eine Vision von Kennedy unter sich, die darum flehte, ihr die Erlösung zu gewähren, die nur er ihr geben konnte, ließ ihn ihre Hand packen.

Plötzlich kehrte Bentley zurück und riss ihn aus seiner lustvollen Fantasie, als er fragte: „Was ist nur fürs Wochenende?"

Kennedy erschrak und wirbelte herum. Sie sah schuldbewusst aus. Luke legte einen Arm um ihre Schultern. „Wir waren uns einig, am Wochenende nicht über die Hochzeit zu reden. Ich brauche eine Pause. Du verstehst, was ich meine?"

Bentley nickte mit einem breiten Lächeln. „Oh ja, ich verstehe. Candy hat mich überall hin mitgeschleift, Säle für den Empfang, Brautmodengeschäfte, Blumenläden, Caterer. Was auch immer anstand, ich war überall dabei! Vielleicht sollte Candy euch die Infos geben – es sei denn, ihr habt bereits alles gebucht." Er blickte von Luke zu Kennedy.

„Noch nicht", sagte Kennedy.

„Gut!", rief Bentley. „Dann machen wir das so. Vielleicht können wir euch ja bei der Planung helfen." Er zwinkerte Luke zu. „Nach dem Wochenende."

Kennedy versteifte sich. Wahrscheinlich, weil sie sich einig waren, die ganze Sache nach dem Wochenende zu beenden. Luke machte sich keine Sorgen. Das Thema konnten sie angehen, wenn es soweit war.

„Sehr großzügig, danke", sagte Luke.

Candy kehrte zurück und Bentley erzählte ihr von der Hochzeitsplanung. „Oh ja!", rief Candy. „Ich habe ein ganzes Ringbuch voller Informationen. Lasst uns gehen!"

Und so verbrachten sie die nächste ermüdende Stunde am Esstisch damit, Candys Ordner zu bestaunen, der zum Überquellen mit Hochzeitsinformationen gefüllt war, anstatt in ihrem Zimmer die Bettlaken zu zerwühlen, wie er gehofft hatte. Kennedy erwärmte sich für das Thema, besonders auf den Seiten mit den Hochzeitskleidern, und zeigte sich wirklich begeistert. Als Bräutigam sagte er nur: „Was immer sie will", und Bentley und Candy stimmten dem von ganzem Herzen zu. Endlich trudelten langsam die anderen Gäste ein und es blieb ihnen erspart, Candys und Bentleys drei Hochzeitsalben ansehen zu müssen. Gemeinsam gingen sie wieder nach draußen an den Pool.

Während Bentley und Candy ein paar alte Freunde begrüßten, zog Kennedy ihn ans andere Ende der Terrasse, legte ihre Arme um seinen Hals und flüsterte eindringlich: „Was sollen wir nur tun? Jetzt wollen sie unsere Hochzeit mit uns planen! Ich weiß einfach, dass Candy nicht locker lassen wird."

Er legte seine Arme um ihre Taille und genoss es, sie wieder so nahe zu haben. „Dann planen wir eben unsere Hochzeit."

„Sei doch bitte mal ernst", zischte sie.

Er presste einen Kuss auf die empfindliche Stelle unterhalb ihres Ohrs. „Ich mache mir keine Sorgen deswegen."

„Weil du der Bräutigam bist! Ich muss ja den ganzen Kram machen."

„Dann schätze ich mal, dass du mich zum Schein heiraten musst", neckte er sie.

Sie versetzte ihm einen Klaps auf den Arm. „Das ist nicht lustig."

„Ist doch bloß fürs Wochenende." Er küsste an ihrem Hals empor und flüsterte direkt in ihr Ohr: „Dann machen wir Schluss und das alles ist beendet."

Sie erbebte. „Okay, okay. Du hast recht. Ich fühle mich nur so schuldig. Candy ist so nett."

„Du musst dich nicht schuldig fühlen." Er beugte sich zu ihr hinunter, wollte sie in die Gegenwart zurückholen und knabberte an ihrem Hals. Sie schnappte nach Luft. „Genieß einfach das Hier und Jetzt."

„Ich brauche einen Drink", sagte sie und löste sich von ihm. Er folgte ihr an die Bar. Sie ließen sich beide einen Drink mixen und gingen zu einer Stelle an der Seite der Terrasse, von wo aus sie die ankommenden Gäste beobachten konnten. Er hatte kaum zweimal an seinem Bier genippt, als Kennedy mit leiser Stimme sagte: „Ist das Chase Thompson?"

Er drehte sich um und sah den jungen Schauspieler, der früher einmal der Star einer dieser quietschsauberen Teenagershows gewesen war. Chase kam mit seiner Entourage von vier Freunden nach draußen. Er war jetzt Mitte Zwanzig. Groß und so trainiert, wie man es nur sein konnte, wenn man vier Stunden täglich mit einem Trainer im Fitnessstudio verbrachte. Perfektes Gesicht, perfekte blonde Haare, strahlendblaue Augen, sonnengebräunt. Typisch Hollywood. Er warf Kennedy einen Blick zu, die ihren zweiten Mojito auf einen Tisch stellte und sich mit der Hand durch die Haare strich.

Er hatte kaum gemurmelt: „Möchtest du ihn kennenlernen?", als sie schon in seine Richtung ging.

An der Bar, wo Chase und seine Freunde ihre Drinks bestellten, holte er sie ein. Kennedy stand direkt neben Chase, starrte ihn begeistert an.

„Hey, kenne ich dich?", fragte Chase sie.

Sie schwieg.

Luke mischte sich ein. „Hi, das ist Kennedy. Sie ist ein großer Fan."

Chase lächelte, wobei er seine blendend weißen Zähne entblößte. „Es ist immer schön, einen Fan zu treffen." Er schüttelte ihr die Hand. „Hättest du gern ein Foto?"

Kennedy nickte begeistert. Luke holte sein Handy heraus und machte ein Foto von ihnen.

Kennedy starrte ihn weiter an. Er war peinlich berührt deswegen und es ärgerte ihn auch. Er legte einen Arm um ihre Schultern. „Danke. Bis später." Er führte sie davon und schob sie auf ein weich gepolstertes Outdoor-Sofa.

Endlich kam sie wieder zu sich und wandte sich ihm mit großen blauen Augen zu. „Als Teenager hatte ich Poster von ihm an meiner Wand. Ich kann es nicht fassen, dass ich ihn jetzt kennengelernt habe."

„Wahnsinnig aufregend", sagte er trocken.

Sie nahm seine Hand. „Ich bin so froh, dass du bei mir warst. Ich hätte kein Wort rausgebracht."

Sein Ärger verflog. „Ich bin auch froh, dass ich bei dir war. Wenn du ihm gesagt hättest, dass du sein Poster an deiner Wand hattest, hätte er sich wahrscheinlich gleich auf dich gestürzt. Leichte Beute."

Sie schlug ihm auf den Arm. „Luke! Ich bin keine leichte Beute."

„Schh, nicht so laut."

Er folgte ihrem Blick zu Chase Thompson. „Gaff ihn nicht so auffällig an. Das ist Leuten wie ihm unangenehm."

Ihr Blick schoss zu ihm zurück. „Ich habe nicht gegafft." Sie runzelte die Stirn. „Oder doch?" Sie stand abrupt auf. „Ich muss mein Make-up überprüfen."

„Du siehst gut aus."

Sie verschwand. Er fand sich damit ab, dass ihm wohl ein langer Abend als fünftes Rad an Kennedys Prominentenwagen bevorstand. Weitere Gäste kamen. Er trank langsam sein Bier. Kennedy ließ sich Zeit. Als er sein Bier zu Ende getrunken hatte, machte er sich langsam Sorgen. Er stand auf, um sie zu finden, wo auch immer sie hin verschwunden war, doch dann kehrte sie auf die Terrasse zurück. Sie hatte ihre

Haare zu einem eleganten Knoten hochgesteckt, der ihr fein geschnittenes Gesicht und ihren schlanken Hals betonte. Er ging etwas schneller auf sie zu, als er sich Frauen für gewöhnlich näherte. Er konnte nicht anders. Er wollte einfach wieder mit ihr zusammen sein.

„Hey", sagte er.

Sie sah über seine Schulter und sagte mit gedämpfter Stimme: „Ich glaube, ich habe den Typen aus der Tommy Hilfiger Werbung gesehen."

Er versuchte, nicht irritiert zu reagieren. Er war schließlich derjenige, mit dem sie heute Nacht das Bett teilen würde. Er war derjenige, den sie an seiner Seite brauchte, damit sie sich nicht mit Gaffen blamierte.

„Nein!", sagte er mit gespielter Begeisterung und schlug sich eine Hand vor den Mund.

Sie bemerkte nicht, dass er sie nur aufzog. „Doch!"

Er sah sie an. Gott, sie war schön. Ihr Gesicht mit den zarten Wangenknochen, der Kieferpartie, die zu ihrem sturen, trotzigen kleinen Kinn führte. Die weiche Porzellanhaut, die er so unbedingt berühren wollte, und–

„Du bist aber nicht eifersüchtig, weil ich diesen umwerfenden Männern hinterhersabbere?", fragte sie.

Diese Bemerkung riss ihn aus seinen lüsternen Gedanken. „Warum sollte ich eifersüchtig sein? Ich bin ja derjenige, an dem heute Nacht kein Weg vorbei führt."

Sie nickte abwesend. „Stimmt. Okay, lass uns McDreamy kennenlernen."

Konnte sie nicht wenigstens *so tun*, als wäre sie angesichts der Aussicht, mit ihm zu schlafen, erregt? Himmel.

Sie gesellten sich zu einer kleinen Gruppe von Schauspielern und Models am Pool. Im Laufe des Abends kamen nach und nach weitere Prominente. Kennedy packte bei dem Eintreffen jedes neuen Gastes seinen Arm mit eisernem Griff. Es war schon irgendwie niedlich. Prominente faszinierten sie offensichtlich, doch es war genauso offensichtlich, dass sie ihn an ihrer Seite wollte. Er überspielte ihr unbeholfenes Schweigen, denn so sehr sie auch alle kennenlernen wollte, sie schien einfach kein Wort herauszubekommen.

Als Griffin Huntley kam, der Rockstar, den er auch bewunderte, war er damit durch, ihr jeden anderen gutaussehenden Mann vorzustellen. Er machte sich nicht vor, dass er mit einem Rockstar mithalten konnte. Allein Griffins Charisma sicherte ihm die Aufmerksamkeit eines wachsenden Kreises von Bewunderern. Sein dunkles Haar war kurz geschnitten und stand struppig von seinem Kopf ab. Er war leger gekleidet mit einem weißen T-Shirt, Jeans und Stiefeln. Seine Arme waren muskulös und tätowiert. Kennedy starrte abwechselnd seine Arme und sein Gesicht mit dem Dreitagebart an, während sie darauf warteten, nah genug an ihn ranzukommen, um ihm vorgestellt zu werden. Als sie vor Griffin standen, war Kennedy ganz außer sich und zerquetschte beinahe Lukes Finger.

„Hi, Griffin", sagte Luke. „Wir sind große Fans."

Kennedy quietschte und nickte begeistert.

Griffin lächelte. „Schön, euch beide kennenzulernen." Er legte eine Hand unter Kennedys Kinn. „Möchtest du ein Autogramm?"

Kennedy drehte sich mit großen Augen und flehendem Blick zu Luke um. Er nahm eine Cocktailserviette vom Tisch neben ihnen und reichte sie ihr.

„Für wen?", fragte Griffin.

Kennedy starrte ihn sprachlos an.

„Kennedy", half Luke aus.

Eine zierliche Brünette mit kurzen Haaren und erstaunlich blauen Augen tauchte an Griffins Seite auf. „Entspann dich, Sweetheart", sagte die Frau zu Kennedy mit einem starken New Yorker Akzent. Brooklyn oder Queens vielleicht. „Er klappt den Toilettensitz genauso wenig runter wie jeder andere Mann."

Griffins Gesicht erhellte sich, als er sich zu der Frau umdrehte. „Ich arbeite daran", knurrte er, dann zog er sie an sich und küsste sie, bevor er sich wieder ihnen zuwandte. „Das ist meine Managerin Christina."

Christina schmunzelte. „Ich bin seine Muse."

Endlich fand Kennedy ihre Stimme wieder. „Ich bin Kennedy." Sie schüttelte Christinas Hand. „Candy meinte, wir sollten uns kennenlernen. Sie sagte, dass du eine clevere Geschäftsfrau seist."

„Aww …" Christina verrenkte sich den Hals in alle Richtungen. „Wo ist sie denn hin verschwunden?"

Griffin hob Christina an der Taille hoch, damit sie über die Menge sehen konnte. „Candy!", rief sie und winkte. „Warte, wir kommen gleich zu dir!" Sie sah Griffin über ihre Schulter an. „Danke."

Er stellte sie ab. „War mir ein Vergnügen."

Christina streichelte seinen stoppeligen Kiefer. „Kommst du ein paar Minuten ohne mich aus?"

Er zog sie an sich und legte seine Arme um ihre Taille. „Ich werde dich einfach holen, wenn ich es nicht mehr ertrage."

„Gib ihr noch ein Autogramm auf ihre Serviette, bevor wir gehen", wies Christina ihn an.

Griffin beugte sich über den Tisch und signierte die Serviette, dann reichte er sie Kennedy mit großer Geste.

„Danke", hauchte Kennedy.

„Man sieht sich", sagte Christina, hakte sich bei Kennedy unter und nahm sie mit zu Candy.

Die Menge schloss sich erneut um Griffin. Luke trat beiseite, mischte sich unter die Gäste und machte Small Talk, hatte dabei jedoch stets ein Auge auf Kennedy. Sie plauderte mit Candy und Christina in einem kleinen Sitzbereich am Feuer. Es verging beinahe eine Stunde, bis Bentley an das Mikrofon auf einer provisorischen Bühne trat, auf der sonst nur ein Stuhl und ein Scheinwerfer standen, und verkündete, dass Griffin jetzt spielen würde.

Griffin verbrachte ein paar Minuten damit, seine Akustikgitarre zu stimmen. Christina eilte zur Bühne, also ging Luke zu Kennedy.

Kennedy war immer noch hin und weg. „Ich fasse es nicht, dass ich ihn kennengelernt habe", hauchte sie. „Und seine Freundin ist so cool. Ich mag sie wirklich. Sie hat mich eingeladen, zu ihrer nächsten Show zu kommen und hinter der Bühne die Band kennenzulernen!"

Er nahm mit großen Augen ihre Hand. „Kannst du es fassen, dass du mich kennengelernt hast?"

Sie schnaubte. „Du bist doch nur ein normaler Typ."

„Und würdest du mit einem Typen wie Griffin schlafen wollen?" Er hätte sich in den Arsch treten können, weil er sich seine Eifersucht anmerken ließ. Aber bitte, sie hatte den halben Abend damit verbracht, andere Männer anzustarren.

„Christina hat ihn um ihren kleinen Finger gewickelt. Hast du gesehen, wie er sie nicht aus den Augen lässt, selbst wenn er sich mit anderen unterhält?"

Er brummte, denn es war ihm unangenehm, dass er genau dasselbe getan hatte. Er strich mit einer Hand über ihren nackten Rücken. „Dein Kleid gefällt mir wirklich."

Sie erbebte. „Wollen wir an die Bar gehen?"

Griffin begann, eine Ballade zu spielen – eine seiner berühmtesten, „Crazy Thing". Christina tanzte in der Nähe und Griffin sah immer wieder zu ihr hinüber.

„Komm, lass uns tanzen." Luke zog sie zu dem Bereich, der als Tanzfläche freigehalten wurde, wo sich schon mehrere Paare im Takt zur Musik wiegten. Er blieb stehen und zog sie an sich, legte seine Hände um ihre Taille, wie er sich entspannte. Sie gehörte einfach in seine Arme.

Sie schlang ihre Arme um seinen Hals. „Ich bin dir wirklich dankbar dafür, dass du heute Abend mein dümmliches Schweigen überspielt hast."

„Kein Problem." Es war schön, dass sie ihn zu schätzen wusste. Sein Irritation und die peinliche Eifersucht verschwanden.

„Und dafür, dass du mir vorhin mit meinem Bruder geholfen hast. Das bedeutet mir eine Menge."

„Naja, Jungs sind gar nicht so kompliziert. Sie haben ein paar grundlegende Bedürfnisse und Triebe. Besonders im Teenageralter. Da dreht sich immer alles um Sex."

„Ich bin mir sicher, dass es komplizierter ist. Ich habe dir doch vom Deal mit meinem Dad erzählt und wie wenig Geld wir haben."

Er drehte sie ein wenig zur Seite, damit sie nicht sehen konnte, dass Chase Thompson in ihre Richtung schaute. Er war es leid, sie mit anderen Männern zu teilen. „Vertrau mir, er versucht nur, ein Mädchen zu beeindrucken. Warum denkst du wohl, warum er meinen Wagen fahren wollte?"

„Weil es ein Porsche ist?"

Luke senkte seine Stimme. „Du wirst schon sehen. Wenn das Geld knapp ist, solltest du ein paar Kondome in seinem Zimmer lassen. Die sollte er nicht stehlen." Er schmunzelte. „Sicherheit! Kondomdieb in Gang drei!"

Sie erschauderte. „O mein Gott, ich werde meinem Bruder keine Kondome kaufen!"

„Dann gib ihm einfach das Geld und sag ihm, er soll sie kaufen." Er drehte sie um, als das Tommy Hilfiger Model ihren Po begutachtete. „Vertrau mir."

Sie legte ihren Kopf an seine Brust. „Ich vertraue dir."

Dieses Geständnis fühlte sich wie ein Geschenk an. Er legte seine Hand an ihren Hinterkopf, hielt sie einfach fest und hatte unerwartet zarte Gefühle für diese Frau, die ihn in eine fingierte Verlobung gebracht hatte, die er am Ende sogar genoss.

Hätte er sie nur unter anderen Umständen kennengelernt. Könnte es nur zwei Gewinner in diesem Spiel geben. Die finanzielle Situation ihrer Familie machte ihm Sorgen, besonders, da sie nicht einmal genügend Geld für das Allernotwendigste hatte. Doch wenn er seinen Job behalten wollte, brauchte er diesen Klienten. Er verdrängte diese Gedanken. Das hier war Geschäft. Bentley würde sich für nur einen von ihnen entscheiden. Wahrscheinlich für ihn, wegen seiner Erfahrung. Und Kennedy würde aus seinem Leben verschwinden.

Sie seufzte und seine Brust schmerzte. Sie hatten immer noch das Wochenende, erinnerte er sich, und er hatte vor, jede Minute zu genießen.

～

Hand in Hand ging Kennedy nach der Party und dem Lagerfeuer am Strand mit Luke zurück zu ihrem gemeinsamen

Schlafzimmer. Sie war erschöpft, stand jedoch vor Energie auch unter Strom.

„Das war ein schöner Abend."

„Nicht schlecht", sagte er. „Es wäre noch besser gewesen, wenn wir mehr Zeit mit Bentley gehabt hätten, doch er war zu sehr damit beschäftigt, in seiner engen weißen Hose auf einem Tisch zu tanzen."

Sie lachte. „Hab ich gesehen."

Sie erreichten ihr Zimmer, und Luke hielt ihr die Tür auf. „Nach dir."

Die Nervosität breitete sich in ihr aus, als sie das Zimmer betrat.

Er folgte ihr und beobachtete sie. Als wartete er darauf, was sie als nächstes tun würde.

Sie wartete ihrerseits in atemloser Vorfreude darauf, dass er den ersten Schritt machen würde. Er hatte den ganzen Abend mit ihr geflirtet und sie berührt. Am Feuer hatte Luke eine Decke ausgebreitet und sie zwischen seine Beine gesetzt, damit er seine Arme um sie legen konnte. Er hatte sie mit seinem heißen Atem in den Wahnsinn getrieben, jedes Mal, wenn er ihr etwas ins Ohr geflüstert und hin und wieder ihren Hals oder ihre Wange gestreichelt hatte. Nicht zu aggressiv, nur ständige Erinnerungen daran, dass er sie wollte.

„Warte", sagte er endlich. „Ich will mir nur schnell meine Zähne putzen, bevor das Unvermeidliche passiert."

Mit diesen Worten ging er ins Bad und schloss die Tür.

Sie stand einen Moment lang da und war furchtbar verwirrt. Zähne putzen? Nach all den Berührungen und dem Flirten? Da sie sich unsicher war, was sie tun sollte, zog sie die Schuhe aus, hängte ihr Kleid auf und wickelte sich in einen Bademantel, dann wartete sie darauf, dass er fertig wurde.

Ein paar Minuten später kam er in T-Shirt und Shorts wieder raus. „Jetzt bist du dran."

Sie nahm ihre Reisetasche und machte sich ebenfalls fertig. Nachdem sie Zähne geputzt und ihre Haare gebürstet hatte, überlegte sie, ob sie den Pyjama anziehen sollte, den sie eingepackt hatte, den Bademantel ohne etwas drunter oder einfach nackt aus dem Bad kommen sollte. Obwohl sie Luke erst seit einer Woche kannte, wusste sie nach dem heutigen Tag definitiv, dass sie mit ihm zusammen sein wollte. Unter dem aalglatten Äußeren war eine Seele, mit der sie etwas anfangen konnte, eine, die sich um andere sorgte. Man musste sich ja nur ansehen, wie er ihr heute mit ihrem Bruder geholfen hatte. Und wie er dafür gesorgt hatte, dass sie sich heute Abend nicht unbehaglich gefühlt hatte, sowohl mit dem richtigen Kleid als auch im Umgang mit den Promis. Als sie nach dem Feuer den Strand verlassen und sich locker unterhalten hatten, war sie für ein Wochenende voller Spaß vollkommen an Bord. Das Geschäft konnte warten. Ein natürliches Ende für ihre gemeinsame Zeit. Das machte alles schlicht und einfach. Doch jetzt fürchtete sie, dass sie voreilige Schlüsse gezogen hatte. Hatte sie sich nur eingebildet, dass es unvermeidbar war, dass sie miteinander ins Bett gingen? Wäre es nicht peinlich, wenn sie jetzt nackt herauskäme und er immer noch sein T-Shirt und die Shorts anhatte?

In T-Shirt und gepunkteter Pyjamahose ging sie ins Schlafzimmer.

Luke lag bereits im Bett – oben ohne – und das Laken bedeckte ihn bis zu seiner Taille. War er nackt darunter oder trug er Shorts? Verdammt, seine Brust war schön, golden mit sexy Brustmuskeln und einem Waschbrettbauch.

„Hey, Pünktchenhose da drüben." Er stieß ein übertrieben lautes Seufzen aus. „Dann sollten wir vielleicht *das Unvermeidbare* hinter uns bringen."

Sie verschränkte die Arme, gereizt, dass er verstimmt wirkte. „Nicht, wenn es zu große Mühe ist."

Er klopfte auf die Matratze neben sich. „Wenn es das ist, was du möchtest, komme ich schon damit klar."

„Du musst mir keinen Gefallen tun", blaffte sie.

„Komm schon, Pünktchen", sagte er mit einem abgebrühten ich-mache-das-ständig-Tonfall. „Wir vergeuden nur unsere Zeit. Zeig mir, was du hast."

Sie stellte sich neben ihn ans Bett, starrte seine umwerfende goldbraune Brust an und dann seine dunkelblauen Augen, von denen sie jetzt sah, dass sie amüsiert glitzerten.

Sie versteifte sich. „Deine Vorstellung von Verführung funktioniert bei mir nicht."

„Du bist diejenige, die gesagt hat, dass es unvermeidbar ist, dass wir miteinander schlafen. Du hast dich dabei auch richtig begeistert angehört." Er verdrehte übertrieben die Augen.

„Vergiss es." Sie trat vom Bett weg, doch er packte sie an der Hüfte. „Luke! Lass mich los. Offensichtlich, ist es doch nicht unvermeidbar!"

Er drehte sie um, damit sie ihn ansah, setzte sich auf und zog sie zwischen seine Beine. Seine Hitze war nah an ihren Brüsten, und obwohl er sie nicht berührte, wurde ihr heiß, und ihre Nippel richteten sich allein wegen seiner Nähe zu harten Spitzen auf. Er bemerkte es.

Er hob einen Mundwinkel zu einem viel zu selbstbewussten sexy Grinsen. „Du freust dich, mich zu sehen."

„Du ziehst mich zu viel auf." Sie drückte gegen seine Hände, doch er ließ sie nicht los.

„Mach dir keine Sorgen", sagte er, und als er sich zurück auf die Matratze legte, zog er sie auf sich. „Ich freue mich auch sehr, dich zu sehen." Er umfasste ihren Po und stieß mit der Hüfte zu, um es ihr zu zeigen.

„So verführst du also eine Frau?", fragte sie. „Du solltest ein bisschen an deiner Technik arbeiten."

Er hob eine Braue. „Ach ja? Dann lass mich mal deine Technik sehen. Verführ du mich."

„So funktioniert das nicht." Sie hatte noch nie einen Mann verführt. Alles, was sie ihren Freund hatte wissen lassen müssen, war, dass sie soweit war, und er hatte sich um den Rest gekümmert.

„Feigling."

Jetzt richteten sich ihre Nackenhaare auf. Sie rollte sich von ihm herunter. „Zieh dich aus", befahl sie.

„Hab ich schon." Er schob das Bettlaken ans Fußende. Seine riesige Erektion sprang stolz in die Höhe und wartete auf sie. „Und ich habe einen Streifen Kondome im Nachttisch, auf denen dein Name steht."

Sie schluckte.

Er beobachtete sie, wie sie jetzt wieder neben dem Bett stand und ihn auf sich wirken ließ. „Bereit, wenn du es bist", sagte er. „Wie man sehen kann."

Sie ließ den Blick seinen Körper auf und ab schweifen. Er war so hart und männlich, dass sie nicht sicher war, wo sie anfangen sollte.

„Soll ich dir einen Tipp geben?", fragte er und faltete seine Hände hinter seinem Kopf, entspannt, als wäre es nur ein Tag am Strand. „Dein Mund irgendwo an mir klingt wirklich gut. Du könntest aber auch einfach weiter starren, das heißt dann aber, dass auch ich gucken darf."

Das trieb sie an. Sie war nicht bereit, nackt dazuliegen, während er jeden ihrer Makel studierte. Sie begann an seinen Schenkeln, streichelte sie erst mit ihren Händen, dann küsste sie sie und knabberte daran und kostete, arbeitete sich nach oben. Sein Duft, frisch und sauber und einfach nur Luke, zog sie an; sein Geschmack ließ sie mutig werden. Als sie auf der Innenseite seiner Oberschenkel ankam, war er nicht mehr ganz so entspannt. Er grub seine Hand in ihre Haare und hielt ihren Kopf. „Kennedy", stöhnte er.

Sie strich mit ihrer Zunge an der ganzen Länge seine Erektion auf und ab. Seine Hand verkrampfte sich in ihren Haaren. Sie betrachtete ihn, saugte ein paarmal, dann ließ sie ihn los und bewegte sich weiter an seinem Körper hinauf, um ihre langsame Erkundung fortzusetzen. Seine Hand lag immer noch in ihren Haaren, seine andere Hand glitt über ihren Rücken. Sie konnte seine Anspannung sehen und wusste, dass es nur eine Frage der Zeit war, bis er die Kontrolle übernehmen würde. Luke war nicht der Typ Mann, der jemandem lange die Führung überließ.

Doch er überraschte sie. Obwohl seine Hände sie packten und er reichlich stöhnte, besonders als sie ihre Zunge um seine Nippel kreisen ließ, ließ er sie gewähren. Sie küsste an seinem Hals empor und an seinem Kiefer mit den Bartstoppeln entlang, bis sie schließlich einen zögernden Kuss auf seine Lippen presste. Sie hob ihren Kopf und sah auf ihn herab, immer noch ein wenig überrascht, dass er sie all das tun ließ.

„Du bist ein Tier." Er warf seine Arme zur Seite. „Ich fühle mich geradezu geschändet."

Sie spürte, wie sie lächelte. „Du kannst aber auch nie aufhören, oder?"

Seine Augen gingen auf Halbmast, während er ihren Mund anstarrte. „Du *solltest* nie aufhören."

Sie küsste ihn noch einmal und ihre Zunge drang zum Kosten in seinen Mund ein. Er schob ihr die Haare aus dem Gesicht und hielt ihren Kopf, während sie ihn tief küsste und genoss, wie sich seine harten Muskeln unter ihr anfühlten. Der Kuss ging weiter und weiter, und sie saß am Ruder. Sie rieb sich unruhig an ihm, wünschte sich, sie hätte sich auch ausgezogen, und hatte plötzlich das Bedürfnis, Haut an Haut spüren. Der Drang nach mehr ließ sie zum ersten Mal im Schlafzimmer aggressiv werden. Sie schob eine Hand über seinen Bauch, um ihn zu massieren, und knabberte an seiner Unterlippe. Mehr war nicht nötig.

Er packte sie, rollte sie unter sich, küsste sie lang, fest und gierig und mit einer Dringlichkeit, die ihr sagte, dass er genauso angetörnt war wie sie. Sie war in einem Wirbel von Empfindungen verloren, sein harter Körper an ihren gepresst, sein Mund fordernd, seine Hand an ihrem Kiefer. Ihre Hände glitten wie wild über ihn, sie war so unglaublich gierig, und ihre Fingernägel gruben sich in seine Schultern. Doch Luke wollte nicht, dass es so zwischen ihnen lief.

Er hielt mit einer Hand ihre Handgelenke über ihren Kopf und vertiefte den Kuss, ergriff hart und grob von ihrem Mund Besitz und verlangte vollkommene Unterwerfung. Sie wurde weich und gab sich seinem Verlangen hin, ihr Körper in Flammen, während sie darauf wartete, dass er ihr das gab, was sie so verzweifelt brauchte. Er ließ sie warten und küsste sie gierig, während seine Hand ihre Beine auseinanderschob. Sie öffnete sich sofort und er wiegte sich gegen sie, während er ihren Mund dominierte, ihre Arme immer noch über ihrem Kopf, eine Position, die sie in den Wahnsinn trieb. Das

Verlangen nach Erlösung überwältigte sie. Sie stieß einen leisen, jammernden Laut aus, flehte ihn an, sie zu nehmen, wie nur er es konnte.

Er hob seinen Kopf mit einem verschlagenen Lächeln. „Ich bin immer noch dran."

Sie erschauerte.

Er richtete sich auf, schob seine Hände in den Bund ihrer gepunkteten Pyjamahose und zog sie aus. Das Höschen gleich mit. „Viel besser", murmelte er.

Sie setzte sich auf, zog ihr T-Shirt über ihren Kopf und warf es durch den Raum. Dann hob sie ihr Kinn und sah ihm herausfordernd in die Augen. „Gib dein Schlimmstes."

Er lachte leise. „Mein Schlimmstes geben ..." Er hielt ihr Kinn fest. „Da sieh sich mal einer dieses trotzige Kinn an. Was ist mein Schlimmstes für dich, Kennedy? Stehst du auf federleichte Berührungen, einen festen Griff oder noch grober? Ich bin flexibel. Was immer dich heiß macht."

Sie schluckte. „Ich wollte dich nur aufziehen, wie du es mit mir machst."

Er schob eine Hand in ihre Haare und küsste sie zärtlich, während seine Finger beinahe vorsichtig ihren Hals hinab streichelten. Ein Finger kreiste kurz über ihre Schulter, dann wanderte die Hand tiefer auf ihre Brust. Es fühlte sich gut an, wie gewöhnlich beim Sex.

Er zog sich zurück und lächelte sie wissend an. „Gefällt dir das?"

„Ja."

Er zog sie rittlings auf seinen Schoß und küsste sie erneut, dieses Mal härter, eine Hand an ihrem Kiefer, die andere Hand auf ihrer Brust, während sein Daumen um ihren harten Nippel kreiste. Hitze sammelte sich zwischen ihren Beinen. Seine Hand verließ ihre Brust und glitt langsam weiter gen Süden. Sie hielt den Atem an, sehnte sich verzweifelt nach seiner Berührung. Seine Zunge stieß in ihren Mund, während er beinahe grob ihren Venushügel packte, was eine schmerzhafte Sehnsucht in ihr auslöste. Er lehnte sie zurück, hielt sie immer noch fest und musterte ihr Gesicht. „Das gefällt dir besser."

Es war keine Frage.

„Ja", sagte sie leise in der Hoffnung, dass er weitermachen würde.

„Dann lass uns mal sehen, was dir sonst noch besser gefällt." Er setzte sie zurück aufs Bett, packte sie bei den Knöcheln und zog, bis sie flach auf dem Rücken lag. Ihr Atem wurde schneller. „Jetzt bist du dran."

Sie wartete in atemloser Vorfreude. Doch dann betrachtete er sie nur und hielt immer noch ihre Knöchel, während er seinen Blick schweifen ließ, bei ihrem Mund begann, dann zu ihrem Hals wanderte, zu ihren Brüsten, deren Nippel immer noch erigiert waren und sich nach seiner Berührung sehnten. Ihr wurde heiß, als sein Blick an ihrer Scham hängenblieb, und als sie begann, sich zu winden, packte er ihre Knöchel nur fester. Das machte sie heiß. Sie wusste nicht warum. Sie war nie zurückhaltend gewesen. Sie wusste nur, dass sie ihn mit einer Intensität wollte, die sie nie zuvor empfunden hatte. Er hob ihre Beine hoch und spreizte sie weit, seine Hände weiter fest an ihren Knöcheln. Sein Blick auf ihren intimsten Bereichen war intensiv. Er leckte sich die Lippen und sein Griff an ihren Knöcheln wurde noch fester.

„Luke", flehte sie, „bitte. Ich will dich in mir."

Sein erhitzter Blick zuckte zu ihren Augen. „Fühlst du dich verzehrt?"

„Ich will es."

Er sah zurück auf ihre entblößte Scham. Sie wimmerte und wand sich. Dann senkte er sich auf sie, hob ihre Beine auf seine Schultern und teilte ihre feuchten Schamlippen mit den Fingern. So hielt er sie, betrachtete sie und die Vorfreude ließ sie zittern. Endlich senkte er seinen Kopf und seine Zunge glitt über ihren empfindlichsten Punkt. Sie hob ihre Hüfte von den Laken. Mit seiner Schulter drängte er ihre Beine weiter auseinander und sie begann, fieberhaft zu betteln: „Bitte, bitte." Seine Finger drangen in sie ein, stießen nach oben und liebkosten sie von innen, während sein Mund sie abwechselnd grob und dann wieder sanft bearbeitete. Sie explodierte, bäumte sich gegen ihn auf, während er weitermachte, als wäre nichts passiert, und sie in den Wahnsinn trieb.

„Luke!", keuchte sie. „Ich komme."

Er hob seinen Kopf, während seine Finger sie weiter massierten. Sie bäumte sich unkontrolliert auf, die heiße Intensität war zu viel, als dass sie sie ertragen konnte. Seine Hand legte sich um ihre Hüfte und presste sie auf die Matratze. „Nochmal", knurrte er, dann senkte er seinen Kopf und saugte an ihr.

Sie kam sofort und elektrische Schockwellen schossen durch ihre Beine, bis sie unkontrolliert zitterte. Sie stöhnte und rang nach Atem, als er endlich von ihr abließ.

Er setzte sich auf und streichelte mit einer Hand an der Innenseite ihrer Oberschenkel auf und ab. Seine Stimme war tief und rau und gebieterisch. „Auf deinen Bauch."

Sie zögerte, denn sie war sich nicht sicher, was er vorhatte. „Luke, das war genug."

Seine Hand hielt inne. „Hat dir gefallen, was ich bis jetzt gemacht habe?"

„Ja."

„Vertraust du mir?"

Sie dachte gleich an all das, was er heute Abend und früher am Tag für sie getan hatte. „Ja."

Er drehte sie um und schob ihre Beine auseinander. „Ich sage, wenn es genug ist."

Sie zitterte angesichts seiner Worte und nicht, weil sie Angst hatte. Obwohl sie das vielleicht hätte haben sollen, denn dass Luke im Bett die Kontrolle hatte, war das Antörnendste, was sie je erlebt hatte. Sie ging auf alle Viere und hob ihre Hüfte, bot sich ihm an und wurde mit einem tiefen Stöhnen belohnt. Doch er berührte sie nicht. Sie fragte sich, ob er sie einfach nur in dieser Position betrachten wollte. Sie hörte, wie er vom Bett stieg, dann hörte sie ein Rascheln, und ihr wurde klar, dass er ein Kondom überrollte. Ein erregendes Gefühl des Triumphs durchfuhr sie.

Doch zu früh gefreut.

Er packte ihre Hüfte und zog sie zum Ende der Matratze, wo er stand. Überrascht hob sie den Kopf und er drückte ihn zurück auf die Matratze und hielt ihn dort. Hitze durchflutete sie und ließ sie in Schweiß ausbrechen, während sie so wartete, den Kopf gesenkt, den Po in die Höhe gereckt. Sie bebte vor Erregung, als er sich an ihrer Öffnung positionierte. Doch er gab ihr nur wenig, zog ihn wieder zurück, neckte sie. Ihr ganzer Körper protestierte und zog sich um ihn zusammen, als er ihn nur ganz wenig in sie hineinschob. Sie versuchte, ihn in sich zu halten, doch dann zog er ihn wieder heraus. Sie biss die Zähne zusammen. Sie würde nicht betteln. Genau das wollte er offensichtlich.

Wieder drang er ein, gab ihr zwei Zentimeter und hielt inne. Sie schob ihre Hüfte zurück, flehte im Stillen. Dann drang er halb ein und hielt inne und sie hätte vor Frustration fast geschrien. Seine warme Hand an ihrem Kopf strich ihre Haare beiseite und entblößte ihren Hals. Er zog ihn fast ganz wieder raus und sie versuchte, sich wieder gegen ihn zu pressen, doch seine Hand an ihrem Kopf hielt sie zurück. Sie begann zu beben, ihr Körper hypererregt, gierig und unkontrolliert. Langsam drang er wieder ein, Zentimeter um Zentimeter, während seine andere Hand langsam an ihrer Wirbelsäule herunterfuhr und Stromstöße zu dem einen Punkt schickte, an dem sie von ihm erfüllt werden wollte. Eine Hand ruhte auf der Senke an ihrem unteren Rücken, seine andere Hand presste weiter ihren Kopf auf die Matratze. Sein Schwanz war halb in ihr. Er wartete.

„Bitte", flüsterte sie.

Seine Hand glitt von ihrem unteren Rücken zu ihrer Hüfte, die er mit festem Griff packte. Sie hielt den Atem an. Seine andere Hand ließ ihren Kopf nur so lange los, dass er zu ihrem Nacken wandern und sie dort halten konnte. Sie gab sich ihm mit zitterndem Atem hin und schnappte dann nach Luft, als er ganz in sie hineinstieß, tiefer eindrang, als sie für möglich gehalten hätte, und ihr Schmerzen bereitete. Er stieß hart zu, schnell und tief, nahm sich, was er brauchte, und sie war atemlos. Alles drehte sich und ihr Körper begann, sich um ihn zu verkrampfen.

„Luke!", keuchte sie, obwohl sie nicht wusste, worum sie ihn bat.

Er schon. Er schob eine Hand an ihre Schulter und presste sie weiter in die Laken, während die andere Hand um sie herumgriff und ihre Scham liebkoste. Der Gegensatz von harten Stößen und zarten Liebkosungen brachte sie um den Verstand. „Luke!", schrie sie. Er wusste es. Wusste, was sie wollte. Sie wollte, dass er ihr alles gab.

„Ich weiß", sagte er, als hätte sie ihre Gedanken laut ausgesprochen. „Aber ich bin noch nicht fertig mit dir."

Er machte sanft weiter, federleichtes Streicheln, bevor er wieder hart zustieß. Sie wimmerte, sie flehte, sie zitterte vor Verlangen. Es war ihm egal. Er hielt ihre Schulter weiter fest, während er mit ihrem Körper spielte, ihn fast zärtlich mit seinen Fingern streichelte, hart zustieß und dann zu gierigen Berührungen und langsamen Stößen wechselte. Sie kapitulierte und ließ ihn tun, was er wollte, während sie abwechselnd stöhnte und wimmerte. Ihr war schwindlig, sie brachte kein Wort mehr heraus, verloren in den Stromstößen und Wellen der Lust, die alle von diesem einen Mann kontrolliert wurden.

„Du machst mich so heiß", sagte er, dann riss er ihre Hüfte an sich, damit er sie noch tiefer nehmen konnte. Sie konnte nichts tun als keuchen und ihn gewähren lassen. „Kennedy", knurrte er mit einer Stimme, die sie nur heißer machte. „Du kommst, wenn ich es sage. Auf meinen Befehl."

Sie zitterte, fiebrig und klitschnass von den Wellen nicht enden wollender Lust. Er stieß hart zu, hatte beide Hände an ihrer Hüfte. Er stieß weiter, weiter und weiter, und beide stöhnten. Der Druck wuchs immer weiter, ihr Verstand schrie nach Erlösung. Er fasste mit seiner Hand um sie herum und presste sie auf ihre Klitoris. Sie spürte es, den Rand eines glühend heißen –

„Noch nicht", knurrte er und hielt sie immer noch fest, während er zustieß.

Sie zitterte unkontrolliert. Er hielt sie weiter fest und stieß tief zu, woraufhin sie schrie. O Gott, sie konnte sich nicht zurückhalten.

Er ließ seine Hand sinken. *Nein!*

Er packte wieder ihren Nacken, während er immer schneller zustieß. Ihr ganzer Körper gab sich mit einem zitternden Seufzen hin. Kein Flehen mehr. Sie ritt die Lustwelle, die er ihr schenkte, unter ihm, und genau das hatte er wohl gewollt, denn seine wunderbaren Finger waren wieder da, streichelten sie energisch, trieben sie immer höher, während er in sie hineinpumpte. Sie kämpfte darum, es zurückzuhalten, auf seinen Befehl zu warten. Er würde es wissen, und er würde aufhören. Unwillkürlich verkrampfte sich ihr Körper um ihn herum und reckte sich seinem Stoß entgegen. Er stöhnte und drängte sie beide noch weiter. Ihr stockte der Atem, als die Erlösung, nach der sie sich so sehnte, drohte, sie explodieren zu lassen.

„Komm für mich", keuchte er und sie kam in einer welterschütternden Explosion, während sie sich hilflos um ihn herum verkrampfte und wieder entspannte. Sie wäre wohl zusammengesackt, doch Luke hielt sie noch immer fest, jetzt mit beiden Händen an ihrer Hüfte, zog sie wieder an sich, während er tief und immer schneller pumpte. Ein zweiter Orgasmus kündigte sich an. Alles drehte sich. Es war zu viel. Sie konnte es nicht aufhalten.

„Luke!", schrie sie verzweifelt.

„Ja", stöhnte er und gab ihr die Erlaubnis, während er hart in sie hineinrammte und sie über die Klippe stieß. Sie explodierte mit einem schrillen Schrei und er ließ endlich los, pumpte mit seinem eigenen, langen Orgasmus in sie hinein.

Kurze Zeit später zog er ihn heraus und sie lag einfach nur da, als hätte sie keine Knochen mehr, zutiefst befriedigt. Befriedigter als sie je für möglich gehalten hätte. Er hatte jeden einzelnen Tropfen Lust aus ihr gewrungen.

Er rollte sich auf die Seite, beugte sich zu ihr herunter und küsste sie zärtlich. „Du siehst aus, als wärst du rundum befriedigt."

Sie öffnete ein Auge und sah sein selbstgefälliges Lächeln. Wie sie ihn berührt hatte, war Welten von dem entfernt gewesen, was er mit ihr getan hatte. „Halt die Klappe."

Er lächelte sie noch einmal selbstgefällig an. „Ich weiß jedenfalls, wie man dich dazu bringt, die Klappe zu halten."

Sie erschauerte. Wie konnte er sie denn jetzt schon wieder erregen? Er ließ sich auf dem Bett nieder, zog sie an sich und warf das Laken und die Tagesdecke über sie beide. Dann schob er ihren Arm und ihr Bein über sich und zog ihren Kopf an seine Brust.

„Luke?"

„Hmm ..."

„War es ..." Sie sprach den Satz nicht zu Ende. Plötzlich war sie unsicher. War es so gut für ihn gewesen wie für sie? Er hatte gesagt, dass er flexibel sei. Vielleicht gefiel es ihm auf andere Weise besser. Es ärgerte sie, dass sie sich so unsicher fühlte, doch sie war noch nie mit einem Mann wie Luke zusammen gewesen. Umwerfend, selbstbewusst, jemand, der die Führung übernahm. Ihre früheren Freunde waren auf alle erdenkliche Weisen weit von ihm entfernt. „Nichts."

„War es gut für mich?"

Sie zog den Kopf ein, unglaublich beschämt.

„Es war ätzend."

Empört sprang sie auf und er zog sie wieder herunter, doch nicht bevor sie das Funkeln in seinen Augen gesehen hatte. Er legte seine Hand auf ihren Kopf und ließ sie sich wieder auf seine Brust legen.

„Versuch's morgen noch einmal, Kennedy." Seine Brust bebte vor Lachen. „Und dann gibst du dir richtig Mühe."

„Versuch du's morgen nochmal", blaffte sie.

Er packte ihren Po und presste sie an sich. „Werde ich. Und das ist ein Versprechen. Das war der Hammer."

Sie seufzte.

Er drückte ihren Po. „Morgen Nacht werde ich dich fesseln."

Ihr Herz stolperte. „Was?"

„Jetzt kannst du schon mal davon träumen."

Er klang viel zu eingebildet. Sie hob ihren Kopf. „Und warum glaubst du, dass ich gefesselt werden will?"

Er zog sie an sich und seine Stimme grollte in ihrem Ohr. „Du magst es, wenn ich die Führung übernehme."

Sie erschauerte. Ihr war zugleich heiß und kalt. Wer war dieser Mann, der in einem Atemzug von Necken zu Verführung umschaltete? Da konnte sie kaum mithalten. Und doch war sie unfassbar angetörnt. Fast ruhelos in ihrem Wunsch nach mehr.

Sie stieß einen zitternden Atemzug aus. Er schmunzelte.
Sie war außer sich, weil er so mit ihr spielte. „Vielleicht
werde ich dich ja stattdessen fesseln."

„Klar."

„Macht es dir nichts, wenn ich die Kontrolle habe?"

„Nein, aber ..."

Sie stützte sich auf seiner Brust auf, um ihn anzusehen.
Seine Augen waren geschlossen. Er hatte ein zufriedenes
Lächeln im Gesicht. „Aber was?"

„Nichts."

„Luke!"

„Verdammt, bin ich müde. Gute Nacht."

Sie schüttelte ihn an der Schulter. „Du kannst jetzt nicht
schlafen. Was wolltest du sagen?"

Er stieß ein gequältes Seufzen aus. „Kann man denn hier
nicht einmal nach multiplen Orgasmen schlafen?"

Sie kletterte auf ihn, streckte sich aus und stützte sich mit
ihren Händen auf seine Brust, um ihn anzusehen. „Erst, wenn
du es erklärt hast."

„Mmm ..." Beide Hände wanderten auf ihren Po. „Das ist
schön."

„Luke!"

Er machte sich nicht die Mühe, die Augen zu öffnen. „Es
ist mir egal, wer gefesselt wird. Aber du wirst diejenige sein,
die wie eine Rakete kommt." Er gähnte. „Es sind vor allem
die starken Frauen, die gern die Zügel abgeben."

„Du hast das schon mal gemacht?" Sie war hin- und
hergerissen zwischen Empörung und Faszination. Außerdem
war das irgendwie ein Kompliment gewesen, als er sie stark
genannt hatte. Durch ihre zierliche Statur wurde sie oft nicht
ernstgenommen.

Er zog sie an seinem Körper empor und küsste sie. Es war
kein fordernder Kuss. Er war tief und allesverzehrend, aber
zärtlich. Ihr Ärger über die anderen Frauen verschwand, als
sie seinen Kuss erwiderte und sich wieder ganz dem Gefühl
hingab.

„Gute Nacht", murmelte er und schob sie neben sich,
damit sie ihren Kopf auf seine Brust legen konnte. Seine

Hände ruhten weiter auf ihrem Po. Nur wenige Augenblicke später wurde sein Atem ruhiger und er schlief.

Sie lag da und dachte daran, dass es ihr gefiel, wenn er die Kontrolle übernahm. Sie hatte nie einem Mann die Führung überlassen. Genau genommen hatte sie Angst, so zu werden wie ihre Mom, die einfach zuließ, dass ein Mann ihr Leben bestimmte. Und was passierte, wenn dieser Mann plötzlich strauchelte? Dann stand man mit nichts da. Keine eigenen Ersparnisse, keine Richtung, man war nur verloren und hilflos. Luke war der erste Liebhaber, der bei ihr je so die Kontrolle übernommen hatte. Das erste Mal, dass sie Orgasmen von derart umwerfender Stärke erlebt hatte. Und dann auch noch mehrmals. Er war der Typ Mann, der gerne alles kontrollierte. Das hatte sie gewusst, als sie ihn das erste Mal gesehen hatte.

Er macht das andauernd, für ihn ist das nicht mehr als ein Spiel. Er kannte sie nicht wirklich. Das bedeutete also, dass er ihr Leben nicht dominieren würde. *Mach dich von keinem Mann abhängig,* erinnerte sie sich.

Sie fühlte sich ein bisschen besser und entspannte in seinem festen, wenn auch ein wenig schamlosen Griff. Der Schlaf überwältigte sie, sobald sie die Augen schloss.

11

Luke erwachte am nächsten Morgen erfrischt und voller Energie. Er hatte oft mit Schlaflosigkeit zu kämpfen, denn sein Kopf war einfach so voll von allem, was er für die Arbeit erledigen musste, doch diese Nacht mit Kennedy und dass sie jetzt wie ein warmes Kätzchen auf ihm schlief, hatte fantastisch funktioniert. Er blickte auf sie hinab, wie sie so friedlich auf ihm schlief, und streichelte zärtlich mit seiner Hand ihren Rücken auf und ab. Dabei fiel ihm wieder auf, wie dünn sie war. Jetzt wusste er, warum er diesen Beschützerinstinkt ihr gegenüber entwickelt hatte. Sie war zugleich stark und verletzlich. Ihre Verletzlichkeit brachte ihn dazu, sie festhalten zu wollen. Ihre Stärke fand er antörnend.

Er hatte es so gemeint, als er ihr gesagt hatte, dass er flexibel sei, was die Art und Weise anging, wie sie Liebe machten. Er war offen für alles, bereit, alles zu tun, was einer Frau Lust bereitete, denn es trug unweigerlich zu seiner eigenen Lust bei. Doch was ihm am meisten gefiel, war, wenn die Frau ihre Lust voll und ganz in seine Hände legte. Bei Kennedy wollte er jedoch noch mehr. Er wollte, dass sie auf seine Erlaubnis wartete, kommen zu dürfen. Das hatte er noch nie getan, hatte keine Ahnung, woher das gekommen war, doch es hatte für sie beide funktioniert. Und jetzt wollte er noch mehr davon. Mehr Sex, ja, aber auch mehr von

Kennedy. Mehr Funken am Tag, mehr zittrige Seufzer der Hingabe bei Nacht. Er hatte noch nie jemanden am Morgen danach mehr gewollt als am Tag zuvor. Diese Tatsache hätte ihn erschrecken sollen, besonders, da er wusste, dass Kennedy nicht mehr zulassen würde, dass Luke sie anfasste, sobald Bentley sich für ihn entschieden hatte. Sie würde angepisst sein und das zurecht.

Doch all das schien jetzt keine Rolle zu spielen.

Die letzte Nacht war so viel mehr als nur ein Spiel gewesen. Obwohl er versuchte, es abzutun, indem er sie danach aufgezogen hatte, wusste er genau, warum es der beste Sex seines Lebens gewesen war. Ihm lag etwas an ihr. Sie seufzte tief im Schlaf und seine Brust schmerzte. Warum musste ausgerechnet sie, eine Frau, für die er tatsächlich etwas empfand, die eine Frau sein, die er nicht haben konnte?

Er sah auf die Uhr auf dem Nachttisch. Es war schon spät. Sie würden sich bald mit Bentley und Candy treffen müssen. Kennedy war mit Candy zu einer Mani-Pedi verabredet. Er und Bentley würden sich bei Mimosas am Pool ausruhen. Nach dem Mittagessen wollte Bentley, dass sie Segeln gingen, weil sie am Tag zuvor nicht dazu gekommen waren. Er schob Kennedy behutsam von sich, da er sich entschieden hatte, sich leise als Erster fertig zu machen und sie noch schlafen zu lassen. Nach seiner üblichen Morgenroutine trat er unter eine dampfend heiße Dusche. Es war, als duschte er in einem riesigen begehbaren Schrank. Später würde er Kennedy hier drin nehmen müssen. Vielleicht heute Abend. Er massierte das Shampoo in seine Haare, schloss die Augen und legte den Kopf in den Nacken, um das Wasser über seinen Kopf fließen zu lassen. Als er seine Augen öffnete, erschrak er. Kennedy stand nackt vor ihm, die Hände in die Hüfte gestemmt, und starrte ihn durch das Glas an. Er wurde steinhart.

„Wolltest du dich davonschleichen und Bentley ohne mich treffen?", fragte sie empört.

Er schob die Glastür auf. „Du solltest besser ein Kondom aus meiner Tasche holen." Er deutete auf den schwarzen Kulturbeutel, der auf dem Waschtisch lag. Er hatte immer eins da drin, genau für solche Anlässe.

Sie hob ihr trotziges kleines Kinn.

Er hielt es fest. „Ich mag dieses starke Kinn." Er griff an ihr vorbei, nahm das Kondom, dann zog er sie in die Dusche.

Sie spuckte, als er sie unter die Brause stellte. Er rollte das Kondom über, während sie sich die nassen Haare aus den Augen wischte. „Warum hast du mich nicht geweckt?", wollte sie wissen.

„Dir auch einen guten Morgen."

„Luke!"

Er zog sie an sich und küsste sie. Sie sträubte sich einen Moment lang, steif in seinen Armen, doch er vertiefte den Kuss, schob eine Hand in ihr Haar und legte seinen Arm um ihre Taille. Sie schmolz gegen ihn. Das verstärkte sein Verlangen. Er drehte sich um und schob sie gegen die Duschwand, presste seinen Körper gegen ihre zarten Kurven, während er sie leidenschaftlich küsste. Sie legte ihre Arme um seinen Hals und er hob sie hoch, damit sie ihre Beine um ihn schlingen konnte. Als er sie dort hatte, wo er sie haben wollte, unterbrach er sich kurz, um sich etwas zu beherrschen, denn er wollte keinen aggressiven Sex. Er wollte, dass sie am Ende glücklich war.

„Ich habe nur Rücksicht genommen", sagte er mit leiser Stimme und streichelte mit einem Finger über den schnell pochenden Puls in ihrem Hals. „Ich wollte dich nur ein bisschen länger schlafen lassen. Ich habe nicht vorgehabt, Bentley ohne dich zu treffen. Das kannst du doch nicht wirklich glauben? Ich würde mich für Abschaum halten, wenn ich meine Verlobte nicht mit zu all den geplanten Aktivitäten nehmen würde."

„Wir müssen–" Sie holte scharf Luft, als er ihren Nippel zwickte.

„Das müssen wir wirklich." Er trug sie zu der langen Bank, die sich praktischerweise an der Rückwand der Duschkabine befand, setzte sich und zog sie rittlings auf sich. Er sah ihr tief in ihre blauen Augen, die dunkler geworden waren und den Fokus verloren hatten, dann hob er sie hoch, drang halb in sie ein und hielt sie fest. „Sag wann."

„Wann", flüsterte sie.

Er ließ sie auf sich sinken und drang mit einem tiefen Stoß ganz in sie ein. Sie schrie auf und er hätte beinahe das Gleiche getan. Sie fühlte sich himmlisch an, so heiß und eng. Er hob sie noch einmal hoch und sie wimmerte. Er ließ sie sinken, überließ das Eindringen der Schwerkraft. Er stöhnte, als sie sich um ihn herum anspannte. Er hatte das Gefühl, gleich explodieren zu müssen. Jetzt hob sie sich selbst, wollte mehr, doch er hielt sie zurück, packte sie an der Hüfte und hielt sie fest, sein Schwanz halb in ihr. Sie wand sich, versuchte, sich zu bewegen, ihre Hände überall auf ihm. Er wartete, sah zu, wie sie mit ihrem Bedürfnis und seinem Verlangen kämpfte, und dann gab sie ihm, was er am meisten wollte.

„Wann", sagte sie leise.

Er ließ sie noch einmal auf sich sinken und gab ihnen beiden, was sie brauchten. Sie stöhnte und er spürte, wie die Lust sie durchströmte. Er ließ sie noch einmal auf sich fallen, sie schrie. Er bedeckte ihren Mund mit seinem, um sie davon abzuhalten, zu viel Aufmerksamkeit auf ihre morgendlichen Aktivitäten zu lenken. Sie grub ihre Finger in seine Haare, beantwortete den Kuss leidenschaftlich. Er liebkoste ihre Scham und führte sie langsam an seiner Länge hinauf und hinab. Sie wimmerte nach mehr, doch er hielt sie fest, wollte, dass es sich aufbaute, wollte zusehen, wie sie brach und unkontrolliert kam. Er spürte, dass er dicker wurde, als er nur daran dachte. Er packte ihre Hüfte an beiden Seiten und hob sie hoch, zog ihren Nippel in seinen Mund, saugte kräftig und ließ dann seine Zähne über sie kratzen, während er sie losließ. Sie keuchte. Dann tat er dasselbe mit der anderen Brust. Sie rieb sich ruhelos an ihm. Langsam senkte er sie auf sich, während ihre Muskeln sich rhythmisch um ihn zusammenzogen. Sie war nahe dran, er konnte es spüren.

„Du kommst erst, wenn ich es dir sage", flüsterte er in ihr Ohr. Er wollte es so dringend wie sie, doch er wollte sie in den Wahnsinn treiben. Ihr ganzer Körper erschauerte.

„Bitte", flehte sie leise.

Die leise Stimme und die Bitte brachten ihn dazu, ihr mehr geben zu wollen. Er packte ihre Haare und ergriff mit einem gierigen Kuss von ihrem Mund Besitz, während seine andere Hand fiebrig über ihren Körper glitt, schneller und schneller. Sie war heiß, kochte vor Verlangen, verkrampfte sich jedes Mal um ihn, wenn er sie auf sich sinken ließ. Sie riss ihren Mund von seinem los. „Luke!", schrie sie.

„Noch nicht", sagte er und veränderte den Winkel so, dass er sie innen streicheln konnte. Sie schrie und er erstickte ihre Schreie mit einem weiteren Kuss. Er machte weiter, unerträglich langsamer, damit er länger durchhalten konnte, um es für sie in die Länge zu ziehen.

Sie warf in vollkommener Hingabe ihren Kopf in den Nacken und bot ihm ihren Hals an. Er saugte an ihrer Haut, während er weiter in sie hineinpumpte. Sie verkrampfte sich um ihn. Er zwang sie, noch mehr zu nehmen. Sie wimmerte und zitterte und flehte, wartete auf seinen Befehl, wodurch er nur dicker und härter wurde.

Er stieß noch einmal zu, ein einzelner, langer Stoß. „Jetzt." Sie kam explosionsartig, ihr Körper wurde von ihrer puren Lust erschüttert und trieb auch ihn an den Rand. Er stieß noch einmal zu und sie schnappte nach Luft. Zweimal und sie verkrampfte sich um ihn, ritt immer noch die Welle, und beim dritten Mal ließ er los. Er kam so heftig, dass seine Ohren klingelten. Dann landete er wieder in der Realität. Kennedy war auf ihm zusammengesackt, ihr Kopf an seiner Brust, ihre Arme schlaff um seine Taille, er immer noch in ihr.

Er küsste ihre Schläfe. „Ich fürchte, ich kann nicht genug von dir bekommen."

Sie blickte mit einem befriedigten Lächeln auf. „Das hoffe ich doch."

Er streichelte ihre Wange und umfasste ihren Kiefer. „Was soll das heißen? Du möchtest, dass ich fertig mit dir bin?"

„Ich möchte, dass du dir alles nimmst, was du von mir willst", sagte sie schlicht.

Sein Schwanz pochte in ihr. Er presste einen Kuss seitlich an ihren Hals und kratzte mit seinen Zähnen über sie. Sie erschauerte.

„Ich kann nicht fassen, dass ich dich schon wieder will", knurrte er in ihr Ohr.

„Nimm dir, was du willst", sagte sie leise.

Seine Finger gruben sich in ihre Hüfte. Die leise Stimme, die offene Hingabe ließen ihn sie mehr wollen, als er je eine Frau gewollt hatte. Sogar nach allem, was sie gerade getan hatten.

Er konnte wirklich nicht genug von ihr bekommen. Und sein einziger Gedanke war, wie konnte er mehr Zeit mit ihr bekommen?

Doch sie hatten keine Zeit. Sie mussten sich mit Bentley und Candy treffen. Sie mussten das Geschäft unter Dach und Fach bringen. Und dann wäre das zwischen ihnen vorbei.

Sie biss auf seine Unterlippe und die Bewegung war für ihn wie ein sanftes Streicheln. „Wenn du die Kondition hast, alt–"

Er gab ihr einen Klaps auf den Po. „Wage es ja nicht." Er würde sich nicht *alter Mann* von ihr nennen lassen. Nicht, nachdem er ihr gezeigt hatte, dass er viel länger als zehn Minuten konnte.

Sie hob ihr trotziges Kinn und er küsste es zärtlich. Dann hob er sie von sich herunter, stand auf und ergriff eine der Handbrausen. „Und jetzt rate mal, wer jetzt gleich richtig sauber sein wird?"

Sie griff nach der anderen Handbrause, doch er packte ihr Handgelenk. Ihr Atem stockte und ihre Augen weiteten sich. Er grinste und begann sie kräftig einzuseifen, woraufhin sie zuerst spuckte und dann flehte und schließlich seinen Namen wie ein verdammtes Halleluja schrie. Genau, wie es sein sollte.

∼

Kennedy hatte mit Candy eine Mani-Pedi und stellte fest, dass Candy ziemlich gut informiert war, was Bentleys Geschäfte anging. War *sie* in Wirklichkeit diejenige, die die Entscheidungen traf? War das der Grund, weswegen sie bei all seinen Geschäftstreffen dabei war? Sie wusste nicht, wie sie danach fragen sollte, doch Candy hatte erfolgreich ein Luxusspa in Manhattan geführt, wo sie als Masseurin ange-fangen hatte, sich zu einer wohlhabenden Klientel hochgearbeitet und es dann übernommen hatte, als die vorige Besitzerin in den Ruhestand gegangen war. Candy hatte mit der Idee gespielt, das Spa auch in andere Städte zu expandieren, doch seitdem sie geheiratet hatte, hatte sie sich voll und ganz auf Bentley konzentriert.

„Möchtest du denn nicht wieder arbeiten?", fragte Kennedy, als sie nach draußen und den Weg zum Pool hinuntergingen, um sich mit den Männern zu treffen.

„Ich denke noch darüber nach", antwortete Candy. „Durch meine Heirat mit Bentley habe ich jetzt ganz andere Möglichkeiten. Im Moment habe ich einfach nur eine Menge Spaß."

„Ich glaube, ich hätte das Bedürfnis, trotzdem zu arbeiten."

„Ich habe gearbeitet, seit ich fünf Jahre alt war. Ich bin auf einer Farm im Norden von New York aufgewachsen. Arbeit vor Sonnenaufgang, Arbeit nach der Schule, Arbeit den ganzen Sommer über." Sie schüttelte den Kopf. „So viel Arbeit und wir waren trotzdem arm. Deswegen bin ich für das, was ich jetzt habe, umso dankbarer."

Kennedy konnte das nachvollziehen. Ihre Arbeit war anders gewesen, doch sie hatte sowohl vor als auch nach der Schule viel zu tun gehabt. Keine zugeteilten Hausarbeiten, doch trotzdem Verpflichtungen, die sie in jungem Alter übernommen hatte, weil sie von ihrer Familie gewollt und gebraucht werden wollte.

„Da ist ja meine schöne Frau", rief Bentley und kam auf sie zu.

Candy warf Kennedy noch ein Lächeln zu, dann fiel sie ihm in die Arme. Sie umarmten und küssten einander, als hätten sie sich seit Tagen und nicht seit Stunden nicht mehr gesehen. Luke lag ausgestreckt auf einer Liege in seinem Countryclub-Polohemd, gebügelten Shorts und Designersandalen. Er hob eine Hand und winkte sie zu sich.

Im Gegenzug winkte sie ihn zu sich.

Er seufzte, und als er theatralisch von der Liege aufstand, musste sie lachen. Er ging zu ihr und blieb vor ihr stehen. „Jetzt glücklich? Ich gehorche jedem Wink von dir."

Sie schmunzelte. „Besser als umgekehrt."

„Hast du das leuchtende Pink bekommen, das ich wollte?"

Sie hob ihre Hand, um es ihm zu zeigen. „Blasses Lavendel."

„Zehen?", fragte er und hob sie hoch, um selbst nachzusehen.

„Luke! Lass mich runter!"

Er sah sich ihre Zehen an. „Nur durchsichtig?"

„Ich lasse mir nicht befehlen, welchen Nagellack ich an meinen Zehen benutzen soll", sagte sie.

„Nein?", fragte er mit teuflischem Grinsen, dann warf er sie über seine Schulter. Ihre Wangen brannten. Was mussten Candy und Bentley nur denken, wenn er sie wie eine Puppe herumschleuderte? Wenigstens trug sie Shorts und kein Sommerkleid. Sie schlug ihm auf den Rücken, nicht, dass das was genutzt hätte. „Und was ist mit den Fingernägeln?"

„Lass das arme Mädchen runter!", lachte Candy. „Ihr Gesicht ist schon ganz rot."

Luke ging mit ihr zum Pool und stellte sie wieder ab. Er grinste und sah ziemlich selbstzufrieden aus.

„Mach das nie wieder", knurrte Kennedy und stieß gegen seine Brust.

Er stolperte gespielt zurück, als hätte sie enorme Kraft, woraufhin ihr eine Idee kam. Sie stieß ihn nochmal. „Niemals", ergänzte sie.

Wieder stolperte er zurück. Noch einen Schritt und sie hatte ihn da, wo sie ihn haben wollte.

„Ähm, Luke", begann Bentley.

Luke drehte sich um. „Was?"

Kennedy versetzte ihm einen Stoß, als er abgelenkt war, und er stolperte angezogen in den Pool. Spuckend und hustend tauchte er wieder auf.

„Und jetzt rate mal, wer sich zu mir gesellen wird?", fragte er.

„Ich nicht", sagte sie und trat zurück.

„Lauf!", kreischte Candy.

Luke schwamm an den Beckenrand und Kennedy lief

Richtung Haus. Er folgte ihr und erwischte sie an der Taille, als sie auf halbem Weg zum Ziel war. Seine triefende Kleidung machte auch sie klitschnass.

„Hab dich!", sagte er.

Sie schlug wild um sich, doch er packte sie nur noch fester. Sie kapitulierte, war merkwürdigerweise entspannt. „Luke, komm schon. Ich wollte mich nur revanchieren."

„Was bekomme ich als Entschädigung?", fragte er und seine Stimme war ein andeutungsvolles Grollen in ihrem Ohr.

Sie drehte sich in seinen Armen um, um ihn anzusehen. „Was willst du haben?"

„Informationen."

„Was für Informationen?"

„Hast du mit Candy über Bentleys finanzielle Zukunft gesprochen?"

Sie blickte zurück in Richtung Pool. Bentley und Candy lagen aneinander gekuschelt auf einer Liege, Candy zwischen Bentleys Beinen. Sie schienen außer Hörweite zu sein. „Nein."

„Hast du irgendwas erfahren?"

„Sie ist eine smarte Frau."

Er beugte sich zu ihrem Ohr hinunter und flüsterte: „Was noch?"

„Das war's. Und worüber hast du mit Bentley gesprochen?"

Er löste sich von ihr und sah ihr in die Augen. „Wir haben über all das gesprochen, was ihm am liebsten ist – Candy, Segeln, Partys."

„Irgendwas an der finanziellen Front?"

Er streichelte ihre Wange. „Nein. Darüber wollte er nicht sprechen."

Sie atmete einmal tief durch. „Morgen müssen wir ihn festnageln."

„Aber heute haben wir nochmal Spaß", sagte er grinsend, dann hob er sie hoch und trug sie zurück zum Pool.

Auf halbem Weg überkam sie ein schlechtes Gefühl. „Wag es ja nicht, mich in den Pool zu werfen, Reynolds!"

Er grinste teuflisch. „Was ist es dir wert, wenn ich es nicht tue, *Ward*?"

Sie senkte ihre Stimme. „Du darfst mich fesseln."

„Ha! Das hättest du mir so oder so erlaubt."

„Nein, hätte ich nicht."

Er blieb abrupt stehen. „Warum nicht? Du hast doch gesagt, du vertraust mir."

„Tue ich auch."

Er lächelte sie zärtlich an. „Gut." Er ging weiter und blieb am Rand des Pools stehen. „Bist du eine gute Schwimmerin?"

„Nicht!" Sie strampelte und schlug wild um sich, doch er hielt sie einfach fest.

„So streitlustig", sagte er und sprang mit ihr auf den Armen am tiefen Ende in den Pool. Prustend tauchte sie auf und titschte seinen Kopf unter Wasser. Bentley und Candy lachten und sprangen ebenfalls voll bekleidet ins Wasser.

„Sieh dir an, was du angefangen hast!", sagte Luke vorwurfsvoll.

„Ich!"

„Du hast mich zuerst ins Wasser gestoßen."

Sie kicherte und spritzte ihm Wasser ins Gesicht. Er spritzte zurück, dann hob er sie hoch und warf sie ein Stück von sich ins Wasser. Sie schwamm unter Wasser weiter und kniff ihm im Vorbeischwimmen in den Po, weshalb er zusammenzuckte und herumwirbelte. Auf seiner anderen Seite tauchte sie auf, um nach Luft zu schnappen, und er packte sie, zog sie an sich und küsste sie, bevor sie beide untergingen. Einen Moment lang bestand die Welt nur aus dem heißen Druck seines Mundes auf ihrem. Lautlos unter Wasser, nur ein flüchtiger Moment, in dem sie sich mit ihm verbunden treiben ließ.

Beide tauchten auf, um nach Luft zu schnappen, schwammen an den Poolrand und hielten sich dort fest.

„Wann ist denn der glückliche Tag?", fragte Bentley von den Stufen aus, auf denen er und Candy saßen und sich offensichtlich nicht daran störten, dass ihre Designerklamotten nass waren.

„Heute ist ein glücklicher Tag", antwortete Kennedy.

Luke hob sie an der Taille hoch und setzte sie auf den

Poolrand. „Er meint unseren Hochzeitstag", sagte er leise, dann setzte er sich zu ihr.

Kennedys Herz pochte. Sie hatte ihre dumme Lüge fast vergessen. Doch sie war der Grund dafür, dass sie für das Wochenende hier eingeladen worden waren. „Oh. Wir haben noch kein Datum festgelegt."

„Juni ist schön", sagte Candy.

„Ihr könnt hier heiraten, wenn ihr wollt", bot Bentley mit einem Lächeln an. „Gute Erinnerungen an euren Besuch bei uns und wir haben reichlich Platz."

Das schlechte Gewissen meldete sich zu Wort. Sie spielten diesen netten Leuten eine Scharade vor, um ein Geschäft an Land zu ziehen.

Luke antwortete: „Das ist ein sehr großzügiges Angebot, doch uns ist eine kirchliche Trauung sehr wichtig."

Kennedy nickte. Luke stand auf, schälte sich aus seinem T-Shirt und wrang es aus. Sie konnte nicht einmal den Anblick genießen, da die Gewissensbisse sie quälten. Auch sie stand auf. Sie mussten sich irgendwie entschuldigen und zurückziehen, bevor die Lügen noch überhandnahmen.

„Und was ist mit dem Empfang?", fragte Candy. „Haben euch irgendwelche der Broschüren gefallen, die ich euch in meinem Hochzeitsordner gezeigt habe? Oh! Ihr könntet nach Stone Haven fahren, wenn ihr es nicht hier machen wollt. Erinnert ihr euch daran?"

„Es darf nicht zu teuer sein", platzte Kennedy heraus.

Candy und Bentley tauschten einen verwirrten Blick aus.

Luke legte einen Arm um ihre Schultern und grinste. „Sie will lieber das Geld für die Flitterwochen ausgeben."

„Ah, verstehe", sagt Candy. „Unsere Flitterwochen waren fabelhaft!"

„Ich habe sie kaum aus dem Hotelzimmer gelassen", fügte Bentley hinzu, dann begannen sie wieder zu knutschen.

Luke nahm ihre Hand. „Wir werden uns umziehen und treffen euch dann gleich zum Segeln."

Candy winkte über ihre Schulter, während sie ihren milliardenschweren Ehemann weiter küsste.

Kennedy wartete, bis sie fast am Haus waren, dann sagte sie leise zu Luke: „Wir sollten ihnen die Wahrheit sagen."

„Die Wahrheit wird sie nur verletzen", sagte er leise.

„Aber sie halten uns für Freunde."

„Wir sind ja auch Freunde."

„Aber wenn sie es herausfinden …" Es ging nicht nur darum, ein Geschäft zu verlieren. Sie verletzten zwei Menschen, die ihnen gegenüber nichts als großzügig gewesen waren.

Er blieb stehen und sah sie an. „Das passiert nicht. Sie müssen es ja nur bis zum Ende des Wochenendes glauben. Dann ist der Deal erledigt."

Und wir auch. Die unausgesprochenen Worte hingen in der Luft und ihr wurde kalt. Sie rieb sich die Arme.

Lukes Mund wurde zu einer strengen Linie. „Du holst dir noch was in deinen nassen Sachen. Wir bringen dich jetzt rein."

„Du musst dich nicht um mich kümmern."

„Tue ich nicht. Ich bin nur praktisch. Ich will auch meine nassen Klamotten loswerden. Du hast mich schließlich in den Pool geworfen." Er kitzelte sie, doch sie lachte nicht. Eine überwältigende Traurigkeit brach über sie herein. Er hob ihr Kinn und küsste sie zärtlich. „Wir haben immer noch zwei Tage und eine sehr sehr schmutzige Nacht vor uns."

„Du wirst mich nicht fesseln."

Er drückte ihre Hand. „Kennedy, bis zum Ende dieses Abends wirst du mich anflehen, genau das zu tun."

„Hättest du wohl gern."

Seine dunkelblauen Augen tanzten gut gelaunt. „Stimmt."

Sie bemerkte, dass sie lächelte. Warum machte sein arrogantes Selbstvertrauen sie glücklich? Sie sollte wütend sein. Doch unter all dem spielte er mit ihr und sie bekam eine wertvolle Auszeit von ihrem Leben.

Genieß einfach dieses letzte Bisschen, erinnerte sie sich. *Denk nicht an das Ende.*

Er hob ihre Hand. „Du hast deine Nägel ruiniert."

Die Farbe war ein wenig abgeblättert. Sie legte ihre Arme um seinen Hals und schmiegte sich in einer stillen Bitte an

ihn, dass er sie ins Haus tragen möge. „Du solltest mal meine
Zehen sehen."

Er hob sie hoch und trug sie ins Haus. „Genauso schlimm,
fürchte ich. Obwohl ich nach wie vor betonen muss, dass das
alles deine Schuld ist."

Den ganzen Weg zu ihrem Zimmer neckten sie einander
gut gelaunt.

∼

Luke weigerte sich, an das Ende seiner Zeit mit Kennedy zu
denken. Sie hatten noch zwei Tage, bis sie nichts mehr mit
ihm zu tun haben wollen würde. Zwei Tage, in denen er sie
genießen und so tun konnte, als gehörte sie ihm. Vielleicht
war es genau dieses Zeitlimit, das ihn dazu brachte, so viel
für sie zu empfinden. Wenn er geglaubt hätte, dass er wirklich
an sie gebunden wäre, hätte er wahrscheinlich das Bedürfnis
gehabt, dieses Band zu durchtrennen. So war er schon immer
gewesen. Er hatte immer das Gefühl gehabt, eingeengt zu
sein, und hatte seine Freiheit gebraucht.

Sie gingen an Bord von Bentleys Segelboot und zogen die
Rettungswesten an, die er verteilte. Das war ein wenig
enttäuschend, denn so wurde Kennedys süßer schwarzer
Bikini verhüllt. Als sie zurück in ihr Zimmer gekommen
waren, hatten sie ihre Schwimmsachen frisch gewaschen auf
sie wartend vorgefunden. Bentley war ein guter Segler und
sie schossen über das Wasser, während sich das elegante
weiße Boot fast vertikal auf die Seite lehnte, auf der sie alle
hingen.

Kennedy packte seinen Arm. „Sollten wir wirklich so weit
kippen?", schrie sie.

Bentley grinste und richtete ein Seil am Segel. „Das ist ein
Rennsegelboot. Mach dir keine Sorgen! Die *Sweetcakes* ist
stabil!"

„Er hat sie nach mir benannt!", ergänzte Candy strahlend
und rutschte näher an Bentley heran, der eine lange Erklä-
rung startete, welches Seil sie nehmen sollten, um den Wind
zu nutzen.

Kennedy hielt sich verkrampft am Boot und an Luke fest. Abgesehen von der Tatsache, dass sie im Sound ertrinken würden, war es ein wunderbarer Tag auf dem Wasser.

„Du kannst aber schon schwimmen?", neckte er sie.

„Warum? Sinken wir schon?"

Er lehnte seinen Kopf in den Nacken. „Wir können quasi unsere Köpfe ins Wasser hängen lassen." *Nicht empfehlenswert bei der Geschwindigkeit.*

„Ich weiß!", schrie sie mit weit aufgerissenen Augen.

Er grinste sie verschmitzt an. „Ich sollte dich ans Boot *fesseln*, damit du nicht über Bord gehst."

Sie schnaubte, weil er sie schon wieder mit dem Fesseln aufzog.

Natürlich feuerte ihn das nur noch mehr an. „Dein Magen *verknotet* sich sicher schon?"

„Ha-ha."

Er packte ihre beiden Handgelenke. „Wir werden ganz verflochten sein. Mach dir keine Sorgen, ich kenne die besten Knoten, um es reizvoll zu machen."

Sie wurde rot. „Würdest du bitte aufhören?", zischte sie.

Er nahm ein Seil, das in der Nähe lag, und schlang es um ihren Unterarm. „Wie fühlt sich das an?"

Sie riss an ihrer Hand und das Seil ging mit, wodurch das Segel nachgab und das Boot kippte.

„Was macht ihr denn!", schrie Bentley und bemühte sich zu retten, was zu retten war. „Duckt euch!"

Sie duckten sich gerade rechtzeitig und der Baum verfehlte sie. Das Boot neigte sich in die andere Richtung.

„Candy!", schrie Bentley. „Schnapp dir das Seil. Halt dich fest!"

Kennedy ließ sich auf Deck fallen, zog die Knie und ihren Kopf ein und versuchte, sich so klein wie möglich zu machen. „Das ist alles meine Schuld!", rief sie.

Luke kroch zu ihr, zog sie an sich und schlang von hinten seine Arme um sie. Sie entspannte sich und streckte ihre Beine aus. „Nein, es ist meine Schuld", sagte er ihr. „Ich habe Blödsinn gemacht. Bentley hat das im Griff."

„Ich hab's im Griff!", rief Bentley. Das Segel blähte sich auf und das Boot nahm seine schräge Fahrt durchs Wasser wieder auf.

„Siehst du?", sagte er in ihr Ohr.

Bentley gab Candy ein High Five. „Gute Teamarbeit, Skipper!"

Candy salutierte. „Aye, aye, Captain."

Er küsste Kennedys Schläfe. „Kannst du mich auch Captain nennen?"

„Rutsch mir den Buckel runter."

Stattdessen biss er ihr in den Hals. Sie holte scharf Luft.

„Ich kann eure Hochzeit kaum erwarten", sagte Bentley und blickte zwischen ihnen hin und her, einen seltsamen Ausdruck im Gesicht.

Kennedy versteifte sich. Luke hob seinen Kopf. „Ihr seid natürlich eingeladen", sagte Luke sofort. „Sobald wir ein Datum festgelegt haben."

„Ja", Kennedy nickte hölzern.

Er drehte sie um und küsste sie, denn er hatte Angst, dass ihr schlechtes Gewissen sie auffliegen lassen könnte. Sie schmiegte sich an seinen Hals und hielt sich an ihm fest. „Ich habe ein richtig schlechtes Gefühl", flüsterte sie ihm ins Ohr.

Jetzt war nicht die rechte Zeit für diese Art von Unterhaltung. Bentley und Candy waren zu nahe. Er küsste sie noch einmal, dann zog er sie wieder hoch, um sich zu Bentley und Candy auf der Seite des Segelboots zu gesellen, das sich immer noch anfühlte, als würde es gleich in den Sound tauchen.

Kennedy überstand den Rest ihres Tages mit einem schlechten Gewissen. Bentley und Candy waren ihr wirklich ans Herz gewachsen und sie fühlte sich grässlich, weil sie ihnen etwas vorspielte. Luke war besonders aufmerksam ihr gegenüber und sie war sich sicher, dass er das tat, um ihnen eine gute Show zu bieten. Ständig nervte er sie mit Seilwitzen – gefesselt werden, aneinander gefesselt sein, einander die Hände zu verbinden, viele, viele Andeutungen auf Knoten.

Immer mit einem Zwinkern. Sie war so damit beschäftigt, ihn davon abzubringen, sie beide in Verlegenheit zu bringen, dass sie nicht einmal Gelegenheit hatte, sich zu überlegen, wie sie Bentley und Candy die Wahrheit sagen konnte.

Sie genossen ein ruhiges Abendessen auf der Terrasse, nur sie vier, danach genehmigten sie sich noch einen Drink und spielten Pool in einem umwerfenden Billardraum, dessen Wände mit dunkelrotem Kirschholz vertäfelt waren. Kennedy spielte mit Candy in einem Team. Sie schlugen die Männer und sie und Candy gaben einander triumphierend ein High Five.

Bentley, der immer gute Laune hatte, feuerte Candy die ganze Zeit an und gratulierte ihr am Ende. Luke informierte sie, dass sie ihm ganz schön die Schlinge um den Hals gelegt hatten.

Candy drehte sich lächelnd zu ihnen um. „Versteht ihr, warum ich ihn liebe?"

„Ich schon", sagte Luke. Er drehte sich zu Kennedy um. „Was liebst du am meisten an mir, Liebling?"

„Deine Bescheidenheit."

„Das ist der *Knoten* an der ganzen Sache", witzelte er schon wieder.

Bentley und Candy umarmten einander und küssten sich in der Ecke.

„Und du hast dich gerade in deiner eigenen *Schlinge* gefangen. Kein Sex. Null. Nada", flüsterte sie, woraufhin er lachen musste.

„Wir gehen schlafen", verkündete Candy und zog Bentley mit sich.

„Bist du dir sicher?", fragte Bentley. „Es ist noch früh."

„Ich brauche dich oben", sagte Candy mit vielsagendem Blick.

Erkenntnis erhellte Bentleys Gesicht. „Entschuldigt, muss los. Es ist, ähm, schon später, als ich gedacht habe."

Kennedy lächelte. „Geh nur, geiler Hund", schmunzelte Luke.

„Tschüssi!", rief Candy auf eine Art, die nur sie sich erlauben konnte.

„Tschüssi!", erwiderte Kennedy grinsend.

Candy lachte und sie gingen.

Luke sah sie mit einem Raubtierblick an. „Also", sagte er gedehnt und kam auf sie zu. Sie blieb stehen und er legte einfach einen Arm um ihre Taille und drängte sie zurück, bis sie gegen die Wand stieß. „Sieht so aus, als wäre jetzt Spielzeit."

Sie hob ihr Kinn. „Du warst den ganzen Abend nervtötend mit deinen Seil- und Knotenwitzen."

„Ich weiß." Er presste ihre Handgelenke über ihrem Kopf an die Wand und küsste sie, bis sie atemlos war. „Ich habe nicht einmal ein Seil."

„Du Arsch! Du setzt mir all diese Ideen in den Kopf und hast nicht mal ein Seil?"

Er lächelte an ihrem Mund. „Wusste ich doch, dass dir der Gedanke gefallen würde." Er küsste sie lang und leidenschaftlich und ihre Knie wurden schwach. Er flüsterte die nächsten Worte an ihrem Mund. „Lass mich kreativ werden." Er presste seinen Körper an ihren, drängte sie gegen die Wand. Zwischen ihm und der harten Wand eingeklemmt zu sein, machte sie heiß.

„Ja", zischte sie, dann nahm er sie mit einem entschlossenen Kuss in Besitz und sie hing an ihm, ihr Körper bereits erhitzt und bereit für alles, was er mit ihr vorhatte.

12

Zumindest glaubte sie, dass sie bereit war. Bis Luke zwei Seidenkrawatten aus dem Schrank holte, zu ihr kam, als sie nackt im Bett lag, und ihr eine ums Handgelenk schlang.

Sie schluckte. „Vielleicht sollten wir es einfach auf die normale Art tun."

Er verknotete jedoch die Krawatte und zog sie zum Bettpfosten. „Das ist doch nur, um es mir zu erleichtern. So kann ich dich festhalten, wie du es offensichtlich gerne magst, und habe immer noch die Hände frei für diesen sexy kleinen Körper."

„V-vielleicht solltest du dich fesseln lassen."

Er zog den Knoten fest und ergriff ihr anderes Handgelenk. „Entspann dich einfach."

Sie zog an der Fessel. Sie war ziemlich eng und sie wand sich. „Ich bin ja entspannt. Ich glaube nur einfach, dass du dich wirklich als Erster fesseln lassen solltest."

Er hielt inne und sah ihr in die Augen, musterte ihr Gesicht. „Lass uns ein kleines Experiment machen." Er band sie wieder los und legte die Krawatten auf den Nachttisch. Sie hätte erleichtert sein sollen, doch allein das Wort *Experiment* machte sie nervös. „Bereit? Halt meine Handgelenke über meinen Kopf, setz dich rittlings auf mich und küss mich, und dann erzähl mir, wie heiß es dich macht."

Er legte sich auf den Rücken und hob seine Arme über seinen Kopf.

Er zog sie schon wieder auf, versuchte, ihr zu zeigen, wie leicht es war. Um sie zu provozieren. Er wusste, dass sie einer Herausforderung nicht widerstehen konnte.

Sie zögerte. „Ein Experiment? Wirklich? Lass es uns einfach tun."

„Komm." Er packte sie und brachte sie auf sich in Position. „Und jetzt halt meine Handgelenke fest."

Sie beugte sich vor, hielt seine Handgelenke über seinem Kopf fest und küsste ihn. Es war gut. Sie hob den Kopf.

„Du hast vergessen, dich gleichzeitig an mir zu reiben", sagte er hilfsbereit.

Sie verdrehte die Augen.

„Tu's", forderte er sie heraus. „Festhalten und reiben, Baby. Zeig mir, was du hast."

Sie hielt ihn fest und küsste ihn, damit er den Mund hielt, und rieb ihre Scham gegen seine Härte. Hitze breitete sich in ihren Gliedmaßen aus. Sobald sie den Kopf hob, fragte er: „Und wie war's? Hat es dich heiß gemacht?"

„Ja, deine Küsse machen mich immer heiß."

„Danke." Mit einer schnellen Bewegung drehte er sie auf den Rücken, schob ein Bein zwischen ihre und hielt ihre Handgelenke über ihren Kopf, bevor er seinen Mund auf ihren presste. Hitze durchflutete sie, sie wünschte sich sehnlichst mehr. Lange Augenblicke später hob er seinen Kopf. „Hat dich das auch heiß gemacht?"

Sie war atemlos. „Ja."

Er hielt ihre Handgelenke weiter fest. „Es ist mehr als das." Sein Mund wanderte an ihre Kehle, küsste sie und kratzte mit seinen Zähnen über ihre Haut. „Dein Puls schlägt schneller." Er sah ihr in die Augen. „Du atmest schwer. Sieh es ein, es gefällt dir, wenn ich dich festhalte. Also lass mich dich fesseln. Du wirst es genießen, wenn ich meine Hände frei habe, dann kann ich mehr tun."

„Ich glaube nicht, dass ich es ertrage, wenn du noch mehr tust", antwortete sie ehrlich.

Er grinste. „Warum finden wir es nicht heraus?" Er nahm die Krawatten vom Nachttisch.

Sie packte eine. „Finden wir es an *dir* heraus."

„Wie du willst."

Er legte sich wieder hin und ließ es zu, dass sie seine Handgelenke an die Bettpfosten band. Das erregte sie und sie wollte die Art Kontrolle über ihn haben, die er über sie hatte. Erst ging sie langsam vor, küsste und knabberte an seinen empfindlichsten Stellen vom Hals über seine Brust zu seinem Bauch, wo sie innehielt und sich wieder hinaufarbeitete. Er atmete schwer. Dann machte sie schneller, liebkoste ihn mit ihren Händen und ihrem Mund, bis er sich wand und stöhnte, während sie den gleichen Weg wieder hinunter glitt und nur einen Hauch von seinem erigierten Schwanz entfernt blieb, der in ihre Richtung zuckte.

„Du kommst nicht, ehe ich es dir sage", knurrte sie, dann nahm sie ihn ganz in den Mund. Er atmete scharf aus.

Schnell brachte sie ihn an den Punkt, an dem er laut stöhnte und ihr entgegen stieß. Als sie spürte, dass er nah dran war, hielt sie inne.

Sie hob ihren Kopf und hielt seine Erektion mit einer Hand fest. „Noch nicht."

Er stieß in ihrer Hand nach oben und zurück und explodierte.

Sie starrte ihre Hand an und dann ihn. „Luke! Du solltest doch auf meinen Befehl warten."

Er grinste breit. „Ich bin nicht so stark wie du."

Sie kletterte von ihm herunter, machte sich sauber und kehrte zu ihm, noch gefesselt auf dem Bett, zurück. Sie setzte sich rittlings auf seinen Bauch, bereit, von Angesicht zu Angesicht mit ihm zu reden. „So funktioniert das nicht. Ich hatte die Kontrolle."

Er lächelte immer noch, seine Augen waren geschlossen. „Tut mir leid. Wenn ich erst einmal so nahe dran bin, hält mich nichts zurück."

„Nun, dann erwarte nicht, dass ich mich das nächste Mal zurückhalte."

„Der Unterschied ist, dass du dich gerne zurückhältst."

Sie runzelte die Stirn. „Tue ich nicht. Das ist sehr schwierig."

Er öffnete die Augen, dieses Dunkelblau, das sie fesselte, obwohl doch er derjenige war, der angebunden war. „Bist du je zuvor in deinem Leben so heftig gekommen? Ich habe noch nie eine Frau gesehen, die so heftig kommt wie du."

Sie schluckte, war angespannt und heiß und kurz davor, in Flammen aufzugehen.

„Binde mich los", befahl er. „Du bist dran."

Sie stieg von ihm herunter und starrte ihn an, immer noch nicht sicher, ob sie bereit dafür war.

„Ist doch nur ein Spiel, Kennedy. Ich weiß, dass du spielen möchtest."

Sie sagte nichts.

Er senkte seine Stimme, rau und eindringlich. „Du willst die Seidenkrawatte an deinen Handgelenken spüren. Du willst meine Hände und meinen Mund überall an deinem Körper spüren, willst, dass ich deine Bewegungen kontrolliere, deine Reaktion, deinen Orgasmus. Dass ich dich wieder und wieder kommen lasse–"

„Okay! Okay!" Sie band ihn los.

„Leg dich hin, Sweetheart", sagte er mit einem Hauch Stolz.

„Du musst nicht so –" Ihr Einwand wurde unterbrochen, als er sie küsste und sie unter sich schob. Sie machte es ihm wirklich zu leicht, doch sie fühlte sich bei ihm so gut, dass sie sich jedes Mal einwickeln ließ.

Er hob seinen Kopf, setzte ein lüsternes Grinsen auf, was bei ihr irgendwas zwischen roher Lust und nervöser Vorfreude auslöste, und fesselte sie. Er zurrte sie reichlich fest. Nicht so, dass es wehtat, doch genug, dass sie sich der Fesseln bewusst war. Ihr Herz pochte und ihr Hals wurde trocken.

„Zieh dran", sagte er.

Sie zog an den Fesseln, sie hielten. Sie konnte nirgendwo hin, solange er sie nicht losband. Panik brandete auf und sie zerrte an den Fesseln. Luke hielt schnell ihre Handgelenke fest, beruhigte sie und küsste sie auf diese harte und fordernde Art, die sie immer überwältigte. Ihr Körper überstimmte ihren Kopf und sie schmolz in die Matratze. Er ließ ihre Handgelenke los und küsste sie härter. Sein Mund wanderte an ihren Kiefer und ihren Hals, während seine zu ihren Brüsten glitten. Gott, er würde wirklich noch in den Wahnsinn treiben. Sie pochte bereits, war heiß, feucht und ohso-bereit. Sie bog den Hals und gab ihm vollen Zugang. Er biss zu und beruhigte die Stelle mit seiner Zunge, während seine Finger ihre Nippel rollten und daran zupften. Das vertraute Aufbranden der Hitze und die scharfe Lust, die nur er in ihr wecken konnte, kehrten zurück. Sie war gefangen und sie konnte nichts tun als zuzulassen, dass er sich nahm, was er wollte. Die langsamen Anstiege und unheimlichen freien Fälle; die verrückten, schwindelerregenden Tempowechsel und Berührungen, bei denen sie ihre Finger um die Fesseln krallen wollte. Sie kapitulierte mit einem tiefen Seufzer.

„Das höre ich gern", sagte er und stützte sich auf, um an ihrer Unterlippe zu knabbern, während er ihre Nippel zwickte. Sie schnappte nach Luft und ihr Innerstes spannte sich vor Verlangen an. „Jetzt bin ich dran", knurrte er in ihr Ohr. „Mach die Augen auf und sieh zu."

Er setzte sich auf und vergewisserte sich, dass sie zusah. Doch anstatt sie zu berühren, sah er sie einfach nur an. Sein Blick wanderte über ihren ganzen Körper, blieb an manchen Stellen hängen, die dabei unglaublich heiß wurden. Sie wand unruhig ihre Hüfte und er hielt sie mit einer Hand fest. Als er sie endlich wirklich berührte, sie von ihrem Hals bis zu ihrer Scham hinunter streichelte, stand sie in Flammen.

„Heute Nacht gehörst du mir", sagte er, während er seine Finger in sie stieß.

„Ja", zischte sie.

„Fuck, ja", sagte er, während sein Daumenballen genau dort Druck ausübte, wo sie es am meisten brauchte.

„Fuck, ja", stöhnte sie und beobachtete ihn.

Lukes Blick erhitzte sich und seine Hand an ihrer Scham packte so fest zu, dass sie Sterne sah. „Mal sehen, wie viele weitere *Fuck, ja* ich aus dir herausbekomme."

Wie sich herausstellte - so viele, wie er wollte.

Am nächsten Morgen erwachte Luke bei Sonnenaufgang mit einer nackten Kennedy, die auf ihm schlief. Sie war warm und leicht, sein kleines Sexkätzchen. Letzte Nacht hatte er sie ordentlich ausgepowert, und sich auch. Er hatte gewollt, dass ihre letzte gemeinsame Nacht lang und heiß und unvergesslich sein würde. Heute war ihr letzter Tag und der Gedanke hatte so schwer auf ihm gelastet, als er eingeschlafen war, dass er früh aufgewacht war und gleich daran hatte denken müssen. Heute würde Bentley wahrscheinlich seine Entscheidung treffen. Der Gedanke hätte ihn freuen sollen. Stattdessen hatte er das überwältigende Gefühl, etwas zu verlieren.

Er streichelte ihr weiches, blondes Haar, ihre glatten Schultern, ihren Rücken hinunter, ihre knochigen Schulterblätter und Rippen, die seinen Händen nun so vertraut waren und ihn doch beunruhigten. Er musste sich etwas einfallen lassen, wie er dafür sorgen konnte, dass sie genug zu essen bekam. Dass es ihrer Familie gut genug ging, dass sie sich nicht selbst opfern musste. Ihm gefiel nicht, dass sie das tat, doch zugleich fand er es bewundernswert, dass ihr so viel an ihrer Familie lag. Das war etwas, das er verstand. Familienbande war auch ihm wichtig. Er hielt sie etwas fester und sie seufzte im Schlaf. Wie immer entspannte sie sich, wenn er sie hielt.

Er war noch nicht bereit, sie gehen zu lassen.

Und dann, in einem blendenden Moment der Klarheit, wusste er, was er zu tun hatte. Er schob sie behutsam von sich, vergewisserte sich, dass sie zugedeckt war, und stand auf. Er zog sich schnell an und machte sich auf die Suche nach Bentley. Er wusste, dass er schon auf sein würde.

Die Haushälterin, Elizabeth, traf ihn am Fuß der Treppe. „Bentley und Candy frühstücken gerade auf der Terrasse. Soll ich Ihnen Ihr Frühstück ebenfalls nach draußen bringen?"

„Nur Kaffee. Danke." Er eilte zur Terrasse, atmete einmal

tief ein und trat dann durch die Terrassentür. „Guten Morgen."

Bentley und Candy strahlten ihn von ihrem Platz am Tisch aus an. „Guten Morgen!", sagte Bentley.

„Setz dich zu uns", sagte Candy und deutete auf den Platz ihnen gegenüber. „Wo ist Ken?"

„Ich wollte sie ausschlafen lassen."

„Sie verpasst diesen wunderschönen Sonnenaufgang", sagte Bentley und deutete auf den Horizont, wo die Sonne gerade über dem Wasser aufging.

„Ein andermal", antwortete Luke. Elizabeth erschien mit seinem Kaffee, schwarz, wie er ihn gern mochte. „Danke."

Sie nickte, fragte kurz, ob jemand noch etwas brauchte, und ging.

Luke trank einen kräftigenden Schluck von seinem Kaffee. „Ich möchte, dass du dich für Kennedy als Vermögensverwalterin entscheidest. Sie wird bei ihrer Arbeit nicht genug gewürdigt und braucht ein bisschen Anschub für ihre Karriere." Und sie braucht es für ihre Familie, fügte er in Gedanken hinzu.

„Mir gefällt ihr Wahnsinnstalent beim Golf", sagte Bentley. „Was für ein Handikap! Und ihre Golferfolge am College sind beeindruckend."

Luke zuckte zusammen. Er hätte beinahe seinen Kaffee verschüttet, als ihm klar wurde, was Bentley bei ihrem ersten Meeting im Golfclub gemeint hatte, als er gesagt hatte, dass ihm Kennedys Erfolge gefielen. Vor diesem Hintergrund musste Bentley auch gewusst haben, dass Luke die Partie nicht hatte gewinnen können. Darum fragte er sich, warum er überhaupt dorthin bestellt worden war. Bentley hatte seinen Ruf erwähnt.

„Und was genau hat dich an mir beeindruckt?", fragte Luke.

„Jeder in der Partyszene von Manhattan kennt dich", sagte Bentley. „Ich arbeite gern mit unterhaltsamen Menschen zusammen. Hauptsächlich mit Freunden."

Luke konnte nicht fassen, dass er die ganze Zeit gedacht hatte, dass seine Erfahrung ihm einen Vorteil verschaffen würde, während es in Wirklichkeit nur um Golf und Partys ging.

„Es würde sowohl Kennedy als auch mir viel bedeuten, wenn du dich für sie entscheidest", sagte Luke.

„Gott, darüber muss ich eine Weile nachdenken", sagte Bentley und wandte sich fragend an Candy.

„Wir werden es in Erwägung ziehen", sagte Candy zu Luke.

„Ich würde euch bitten, noch etwas anderes in Erwägung zu ziehen", sagte Luke. „Eine Stiftung, die Familien mit erdrückenden Arztrechnungen hilft. Kennedys Eltern machen gerade eine schlimme Zeit durch, weil sich die Rechnungen nach dem Unfall ihres Vaters türmen, doch sie möchte nicht, dass wir aushelfen. Eine Stiftung, bei der Familien einen Antrag stellen zur Kostenübernahme der entsprechenden Bedürfnisse, wäre eine fantastische Sache. Ich könnte euch helfen, sie ins Leben zu rufen, wenn ihr möchtet. Ich habe schon Ähnliches getan."

„Ich hatte ja keine Ahnung, dass Kennedys Eltern in Schwierigkeiten sind", sagte Candy. „Das tut mir so leid. Was ist denn passiert?"

Er erzählte ihr, was er über den Unfall wusste und dass das Geld selbst für die grundlegende Versorgung mit Lebensmitteln knapp war. Etwas, das bei so vielen Brüdern und Schwestern, die essen mussten, ein besonderes Problem war. Er erzählte nicht, dass Kennedy diejenige war, die am meisten verzichtete. Candy traten die Tränen in die Augen, worauf Bentley sie fest in seine Arme zog.

„Sie ist sehr sensibel", bemerkte Bentley.

Candy wischte sich über die Augen. „Ich möchte unbedingt ein Treffen in dieser Angelegenheit. Das ist wirklich wichtig. Ich werde Bentleys Assistentin Anita bitten, alles in die Wege zu leiten."

Er stand auf, denn er wollte zu Kennedy zurück, bevor sie aufwachte. „Danke. Dafür sind wir beide wirklich sehr dankbar."

„Natürlich!", sagte Candy. „Dafür sind Freunde doch schließlich da!"

Ein Anflug von Schuldgefühlen traf ihn, weil er und Kennedy ihre kleine Scharade immer noch weiterspielten, doch er verdrängte sie. „Okay. Danke. Ich komme gleich mit Kennedy zurück."

Er eilte zurück ins Haus und lief die Treppe hinauf. Er dachte langfristig und hoffte, dass sich am Ende alles auszahlen würde. Jetzt würde er nur noch einen neuen Job suchen müssen, denn sobald sein Boss hören würde, dass er diesen großen Klienten an jemanden verloren hatte, der so wenig Erfahrung mitbrachte wie Kennedy, wäre er Geschichte.

Er schaffte es, ins Zimmer zurückzuschleichen, sich auszuziehen und sich zu Kennedy zu legen, ohne sie zu wecken.

∾

Kennedy erwachte auf Luke, ihrer persönlichen, warmen Matratze, während seine Hand zärtlich ihren Rücken streichelte. Sie hob den Kopf, immer noch ein bisschen schläfrig. „Du bist ja wach. Zeit, aufzustehen?" Sie ließ ihren Kopf zurück auf seine Brust sinken und schloss die Augen, bevor er antworten konnte.

„Noch nicht", sagte er und seine Stimme grollte in seiner Brust. „Wir haben noch ein bisschen Zeit."

Sie seufzte und entspannte sich wieder. Doch es fiel ihr schwer, wieder einzuschlafen, da er sie weiter berührte, sie vom Nacken ihren Rücken hinunter, über die Hüfte und über die Seiten streichelte.

Wieder hob sie ihren Kopf. Er schien hellwach zu sein.

Er strich ihr die Haare aus dem Gesicht. „Wir fahren heute zurück."

„Ich weiß."

Er legte seine Hand auf ihre Wange und sie schloss die Augen, schmiegte sich gegen seine Hand. „Bentley wird sich bald entscheiden. Vielleicht heute."

„Vielleicht."

„Wir sind aus geschäftlichen Gründen hier und er muss uns so oder so sagen, wen er will." Sie versteifte sich und er umarmte sie. Sie entspannte sich gegen ihn und legte ihren Kopf wieder an seine Brust, als er sprach. „Ich möchte dich wiedersehen ... nach dieser Sache hier."

Sie hob ihren Kopf. „Was sagst du?"

Seine dunkelblauen Augen brannten sich in ihre. „Ich sage, dass ich dich für länger als ein Wochenende haben möchte."

Sie biss sich auf die Lippe. Das Geschäftliche in ihrer Beziehung würde sich immer zwischen sie drängen. „Ich wünschte, ich hätte dich unter anderen Umständen kennengelernt."

„Du sagst das, als wäre es unmöglich, mit mir zusammen zu sein."

„In gewisser Weise ist es das auch."

Er streichelte ihren Rücken. „Auf gar keinen Fall."

Sie seufzte. „Wenn er sich für mich entscheidet, wirst du wütend sein."

Er wurde ernst. „Wahrscheinlich verliere ich dann meinen Job. Sie sind gerade dabei, alle Teams, abgesehen von unseren Topkundenbetreuern, abzubauen. Mein Boss wird mich sehr sicher feuern, wenn ich Bentley an eine Assistentin mit zwei Jahren Berufserfahrung verliere."

„O mein Gott! Das ist ja sogar noch schlimmer. Und wenn er sich für dich entscheidet, macht mich das traurig."

Er lächelte.

„Warum grinst du?"

„Naja, wenn er sich für mich entscheidet, könntest du für mich als meine Assistentin arbeiten. Eine Win-Win-Situation." Er zwinkerte.

„Du als mein Boss? Das klingt so was von verboten." Luke würde sie zu seinem Spielzeug im Büro machen. Ihr Körper wäre sein Spielplatz.

„Das bin ich, die verbotene Frucht." Er strich ihr mit einer zärtlichen Geste das Haar aus dem Gesicht, die einen Kloß in ihrem Hals wachsen ließ. „Möchtest du mal beißen, Eva?" Er schnappte mit seinen Zähnen nach ihr, woraufhin sie lachte.

„Ich glaube wirklich nicht, dass das eine gute Idee ist", sagte sie.

Er rollte sich auf sie und die harte Hitze seines Körpers versetzte sie in einen sehnsüchtigen, gierigen Zustand. „Okay, vergiss das mit dem Arbeiten für mich. Zieh einen Monat lang mit mir zusammen."

Ihr war schon schwindlig, weil er ständig einen anderen Gang einlegte. „Was?"

„Hör mir erst mal zu." Sein Mund berührte ihr Ohrläppchen, seine Worte waren heiß auf ihrer Haut. „Hör dir an, was für dich drin ist. Du bekommst einen eigenen Raum–"

„Mit dir." Als er mit den Zähnen an ihrem Ohrläppchen zupfte, durchfuhr sie ein heißer Schauer.

„Mehr Raum, als du jetzt bei dir zu Hause hast." Er küsste die empfindliche Stelle an ihrem Hals, direkt unter ihrem Ohr, dann küsste er eine heiße Spur an ihrem Hals hinab. Sie streichelte seine warmen, muskulösen Arme, in denen sie sich so gern halten ließ.

Er hob seinen Kopf. „Und ich werde die Schulden deiner Familie begleichen. Wie viel ist es?"

Sie versteifte sich. „Nein, Luke–" Er küsste sie leidenschaftlich, woraufhin sie alles vergaß, außer, wie er seinen wunderbaren Körper an ihren presste, seine Zunge in ihrem Mund schob, seine geschickten Hände, die sie sogar jetzt noch streichelten und massierten und jeglichen Protest, den sie vielleicht hatte, im Keim ersticken. Sie stöhnte, als er eine Hand auf ihre Wange legte.

Er unterbrach den Kuss und seine Finger streichelten an ihrem Hals hinab. „Sag mir, wie hoch die Schulden deiner Familie sind."

„Bitte nicht", sagte sie.

„Sag's mir einfach", drängte er sie.

„Meine Familie braucht keine Almosen! Und ich auch nicht!" Sie musste sich sehr bemühen, ihre Stimme zu senken, denn sie wollte nicht, dass jeder mitbekam, dass sie stritten. „Ich weiß, du meinst es gut, aber bitte lass es einfach."

Er starrte sie lange an, dann sagte er grimmig: „Ich bin nicht bereit, dich gehen zu lassen."

„Ich kann nicht zu dir ziehen! Du kannst nicht – du kannst gerade nicht klar denken. Nur, weil wir Spaß hatten–"

„Lass uns doch einfach sehen, wie es sich entwickelt." Er streichelte ihre Wange. „Kannst du uns nicht wenigstens ein bisschen Zeit geben?"

Sie schluckte, war immer noch besorgt, dass Luke versuchte, sich finanziell um sie und ihre Familie zu kümmern. Sie wollte keine Almosen.

Sie stieß gegen seine Brust. „Lass mich aufstehen."

Er rollte von ihr herunter und sie setzte sich auf den Bettrand. Er folgte ihr, setzte sich neben sie und nahm ihre Hand.

„Kennedy?", sagte er ernst. „Kannst du uns etwas Zeit geben?"

„Ich denke schon."

„Du denkst schon?", fragte er neckend. „Was für eine Art, sich festzulegen."

„Ich muss mich dir gegenüber nicht festlegen."

„Unsere Verlobung sagt da aber etwas anderes."

Sie starrte zu Boden. „Ich denke, du verwechselst gerade Spiel mit Realität."

Er legte die Hand an ihr Kinn und zwang sie, ihn anzusehen. „Für mich ist es ein und dasselbe."

Sie seufzte. „Es ist nur ein Spiel. Nicht wahr? Nur ein Spiel."

„Eines, das ich gewinnen werde", sagte er ziemlich selbstsicher.

„Du machst mich wahnsinnig", brauste sie auf.

„Und du machst mich heiß." Dann nahm er ihr Gesicht in seine Hände und küsste sie so zärtlich, dass sie das Gefühl hatte, weinen zu müssen.

Sie zog sich zurück. „Mach das nicht nochmal."

Er sah sie unsicher an. „Was denn?"

„Mich so zu küssen."

„Wie denn?"

„Du weißt schon." Sie wandte sich von seinem erhitzten Blick ab.

Er drehte sie zu sich zurück und seine Finger hielten ihr Kinn fest. „Du willst, dass ich einfach dieser Typ bin, was? Der, der dich grob nimmt und dich unterwirft."

Sie konnte nicht antworten. Ihr wurde überall heiß. Diese

Art elektrische Anziehung hatte sie noch bei niemandem empfunden. Doch sie wagte es nicht, die Wahrheit zuzugeben. Dass er sie so leicht mit einer zarten Berührung herumbekam. Sie hätte zerstören können. Sie musste dafür sorgen, dass das zwischen ihnen ein Spiel blieb.

Seine Finger wurden sanfter und streichelten ihren Kiefer. „Und was, wenn ich nicht dieser Typ bin? Was, wenn ich *dieser* Typ bin?" Er strich mit seinen Lippen über ihre, bevor er in einen Kuss versank, der sie aus den falschen Gründen überwältigte. Seine Berührung war entschlossen und er hielt ihr Gesicht, doch der Kuss war zärtlich. Sie riss ihren Mund los.

„Tu das nicht!", protestierte sie fast verzweifelt. Sie stand abrupt auf und stolperte zurück. Luke folgte ihr so schnell, dass sie kaum Zeit hatte zu begreifen, was als nächstes geschah. Im einen Moment stand sie noch da und versuchte sich zu fassen, im nächsten warf er sie über seine Schulter, klatschte ihr mit der Hand auf den Po und hielt sie fest. Das Blut rauschte ihr in den Kopf und ihr ganzer Körper entspannte sich in seinem Griff. Der zärtliche Luke war verschwunden.

„Zeit zu duschen", sagte er und marschierte in Richtung Bad. „Rate mal, wer jeden Winkel und jede Ritze sauber bekommt?"

„Bentley?", kicherte sie.

Er lachte schallend. „Stimmt, aber nicht von mir. Du und ich, wir werden jetzt üben."

„Was üben?", fragte sie fast schwindelig vor Freude, dass sie ihr Spiel weiterspielten, was reine Lust bedeutete und keine Herzschmerzen, keine unangenehmen Gefühle.

Er blieb vor der Duschkabine stehen und stellte sie wieder auf die Beine, dann drehte er das Wasser auf und testete die Temperatur.

„Was werden wir üben?", fragte sie noch einmal lächelnd.

Er wandte sich ihr wieder zu und seine Augen strahlten erneut verschmitzt. „Wir werden sehen, ob du eine gute Assistentin für diesen Boss abgeben würdest." Er deutete auf sich und hob eine Braue. „Oder wärst du lieber meine Schülerin?"

„Ich – ah!" Er packte sie und zog sie unter die Brause.

Sie spuckte und schüttelte den Kopf. Er strich ihr die Haare aus dem Gesicht und schlang seine Arme um sie. „War nur ein Scherz. Du hast gar keine Wahl. Es ist mein Spiel."

Sie strahlte. Langsam schüttelte er den Kopf, dann grub er seine Hand in ihr Haar und küsste sie in einem besitzergreifenden Rausch. Sie sank gegen ihn, zu gleichen Teilen aus Verlangen und Erleichterung, dass er das Thema, dass sie ein Paar sein könnten, nicht weiter vertiefte. Und doch wurde ihr schnell bewusst, dass es diesmal anders war. Seine Stimme und die Art, wie er sie behandelte, zeugten von einer Schärfe, die nicht da gewesen war, bevor er der fordernde Boss seiner Assistentin geworden war. Erst mit dem Duschkopf, dann mit seinen teuflisch geschickten Händen und seinem sündhaften Mund. Sie gab ihm mit Freuden alles, was er wollte, alles, was er verlangte, bis sie beide keuchten und sich wie im Fieber vereinten, während er sie gegen die Duschwand pinnte und ihr Herz so kräftig gegen ihre Rippen pumpte wie Luke in sie. Eine Ewigkeit eines besinnungslosen, heißen Ritts später, ließ er sie kommen. Sie gab sich einer erschütternden Erlösung hin, bei der ihre Beine zitterten, während Elektroschocks durch sie hindurch schossen.

„Ja, so ist gut", lobte er sie, wie er es immer tat, wenn sie auf seinen Befehl hin kam. Dann nahm er sich, was er brauchte, hart und grob, wie sie es mochte. Auf die Art, die ihr Herz verschonte.

Und als sie fertig waren, wickelte er sie in ein Handtuch, während ihr viel zu empfindlicher, viel zu sauberer Körper so schlaff wie eine Nudel war. Er hielt ihren Hinterkopf und sah ihr tief in die Augen. „Wir sind noch nicht fertig, Kennedy."

Der Blick in seinen Augen, voller Emotionen, die niemals funktionieren würden, gefiel ihr nicht. „Sie meinen Assistentin, Sir", sagte sie und versuchte, ihn wieder ins Spiel zurückzuholen. Es machte sie fertig, dass er ihren vollen Namen benutzte. Niemand benutzte ihn, und vor allem nicht so, wie er es tat. Durch seine Lippen klang er sogar schön.

Er drückte ihren Nacken, denn er wusste irgendwie, dass seine Worte so an ihrer Abwehr vorbei schleichen würden. „Ich meine es so." Etwas in seinen dunkelblauen Augen drang ein, packte ihr Herz und drückte zu. Einen Moment lang war sie benommen, hypnotisiert von diesem Ausdruck in seinen Augen. Kein Mann hatte sie je so angesehen, mit einer so entschlossenen Liebe. Das konnte nicht sein. „Wir sind noch nicht fertig. Noch lange nicht."

Sie stand einfach nur da, unfähig, auch nur ein Wort über den Kloß in ihrem Hals herauszupressen.

Seine Lippen trafen ihre zu einem zärtlichen Kuss, seine Hand in ihrem Nacken. Dann löste er sich von ihr und Tränen stiegen ihr in die Augen. Sie senkte ihre Lider, versuchte, diese unerwarteten Tränen zurückzuhalten. Er hielt ihr Gesicht in beiden Händen und küsste ihre geschlossenen Lider zärtlich, dann zog er sie an sich und schloss sie in seine Arme. Sie versteifte sich, denn sie wusste, dass er sie in gefährliches Terrain zog, doch seine Arme legten sich fest um sie und ihr Körper schmolz trotz der Proteste ihres Verstandes, sodass sie ihre Arme um seine Taille schlang.

„Brich mir nicht das Herz", flüsterte sie.

Er küsste sie oben auf den Kopf. „Das werde ich nicht."

Doch sie fürchtete, dass es bereits zu spät war. Sie wusste nicht, wie sie Luke überleben sollte. Wie konnte sie die Teile wieder zusammensetzen, wenn das, was auch immer sie hatten, zerbrach?

13

Am späten Nachmittag saß Kennedy auf einem Liegestuhl auf der Terrasse am Pool, nippte an einem fabelhaften Chardonnay, von dem sie hätte wetten können, dass er ein Vermögen gekostet hatte, neben ihr Luke, Bentley und Candy. Bald würden sie aufbrechen müssen und es war Zeit herauszufinden, ob sie die Chance bekäme, Bentleys Vermögensverwalterin zu werden.

„Das Wochenende war großartig", sagte Luke, nahm ihre Hand und verflocht ihre Finger. „Kennedy und ich möchten euch beiden danken, weil ihr so großzügige Gastgeber wart."

„Ja", meldete Kennedy sich zu Wort.

Bentley strahlte. „Schön, dass es euch gefallen hat. Es geht nichts über ein Wochenende im Cottage."

„Es war wunderbar", sagte Kennedy. „Und diese Party! Die Beste, auf der ich je war. Griffin Huntley live zu hören war einfach wunderbar."

„Er ist gut – und so niedlich, findest du nicht?", fragte Candy Kennedy.

„Hey!", protestierte Bentley.

„Nicht so niedlich wie du", schnurrte Candy und rieb auf ihre verliebte Art ihre Nase an seiner.

Luke machte mit dem Finger eine Lockbewegung und nickte mit dem Kopf, als wollte er auch ihre Nase reiben. Sie winkte ab. Er hob mit aufgesetzt ernstem Gesichtsausdruck einen warnenden Finger in ihre Richtung, worauf sie trotz ihrer Nervosität wegen Bentleys endgültiger Entscheidung kichern musste.

„Honey, wir sollten sie zum Ernteball einladen!", rief Candy.

Luke sah sie fragend an. Sie hatten eigentlich nicht vorgehabt, ihre fingierte Verlobung über dieses Wochenende hinaus auszudehnen. Das schlechte Gewissen nagte an Ken.

„Das ist ein Wohltätigkeitsball", erklärte Bentley, „zugunsten der Erhaltung des Long Island Sound." Er deutete auf das Wasser des Sound, das bis zum Horizont reichte. „Der liegt mir sehr am Herzen, wie ihr sicher bemerkt habt. Habt ihr Lust zu kommen?"

Luke sah Kennedy an. Sie saß schweigend da.

Bentley drehte sich zu Candy um. „Wann ist er nochmal? In zwei Wochen?"

„Samstag in drei Wochen", sagte Candy. Sie wandte sich ihnen wieder zu. „Das wird lustig. Black Tie, tanzen. Ihr tanzt doch gerne, oder? Ich habe euch beide auf der Tanzfläche gesehen."

„Und ob", antwortete Luke fröhlich.

„Dann ist das geklärt", sagte Bentley. „Morgen geht's zurück in die Tretmühle. Ich habe ein Vorstandstreffen."

„Apropos, hast du schon über deine zukünftige Vermögensverwaltung nachgedacht?", fragte Kennedy.

Bentley verzog widerwillig seinen Mund. „Vermögen?"

Verdammt. Sie hatte Regel Nummer eins im Umgang mit Reichen vergessen: Rede niemals darüber, wie reich sie sind.

Luke meldete sich zu Wort. „Du willst doch sicher jemanden, der dafür sorgt, dass sich dein Erbe vervielfacht. Dann sind du und deine zukünftigen Nachkommen abgesichert." Bei seiner letzten Bemerkung sah er Candy an.

Candy und Bentley tauschten einen Blick aus.

„Wir sind schwanger!", platzte Candy heraus.

„Herzlichen Glückwunsch!", sagte Luke. „Dann ist es ja noch wichtiger, dass alles geregelt ist. Ich bin mir sicher, dass ihr in Zukunft einen Trustfund und ein breit aufgestelltes Portfolio wollt."

„Wenn du ein bisschen Ballast abwirfst wie dieses Eishockeyteam-", begann Kennedy.

„Aber ich mag mein Eishockeyteam!", protestierte Bentley. Mist. Sie schien gerade irgendwie nicht seine Wellenlänge zu treffen.

„Es gibt da ein paar Bereiche in deinem Portfolio, die wir uns gemeinsam ansehen könnten", sagte Luke, warf dabei Kennedy einen Blick zu und überraschte sie. Als wären sie tatsächlich ein Team und keine Rivalen. „Unser Job ist es, es dir so leicht wie möglich zu machen."

Bentley lächelte. „Leicht gefällt mir."

„Geht es uns nicht allen so?", sagte Luke lachend. „Was meinst du, bereit, mit einem Vermögensverwalter weiterzumachen?"

Bentley runzelte die Stirn. „Was meinst du, Can?"

Candy dachte angestrengt nach. Und Kennedy wurde ihr Fehler bewusst. Sie hätte die ganze Zeit Candy von ihren Ideen erzählen sollen, nicht Bentley. Die schöne, lebensfrohe Frau war hier die Entscheidungsträgerin.

„Lass uns erst ihre Vorschläge ansehen", sagte Candy. „Schickt sie an Anita. Das ist seine Assistentin. Dann sehen wir sie uns an und treffen eine Entscheidung." Sie strahlte. „Das Schöne ist, dass es keinen Unmut geben wird, denn wenn wir uns für Luke entscheiden, hat Kennedy als seine Frau immer noch etwas davon. Und wenn wir uns für Kennedy entscheiden, ist es genauso."

Luke schwieg. Er musste sehr enttäuscht sein. Er wollte diesen Klienten so sehr wie sie. Sie dagegen war insgeheim glücklich, noch immer im Rennen zu sein.

Candy wandte sich Kennedy zu. „Ruf mich an, dann gehen wir gemeinsam Kleider für den Ball kaufen. Es sei denn, du hast bereits eins?"

„Ich brauche wirklich eins", antwortete sie ehrlich. „Das wäre schön."

Der Rest des Nachmittags verlief ereignislos. Sie unterhielten sich und genossen den Rest des Wochenendes, das sie mit einer köstlichen Paella draußen auf der Terrasse beschlossen. Nachdem sie sich verabschiedet hatten, fuhr Kennedy mit Luke nach Hause. Beide schwiegen. Sie, da ihr klar war, dass sie die Scharade ihrer fingierten Verlobung mindestens noch ein weiteres Mal weiterspielen musste. Er wahrscheinlich, weil er angepisst war, dass er den Zuschlag nicht bekommen hatte, obwohl er sich doch so sicher gewesen war.

Endlich brach sie das Schweigen, als sie sich ihrem Apartmentgebäude näherten. „Bist du angepisst?"

„Alles ist gut."

„Ich weiß, es ist nicht so gelaufen, wie du es dir vorgestellt hast."

Er schnaubte. „Siehst du es denn nicht? Bentley lässt uns zappeln. Er will keinen von uns."

„Das glaube ich nicht. Ich glaube, er ist nur einfach nicht der Typ, der sich gerne auf irgendwas stürzt, das mit Arbeit und Recherche verbunden ist. Er will einfach nur sein Leben genießen."

„Wie du meinst", murmelte er.

„Jetzt hörst du dich wie Alex an." Nur, dass er kein schmollender Teenager war, er war ein angepisster Mann, der verdammt von sich eingenommen war.

Er sah ihr in die Augen und sein Blick wanderte zu ihrem Mund, bevor er wieder auf die Straße blickte. „Du kannst es dir nicht leisten, ein Abendkleid zu kaufen."

„Ich werde es mit einer Kreditkarte bezahlen und jeden Monat das Minimum zurückzahlen."

Er runzelte die Stirn. „Das ist dumm."

„Ich weiß, es ist nicht intelligent, Schulden zu machen, doch durch die Beziehungen, die ich dadurch knüpfen werde, wird es sich auszahlen. Das gehört zum Spiel."

Er verzog das Gesicht.

Sie schnaubte frustriert. „Ich verstehe wirklich nicht, weswegen du so angepisst bist. Dieses Wochenende hätte nicht besser laufen können. Bentley und Candy lieben uns. Und wir bekommen sogar noch mehr Gelegenheiten, neue Klienten an Land zu ziehen."

Da er schwieg fuhr sie fort. „Ich habe morgen ein

Gespräch mit meinem Boss und ich werde alles, was ich habe, einsetzen, um mehr Verantwortung zu bekommen, mehr Gelegenheiten und eine Firmenkreditkarte, um das alles umzusetzen."

Er schüttelte den Kopf. „Verdammt, Kennedy, selbst ich habe mich nicht so weit aus dem Fenster gelehnt, als ich angefangen habe."

„Der Wettbewerb ist jetzt härter. Weniger Geld da draußen. Mehr Spieler auf dem Spielfeld."

Er warf ihr ein langsames, sexy Lächeln zu. „Du machst mich heiß."

Sie unterdrückte ein Lächeln. „Im Ernst."

Er nahm ihr Handgelenk und streichelte die Unterseite. „Komm mit zu mir. Bitte."

Sie zog ihre Hand zurück. „Ich muss nach Hause. Morgen ist Schule und ich muss dafür sorgen, dass die Lunchboxen und Rucksäcke gepackt sind. Dass sie ihre Hausaufgaben gemacht haben. Ich habe nicht viel Zeit für Spaß in meinem Leben."

„Du klingst wie ihre Mom."

„Meine Mom hat alle Hände voll mit meinem Dad und ihrem Buchhaltungsunternehmen zu tun. Da geht so einiges unter. Außerdem weiß ich, dass meine Familie mich morgen sehen will. Ich habe Geburtstag. Wahrscheinlich haben sie mir schon einen Muffin zum Geburtstagsfrühstück gekauft."

„Einen Muffin?"

„Ja."

Als sie an ihren Apartmentkomplex kamen, bog Luke in eine dunkle Ecke des Parkplatzes hinter dem Gebäude. Sie hatte das ungute Gefühl, dass Luke sie verführen wollte, und sie würde nachgeben, wie sie es immer tat, wenn er sie mit seinen fordernden Küssen und seinen entschlossenen Händen heiß machte.

„Was tust du denn?", quietschte sie.

Er antwortete nicht, sondern stellte den Motor ab. Dann grub er seine Finger in ihre Haare, packte ihren Kopf und zog sie an sich. „Ich möchte dir ein Geburtstagsgeschenk machen. Ich mache es schön für dich."

Ihr stockte der Atem. „In deinem Porsche?"

„Auf meinem Porsche. Auf der Motorhaube." Er küsste sie, ein beschwörender Kuss, dann vertiefte er ihn und macht ihn zu einer sexy Einladung.

Sie stieß gegen seine Brust. Ihr Herz schlug viel zu schnell. „Du bist verrückt. Fahr nach Hause und bereite dein Angebot vor."

Seine Zähne blitzten zu einem Raubtierlächeln auf. „Das habe ich schon."

„Ich meins auch." Sie wollte nicht, dass er sie für eine Anfängerin hielt. Sie hatte ihres vorbereitet, als sie die Einladung zum Golf erhalten hatte.

„Wo ist dann das Problem?"

Sie seufzte. „Ich schätze, mein Leben ist das Problem. Ich bin zurück in der Realität."

Er schwieg.

„Ich sehe dich dann beim Wohltätigkeitsball." Sie öffnete ihren Sicherheitsgurt.

Er stieß einen Fluch aus, packte ihren Gurt, legte ihn mit einem lauten Klick wieder an und fuhr vor das Haus.

Sie stieg aus. „Bye. Danke … für alles."

Er verzog das Gesicht. „Danke für – weißt du was? Ich bin es leid, mit dir so zu tun als ob. Wenn ich dich beim Wohltätigkeitsball sehe, dann nicht als dein fingierter Verlobter."

Sie würde damit arbeiten, wenn es soweit war. Er war einfach nur angepisst, dass Bentley sich nicht sofort für ihn entschieden hatte, obwohl er geglaubt hatte, dass er genau das tun würde. „Bis dann!"

Sie hatte kaum die Tür hinter sich zugeschlagen, als er schon mit quietschenden Reifen vom Parkplatz fuhr. Soviel zum Thema: Er fährt wie ein alter Mann.

Sie beglückwünschte sich, weil sie der Versuchung widerstanden hatte, weil sie das bisschen Spaß genossen hatte, das ihr das Leben zugestand, und ging hinein, um das Familienchaos wieder mal in Ordnung zu bringen.

❧

Luke trank einen langen Schluck von seinem Bier und starrte auf einen Spalt in der Veranda hinter dem Ranch House seiner Eltern. Er schmollte. Er sah zu den dunkelroten Rosen auf, die an einem Bogen blühten, der auf die große Wiese führte, und dachte wieder an das rote Kleid, das er für Kennedy gekauft hatte. Wie schön sie ausgesehen hatte. Wie glücklich sie an dem Abend gewesen war. Er kickte einen Stein. Alle anderen waren drinnen, bereiteten das Sonntagsessen vor und redeten wie immer durcheinander. Er hatte ein bisschen Zeit allein gebraucht, um nicht weiter so tun zu müssen, als wäre alles in Ordnung. Nicht nur hatte Bentley auf seine zweite Bitte, sich für Kennedy zu entscheiden (damit Luke sich ihretwegen keine Sorgen mehr machen musste), nicht geantwortet. Kennedy hatte auch noch seine Einladung, ihre Affäre dieses Wochenende bei ihm fortzusetzen, dankend abgelehnt und ihn daran erinnert, dass sie ihn beim Wohltätigkeitsball sehen würde.

Im Bett passten sie gut zueinander und er verstand einfach nicht, warum sie nicht weiter miteinander schlafen konnten, vor allem, wenn man bedachte, dass sie ja sozusagen verlobt waren und gemeinsam wie ein echtes Paar auf einen Ball gehen würden. Das Wochenende im Cottage mit ihrem Hammersex war jetzt eine Woche her. Und er wollte mehr. Er wollte nicht nur, er sehnte sich danach. Er konnte nicht aufhören, an sie zu denken. Sie sollte mit ihm zusammen sein *wollen*. Er hatte ihr gesagt, dass sie noch nicht am Ende waren, und hatte gedacht, dass sie an Bord wäre. Bis zum Wohltätigkeitsball waren es immer noch zwei Wochen und er war sich sicher, es nicht so lange aushalten zu können.

„Was ist dir denn über die Leber gelaufen?"

Er musste gar nicht aufblicken, um zu wissen, welchem seiner fünf Brüder diese Stimme gehörte. Dem Bruder, der immer einen sechsten Sinn hatte, was ihn anging, da sie einander jahrelang so nahe gewesen waren.

Sein Stiefbruder Nico gesellte sich mit einem Bier in der Hand zu ihm. Sie waren ungefähr gleich groß, doch während er hell war – aschblondes Haar und helle Haut –, war Nico dunkel – dunkelbraunes Haar, dunkelbraune Augen und von Natur aus gebräunt wie sein italienischer Dad.

„Nichts." Luke trank noch einen großen Schluck von seinem Bier.

„Frauenprobleme?", fragte Nico grinsend. Luke antwortete nichts darauf, denn er hatte Nico selbst ausgiebig gequält, als der sich auf einem verdammt langen Road Trip mit Lily auseinander gesetzt hatte, an dessen Ende Nico am Boden zerstört und bis über beide Ohren verliebt gewesen war. Jetzt stand das glückliche Paar drei Wochen vor seiner Hochzeit. Er wusste, dass Nico Milde walten ließ, wenn er nur grinste.

Er sah seinem Bruder in die dunkelbraunen Augen. „Okay, was würdest du tun, wenn–"

„Sie nageln." Nico grinste.

„Ha. Ja." Er schüttelte den Kopf. „Okay. Ich bin da in dieser seltsamen Situation, in der wir uns um denselben Klienten bemühen und dabei so tun, als wären wir verlobt."

„Und ihr seid erwischt worden?"

„Nein. Wir haben ein ganzes Wochenende im Haus des Klienten verbracht und alles lief gut, weißt du ..."

Nico hob einen Mundwinkel. Er setzte seine Bierflasche an die Lippen und sagte: „Ja, ich weiß", dann trank er.

„Und sie sagt jetzt: *Ich seh dich dann in zwei Wochen bei dem Wohltätigkeitsball.*"

„Sie steht nicht auf dich."

„Verdammt."

Nico klopfte Luke mit einer Hand auf die Schulter. „Tut mir leid. Wenn doch würde sie eine zweiwöchige Trennung stören."

Luke starrte auf das Etikett seiner Bierflasche. „Aber wir waren gut zusammen", sagte er leise.

„Vielleicht hat sie es vorgetäuscht."

Luke hob abrupt den Kopf. „Nein! Auf keinen Fall."

Nico zuckte mit den Schultern. „Ich mein ja nur. Das kommt vor."

„Nicht bei mir."

„Naja ..."

„Naja was?", blaffte Luke.

„Irgendjemandem muss es ja passieren."

„Ich weiß, was ich tue!"

Nico schmunzelte und hob eine Hand. „Hey, niemand zweifelt an deiner Männlichkeit. Vielleicht bist du nur nicht richtig bei ihr angekommen."

„Oh, und ob ich bei ihr angekommen bin." Er erinnerte sich an alles. An jeden Schrei, jedes Zittern und jeden orgasmischen Laut, der ihrer Kehle entfleucht war. Das war nicht aufgesetzt gewesen. Er hatte gehört, wie es war, wie sie klang, wenn sie so tat, als ob, als sie im Bett herumgealbert hatten, bevor sie das erste Mal miteinander geschlafen hatten.

Nico zog eine Braue hoch. „Weißt du, wie ich Lily dahin bekommen habe, wo ich sie haben wollte?"

„Durch betteln." Sein Bruder war ein nervliches Wrack gewesen. Er wäre beim Junggesellenabschied seines älteren Bruders Vince beinahe vor Trauer zusammengebrochen, weil er seine wahre Liebe verloren hatte. Und jetzt, da er sie hatte, war er ein grinsender Besserwisser.

„Ha-ha. Nein, ich war sehr konsequent bei ihr." Er hob seine Bierflasche. „Habe ihr gesagt, wie es sein würde."

„Hast du nicht. Sie hat dich um den kleinen Finger gewickelt."

Nico gestikulierte wild. „Ich habe gesagt, dass sie nicht länger zögern und an Bord kommen soll. Und sie hat es getan."

In diesem Moment kam Lily aus dem Haus und ihre roten Haare wippten bei ihrem selbstbewussten Gang. „Habe ich das, Nic? Bin ich endlich an Bord gekommen?"

Röte kroch Nicos Nacken empor. „Lily! Wie lang stehst du schon da?"

Sie legte einen Arm um seine Taille und er zog sie an seine Seite. „Lang genug." Sie drehte sich zu Luke um. „Hör nicht auf ihn. Sei einfach du selbst. Wenn es sein soll, wird es auch sein."

Nico strich mit seiner Nase über Lilys Hals und sie neigte ihren Kopf, um ihm besseren Zugang zu gewähren. Luke schnaubte angewidert. Die beiden klebten ständig aneinander. Klar, sie würden in drei Wochen heiraten und alle freuten für sie, aber musste er sich das wirklich *die ganze Zeit* ansehen?

Er ging zurück ins Haus. Nico und Lily bemerkten es nicht einmal. Er warf noch einmal einen Blick über seine Schulter. Sie küssten einander leidenschaftlich. Er ging, um ihnen ihre Privatsphäre zu lassen.

Bei ihrem Familienessen bestehend aus Lasagne, Salat und Knoblauchbrot war Luke sehr schweigsam, doch es fiel niemandem auf. Beim Sonntagsessen war er oft damit beschäftigt, immer wieder nach seinem Handy zu sehen, damit er Nachrichten oder dringende Anfragen seiner Klienten beantworten konnte, doch diesmal saß er einfach nur zwischen einer Menge Liebe und Glück da und fühlte sich wie das hässliche Entlein. Da waren sein Stiefvater und seine Mom wie in einer verliebten zweiten Flitterwochenphase, seitdem sein Stiefvater nach seiner schockierenden Krebsdiagnose für gesund erklärt worden war. Sein älterer Bruder Gabe und seine temperamentvolle Frau Zoe waren verliebt in ihr Baby Miles und ineinander. Sein ältester Stiefbruder, ein weiterer dunkelhaariger Italiener, Vince, und seine Frau Sophia arbeiteten und lebten zusammen, und ihr gegenseitiger Respekt und die offene Zuneigung waren geradezu greifbar. Und jetzt Nico und Lily, die einander dauernd anstrahlten und über Insiderwitze lachten, die außer ihnen niemand verstand.

Sein Blick fiel auf seinen jüngeren Bruder Jared, der lachend ihren jüngsten Stiefbruder Angel neckte. Jared ähnelte Luke sowohl im Aussehen als auch in seinem glücklichen, sorglosen Junggesellenstatus. Naja, Luke war immer noch Junggeselle, doch glücklich war er nicht. Angel, mit seinen dunkelbraunen zerzausten Haaren und den engelsgleichen Grübchen war aus Gründen, die selbst jetzt noch niemand verstehen konnte, offensichtlich zufrieden damit, platonisch mit einer Frau befreundet zu sein. Insgeheim vermutete Luke, dass Angel ihnen etwas vormachte und heimlich mit ihr schlief.

Er stocherte in seinem Essen herum, dachte an Kennedy und daran, dass sie wegen ihrer Brüder nicht genug zu essen bekam. Das zumindest konnte er beheben. Sie würden keine Almosen annehmen, doch vielleicht konnte er einfach regelmäßig mit Essen bei ihr zu Hause auftauchen. Oder war das zu seltsam?

„Luke bekommt seine Tage", verkündete Jared. Er grinste und Lachfältchen umspielten seine grünen Augen. „Meine professionelle Diagnose basierend auf launischer Stimmung und ungewohnter Schweigsamkeit." Er war Chirurg und betonte hier und da gerne seine Bildung.

„Was ist los, Sohn?", fragte sein Stiefvater.

„Nichts", sagte Luke. „Ich denke nur nach."

„Großer Fehler", rief Vince. „Denk nicht, tu's einfach."

„Denk nicht, tu's einfach", äffte Jared ihn mit Yodastimme nach.

Vince stieß von der anderen Seite des Tisches einen Finger in Jareds Richtung. „Du kannst von Glück reden, dass du so weit weg sitzt!"

„Er hat Probleme mit einer Frau", warf Nico hilfreich ein und grinste wie ein Idiot. Luke wusste sehr wohl, dass das hier seine Rache dafür war, dass er Nico aufgezogen hatte, als er wegen Lily unglücklich gewesen war.

Vince schlug mit einer Hand auf den Tisch. „Dann bist du hier am richtigen Ort. Gabe, Nico und ich, wir können mit unseren Frauen umgehen."

„Ach, wirklich?", fragte Sophia. „Du kannst mit deiner Frau umgehen?"

Vince verstummte. Dann schien er sich zu fangen und durchbohrte sie mit einem heißen Blick. „Ja."

Sophia benetzte ihre Lippen, dann wandte sie den Blick ab. Sie sah zu Zoe mit ihren leuchtend braunen Augen hinüber. Sie schmunzelte und nickte Lily zu. Luke erschauderte, als er diese schwesterliche Verbindung sah. Wenn noch mehr Frauen an diesen Tisch kämen, würden sie alle in tiefen Schwierigkeiten stecken.

„Luke", sagte Sophia. „Nutz die Weisheit der Frauen in dieser Familie. Wir würden dich nicht falsch beraten und glaub mir, wir verstehen die weibliche Psyche um einiges besser als deine Brüder." Sie sah Vince vielsagend an.

Das stimmte wahrscheinlich.

Vince zuckte die Schultern und gab sich geschlagen.

„Also ...?", bohrte Zoë.

Luke wimmelte sie ab. „Nichts. Kein Problem."

„Sie steht nicht auf ihn", half Nico weiter.

„Oh, Luke", sagte Sophia und verzog das Gesicht. „In diesem Fall kannst du nicht viel tun."

„Das heißt aber nicht, dass du nicht eine wunderbare Frau finden kannst, die auf dich steht", versicherte Lily ihm. Nico nahm ihre Hand und küsste ihren Handrücken.

„Absolut!", rief Zoë. „Und, PS, jede Frau sollte sich glücklich schätzen, dich zu haben. Wenn sie nicht auf dich steht, dann gib nicht auf. Da draußen wartet ein besonderer Mensch auf dich."

Jetzt fühlte er sich noch schlechter als zuvor. Seine Schwägerinnen bemitleideten ihn. Er drehte sich zu seinem Bruder Angel um. Er war Sozialarbeiter in einer Schule und auf Gefühlschaos spezialisiert.

Angel zuckte mit den Schultern. „Das fasst es so ziemlich zusammen."

„Hast du das Signal gesehen?", fragte Vince und meinte damit das Signal einer Frau, dass sie berührt werden wollte. Wenn sie sich zu einem vorbeugte, ihren eigenen Körper berührte, unter ihren Wimpern hervor aufblickte. Vince hatte es ihnen brühwarm erzählt, als er es in der Highschool entdeckt hatte.

„Was für ein Signal?", fragte ihre Mom.

Luke schüttelte den Kopf und hoffte, er würde das Thema fallen lassen.

„Wenn du das Signal nicht gesehen hast, warum hast du dann überhaupt einen Zug gemacht?", bellte Vince. „Ich hab dir doch gesagt, warte das Signal ab, und *dann* durchbrichst du die Berührungsgrenze."

„Ich habe die Berührungsgrenze durchbrochen!", platzte Luke heraus. Seine Wangen brannten, während seine Brüder auf seine Kosten lachten. Seine Schwägerinnen sahen ihn besorgt an.

Vince schüttelte den Kopf. „Wenn du die Berührungsgrenze durchbrochen hast–" Er wackelte warnend mit dem Finger. „Ich hoffe, du hast auf das Signal gewartet – wenn sie jetzt nichts mehr mit dir zu tun haben will, solltest du sie abhaken."

Luke starrte verloren auf seinen Teller. Ausnahmsweise einmal waren alle still, wahrscheinlich, weil sie Mitleid mit ihm hatten. Das eine Mal, das ihm etwas an einer Frau lag, stand sie nicht auf ihn.

„Würdest du sie gern zum Sonntagsessen einladen?", fragte seine Mom.

Seine Brüder lachten. So drückte sich ihre Mom aus, wenn sie sagen wollte: *Bring die Frau mit nach Hause, damit ich euch verkuppeln kann.* Sie hatte Vince furchtbar blamiert, als sie Sophia von all seinen guten Eigenschaften erzählt hatte.

„Nein", sagte er entschieden.

„Schaden kann das nicht", sagte sein Stiefvater und deutete auf seine verheirateten oder bald verheirateten Söhne, die ihre Liebe auf eine berühmt-berüchtigte, italienische Hochzeitssuppe und auf die italienischen Hochzeitskekse ihrer Mutter mit nach Hause gebracht hatten – ein lächerlicher Aberglaube seiner Familie. Wenn die Frau das Hochzeitsessen aß, würde es sehr wahrscheinlich in Zukunft eine Hochzeit geben. *Bitte.* Es war reiner Zufall, dass Sophia die Suppe und die Kekse gegessen und später Vince geheiratet hatte. Lily hatte nicht einmal einen Hochzeitskeks gegessen, bevor Nico ihr den Antrag gemacht hatte.

„Ist noch Lasagne da?", fragte er seine Mom.

„Ich habe noch eine halbe Auflaufform in der Küche", sagte sie. „Möchtest du Nachschlag?" Sie sah auf seinen Teller. „Du hast ja noch nicht einmal alles aufgegessen."

„Nicht für mich. Ich kenne da nur eine Familie, die vielleicht dankbar dafür wäre. Sie machen finanziell gerade eine schlimme Zeit durch."

„Oh, hätte ich das gewusst, hätte ich noch eine Auflaufform mehr gemacht."

Sein Stiefvater wischte sich den Mund mit einer Serviette ab. „Ich glaube, wir haben noch Manicotti in der Gefriertruhe. Sind die noch da, Allie?"

„Ja. Ich hole sie, um sie aufzutauen. Nur zwanzig Minuten im Ofen bei 175 Grad, dann sind sie gut."

„Danke, Mom." Sein Appetit kehrte zurück und er machte sich über die Lasagne her.

Auf dem Weg in die Küche blieb sie stehen und küsste ihn auf die Wange. „Ich freue mich immer, wenn ich helfen kann."

~

Er hätte Kennedy einfach um ein Date bitten sollen, dachte Luke sich, als er das Haus seiner Eltern verließ. Er war das vollkommen falsch angegangen, hatte ihr quasi ein unmoralisches Angebot gemacht, und welche Frau wollte das schon? Sie musste wissen, dass ihm etwas an ihr lag. Dass es nicht nur der umwerfende Sex war. Er verließ Eastman und fuhr direkt nach Clover Park zu dem Apartmentkomplex, in dem Kennedy wohnte. Die gefüllten Nudeln und das halbe Knoblauchbrot, das vom Abendessen übrig war, lagen auf dem Beifahrersitz.

Kennedy öffnete die Tür und einen Moment lang war er sprachlos. Sie sah in einem schlichten T-Shirt und Jeans, mit ihren blonden Haaren, die offen über ihren Schultern hingen, wunderschön aus.

„Luke, was tust du denn hier?"

Sie öffnete die Tür weit und er erhaschte einen Blick auf ihre Familie, die in einem ordentlichen, aber kleinen Apartment saß.

„Hey, Luke!", rief ihr jüngerer Bruder Alex.

„Hey, Alex!", antwortete er.

„Wer ist das?", rief ihr Dad von seinem beigefarbenen Fernsehsessel aus. Er sah aus, wie Alex wahrscheinlich einmal aussehen würde, mit dunkelbraunen und stellenweise ergrauten Haaren und dunkelbraunen Augen. Der kleine Abstelltisch neben ihm war voller verschreibungspflichtiger Medikamente, eine Wasserflasche daneben, und er sah eine Fernbedienung.

„Ich habe Manicotti mitgebracht", sagte Luke zu Kennedy.

Sie zog ihn in die Wohnung. Neben der Tür waren Haken mit Jacken und Rucksäcken darunter. Er hätte wetten können, dass es Kennedy war, die darauf achtete, dass alles für die Schule am nächsten Morgen bereit war.

Sie nahm ihm das Essen ab. „Danke." Sie sah ihn fragend an.

Er ging zu ihrem Dad und stellte sich vor, doch der wollte seine ausgestreckte Hand nicht schütteln. „Kann mich wegen meinem Rücken nicht viel bewegen", sagte ihr Dad.

Ihre Mom kam herein, eine zierliche Frau mit hellbraunen Haaren und haselnussbraunen Augen. Sie begrüßte ihn herzlich mit leiser Stimme und einem zurückhaltenden Griff, als sie einander die Hände schüttelten. Er sah sofort, woher Kennedy ihre zarten Züge hatte. Doch ihre Mom wirkte zaghaft, während Kennedy trotz ihrer zierlichen Statur stark und temperamentvoll war. Ihre anderen Geschwister kamen herein, um ihn zu begutachten. Er lernte ihren jüngeren Bruder Quinn und ihre jüngste Schwester Jamie kennen, die ihn die ganze Zeit verträumt anstarrte. Sie war auf dem Höhepunkt ihrer schwärmerischen Teenagerjahre. Ihre Brüder und ihre Schwester hatten alle dunkle Haare und dunkle Augen wie ihr Dad. Selbst ihre Mom hatte haselnussbraune Augen, nicht blaue. Einen Moment lang fragte er sich, ob Kennedy vielleicht adoptiert war, doch ihre zarten Züge waren denen ihrer Mutter zu ähnlich.

„Können wir uns unterhalten?", fragte er Kennedy.

Sie nickte. „Sicher." Sie warf ihrer Familie einen Blick zu. „Bin gleich wieder da."

Sie ging mit ihm nach draußen, wo sie sich auf die untere Stufe der Treppe, die in den ersten Stock des Wohngebäudes führte, setzten. Jetzt, da er da war, wusste er nicht, was er sagen sollte. Sie schien ganz gut ohne ihn klarzukommen. Sie machte nicht einmal den Eindruck, dass sie sich freute, ihn zu sehen, sie wirkte nur überrascht. Vielleicht hatte Nico recht und sie stand einfach nicht auf ihn. *Verdammt.*

„Wie läuft's bei dir so?", fragte er.

Sie strich sich eine Haarsträhne hinters Ohr. „Großartig. Meinem Boss hat meine Initiative gefallen und jetzt bin ich

Beraterin. Naja, im Moment bin ich noch seine Assistentin, aber sobald ich einen großen Klienten an Land ziehe, werde ich mehr tun."

Er schnippte mit den Fingern. „Einfach so."

„Naja, wenn ich ihm Bentley oder einen seiner Freunde bringe."

„Eine bedingte Beförderung."

„Das ist das, was ich immer erwartet hatte. Es ist gut."

Er starrte geradeaus. „Ich dachte, wir wären auf derselben Wellenlänge. Ich dachte, wir wären noch nicht fertig. Du hast gesagt, ich solle dir dein Herz nicht brechen. Das bedeutet, wir sollten uns weiterhin sehen."

„Du meinst ein Date?", fragte sie mit etwas zu hoher Stimme.

Als er sich zu ihr umdrehte, sah er, dass sie irgendwo zwischen überrascht und ungläubig war. „Ja."

„Warum?"

Nicht gerade die Reaktion, die er sich erhofft hatte. Er nahm ihre Hand und atmete einmal tief durch. „Weil ich dich mag", gestand er.

Sie sah ihn misstrauisch an. „Aber du hast mich immer wieder zum Sex eingeladen. Auf deinem Wagen. In dein Apartment."

„Und? Ich mag Sex."

Sie starrte auf ihre ineinander liegenden Hände und sagte mit leiser Stimme: „Warum hast du meiner Familie Essen gebracht?"

„Das war nur ein Vorwand, um dich zu sehen." *Und um sicherzugehen, dass du auch was isst.*

Sie kniff die Augen zusammen. „Warum genau magst du mich?"

Er stieß einen frustrierten Atemzug aus. „Können wir nicht einfach auf ein Date gehen? Warum musst du einen Haufen Gründe dafür haben?"

Sie schnaubte. „Ich sehe dich beim Ball."

Er nahm ihren Kopf und küsste sie lange genug, um sie daran zu erinnern, was sie gehabt hatten. Er löste sich von ihr. Sie sah benommen, aber befriedigt aus. „Das ist der Grund."

„Luke ... Ich glaube auch, dass es da eine gewisse Chemie gibt–"

„Es ist mehr als das und du weißt es. Sonst hättest du keine Angst, dass ich dir das Herz brechen könnte."

„Ich habe keine Angst!"

„Lügnerin. Samstagabend. Ich führe dich zum Essen und zu einer Broadwayshow aus. Unser erstes offizielles Date." Er stand auf und sah sie an. „Okay?", knurrte er.

Auch sie stand auf und lächelte. „Okay."

Er wäre vor Erleichterung beinahe in sich zusammengesunken. „Großartig. Ich hol dich um sechs Uhr ab. Nein, um fünf. Vier." Er deutete mit dem Finger auf sie. „Sei um vier fertig."

Sie strahlte. „Wie wäre es um drei?"

„Noch besser." Er ging zu seinem Wagen, blieb stehen, drehte sich noch einmal um und sah, dass sie immer noch dastand und ihm hinterherblickte. Er ging zu ihr zurück, küsste sie entschlossen und ließ sie los, bevor er sie noch anflehen würde, mit zu ihm zu fahren und mit ihm zu schlafen. Diesmal musste er es richtig machen.

Also ging er mit nur einem letzten Blick.

Sie stand immer noch da. Sie hob eine Hand und winkte.

Er winkte zurück. „Geh besser rein, bevor ich dich noch mitnehme!", rief er.

Sie stand einfach nur da und strahlte. Frauen trieben ihn in den Wahnsinn. Nein. Diese Frau.

Schließlich fuhr er davon und lächelte wie ein Idiot.

Kennedy ging mit Luke auf ihrem ersten Date zum Abendessen in die Stadt und danach sahen sie sich eine Broadwayshow an, *Chicago*. Beides hatte Spaß gemacht. Luke war charmant und man konnte sich gut mit ihm unterhalten. Als die Show endete, war es schon spät.

„Möchtest du noch auf einen Drink mit zu mir kommen?", fragte er, während sie Hand in Hand zum Wagen gingen.

Sie sah ihn an. „Ist das eine diskrete Art, mich zum Ficken einzuladen?"

„Ja."

„Okay."

Er lachte. „Dich kriegt man aber leicht rum." Sie schlug ihm auf den Arm. „Autsch." Er rieb sich den Arm. „Pass auf deinen rechten Haken auf, Ward."

Sie folgte ihm in eine wunderschöne Zweizimmerwohnung mit hohen Decken und Parkettfußboden. Moderne weiße Sofas und ein paar Sessel, Glasbeistelltische und ein Sofatisch standen auf einem Teppich mit modernem, geometrischem Muster. Alte, gerahmte Werbeposter hingen an den Wänden. Er zog sich immer gut an und wusste schöne Dinge zu schätzen.

Dieses Mal fickten sie überhaupt nicht. Sie machten Liebe. Und das lag nur an Luke. Sie versuchte, ihn mit einem Biss in den Hals oder Kratzen über seinen Rücken anzutreiben, doch er hielt ihre Handgelenke über ihrem Kopf fest und machte sich wieder daran, sie zärtlich und langsam zu lieben, was sie fast um den Verstand brachte.

Am nächsten Morgen war Luke aggressiver und gewährte ihr den Ritt, nach dem sie sich sehnte, und sie brach glücklich auf ihm zusammen, als er fertig damit war, sie in den Wahnsinn zu treiben. Sie strich mit nur einer Fingerspitze über seine Brust. „Ich glaube, ich mag dich zu sehr", gestand sie.

„Kann ich gar nicht leiden, wenn das passiert", antwortete er und strich mit seiner warmen Hand über ihren Rücken.

„Es ist nur … Ich habe mir geschworen, mich auf keinen Mann einzulassen, der die Kontrolle übernimmt und sich um alles kümmert. Man sollte niemals alles in die Hände eines Mannes legen."

„Hey." Er hob ihr Kinn und sah ihr in die Augen. „Darum habe ich dich nie gebeten."

„Ich weiß. Es ist nur, mein Dad, naja, er war das für uns. Er war immer ein Macher, hat alles dirigiert, sich um alles gekümmert, und nach seinem Unfall ist alles den Bach runtergegangen."

„Dann macht es dir Angst, dass ich mich um dich kümmern will?"

„Ich habe Angst, dass es zu leicht wird, es zuzulassen."

Er küsste ihre Haare. „Ich würde mich um dich kümmern. So bin ich. Ich kümmere mich um die, die ich liebe."

Sie zuckte zusammen. „Bitte?"

„Nichts. Ist mir nur so rausgerutscht."

„Luke–"

„Entspann dich. Ich hab's nicht so gemeint."

Sie stieg von ihm und fuhr sich mit der Hand durchs Haar. „Es macht mir Angst, aber ich glaube, ich bin auch dabei, mich in dich zu verlieben."

Er schenkte ihr ein langsames Lächeln und zog sie wieder auf sich. „Diese Sache mit der fingierten Verlobung haben wir wirklich vermasselt, nicht wahr?" Er schnaubte. „Sich zu verlieben! Jetzt werden wir auch noch heiraten müssen."

Sie versteifte sich. „Ich kann nicht."

„War nur ein Scherz. Wir kennen uns doch fast gar nicht. Wir haben uns erst vor drei schrecklich langen Wochen kennengelernt. Oder?" Er schloss die Augen. „Vergiss, dass ich überhaupt etwas gesagt habe."

„Es liegt nicht an dir. Naja, es liegt schon an dir, aber auch an mir."

„Ja, das verstehe ich."

„Das tust du?"

„Du hast Angst."

„Habe ich nicht."

„Doch, hast du." Er schob sie auf die Matratze, rollte aus dem Bett und zog sich eine Jogginghose an. „Du bist sowieso zu jung für mich."

Sie deckte sich mit einem Laken zu. „So jung bin ich auch wieder nicht. Ich bin vierundzwanzig." Sie wusste nicht, warum sie überhaupt mit ihm stritt. Er ließ sie jedoch vom Haken.

Er starrte sie an, seine Augen kühl und distanziert. „Du bist dir noch nicht darüber klar, wer du bist und was du in deinem Leben willst. Ich möchte nicht, dass du aus der Wohnung deiner Eltern in meine Wohnung ziehst. Du musst eine Weile allein leben." Er fuhr sich mit der Hand durchs Haar. „Unterbrich mich, wenn ich mich irre."

„Nein, du hast recht. Ich muss wirklich versuchen, unabhängig zu leben. Aber wo stehen wir dann?"

„Fingiert verlobte Fickfreunde?"

Sie erhob sich, getroffen und verletzt und voller Bedauern. „Ich kann das nicht." Sie hob ihre Kleider vom Boden auf. „Ich fahre jetzt nach Hause."

„Du gehst einfach so, nachdem ich all das gesagt habe?", knurrte er. „All den tiefgründigen Mist aus meinem Herzen?"

„Ja!", schniefte sie.

Er nahm ihr ihre Kleider aus den Händen, warf sie beiseite und zog sie an sich. „Geh nicht." Er legte seine Arme um sie. „Bitte."

Sie atmete einmal tief durch. „Nenn mich nie wieder Fickfreundin."

Er küsste sie und sah ihr in die Augen. „Werde ich nicht. Versprochen. Dieses ganze Liebeszeug ist neu für mich."

Ihre Unterlippe zitterte. „Für mich auch."

„Hey, wir kriegen das schon hin." Er hob sie hoch und trug sie zurück zum Bett. „Okay?"

„Okay", sagte sie leise.

Später, nach einer langen Runde morgendlichem Versöhnungssex und Frühstück, fuhr Luke sie nach Hause. Sie lächelten einander immer wieder an und sie fühlte sich ein bisschen albern. Er hatte sie für heute Abend zum Sonntagsessen bei seiner Familie eingeladen. Doch als sie an ihrem Apartmentgebäude ankamen, verpuffte ihre gute Laune.

Ein Streifenwagen parkte vor dem Haus.

14

Sie drehte sich zu Luke um. „Ich hoffe wirklich, dass es nicht um Alex geht."

„Soll ich mit reinkommen?"

Sie nickte. Er stieg aus, verflocht seine Finger mit ihren und begleitete sie zu ihrem Apartment.

Wie sie befürchtet hatte, stand Chief O'Hare mit ernster Miene in ihrem Wohnzimmer. Alex saß auf dem Sofa und sah eingeschüchtert aus. Ihr Vater saß in seinem Sessel, angepisst. Ihre Mom stand dahinter und kämpfte gegen die Tränen an. Ihre Geschwister versteckten sich im Flur und lauschten.

„Was ist passiert?", fragte Kennedy.

„Dein Bruder hat ein Auto gestohlen", blaffte ihr Dad.

„Ich wollte es ja zurückgeben!", rief Alex. „Ich hab es doch nur für ein paar Stunden gebraucht."

„Er hatte einen Unfall", sagte ihre Mom steif. „Gott sei Dank ist niemand verletzt worden."

Wenigstens hatte Alex bereits den Führerschein, doch er hatte keine Versicherung - sie hatten es sich nicht leisten können, ihn in die Police aufzunehmen. Sie ließ Lukes Hand los und ging zu Alex. „Wie? Woher hast du die Schlüssel?"

„Er hat den Wagen des Bürgermeisters kurzgeschlossen", sagte Chief O'Hare.

Kennedy starrte Alex an. „Du hast das Auto des Bürgermeisters gestohlen? Was bist du? Ein Idiot? Woher wusstest du überhaupt, wie man das macht?"

„Hab ich im Internet nachgelesen", murmelte Alex. „Außerdem wusste ich nicht, dass es der Wagen des Bürgermeisters war. Er stand auf dem Parkplatz am Baldwin Park."

Chief O'Hare lachte trocken. „Ein 1985 IROC Camaro. Knallgelb. Sehr auffällig. Der Bürgermeister liebt das Ding. Das war sein erstes Auto und er behält es, weil er hin und wieder sonntags damit einen Ausflug macht. Heute ist er damit in den Park gefahren." Er baute sich direkt vor Alex auf und blickte einschüchternd auf ihn herab. „Also, Alex, was soll es sein? Der Bürgermeister meint, ein Jahr gemeinnützige Arbeit wäre angemessen. Wir können auch einen Schritt weitergehen, indem wir es vors Jugendgericht bringen."

„Ich denke, ein Jahr gemeinnützige Arbeit ist sehr großzügig", sagte ihre Mom.

Ihr Dad schnaubte.

„Alex, sei klug", sagte Kennedy. „Nimm die gemeinnützige Arbeit."

„Was muss ich da machen?", fragte Alex.

„Was immer wir dir sagen", sagte Chief O'Hare streng.

„Was ist das, das Militär?", murmelte Alex.

„Du solltest froh sein, dass sie dir diese Option anbieten!", polterte ihr Dad. „Willst du im Gefängnis landen? Was ist denn nur los mit dir?"

Alex stand auf, die Hände zu Fäusten geballt. „Was ist mit dir los, Dad? Du lässt diese Familie vor die Hunde gehen, nur weil du dich in Selbstmitleid suhlst."

„Ich erhole mich von meiner OP!", bellte ihr Dad. „Ich habe verdammte Schmerzen. Nicht, dass das hier irgendwen interessiert."

Kennedy versteifte sich. Alle schlichen wegen seiner Schmerzen auf Zehenspitzen um ihren Dad herum.

Alex und ihr Dad starrten einander wütend an.

Luke legte Ken die Hände auf die Schultern und drückte sanft, wodurch sie sich ein wenig entspannte.

Alex nickte mit dem Kinn in Lukes Richtung. „Was macht er denn hier?"

„Ich sehe zu, wie du die richtige Entscheidung triffst", antwortete Luke ruhig.

„Na schön, ich nehme diese dumme gemeinnützige Arbeit", sagte Alex.

„Wunderbar", sagte Chief O'Hare. „Dann sehen wir uns Samstag früh um sieben auf der Wache für deinen ersten Auftrag."

„Um sieben!", protestierte Alex. Am Wochenende schlief ihr Bruder oft bis mittags.

Chief O'Hare durchbohrte Alex mit einem strengen Blick. „Ich bestimme die Arbeitszeit, ich sage, wann du fertig bist, und ich werde dir im Nacken sitzen, bis deine Aufgabe erledigt ist. Wenn du ein Problem damit hast, kann ich den Fall gerne an den Jugendrichter übergeben."

„Bedank dich bei Chief O'Hare", sagte ihr Dad.

„Danke", murmelte Alex.

Chief O'Hare nickte und ging.

Alex stürmte direkt hinter ihm zur Tür hinaus.

Ihre Eltern begannen, sich wegen Alex zu streiten und darüber, was sie zu seiner Bestrafung unternehmen sollten. Ihr Dad war dafür, ihm ein Jahr Hausarrest zu geben. Ihre Mom war der Meinung, sie sollten sich professionellen Rat holen und ihm nur einen Monat Hausarrest geben. Kennedy nahm Lukes Hand und zog ihn zur Tür hinaus. Alex marschierte die Straße entlang. Sie wollte ihm schon hinterherrufen, dass er zurückkommen sollte, als Luke fragte: „Hast du etwas dagegen, wenn ich ein bisschen Zeit mit deinem Bruder verbringe?"

Sie blieb abrupt stehen, überrascht, dass er das anbot. „Nein", sagte sie langsam. „Im Moment ist er aber nicht gerade gut drauf."

Luke pfiff. „ Alex!"

Alex drehte sich um. „Was?"

„Komm her."

Ihr Bruder kam zurück gestapft und fragte streitlustig: „Was?"

„Du hast dir gerade einen großen Bruder eingehandelt",
sagte Luke. „Heute Abend Sonntagsessen bei meinen Eltern.
Genau genommen hast du gerade sechs große Brüder bekommen. Genau das, was ein kleiner Bruder braucht."

Alex schob trotzig sein Kinn vor. „Ich bin nicht klein."

Luke schmunzelte. „Für mich schon. Jetzt hast du jemanden, der dir in den Arsch tritt, wenn du es nötig hast, dir den
Rücken stärkt, wenn du das brauchst, und dich davon abhält,
dich zum Idioten zu machen."

„Wie auch immer."

„Alex!", sagte Kennedy.

Luke hob eine Hand und nickte ihr zu, als wollte er sagen:
Ich hab das im Griff. „Ich bin mir sicher, du kannst dich besser
ausdrücken, als immer nur *wie auch immer* zu brummen." Er
sprach die Worte mit der Weltmüdigkeit eines Teenagers mit
einer frustrierten Grundeinstellung aus. „Lust, meinen
Porsche zu fahren?"

Alex' Augen begannen zu leuchten. „Ja."

„Das musst du dir verdienen. Mit gute Noten und einer
guten Einstellung, was deine gemeinnützige Arbeit angeht."
Er hob warnend einen Finger. „Und keinen Ärger."

Alex blickte von Luke zu Kennedy und wieder zurück.
„Bist du jetzt Kennedys Freund?"

„Ja", sagte Luke.

Alex trat einen Schritt vor. „Du solltest meiner Schwester
besser nicht wehtun. Sie ist viel zu großzügig. Und manchmal
bekommt sie dadurch am Ende nicht so viel, wie sie
verdient."

„Dessen bin ich mir sehr bewusst", antwortete Luke.
„Und du solltest besser aufhören, deiner Schwester
wehzutun."

„Ich tue ihr nicht weh!", protestierte Alex.

„Und was denkst du, wie es ihr jedes Mal geht, wenn du
in Schwierigkeiten gerätst?", sagte Luke. „Sie will nur das
Beste für dich."

Er drehte sich zu Kennedy um. „Ihr passt nicht beide in
meinen Wagen, darum schicke ich dir eine SMS mit der
Adresse. Fünf Uhr. Sei pünktlich."

Sie nickte und drehte sich zu ihrem Bruder um, der nicht
ganz so unglücklich aussah, wie er unter diesen Umständen
aussehen sollte. Genaugenommen sah er glücklich aus.
„Wirklich, Alex, was hast du dir dabei gedacht?"

„Ich wollte nur mit jemandem in einem schönen Wagen
rumfahren", murmelte Alex.

„Mit wem?", fragte sie.

Er wandte den Blick ab, seine Wangen hochrot. „Vergiss
es."

Luke sah sie vielsagend an. O Gott, er hatte recht gehabt.
Es ging wirklich um ein Mädchen.

„Du hättest einfach fragen können", sagte Kennedy. Du
hättest dir meinen Wagen leihen können."

„Deine alte Rostlaube wollte ich nicht."

„Es ist ein Mustang!" Frustration und Wut brandeten in
ihr auf. „Willst du ins Gefängnis gehen?", schrie sie. „Willst
du dein Leben ruinieren?"

„Nein." Alex fuhr sich mit der Hand durchs Haar. „Ich …
Sie hat gesagt, dass sie Camaros wirklich mag."

„Setz deinen Verstand ein, Alex! Wirklich!"

„Bis später", sagte Alex, dann ging er die Straße entlang
und eilte zur anderen Seite des Wohnkomplexes.

„Ahh!", knurrte sie. „Was ist nur los mit ihm?"

„Ich glaube, er ist verliebt", sagte Luke.

„Was?"

Er zeigte auf Alex, der gerade an der Tür eines Apartments am Ende des Gebäudes angekommen war. Die Tür
öffnete sich und eine zierliche Brünette erschien und ließ ihn
herein.

O Gott. Sie kannte diese Frau. Carla Gomez war eine
alleinerziehende Mutter mit einem dreijährigen Kleinkind.

Luke war erstaunt, wie einfach es war, Kennedy mit nach
Hause zu bringen, um ihr seine Familie vorzustellen. Er hatte
immer gedacht, wenn er eine Frau nach Hause brachte,
würde es sich wie ein bedeutsamer Anlass anfühlen, doch es

fühlte sich einfach natürlich an. So wie es sich natürlich angefühlt hatte, Kennedy am Abend zuvor mit zu sich nach Hause
zu nehmen und mit ihr auf seiner Brust einzuschlafen. Er
hatte nie besser geschlafen als in dieser Nacht.

Er klingelte an der Tür seines Elternhauses und legte eine
Hand auf Kennedys Schulter, um die Nervosität zu lindern,
die er in ihr spürte. Alex trat neben ihr unbehaglich von
einem Fuß auf den anderen.

Seine Mom, eine zierliche blonde Frau, öffnete mit einem
breiten Lächeln die Tür. Er hatte sie telefonisch vorgewarnt.

„Es ist so schön, Lukes Freunde kennenzulernen", sagte
sie herzlich zu Kennedy und Alex.

Luke stellte sie einander vor. „Kennedy ist meine Freundin. Das hier ist ihr Bruder Alex. Er ist der älteste Bruder und
braucht dringend selbst ältere Brüder, die ihm gelegentlich in
den Arsch treten."

„Achte   auf   deine   Ausdrucksweise",   warnte   ihn
seine Mom.

„Hintern", verbesserte sich Luke, während sie eintraten.

„Mein Mann ist auch gleich wieder da", sagte seine Mom.
„Er holt nur ein paar Sachen aus dem Supermarkt."

„Ha!", bellte sein älterer Bruder Vince. „Einen Tritt in
den Hintern, damit kennst du dich ja aus, kleiner Bruder."
Er nahm Luke in den Schwitzkasten, doch Luke grinste nur.
Vince hatte ihm, als sie noch Kinder gewesen waren,
niemals wehgetan. Von ihm hatte es immer nur leere
Drohungen und liebevolle Schwitzkasten gegeben. Außer
bei Gabe. Als Kinder hatten sie den einen oder anderen
Zusammenstoß gehabt, um zu klären, wer die Brüder
anführen sollte.

Vince ließ ihn los und schüttelte Alex die Hand, von Mann
zu Mann. „Schön, dich kennenzulernen", dann schüttelte er
auch Kennedy die Hand.

„Hey, Alex", sagte Vince. „Willst du ein Bier?"

„Er ist noch nicht volljährig", sagte Kennedy.

„Ich bin alt genug", schnaubte Alex und schob seine Brust
vor. „Fast achtzehn."

„Er ist siebzehn", sagte Kennedy. „Und muss Hardcoregemeinnützige Arbeit leisten, weil er unter anderem ein Auto geklaut hat."

„Dann werden wir dir mal was Anständiges zu trinken besorgen", sagte Vince augenzwinkernd, um anzudeuten, dass er es nicht ernst gemeint hatte. „V8 Gemüsesaft. Wir müssen dich ja aufbauen." Er drückte Alex' Bizeps, der ziemlich mickrig war.

„Ist Angel hier?", fragte Luke.

„Noch nicht", sagte seine Mom. „Er kommt aber noch."

Er stellte Kennedy seinen älteren Bruder Gabe, ein ehemaliger Anwalt und jetzt Manager der Musikkarriere seiner Frau Zoe, und ihren neuen Monate alten Sohn Miles vor. Es war ziemlich eindeutig, wer in der Familie zu den Reynolds gehörte – er, Gabe und Jared, alle mit blonden bis hellbraunen Haaren, heller Haut und hellen Augen (blau oder, wie in Jareds Fall, grün) – und wer ein Marino war: Vince und Nico mit ihrem südländischen Aussehen. Vinces Frau Sophia war ebenfalls eine italienische Schönheit. Kennedy war die einzige in ihrer Familie, die vom Aussehen her nicht passte. Er nahm sich vor, sie danach zu fragen. Vielleicht war sie die Stiefschwester?

Sophia kam zu ihnen, um Kennedy zu begrüßen. Dann kamen Nico und Lily. Nachdem Luke sie vorgestellt hatte, fing Nico an, ihn aufzuziehen.

„Das ist also diejenige, die nicht auf dich steht?", fragte Nico grinsend.

„Ich hab dir doch schon gesagt, dass sie auf mich steht", korrigierte Luke. „Man kann nicht vortäuschen, wie sie–"

„Luke!" Kennedy stand mit hochrotem Gesicht da.

Nico schmunzelte.

Er und Nico zogen einander noch weiter auf, bis Lily ihnen Einhalt gebot.

„Es reicht, Jungs", sagte Lily. „Ihr bringt das arme Ding in Verlegenheit. Wir haben's begriffen. Lukes Männlichkeit ist fest etabliert."

Luke plusterte sich auf und legte einen Arm um die errötete Kennedy, die ihm prompt ihren Ellbogen in den Magen rammte.

Sein jüngerer Bruder Jared kam als nächster. Kennedy plauderte ein wenig mit ihm über ihren Vater, da Jared orthopädischer Chirurg war. Weil so viel durcheinandergeredet wurde, hörte Luke nur halb zu und beobachtete stattdessen die Tür. Er wartete auf Angel. Er wusste, dass Angels Erfahrung als Sozialarbeiter in Alex' Fall eine große Hilfe sein würde. Sobald Angel hereinkam, stellte Luke ihm Kennedy und Alex vor und zog Alex dann auf die Veranda hinterm Haus, um ihn mit Angel reden zu lassen.

„Hab's im Griff, Luke", sagte Angel und hob eine Hand. „Gib uns ein paar Minuten allein."

Er hörte noch, wie Alex fragte: „Bist du ein Cop?"

„Oh nein", sagte Angel beruhigend. „Komm, setz dich."

Luke blickte über seine Schulter und sah, wie Alex sich Angel gegenüber auf einem Sessel niederließ. Alex verschränkte die Arme vor der Brust. Angel beugte sich vor, die Ellbogen auf den Knien und sprach in leisem Ton mit ihm. Luke ging ins Haus, denn er wusste, dass Alex jetzt in guten Händen war.

Alle waren in der Küche versammelt und unterhielten sich. Kennedy blickte ihm in die Augen. Sie sah besorgt aus, darum ging er zu ihr. „Es geht ihm gut. Angel ist Sozialarbeiter. Sie unterhalten sich."

„Steckt dein Bruder in irgendwelchen Schwierigkeiten?", fragte Jared.

Kennedy seufzte. „Seit der Verletzung meines Dads dreht er am Rad. Die Situation zu Hause ist ein bisschen angespannt." Sie sah sich um und bemerkte, dass seine Brüder und seine Schwägerinnen geduldig darauf warteten, dass sie fortfuhr. „Nach seinem Unfall haben sich die Arztrechnungen aufgetürmt. Ich verstehe ja, was mit Alex los ist, aber es ist frustrierend. Er ist in seinem Abschlussjahr. Wenn er sich doch nur lange genug am Riemen reißen würde, um auf ein gutes College zu kommen, dann könnte ich aufatmen."

„Angel arbeitet in einer Schule, doch davor hat er mit Familien zusammengearbeitet", sagte Jared. „Er wird wissen, was zu tun ist."

Ein paar Minuten später kamen Angel und Alex wieder herein.

„Alles in Ordnung?", fragte Kennedy und blickte zwischen Angel und Alex hin und her.

Alex ruckte mit dem Kinn. Angel nickte. Beide sahen sehr ernst aus.

„Natürlich ist alles in Ordnung", sagte Luke. „Angel fährt nachher noch mit ihm in einen Stripclub, damit er sich reichlich nackte Frauen ansehen kann."

Angel wurde dunkelrot. Alex prustete vor Lachen.

Seine Brüder schmunzelten.

„Ihr seid furchtbar", sagte Sophia. „Ich bin mir sicher, Angel steht über so was." Sie hatte eine Schwäche für Angel.

„Was für ein Heiliger!", rief Vince, hob seine Hand und wackelte mit den Fingern. „Schwebt über uns allen im Himmel."

„Ich bin kein Heiliger", murmelte Angel.

„Ach ja?", fragte Vince und stieß ihm den Ellbogen in die Magengegend. „Was für eine Sünde hast du denn begangen? Muss wohl Lust sein." Er deutete mit dem Daumen auf Angel. „Er ist quasi Jungfrau."

Angels Gesicht wurde fleckig rot und er ballte seine Hände zu Fäusten.

„Vince!", zischte Sophia.

„Halt die Klappe", blaffte Angel, der sich seine Gefühle sonst selten anmerken ließ, wütend. „Das geht dich verdammt nochmal nichts an."

„Da gibt es auch nichts, was einen was angehen könnte", bemerkte Jared trocken.

Luke schüttelte den Kopf. Jared wusste einfach nicht, wann man besser aufhören sollte.

Angel stapfte aus der Küche, durch den Flur und knallte die Haustür hinter sich zu. Sophia zog Vince zur Hintertür, wahrscheinlich, um ihm die Leviten zu lesen, weil er Angel so provoziert hatte. Nicht, dass Angel ihre Hilfe gebraucht hätte. Er konnte sich gut selbst zur Wehr setzen.

„Also …", trällerte Zoe fröhlich. „Will jemand was trinken?"

Als ein ganzer Chor aus Zustimmung folgte, öffneten sie eine Reihe Bierflaschen und gossen Wein ein. Alex bekam Cola.

Vince kam zurück, dicht gefolgt von Sophia. „Wo ist Angel?", fragte er mit kleinlauter Stimme.

„Er ist spazieren gegangen", sagte Luke.

Seine Mom kam herein, in den Armen eine Einkaufstüte, hinter ihr sein Stiefvater und Angel, selbst mit einer großen Tüte beladen. Sie stellten die Tüten auf die Arbeitsfläche. Angel machte sich schweigend daran, alles wegzuräumen.

„Hey, Angel", sagte Vince. „Bitte entschuldige. Ich habe da eine Grenze überschritten."

Angel schüttelte den Kopf und räumte weiter die Einkäufe weg.

„Was ist passiert?", fragte seine Mom.

„Nichts", sagte Vince.

„Vince hat sich über seine Keuschheit lustig gemacht", antwortete Jared.

Seine Mom sah erst Jared und dann Vince mit zusammengekniffenen Augen an.

„Lass es einfach!", bellte Angel und stürmte aus dem Zimmer.

Seine Mom seufzte. „Ihr wisst doch beide, warum er so ist, und wenn die richtige Zeit kommt, wird er schon darüber hinwegkommen."

Kennedy sah Luke fragend an, doch er schüttelte nur den Kopf. Es würde nichts bringen, das Thema jetzt anzusprechen.

„Da braucht jemand eine Lektion in Sensibilität", bemerkte Luke mit vielsagendem Blick in Jareds Richtung. Wenigstens hatte Vince Sophia, die ihn daran hinderte, den Mund zu weit aufzureißen. Jared jedoch hatte eine große Klappe und niemanden, der ihn zurückhielt.

„Wer?", formte Jared lautlos. Verdammter Klugscheißer.

„Die Sache ist die", sagte Luke und lenkte das Thema von seinem Bruder ab, „Alex hier hat Probleme mit einem Mädchen."

Jetzt war es an Alex, rot anzulaufen.

„Was für Probleme mit einem Mädchen?", fragte Jared.

Alle sahen Alex an, doch er schwieg.

„Das hier ist ein wirklich guter Haufen", sagte sein Stiefvater. „Jeder dieser Jungs hatte harte Nüsse zu knacken. Du kannst es ihnen sagen."

Alex sagte nichts, starrte nur zu Boden und wurde noch roter. Luke war überrascht, dass er nicht einfach davonrannte. Vielleicht war er ja tatsächlich bereit, mit einem Haufen Fremder darüber zu reden. Das war einfacher, als es seinen Freunden oder seiner Familie zu erzählen, die ihn möglicherweise nur dafür verurteilt hätten, dass er eine alleinerziehende Mutter wollte.

Zoe sah Alex mitleidig an. „Vielleicht können wir ja helfen. Ich meine, wir Frauen." Sie deutete auf Sophia, Lily, Kennedy und seine Mom. „Wo liegt das Problem?"

Alex schwieg weiter, deswegen brachte Luke den Ball ins Rollen. „Er ist in eine ältere Frau verliebt."

Kennedy presste ihre Lippen zu einer grimmigen Linie aufeinander.

„Wie heißt sie?", fragte Zoe. „Wie alt?"

Alex blickte auf und sah Zoe in die Augen. „Carla."

„Sie ist eine alleinerziehende Mutter und hat einen dreijährigen Sohn", erklärte Kennedy. „O mein Gott … Deshalb hast du die Bilderbücher gestohlen. Ach, Alex."

Alex schob sein Kinn vor, was Luke an Kennedys trotzige Haltung erinnerte. „Carla ist nur drei Jahre älter als ich. Sie ist auf der Highschool schwanger geworden."

„Alex, du bist siebzehn", sagte Kennedy. „Du bist noch nicht bereit für so eine Verantwortung."

„Aber ich liebe sie!", schrie Alex.

Im Raum wurde es still.

Alex schluckte. Alle tauschten stille Blicke aus.

Lily brach das unangenehme Schweigen. „Liebt sie dich auch?"

„Ich weiß nicht", murmelte Alex. „Ich habe es ihr noch nicht gesagt."

„Warte noch damit", riet Nico.

„Finde ich auch", stimmte Vince zu. „Warte, bis du alt

genug bist, um in die Richtung auch was zu unternehmen. Mindestens bis nach der Highschool."

„Achtzehn ist zu jung, um zu heiraten und die Vaterrolle zu übernehmen", protestierte Kennedy. „Er soll doch aufs College gehen."

„Jeder geht seinen eigenen Weg", sagte sein Stiefvater. Er hatte seine Highschoolliebe geheiratet. Sie war gestorben, als Angel erst fünf Jahre alt gewesen war, und Luke wusste, dass sein Stiefvater froh war, dass er in so jungen Jahren Zeit mit ihr gehabt hatte.

Kennedy stemmte ihre Hände in die Hüfte und sah alle finster an. „Ich muss schon sagen, das war so gar nicht hilfreich." Sie drehte sich zu ihm um. „Luke, der einzige Grund, warum ich ihn hierher mitgebracht habe, war, dass ich dachte, ihr würdet ihm den Kopf zurechtrücken."

„Ich passe schon auf ihn auf", sagte Luke.

„Ich brauche niemanden, der mir den Kopf zurechtrückt", brummte Alex.

„Hey, magst du Autos?", fragte Nico Alex.

Alex nickte.

„Dann komm mit", sagte Nico, „ich habe draußen eine Schönheit, die ich dir gerne zeigen würde."

Alex folgte ihm langsam schlurfend, ganz siebzehnjähriger Macho.

Kennedy ging im Raum auf und ab.

„Es wird alles gut mit ihm", sagte Luke.

„Mag er Ballsport?", fragte Jared.

Kennedy blieb stehen. „Baseball? Ja, das liebt er."

„Nach dem Abendessen spielen wir eine Runde", sagte Jared. „Ein paar Blocks von hier gibt es einen Platz. Zwischen den Spielen werden wir mit ihm reden. Willst du mitkommen?"

Sie schüttelte den Kopf. „Nein, danke."

„Du bleibst hier bei uns Frauen", sagte Sophia lächelnd. „Wir werden dir Lukes schmutzige Geheimnisse verraten."

„Wage es ja nicht, Sophia", sagte Luke und zeigte mit einem warnenden Finger auf sie. Er hatte keine schmutzigen Geheimnisse, nur peinliche Geschichten aus seiner Kindheit, die seine Familie gerne ausplauderte. Wie er einmal mit dem Fahrrad von zu Hause abgehauen war, entschlossen, den Zug in die Stadt zu nehmen, um zu seinem biologischen Dad zu ziehen. Selbst als Kind war er schon furchtlos und entschlossen gewesen. Erst zehn Jahre alt gewesen und ganz allein davongelaufen ins große, furchteinflößende New York. Auf der Straße zum Bahnhof war ihm das Vorderrad weggerutscht, wodurch er sich den Arm gebrochen hatte. Dann hatte er am Straßenrand gesessen und sich die Augen ausgeheult, zum Teil vor Schmerz und zum Teil frustriert, weil er nun doch nicht weglaufen konnte. Er war angepisst gewesen, weil ein neuer Stiefvater den Platz seines richtigen Dads einnehmen wollte. Ein Wagen hatte angehalten und der Fahrer hatte ihm geholfen, seinen Dad in New York anzurufen. Doch wer war zur Hilfe geeilt? Sein Stiefvater, Vinny. Sein richtiger Dad hatte die Verantwortung einfach weitergereicht und seine Mom angerufen, damit sie sich um das *Problem* kümmerte. Vinny hatte bei ihm im Krankenhaus gesessen, seine Hand gehalten und ihm die Tränen weggewischt. Dann war er mit ihm ein Eis essen gegangen und hatte ihm erzählt, wie sehr er sich freute, ihn als Sohn zu haben. Nicht Stiefsohn. *Sohn*. Er hatte ihn einfach in den Kreis seiner drei biologischen Söhne, Vince, Nico und Angel aufgenommen. Es war nicht das erste Mal gewesen, dass Vinny das zu ihm oder seinen Brüdern, Gabe und Jared, gesagt hatte, doch es war das erste Mal, dass es in Lukes Dickschädel eindrang. Er verdrängte die Erinnerung. Es gab einen Haufen anderer Geschichten, die Sophia erzählen konnte.

Sophia grinste verschmitzt. „Was ist es dir wert?"

„Du bist genauso schlimm wie Vince", sagte Luke.

Vince zog sie an sich und küsste sie auf den Kopf. „Ich färbe auf sie ab."

„Wir sind verloren!", schmunzelte Luke kopfschüttelnd.

Kennedy fühlte sich in Lukes lauter, liebevoller Familie beim Abendessen pudelwohl. Es erinnerte sie daran, wie ihre eigene Familie vor dem Unfall ihres Vaters gewesen war. Nach dem Abendessen gingen die Männer mit Alex zum Baseballplatz. Sie blieb mit den Frauen am Tisch. Mrs Marino brachte allen Tee und köstliche halbmondförmige Plätzchen mit Puderzucker.

„Die sind köstlich", sagte Kennedy und nahm sich einen zweiten Keks.

„Ich freue mich sehr, dass sie dir schmecken", sagte Mrs Marino und verbarg ihr Lächeln hinter einer Tasse Tee.

Sophia, Lily und Zoe tauschten amüsierte Blicke aus.

„Was?", fragte Kennedy.

Lily lächelte. „Nichts. Wir mögen sie alle."

„Wenn es Ihnen nichts ausmacht, hätte ich gerne das Rezept", sagte Kennedy.

„Natürlich, Honey", sagte Mrs Marino. „Ich gebe es dir gern."

„Also, was habt ihr über Luke?", fragte Kennedy Sophia.

„Sein kleines, schmutziges Geheimnis?", fragte Sofia. Sie machte eine dramatische Pause, dann gab sie zu: „Er hat keins. Die kleine Ratte. Er ist so gut, wie ein Mann nur sein kann."

„Luke hat wirklich ein Herz für Kids, die in Schwierigkeiten stecken", sagte Mrs Marino. „Er ist ein geborener großer Bruder."

„Das wissen wir alle", sagte Zoe.

Mrs Marino schüttelte den Kopf. „Nein, ich meine damit, dass er beim Große-Brüder-Große-Schwestern-Programm in der Stadt mitmacht. Und das schon seit Jahren, seit er dorthin gezogen ist. Er hat zwei kleine Brüder, die er jedes zweite Wochenende sieht. Wie alt sind sie jetzt?"

Sophia antwortete. „Mateo hat einen ganz schönen Schuss gemacht. Er ist dreizehn. Luke begleitet ihn, seit er fünf war. Und ..." Sie dachte einen Moment lang nach. „Ich glaube, Tony ist jetzt siebzehn. Luke kennt ihn, seit er vierzehn war. Mateo ist ein absoluter Schatz. Bei Tony hat es etwas länger gedauert, zu ihm vorzudringen, doch Luke kann hartnäckig sein. Vince und ich haben uns mal mit ihnen im Bronx Zoo getroffen." Sie drehte sich zu Kennedy um. „Hey, vielleicht würde Tony Alex gerne kennenlernen, sie sind ja im selben Alter."

Tränen traten Kennedy in die Augen, als das kleine Stück ihres Herzens, das sie vor Luke noch verschlossen hatte, sich mit einem Schlag öffnete. Warum hatte er ihr nie davon erzählt?

„Davon hat Luke nie etwas gesagt", brachte sie mit erstickter Stimme hervor. „Er kommt immer als der gegelte Finanztyp rüber."

„Mit einem Herz aus Geld?", fragte Lily. „Er hat ein Herz aus Gold. Das haben all diese Jungs. Es ist ihre wunderbare Familie, die sie dazu gemacht hat." Auch ihre Stimme stockte. Mrs Marino kam um den Tisch herum, um sie zu umarmen.

Sie streichelte Lily die roten Haare. „Lily ist immer noch ein bisschen neu in der Familie. Ihre Stimme versagt ständig, weil sie sich so sehr in Nico verliebt hat, dass sie ihr Herz auf der Zunge trägt."

„Ich liebe euch alle!", schniefte Lily und wischte sich die Tränen aus dem Gesicht.

„Aww", sagte Zoë. „Wir lieben dich doch auch!" Sie drehte sich zu den anderen Frauen um. „Das wird nur noch schlimmer werden, wenn sie erst einmal schwanger ist. Meine Schwester und ich waren so sensibel, als wir schwanger waren. All diese Hormone, die plötzlich Amok laufen." Sie hielt abrupt inne. „Lily, bist du schwanger?"

„Nein", sagte Lilly mit wässrigem Lächeln. „Obwohl wir uns eine große Familie wünschen. Ich hab euch einfach nur alle lieb."

„Aww!", sagten die Frauen im Chor. Sophia drückte ihre Hand.

„Jetzt muss sie erst einmal heiraten", sagte Mrs Marino. „Eins nach dem anderen." Sie drehte sich zu Kennedy um. „Sie heiraten in zwei Wochen. Hat Luke dich schon zur Hochzeit eingeladen?"

„Nein", sagte Kennedy, der es ein wenig peinlich war, das zugeben zu müssen.

„Oh, also–", sagte Mrs Marino.

„Du bist herzlich eingeladen", sagte Lily.

„Ist schon okay. Ich gehöre ja schließlich nicht zur Familie", sagte Kennedy.

Eine unbehagliche Stille folgte.

„Erzähl uns von dir, Kennedy", sagte Mrs Marino. „Was machst du beruflich?"

Sie erzählte ihnen von ihrem Job und wie sie und Luke einander bei einer Partie Golf mit Bentley und Candy kennengelernt hatten.

Lily meldete sich zu Wort. „Nico hat mir erzählt, dass ihr in Bentleys Cottage so getan habt, als wärt ihr verlobt, obwohl ihr in Wirklichkeit um Bentley als Klienten konkurriert habt."

Kennedys Gesicht stand in Flammen.

„Ach herrje!", entfuhr es Mrs Marino. Sie hielt Kennedy den Teller mit den Keksen entgegen. „Noch einen Keks?"

Kennedy nahm noch einen und schob ihn sich in den Mund, damit sie ihre vorgetäuschte Verlobung nicht weiter kommentieren musste.

„Interessant", sagte Sofia.

„Wow!", sagte Zoe.

„Ich mag Bentley", bemerkte Lily. „Aber die meisten, und das schließt seine Familie mit ein, nehmen ihn nicht sehr ernst."

„Du und Luke, seid ihr immer noch Konkurrenten?", fragte Sofia.

Kennedy nickte, kaute ihren Keks zu Ende und schluckte. „Aber ich glaube, Luke wird das Geschäft bekommen. Er hat die notwendige Erfahrung. Er hat aber angeboten, mich als seine Assistentin einzustellen. Dann könnte ich von ihm lernen."

„Mach das nicht", warnte Lily. „Dann ist er dein Boss."

Ihre Wangen liefen rot an, als sie sich daran erinnerte, wie sie Boss und Assistentin in der Dusche gespielt hatten. Luke wusste einfach, wie er sie heiß machen konnte.

„Ich weiß nicht", sagte Sophia langsam, „Vince und ich arbeiten zusammen und es läuft ziemlich gut. Ich denke, es würde funktionieren, wenn ihr ein Team wärt."

„Du bist aber auch nicht Vinces Assistentin", erinnerte Zoe sie. „Ihr seid gleichberechtigte Partner."

Sophia nickte. „Es gibt da diese eine Sache bei den Jungs. Bei allen Brüdern. Man darf einfach nicht zulassen, dass sie die Kontrolle übernehmen. Du musst dich behaupten und dich für das, was du willst, einsetzen, sonst überrennen sie dich einfach." Sie ließ ihre Finger über den Tisch laufen.

Lily lächelte verträumt. „Nico ist nicht so."

„Angel auch nicht", sagte Mrs Marino. „Aber ich fürchte, Luke schon. Er kann nicht anders. Er ist ein geborener Anführer, was großartig ist, aber man möchte nicht für ihn arbeiten. Nicht, wenn man seine Freundin bleiben will."

„Glaubt mir, ich weiß das", sagte Kennedy. „Und ich weiß nicht einmal, warum er das gesagt hat."

„Nimm noch einen Keks", drängte Mrs Marino und hielt Kennedy den Teller hin.

Kennedy nahm noch einen.

Alle Frauen lachten. Kennedy sah sich überrascht um. „Was?", fragte sie mit dem Keks im Mund.

„Nichts!", rief Lily, dann lachte sie mit den anderen.

„Stimmt was nicht mit den Keksen?", fragte Kennedy. „Spielt ihr mir irgendeinen Streich?"

„Nein, überhaupt nicht", sagte Mrs Marino und wischte sich die Augen mit einer Serviette ab. „Wir versuchen nur, dich in die Familie zu bringen. Das sind Hochzeitskekse."

Kennedy spuckte erschrocken den Keks in ihre Serviette.

„Oh, dafür ist es zu spät", sagte Sophia lachend. „Einer reicht dafür. Ich habe einen gegessen und Vince geheiratet."

„Ich habe auch einen gegessen", sagte Lily, „und ich werde Nico in zwei Wochen heiraten."

„Ich fühle mich außen vor", sagte Zoe. „Ich habe keinen Keks gegessen, bevor ich Gabe geheiratet habe."

„Aber doch nur, weil du in Europa warst, Liebes", sagte Mrs Marino. „Gabe hat dir dafür etwas Besseres geschenkt: Ein Kind."

Alle außer Kennedy lachten. Sie dachte entsetzt an die drei Kekse, die sie bereits gegessen hatte. Sie würde *nicht* schwanger werden. Sie würde Luke *nicht* heiraten.

„Ich bin mir sicher, dass du und Gabe bald noch ein Baby bekommt", sagte Sophia.

„Er kann seine Hände nicht von ihr lassen", vertraute Lily Kennedy an.

„Miles ist erst neun Monate alt", sagte Zoe. „Gönn mir eine Pause!"

Alle lachten, nur Kennedy nicht. Ihr war übel. Das hier war … Das hier war krank. Sie musste weg von hier, bevor die Kekse ihre Wirkung entfalteten. Vielleicht musste man denjenigen sehen, während man die Kekse aß. Vielleicht war sie doch noch sicher.

„Ihr habt eine völlig falsche Vorstellung!", quietschte Kennedy und stand so schnell von ihrem Stuhl auf, dass er umkippte. Sie hob ihn schnell auf. „Luke hat gesagt …" Sie schluckte. Er hatte gesagt, dass sie zu jung sei. Doch er hatte auch gesagt, dass sie ihn heiraten müsse. War sie deswegen hier?

„Was?", fragte Lily.

„Nichts", antwortete Kennedy. Ihr Blick huschte zur Küche und zum Ausgang. Sie war heute Abend mit ihrem eigenen Wagen gekommen. Wenn sie bloß wüsste, wo Alex war, dann hätte sie schnell verschwinden können. Doch dann würde sie Luke sehen müssen. Würde die Wirkung dieser verhexten Hochzeitskekse noch Minuten nach dem Essen anhalten?

„Du wärst nicht hier, wenn Luke nicht etwas für dich empfinden würde", sagte Zoe. „Vertrau mir, diese Jungs bringen eine Frau nicht mit nach Hause, wenn sie es nicht ernst meinen."

Kennedy strich sich die Haare hinters Ohr und atmete einmal tief durch. „Ich … ich …"

„Entspann dich, Sweetheart", sagte Mrs Marino. „Setz dich wieder. Die Jungs werden mindestens noch eine Stunde spielen."

„Daa, daa-da-daa!", trällerte Zoe den Hochzeitsmarsch.

Wieder lachten alle außer Kennedy. „Ich muss mal."

Sie schoss aus dem Raum. Warum hatte Luke sie heute hierhergebracht? Warum hatte er diese wunderbare

Sache, die er als großer Bruder machte, vor ihr geheim
gehalten?

Warum hatte sie nur so viele Kekse gegessen?

～

Luke ging mit Alex und seinen Brüdern zurück nach Hause,
alle waren nach dem Spiel gut gelaunt. Angel hatte einen
Grand Slam gegen einen von Vinces Würfen gelandet, der die
Anspannung zwischen den beiden Brüdern linderte. Alex
spielte richtig gut. Es war noch keine Baseballsaison, doch
Luke dachte sich, dass er Alex' Talent gut einsetzen könnte.

„Du solltest deinen gemeinnützigen Dienst in der Police
Athletic League leisten", sagte Luke, als er neben Alex her
ging. „Du könntest die jüngeren Kinder in Baseball trainieren.
Sie spielen das ganze Jahr."

„Ich soll jedes Wochenende den Müll in der Stadt einsammeln. Chief O'Hare hat angerufen und mir gesagt, ich solle
mich entsprechend anziehen."

„Dann sprich das doch mal an. Vielleicht lässt er das auch
gelten. Dann kannst du spielen und vielleicht ein Vorbild für
Kinder sein, denen es schlechter geht als dir."

„Vielleicht", antwortete Alex.

„Vielleicht." Luke versetzte ihm einen Klaps auf den Arm.
„Vielleicht ist was für Weicheier. Ja oder nein?"

Alex lächelte. „Okay, ja. Ich werde ihn fragen. Ist definitiv
besser, als Müll einzusammeln."

Als sie das Haus betraten, saß Kennedy mit seiner Mom
und seinen Schwägerinnen am Esszimmertisch. Sein Blick fiel
auf einen Teller italienischer Hochzeitskekse. Er hätte sich
denken können, dass seine Mom wieder mit der Kuppelei
anfangen würde.

Seine Mom lächelte verschmitzt, als sie ihn bemerkte.
„Kennedy haben die Kekse wirklich gut geschmeckt."

Seine Brüder und sein Dad waren hinter ihm hereinge-
kommen, und jeder nahm sich einen Keks.

„Ich wusste nicht, dass es Hochzeitskekse sind", sagte
Kennedy mit gequälter Miene. „Den letzten habe ich ausge-

spuckt, als ich es gehört habe." Als könnten Keks einen wirklich dazu bringen, zum Altar zu gehen. Lächerlicher Aberglaube.

„Im Ernst?", neckte Luke sie. „Der Gedanke daran, mit mir verheiratet zu sein, hat dich dazu gebracht, den Keks auszuspucken?"

Seine Brüder lachten.

Luke nahm sich einen Keks und biss hinein. „Mmm, mmm. Sehr gut, Mom." Er zwinkerte Kennedy zu. Ihre Wangen wurden rot.

Alle lachten.

Nachdem sie sich alle verabschiedet hatten, schickte Luke Alex in die Küche, wo Mrs Marino ihm noch eine Auflaufform mit Lasagne für die Familie mitgab. Luke nahm eine Tüte mit Bilderbüchern für Alex, damit er sie dem Kind geben konnte, für das er gestohlen hatte. Es war die Huddle-Cuddle-Serie, die seine Mom geschrieben und illustriert hatte und die auf ihm und seinen Brüdern basierte. Sie hatten ein paar Kisten mit der Serie zu Hause. Die Huddles waren Igel (Gabe, Jared und er) und die Cuddles waren Stachelschweine (Vince, Nico und Angel). Er liebte diese Serie.

Wenig später ging er mit Alex und Kennedy nach draußen. Alex hatte seine Hände voll mit den Büchern und der Auflaufform.

„Alex, steig doch schon mal ein", sagte Kennedy. Als ihr Bruder im Auto saß, drehte sie sich zu ihm um. „Warum hast du ihm Essen mitgegeben?"

Sie hatte einen angespannten Unterton in ihrer Stimme. „Er hat gesagt, dass ihm die Manicotti geschmeckt haben. Wir haben immer was übrig. In der Garage haben wir noch eine ganze Gefriertruhe mit Essen." Er erwähnte nicht, dass er seinen Stiefvater extra gebeten hatte, Lasagne zu machen, weil er wusste, dass Kennedy sie mochte.

Sie verschränkte die Arme. „Ich habe dir doch gesagt, dass meine Familie kein Fall für die Wohlfahrt ist."

Er schnaubte. „Italiener kochen gerne für Gott und die Welt. Keine große Sache. Genau wie meine Mom dich mit italienischen Hochzeitskeksen vollgestopft hat."

Sie ächzte.

Er lachte. „Die Hochzeitskekse sind nur ein kleiner Famili- enscherz. Man heiratet nicht wirklich, wenn man den Keks isst. Das weißt du schon, oder?"

„Das stimmt nicht", sagte Kennedy. „Sophia und Lily haben die Kekse gegessen und jetzt sind beide Marinos."

„Aha!", rief er und hob einen Finger. „Und ich bin ein Reynolds. Auf der Reynolds-Seite funktioniert das nicht." Sie sah immer noch besorgt aus. „Du hättest ihn wirklich nicht ausspucken müssen. Das ist eklig."

„Deine Mom hat mich gefragt, ob ich mit dir zu Nikos und Lilys Hochzeit gehe", sagte Kennedy leise.

„Möchtest du denn zu der Hochzeit gehen?", fragte Luke vorsichtig. Hochzeiten waren eine ernste Angelegenheit und er hatte gedacht, dass Kennedy noch nicht bereit wäre, ihn zu begleiten.

Ihre Augen wurden feucht und es tat ihm im Herzen weh. „Du hast mir nie erzählt, dass du ein großer Bruder bist. Warum hast du das geheim gehalten?"

Er verlagerte sein Gewicht von einem Bein auf das andere. „Das ist kein Geheimnis. Ich hänge es nur nicht an die große Glocke. Es ist einfach etwas, das ich tue."

Sie blinzelte und ihre Augen glänzten dank unvergossener Tränen. „Es tut mir leid, dass ich dich einen selbstgefälligen Klugscheißer genannt habe. Ich habe mich so in dir getäuscht. Deswegen hast du mich heute Abend hierhergebracht, nicht wahr? Um mir zu zeigen, wie wunderbar du wirklich bist." Eine einzelne Träne rollte über ihre Wange.

„Nein!", sagte er barscher, als er gewollt hatte, denn diese eine Träne tat ihm weh. „Ich habe dich hergebracht, um *ihnen* zu zeigen, wie wunderbar *du* bist!" Ihr Gesicht verzog sich und jetzt flossen die Tränen wirklich. Er zog sie an sich und legte seine Arme um sie. „Wein doch nicht. Ich *bin* ein selbstgefälliger Klugscheißer. Du hattest die ganze Zeit recht."

„Nein", murmelte sie in sein Hemd. „Ich habe mich so getäuscht."

Kennedy war stark. Wie konnte es das sein, das sie so

aufwühlte? Warum hatte seine Familie auch über diese großer Bruder-Sache schwatzen müssen? Himmel.

„Komm schon, Kennedy. Hör bitte auf zu weinen. Du machst mich fertig."

Sie schniefte und wischte sich die Nase mit dem Handrücken ab. Ihre blauen Augen waren gerötet und wässrig. „Es tut mir leid. Mir ist nur gerade klar geworden, dass ich dich so sehr liebe, und ich kann es nicht abwarten, mit dir zu diesem Ball zu gehen."

„Aber das ist doch gut!"

„Ich weiß!" Wieder traten ihr die Tränen in die Augen. Um zu verhindern, dass gleich noch einmal die Tränen flossen, schob er seine Hand in ihre Haare und strich mit seinem Mund über ihren.

Sie schlang die Arme um seinen Hals und beantwortete den Kuss leidenschaftlich.

„Ähm, Leute?", räusperte Alex sich.

„Sie kommt gleich", antwortete Luke.

„Sie haben mich davor gewarnt, für dich zu arbeiten", sagte Kennedy und wischte sich die Augen ab.

„Ich habe sowieso nie gewollt, dass du für mich arbeitest." Er streichelte mit einer Hand über ihren Rücken. „Ich wollte nur Boss und Assistentin spielen."

„Luke!" Sie schlug ihm auf die Brust. „Ich habe gerade deiner Mom und deinen Schwägerinnen erzählt, dass du wolltest, dass ich für dich arbeite. Sie haben mir alle einen Rat dazu gegeben. Du musst ehrlich zu mir sein. Keine Geheimnisse mehr oder Halbwahrheiten. Schwöre es."

Er schluckte, als ihm die eine Sache einfiel, die er ihr nicht erzählt hatte. Dass er Bentley gebeten hatte, sie als Vermögensverwalterin zu engagieren. Doch wie wahrscheinlich war es, dass Bentley das erwähnen würde? Er würde sie einfach auswählen und davon ausgehen, dass beide von dem Arrangement wussten.

Er bekam ein schlechtes Gewissen. Er wollte nicht lügen. Er konnte ihr aber auch nicht die Wahrheit sagen. Sie würde denken, dass er sie wie einen Fall für die Wohlfahrt behandelte, wenn er einfach den größten Klienten, den sie höchstwahrscheinlich beide in ihrer Karriere je haben würden, an sie abtrat.

„Luke?"

Er nahm ihr Gesicht in seine Hände und küsste sie zärtlich. „Ich liebe dich." Er ließ sie los und sah ihr in die blauen Augen, die schon wieder glänzten.

„Ich dich auch", flüsterte sie.

Er zog sie an sich und umarmte sie, hoffte, dass sein Spiel auf lange Sicht wirklich funktionieren würde. Sonst würde Kennedy ihm niemals verzeihen.

15

Kennedy trug dank Candy ein geliehenes Abendkleid von Chanel, das ein Vermögen kostete. Ihre Schwester, Frank, hatte sich immer mehr Sorgen darüber gemacht, wann ihre Eltern ihre Studiengebühr bezahlen würden, weswegen Kennedy die Gebühren mit ihrer Kreditkarte bezahlt und den Kreditrahmen damit ausgeschöpft hatte. Frank hatte ein Stipendium und einen Teilzeitjob, darum machte die Studiengebühr, die sie abdecken musste, nur einen Bruchteil des Gesamtbetrages aus, doch zusammen mit den anderen Rechnungen war es für ihre Eltern unmöglich, die Kosten zu tragen. Sie hatte Candy angerufen und ihr erklärt, dass sie den Shopping-Ausflug für das Abendkleid wegen unvorhergesehener Familienausgaben absagen musste. Daraufhin hatte Candy letzten Montag spontan einen Abend in der Stadt arrangiert und sie hatten sich erst mit einer befreundeten Stylistin getroffen, die Kennedy das Designerkleid geliehen hatte, das bislang nur von einer berühmten Schauspielerin getragen worden war. Dann war sie mit ihr zum Abendessen und etwas trinken gegangen. Heute wäre nicht das letzte Mal, dass sie und Luke so tun würden, als wären sie verlobt, leider. Candy hatte sie beide in zwei Wochen zu einer Cocktailfahrt auf ihre Yacht eingeladen. Das wäre aber das absolut letzte Mal, dass sie so taten, schwor sie sich.

Sie drehte sich in dem Zimmer, das ihre Geschwister sich teilten, einmal im Kreis und bewunderte das Kleid. Zum Glück saß ihre Schwester Jamie am Küchentisch und arbeitete an einem Schulprojekt, sonst hätte sie es wahrscheinlich auch anprobieren wollen. Das Oberteil war mit schwarzen Pailletten bestickt und hatte Spaghettiträger, der weiße Rock begann an einer Empiretaille und fiel mit kurzer Schleppe zu Boden. Der Rücken war offen. Es war nicht zu viel Stoff für ihre zierliche Figur. Sie fühlte sich leicht und bereit, über den roten Teppich zu schweben. Hätte sie nur das Selbstvertrauen, eine Party zu beherrschen, wie Luke das konnte. Sie lächelte, als sie an ihn dachte. Es war so neu für sie, verliebt zu sein. Es fühlte sich fast an wie im Märchen. Nur dass irgendwann einer von ihnen Bentleys Geschäft an Land ziehen und der andere verlieren würde. Sie hoffte nur, dass das nicht das Ende für sie beide sein würde.

Sie eilte ins Bad, um ihr Make-Up zu kontrollieren. Sie mochte Candy und log sie nur ungern an. Sie hatte bemerkt, dass sie viele Gemeinsamkeiten hatten. Sie hatten beide als Kinder hart gearbeitet, und beide hatten ein besseres Leben angestrebt. Candy war keine Frau von der Sorte, die des Geldes wegen heiratete. Sie liebte Bentley wirklich. Als Eigentümerin eines Luxusspa für die Elite von Manhattan verdiente sie eigenes Geld. Sie hatte einen scharfen Verstand unter diesem lebhaften, blonden Äußeren und sie würden sich noch ernsthaft darüber unterhalten, was alles nötig wäre, um ihr kleines Luxusspa zu einer internationalen Kette auszubauen.

Sie puderte noch einmal ihre Nase, zog den Lippenstift nach, überprüfte ihren schlichten Chignon und starrte sich im Spiegel an. *Du schaffst das. Fake it till you make it.* Die Reichen der Stadt würden heute Abend auf dem Wohltätigkeitsball sein. Das war die Art Abend, die den Weg für ihre zukünftige Karriere ebnen könnte.

Sie atmete einmal tief durch, dann noch einmal und hätte es fast geschafft, sich zu beruhigen, als es an der Tür klingelte. Die Stimme ihrer Schwester Jamie klang fast schrill: „Luke ist da!"

Ihre Ruhe war dahin. Als sie aus dem Schlafzimmer kam, sah sie Luke, der in einem schwarzen Smoking umwerfend aussah, während er lächelnd dastand und mit ihrer Familie plauderte. Er war frisch rasiert und sie musste zugeben, dass sie ihn so mochte. Mit dem Bart hatte er so viel älter ausgesehen.

Er schenkte ihr ein charmantes Lächeln. „Bereit für den Ball, Cinderella?" Er verbeugte sich tief.

„Ooooh!", quietschte Jamie. Ihre ganze Familie starrte sie an. Ihre Eltern, Quinn, Jamie und selbst Alex lächelten ihr aufmunternd zu.

„Ja", sagte sie leise.

Er ging zu ihr und küsste sie auf die Wange. „Du siehst schön aus, Kennedy." Ihr Name auf seinen Lippen klang elegant. Sie hatte ihn immer für banal gehalten.

„Danke. Du siehst auch sehr gut aus."

Luke drehte sich zu ihren Eltern um. „Hat Ihnen die Lasagne geschmeckt?"

Ihre Familie überschlug sich fast mit Komplimenten. Ihr selbst war es schwer gefallen, die Lasagne zu essen. Sie hatte immer noch den Verdacht, dass es ein Almosen war. Wenn irgendjemand sich um ihre Familie kümmerte, dann sie.

Luke grinste. „Werde ich meinem Dad ausrichten. Sein Rezept. Mögen Sie italienisches Essen? Ich kann nächsten Sonntag gerne wieder eine Kostprobe vorbeibringen."

„Wir lieben es!", rief Jamie.

Luke tippte ihr auf die Nasenspitze und sie wurde rot. „Dann werde ich vorbeikommen."

„Bye!", rief Kennedy. „Wartet nicht auf mich."

„Viel Spaß, Honey!", sagte ihre Mom wehmütig.

Sie gingen nach draußen und Lukes Hand erhitzte ihren nackten Rücken. Sein Duft, dieses männliche Parfum und Luke pur, ließ ihren Kopf ganz schwindlig werden vor Erinnerungen an die Nächte, die sie nackt auf ihm geschlafen und ihn inhaliert hatte.

„Luke, du hättest ihnen nicht sagen sollen, dass du ihnen am Sonntag wieder Essen bringst."

„Warum nicht? Es hat ihnen doch geschmeckt."

Sie knirschte mit den Zähnen. „Es ist nicht nötig."

„Ich weiß, dass es nicht nötig ist. Ich möchte aber."

„Ich weiß, was du tust."

„Und das wäre?"

„Du behandelst meine Familie, als wären wir ein Fall für die Wohlfahrt."

Er blieb stehen und starrte sie an, dann nahm er sie am Ellbogen und brachte sie zu seinem Wagen. „Ich habe einfach nur gerne einen Vorwand, um vorbeizukommen. Meine Freundin ist ziemlich heiß."

„Oh." Jetzt kam sie sich dumm vor. Vielleicht wollte er sie wirklich nur sehen.

Er öffnete ihr die Tür seines Porsche und half ihr beim Einsteigen. Sie musterte ihn einen langen Moment. Sein umwerfendes Gesicht mit den schönen Wangenknochen, den dunkelblauen Augen, die von dichten Wimpern gerahmt waren und oft vor Schalk tanzten, sie jetzt aber ernst ansahen. War er ehrlich zu ihr? Ging es nur darum bei dem Essen? Sie hätte es nicht ertragen können, wenn er Mitleid mit ihnen gehabt hätte. Sie kamen klar. Dafür sorgte sie schon.

„Was?", fragte er.

„Nichts." Sie raffte ihr Kleid zusammen und setzte sich auf den Beifahrersitz. Sie atmete tief durch und erinnerte sich daran, dass Luke sie liebte. Er würde sie nicht anlügen. Er hatte gesagt, es gäbe keine Geheimnisse zwischen ihnen. Naja, eigentlich hatte er das nicht gesagt, aber er hatte gesagt, dass er sie liebte, und das implizierte das. Zumindest hoffte sie es.

Er stieg in den Wagen und drehte sich zu ihr. „Bevor wir losfahren ..." Er öffnete seine Hand und präsentierte einen runden Diamantring. Sie schnappte nach Luft und schlug sich eine Hand vor den Mund. Der runde Diamant war auf beiden Seiten von kleineren Diamanten gerahmt und in Platin gefasst.

Er nahm ihre linke Hand und schob ihn auf ihren Ringfinger, wo er perfekt passte. „Das ist dein Verlobungsring."

Sie wollte ihn sofort wieder abziehen, doch er hinderte sie daran und nahm ihre Hand zwischen seine warmen Hände.

„Luke! O mein Gott! Ich kann den nicht tragen. Der muss ja ein Vermögen gekostet haben!"

„Du bist doch meine Verlobte. Weißt du noch, dass du Bentley gesagt hast, dass dein Ring angepasst werden musste? Das war vor drei Wochen." Er ließ ihre Hand los und sie starrte ihn mit offenem Mund an.

Er legte einen Finger unter ihr Kinn und schloss ihren Mund. „Du kannst ihn mir zurückgeben, wenn wir nicht mehr so tun."

Sie sah ihm in die Augen und stand immer noch unter Schock. Er lächelte sie an und schien nach der Antwort auf eine Frage zu suchen, die sie beide nicht zu stellen wagten. Hielt die Zukunft eine echte Verlobung für sie bereit?

„Ich schätze, wir sollten losfahren", sagte er und startete den Motor.

Sie seufzte. Nur, weil sie seinen Ring trug, hieß das nicht, dass die Verlobung echt war. Auch, wenn sie anfing, sich echt anzufühlen. Sie sah ihn an; sein Kiefer war ganz verkrampft. Er wirkte aufgebracht, auch wenn sie keine Ahnung hatte, warum.

„Danke", sagte sie schließlich. „Das war sehr aufmerksam von dir, dass du an den Ring gedacht hast."

„Mach dir deswegen keine Sorgen."

Ein paar Minuten fuhren sie schweigend.

Sie versuchte, die Wogen zu glätten. „Ich freue mich darauf, Nico und Lily wiederzusehen. Ich hatte gar nicht gewusst, dass sie die Spencer-Erbin ist." Sie hatte gehört, dass Lily heute Abend als eine der Hauptsponsorinnen dabei sein würde. Sie unterstützte alle örtlichen Umweltaktivitäten.

Er sah sie an. „Denk erst gar nicht daran, Hand an ihr Geld legen zu wollen. Nico wird das nicht zulassen. Selbst ich versuche es gar nicht erst, und wenn sie mir nicht vertrauen können, können sie niemandem vertrauen."

Das war interessant. „Wer verwaltet denn ihr Geld?"

„Das macht sie selbst. Und ein Anwalt, der schon für ihre Familie gearbeitet hat, bevor sie überhaupt auf der Welt war."

„Und was für Investitionen tätigt sie?"

„Das geht dich verdammt noch mal nichts an."

„Warum bist du denn so wütend?"

„Bin ich nicht."

„Du bist ein schlechter Lügner."

„Und du bist–" Er schloss den Mund.

„Ich bin was?"

Er schwieg einen Moment lang. „Du bist vorübergehend meine Verlobte."

„Hast du genauso ein schlechtes Gewissen wie ich?", fragte sie. „Vielleicht sollten wir Bentley sagen, dass wir die Verlobung gelöst haben."

„Oh nein. Wir sind schon so weit gekommen. Jetzt gibt es kein Zurück mehr."

„Aber du wirkst wütend deswegen."

Er wedelte mit einer Hand durch die Luft. „Wir werden das bis zum Ende durchstehen."

Sie seufzte und blickte aus dem Fenster. Als sie den Ballsaal des Luxor Hotels betraten, war Luke wieder höflich und gesellig. Er holte ihr einen Drink und lud ihr regelmäßig Appetithäppchen auf den Teller. Sie hatte keine Ahnung, warum er im Wagen so angepisst gewirkt hatte, doch er schien es überwunden zu haben. Er bewegte sich im Raum wie ein Profi und sie folgte ihm, während er ihr Leute vorstellte.

Sie konnten Bentley und Candy nur kurz Hallo sagen, dann mussten sie schon die reservierten Plätze für das Dinner einnehmen. Bentley und Candy waren einen halben Ballsaal von ihnen entfernt. Sie musste die Sache mit Bentley wirklich vorantreiben. Die Ärzte empfahlen ihrem Dad eine zweite Operation, denn die erste hatte nicht den Erfolg gehabt, den sie sich erhofft hatten. Die Kosten dafür waren noch nicht mal bezahlt, außerdem saßen ihr bereits Inkassobüros im Nacken – all das machte den heutigen Abend noch dringender.

„Amüsierst du dich?", fragte Luke sie, als ihre Vorspeisen kamen. Steak oder Hühnchen, je nach Präferenz. Sie und Luke bekamen beide ein Steak, das Medium gebraten war.

„Natürlich", antwortete sie. „Es ist ein schöner Abend."

Er betrachtete sie und beugte sich zu ihrem Ohr vor. „Du siehst aber nicht so aus."

Sie spießte ein Stück Fleisch auf ihre Gabel. „Das Essen ist köstlich. Die Leute sind sehr angenehm."

Wieder beugte er sich vor und sagte mit leiser Stimme ganz nah an ihrem Ohr: „Da ist kein Funkeln in deinen Augen."

Sie verkniff sich ein Lächeln. Etwas daran, wie er so ernst „Funkeln" gesagt hatte, brachte sie zum Lachen. „Kein Funkeln?"

„Ja."

Sie dachte ernst darüber nach und war überrascht, wie feinfühlig er gegenüber ihren Stimmungen war. Er hatte gesagt, sie sei ein offenes Buch, doch sie hatte nie zugelassen, dass jemand sie so las, wie er es tat. „In deinen Augen ist auch kein Funkeln."

„Dann schätze ich, der Funken ist gestorben", sagte er und schüttelte traurig den Kopf.

Woraufhin sie lachen musste. Er schmunzelte.

Sie aßen und betrieben Small Talk mit den anderen Paaren am Tisch. Luke versprühte seinen Charme und sie entspannte sich wieder einmal dank seines warmen Lächelns, das oft ihr galt. Bald fing die Musik an, ein peppiger Swing, und die Leute verließen einer nach dem anderen die Tische, um Tanzen zu gehen. Luke und sie blieben am Tisch. Er massierte ihren Nacken mit seinen starken Fingern, woraufhin sie sich noch ein bisschen mehr entspannte. Drei Tänze später wurde aus der Musik eine langsame Ballade. Candy gestikulierte wie wild, dass sie auf die Tanzfläche gehen sollten.

Luke erhob sich. „Da müssen wir wohl."

Auch sie stand auf und legte ihre Hand in seine. Er führte sie zur Tanzfläche neben Bentley und Candy, die bereits eng umschlungen tanzten. Bentleys Gesicht war wegen des Größenunterschieds auf Höhe des Ausschnitts seiner Frau. Candy schien das nicht zu stören.

Luke übernahm die Führung, eine Hand an ihrem Rücken, mit der anderen hielt er ihre Hand. Er war ein exzellenter Tänzer und bewegte sich mit fließenden Schritten.

„Ich liebe dein Kleid!", rief Candy. „Einfach fabelhaft!"

Kennedy lächelte. Candy hatte dasselbe gesagt, als sie es

zum ersten Mal anprobiert hatte. „Deins auch!" Candy trug ein figurbetontes Seidenkleid mit winzigen silbernen Pailletten.

„Amüsiert ihr euch?", fragte Bentley.

„Ein großartiges Event", sagte Luke.

„Bleibt einfach", sagte Bentley. „Das geht die ganze Nacht durch."

„So wie du", schnurrte Candy.

Bentley legte seine Hände an ihren Po und fing an, sie zu küssen. Sie sah Luke in die Augen, da sie dachte, sie könnten gemeinsam darüber lachen, doch sein Blick war erhitzt. Er führte sie ein Stück weiter weg, seine Hand war auf ihrem nackten, unteren Rücken gespreizt.

Er beugte sich zu ihrem Ohr hinunter, sein Atem heiß auf ihrer Haut. „Es ist Zeit, das Spiel zu spielen."

Ein heißer Schauer durchfuhr sie bei seinen Worten, die sie schon einmal von ihm gehört hatte … als sie nackt gewesen war. Er konnte unmöglich meinen … nicht hier. Nein, er meinte das Verlobtenspiel. Er nahm ihre Hand und führte sie von der Tanzfläche, doch dann ging er weiter, aus dem Ballsaal hinaus, den Flur entlang.

Er ging etwas schneller und sie musste ihr Kleid hochheben, um nicht darüber zu stolpern. „Wohin gehen wir denn?", fragte sie, bevor er sie in einen leeren, dunklen Saal zog und leise die Tür hinter sich schloss.

Sie atmete keuchend. „Luke, ich dachte–"

Die Luft verließ ihre Lungen, als sein Mund von ihrem Besitz ergriff und sein Körper sie gegen die Tür drängte. Sein Mund wanderte ihren Kiefer entlang, dann ihren Hals hinunter, er biss zu und seine Hände packten ihre Hüfte. Das war ein Zeichen, das ihr Körper verstand, und er pochte bereits vor Verlangen.

„Kann man die Tür abschließen?", fragte sie außer Atem.

Er presste ihre Handgelenke gegen die Tür. „Du bist mein Schloss."

„Das können wir nicht!", protestierte sie, als ihr plötzlich das Vermögen einfiel, das sie trug. „Mein Kleid!"

Er hob ihren Rock hoch und hielt ihr den Saum entgegen. „Halt das."

Tat sie nicht. „Wenn wir erwischt werden", flüsterte sie eindringlich. Sein Mund bedeckte ihren, während er seine Hand zwischen ihre Beine schob. Ihre Knie gaben nach und sie packte seine Schultern, als er ihr Höschen zu einer Seite schob und mit den Fingern in sie eindrang. Sie stöhnte leise. Er biss sanft in ihre Unterlippe und saugte sie in seinen Mund.

„So ist schon besser", sagte er mit rauer Stimme. „Ich hab doch gesagt, du sollst das halten." Er schob ihr den Saum ihres Kleides in die Hände, dann schlang er seine Hände um ihre und hielt sie fest.

„Luke", protestierte sie schwach. Sie standen in einem Raum, der nur auf der anderen Seite des Flurs einem Saal gegenüber war, der voller potentieller Klienten war, und sie hielt ihr Kleid hoch, entblößte ihr Höschen und ihre Strümpfe. Sie atmete zitternd aus, als er auf die Knie ging, ihr Höschen herunterzog und seinen Mund fest auf ihre Scham senkte. Innerhalb von Sekunden wand sie sich. Seine Hände packten ihren Po, hielten sie fest und sie war gefangen zwischen seinem Mund und der Tür in ihrem Rücken. Mit seinen Lippen, seiner Zunge und seinen Zähnen brachte er sie an den Rand des Wahnsinns, wieder und wieder, bis sie flehte, buchstäblich flehte um das, was sie so verzweifelt brauchte. Und endlich gewährte er ihr einen welterschütternden Höhepunkt, der ihr die Stimme nahm, sie den Kopf zurückwerfen und sich hilflos gegen ihn reiben ließ.

Als er sie losließ, sank sie wie eine Stoffpuppe zu Boden. Sie konnte sich nicht bewegen, nichts sagen. Er zog sie wieder hoch und küsste sie zärtlich. Dann schaltete er das Licht ein, dimmte es und betrachtete sie.

„Jetzt hast du wieder das Funkeln in deinen Augen." Er grinste selbstgefällig. „Du siehst aus, als hätte es dir gerade jemand so richtig besorgt."

Sie tastete nach ihren Haaren. Sie waren halb aus dem Knoten gerutscht. Eilig zog sie die restlichen Nadeln heraus.

Er streckte seine Hand aus. Sie reichte sie ihm und er steckte sie in die Innentasche seiner Smokingjacke.

Sie glättete ihre Haare. „Okay, wie sehe ich jetzt aus?"

Er streichelte ihre Haare und legte seine Hände auf ihre Schultern, drehte sie, um es sich von allen Seiten anzusehen. „Entschuldige", sagte er, obwohl er kein bisschen so klang, als täte es ihm leid. „Du siehst immer noch so aus, als wärst du gerade in der Garderobe gefickt worden."

Sie legte ihre Hände an ihre erhitzten Wangen und sah sich nervös um. „Wo ist mein Höschen?"

„Das behalte ich als Souvenir." Er holte es aus seiner Hosentasche und hielt es mit einem Finger in die Höhe.

Sie griff danach und er schob es sich vorne in die Hose.

„Du siehst aus, als hättest du einen Riesenständer", informierte sie ihn. Sie schob ihre Hand in seine Hose, wo tatsächlich eine beachtliche Erektion wartete. Er ächzte und stöhnte und packte es wieder.

„Baby, du machst mich ganz heiß", sagte er, zog ihr das Höschen aus ihrer Hand und hielt es in die Höhe, damit sie nicht drankam.

Sie sah ihn an, während er ihr Höschen hielt. „Und du machst mich fertig, weil du mein Höschen als Geisel nimmst."

Er steckte es wieder in seine Tasche. „Nicht meine Intention. Ich habe dir genau das gegeben, was du gebraucht hast."

Sie gab auf. „Lass mich zuerst zurückgehen, dann kommst du."

„Warum? Wir sind doch ohnehin angeblich zusammen. Glaubst du nicht, dass verlobte Paare überall, und wann immer ihnen danach ist, ficken?"

Sie dachte darüber nach. „Ist dir das nicht unangenehm?"

„Ich bin gut darin, das zu überspielen. Außerdem siehst du gut aus, wenn du gerade gekommen bist."

Er war viel zu aufgeblasen. „Das war das letzte Mal, dass wir so was in der Öffentlichkeit gemacht haben."

Er legte seine Hand in ihren Nacken und drückte zu. „Das werden wir sehen."

Sie rang um ihre bereits nachlassende Willenskraft. „Ich meine es so, Luke", sagte sie, doch es klang atemlos.

Er küsste sie erneut, hart und fordernd, und sie schmolz gegen ihn.

Er grinste sie an. „Ich hätte ja mehr gemacht, aber ich habe kein Kondom dabei. Nächstes Mal werde ich besser vorbereitet sein."

„Es wird kein nächstes Mal geben."

Dann hob er sie hoch und sie lag in seinen starken Armen. „Wir fahren jetzt nach Hause, Sweetheart."

„Ich muss mit Bentley reden. Ich brauche eine Antwort von ihm."

„Okay, wir reden zuerst mit ihm, dann will ich dich ganz für mich allein."

„Warte!", sagte sie, bevor er die Tür öffnen konnte. „Wirst du mich fallen lassen, wenn er sich für mich entscheidet?" Sie hatte fast Angst vor der Antwort.

„Nein. Und du mich?"

„Nein."

„Dann ist doch alles gut."

„Wirklich?"

Er lächelte sie ein wenig an. „Ja."

„Warum warst du im Wagen so angepisst?"

Sein Lächeln versiegte. „Vielleicht bin ich unsere vorgetäuschte Verlobung leid."

Sie schloss die Augen, denn sie wusste, dass er recht hatte. Das hier war von Anfang an ihre dumme Idee gewesen und es war nicht richtig, die Scharade weiter fortzusetzen. Sie musste das reparieren, ohne, dass Bentley sein Vertrauen in sie oder Luke verlor. Sie musste sich nur noch einfallen lassen, wie sie das tun sollte.

～

„Da seid ihr ja!", rief Bentley, als er sie im Flur entdeckte. „Mein Lieblingspaar!"

Kennedy wurde rot und wand sich in Lukes Arm. Er stellte sie ab.

„Hi", quietschte sie.

„Wo wart ihr denn?", fragte Bentley.

„Kennedy wollte, dass wir die Flitterwochen vorverlegen", sagte Luke mit breitem Grinsen.

Sie stieß ihn mit dem Ellbogen an. „Wir haben nur ein bisschen frische Luft geschnappt."

„Na, dann kommt mit zurück", sagte Bentley. „Candy wird gleich ihre Rede über den Sound und all die wunderbaren Spenden, die wir bekommen, anfangen."

„Klingt gut", sagte Luke unbekümmert und schob sie zurück in den Ballsaal.

Sie setzte sich mit Luke an einen Tisch, während sie zuhörten, wie Candy den Spendern überschwänglich dankte. Lily nahm als nächste das Mikrofon und begann mit einer passionierten Rede über die Bedeutung des Long Island Sound für die Tierwelt, die Fischerei und als Lebensraum an sich.

„Das ist meine Schwägerin", sagte Luke stolz.

„Wo ist denn dein Bruder?"

Luke sah sich um. „Er ist da vorn und starrt sie bewundernd an."

Nach Lilys Rede verstreute sich die Menge wieder, während eine Auktion vorbereitet wurde, und sie trafen sich mit Nico und Lily.

„Großartige Rede, Lily", sagte Kennedy.

„Danke", sagte Lily lächelnd. „Jedes Wort war so gemeint. Der Sound ist wirklich bedeutend für das Ökosystem hier. Ich hoffe, ihr bietet auf das eine oder andere Stück in der Auktion."

„Werden wir", sagte Luke und antwortete für sie beide. Sie konnte für kein einziges der Luxusartikel bieten und niemand wusste das besser als Luke.

„Nun sieh sich mal einer diesen Ring an!", quietschte Lily und hob Kennedys Hand.

Nico sah Luke fragend an. Luke schüttelte den Kopf.

„Den habe ich nur zur Show", flüsterte Kennedy.

Lily blickte von Kennedy zu Luke. „Im Ernst? Er sieht aus wie—ah!"

Nico beugte sie über seinen Arm und küsste sie, dann zog er sie wieder hoch. „Wir müssen gehen", sagte Nico.

„Du meinst jetzt?", keuchte Lily.

„Jetzt sofort", bestätigte Nico.

Sie grinsten einander an. „Bye!", rief Lily.

„Bis bald!", rief Nico winkend.

„Das war so romantisch", bemerkte Kennedy, nachdem sie gegangen waren.

„Möchtest du auch, dass ich dich über den Arm beuge?", fragte Luke.

„Es ist nicht gerade spontan, wenn du fragen musst", sagte sie.

„Vergiss einfach, dass ich gefragt habe", schnaubte Luke.

„Bist du schon wieder wütend auf mich?", fragte sie genervt.

Er zog sie an sich, beugte sie über seinen Arm und küsste sie. Ein paar Leute in der Nähe begannen zu klatschen. Er richtete sie wieder auf und grinste. „Wir haben Publikum."

Sie sah sich peinlich berührt um. Bentley zeigte ihnen einen Daumen hoch.

Luke verflocht seine Finger mit ihren. „Gib es schon zu, das war immer noch romantisch."

„Ich schätze schon."

„Du schätzt? Was muss ein Mann denn tun, um dich zu beeindrucken?"

„Du hast mich schon reichlich beeindruckt. Bitte." Sie sah sich um und ein paar Leute blickten immer noch neugierig in ihre Richtung. „Bitte nichts mehr von der Sorte."

Er brach in ein schallendes Lachen aus. „Wenn wir schon mal hier sind, können wir uns auch unter die Leute mischen."

Sie gingen durch den Raum voller Leute und machten bei einigen nur halt, um sich vorzustellen, bei anderen unterhielten sie sich länger. Am besten, fand sie, gelang ihr das bei Paaren. Luke hielt die Unterhaltung am Leben und sie brachte die Frauen zum Reden. Die meisten Spender heute Abend waren Männer, doch es war hilfreich, dass sie ihre Frauen dabeihatten. Als der Abend zu Ende war, hatte sie ein wirklich gutes Gefühl, weil sie so viele Kontakte geknüpft hatte, doch sie musste immer noch eine Sache erledigen.

Sie fand Candy und Bentley, die sich gerade mit einer kleinen Gruppe unterhielten, und ging mit Luke im Schlepptau zu ihnen. Sie wartete, dass es in ihrer Unterhaltung eine kurze Pause gab, und fragte, ob sie einen Moment reden könnten.

„Natürlich!", rief Candy mit strahlendem Lächeln. „Komm mit mir."

Sie zog Kennedy zu einem leeren Tisch, während Luke sich mit Bentley unterhielt. Das war schon in Ordnung. Schließlich war Candy diejenige, die die Entscheidungen traf.

„Candy, ich wollte dir nochmal für das Kleid und das Abendessen danken", sagte sie. „Ich hatte wirklich eine Menge Spaß bei unserem Mädelsabend."

„Kein Problem!", lächelte Candy. „Ich auch."

„Gut. Hattest du schon Gelegenheit, dir mein Angebot anzusehen?"

„Noch nicht. Ich war so sehr damit beschäftigt, diese Stiftung mit Luke und Bennie einzurichten."

Ihr wurde schwindelig und sie hoffte, dass man es ihrem Gesichtsausdruck nicht ansah. Stiftung? Luke traf sich hinter ihrem Rücken mit Bentley und Candy? Sie schluckte ihren Ärger herunter, als ihr einfiel, dass Candy davon ausgehen musste, dass sie und Luke als verlobtes Paar über alles sprachen.

„Und wie läuft das so?", fragte Kennedy.

Candy lächelte und drückte ihren Arm. „Ganz großartig! Unsere Mission ist so wichtig, Familien wie deiner mit hohen Arztrechnungen zu helfen. Luke hat es vorgeschlagen, und seit ich gehört habe, wie schwierig die Situation für deine Eltern ist und dass ihr so viele Kinder seid, stehe ich zu hundert Prozent dahinter."

Kennedy holte scharf Luft. Luke kümmerte sich hinter ihrem Rücken um ihre Familie, selbst, nachdem sie ihm gesagt hatte, dass sie das nicht wollte. Er behandelte sie, als wären sie ein Fall für die Wohlfahrt. Er bemitleidete ihre Familie. Er bemitleidete sie.

Candy fuhr fort. „Und Luke hat selbst viel Geld in die Hand genommen und unserer Stiftung eine große Summe gespendet, um zu zeigen, dass er es ernst meint. Natürlich weißt du das alles. Entschuldige, wenn ich hier Altbekanntes wieder aufwärme. Ich bin nur so aufgeregt!"

„Hat sich schon jemand dafür beworben?"

„Wir werden erst in dreißig Tagen so weit sein. Luke hat gesagt, dass er Werbung dafür machen wird. Er kennt ein paar Familien, die davon profitieren könnten."

Oder speziell eine.

Candy drückte ihr die Hand. „Ich weiß ja, dass du es kaum abwarten kannst zu erfahren, für wen wir uns als Vermögensverwalter entschieden haben, und Luke hat uns erklärt, wie wichtig es für deine Karriere wäre, aber wir nehmen uns doch gerne Zeit für solche Dinge. Du weißt schon, besonders jetzt, da ein Baby unterwegs ist, müssen wir wirklich an die Zukunft denken. Für wen auch immer wir uns entscheiden, wir haben vor, lange mit ihm oder ihr zusammen zu arbeiten. Wir denken an euch beide." Sie lächelte. „Ich verspreche aber, dass wir bis zu unserer Cocktailausfahrt eine Entscheidung getroffen haben werden. Okay?"

Sie nickte stumm. Bis dahin waren es noch zwei Wochen. Zwei Wochen, in denen sie so tun musste, als wäre sie mit einem Mann verlobt, der sie wie eine inkompetente, schwache Frau behandelte, um die man sich kümmern musste.

Kennedy stand auf und zitterte vor Zorn. Was zum Teufel bildete Luke sich ein? Er hatte so viel Mitleid für sie, dass er Bentley und Candy von ihren privaten Familienproblemen erzählte und eine ganze Stiftung dafür ins Leben rief? Hatte er wirklich gesagt, sie sollten sich für sie entscheiden, um sich um sie zu kümmern? Sie hatte ihm doch erklärt, dass sie sich allein um ihre Probleme kümmern konnte. Er hatte null Vertrauen in ihre Fähigkeiten. Kein bisschen. Er hatte sie angelogen und sie hintergangen.

Candy stand auf. „Geht es dir gut, Honey?"

Kennedy nickte. „Ja, mir geht es gut."

„Lass uns uns bald zum Mittagessen treffen, ja?"

„Sicher, ja", sagte sie benommen. „Bis dann."

Als sie sich umdrehte, sah sie, wie Luke sich ernst mit Bentley unterhielt, und marschierte auf ihn zu.

~

Luke warf einen Blick auf Kennedys wutentbrannten Gesichtsausdruck, verabschiedete sich schnell von Bentley und führte sie direkt hinaus auf den Parkplatz. „Stimmt was nicht?"

Sie starrte ihn wütend an. „Was denkst du dir bitte dabei, dass du dein Geld für eine Stiftung zum Fenster hinauswirfst, die nur gegründet wurde, um meine Familie zu unterstützen?"

Candy musste etwas erwähnt haben.

„Ich warte!", schrie sie.

„Wir unterhalten uns im Wagen."

Er führte sie ans andere Ende des Parkplatzes zu seinem Auto.

„Wie konntest du!", schrie sie, als sie erst einmal im Wagen waren.

Er hob eine Hand. „Ich wollte dir von der Stiftung erzählen."

„Wann?"

„Sobald alles in trockenen Tüchern ist."

„Du hast mich hintergangen!", schrie sie. „Du hast Bentley und Candy gesagt, sie sollen mich engagieren. Warum hast du das getan?"

„Ich wollte, dass du sie als Klienten bekommst."

„Also hast du sie mir einfach überlassen."

„Ja."

Ihre Lippen verzogen sich zu einer Linie. „Du wirst deinen Job verlieren. Du hast einfach *aufgegeben*. Das ist kein Geschäft. Du hast sie mir überlassen, weil du Mitleid mit mir hast. Du glaubst nicht, dass ich das alleine hinbekomme, meine Familie oder meine Karriere. Du glaubst, dass ich so bin wie die Kids im Großer-Bruder-Programm, die du betreust. Jemand, dem du insgeheim helfen kannst, damit du dich gut fühlst."

„Kennedy, das ist nicht wahr."

„Warum dann? Warum wolltest du, dass sie sich für mich entscheiden?"

Er seufzte, wusste, dass er jetzt die Karten auf den Tisch legen musste. „Weil ich wollte, dass du isst. Ich wollte mir keine Sorgen um dich machen müssen."

„Ich habe dir doch gesagt, ich kann mich um mich selbst kümmern!", schrie sie und ihre Stimme wurde immer höher. „Mir geht's gut! Ich will nicht, dass du dich um mich kümmerst!"

„Schade." Er würde sich nicht für etwas entschuldigen, das er für richtig hielt.

„Schade? Nein! Ich weigere mich, das zu akzeptieren. Verstehst du es denn nicht? Es bedeutet nichts, wenn ich es nicht verdiene! Du hast gesagt, du würdest mich wie einen ernstzunehmenden Konkurrenten behandeln!"

Er war es wirklich leid, dass sie ihn anschrie. Er hatte nichts getan, was das rechtfertigte. „Das war, bevor ich dich gefickt habe."

Ihre blauen Augen wurden riesengroß. „Bevor du mich gefickt hast?", schrie sie.

„Ja!", schrie er zurück. „Und dir hat jede *verfickte* Minute davon gefallen. Ich liebe dich und das tue ich nun mal für Menschen, die ich liebe. Okay? Ich sorge dafür, dass es ihnen gut geht. Es tut mir leid, wenn dein Ego zu groß ist, um ein bisschen Hilfe zu akzeptieren."

„Das ist keine Hilfe!", rief sie. „Das sind Almosen! Du verstehst es nicht, weil du nie arm gewesen bist! Ich fasse es nicht, dass du all das hinter meinem Rücken getan hast!"

„Beruhig dich wieder!", bellte er. „Ich wollte es dir ja sagen."

„Wann?"

„Sobald Bentley endlich seinen Arsch hochbekommen und sich für dich entschieden hätte. Ich hätte sogar angeboten, dich zu beraten, damit er endlich etwas unterschreibt. Ich weiß doch, wie dringend du es brauchst."

Sie schnaubte. „Als würde er mich nicht wollen, ohne zu wissen, dass ich auf dich zurückgreifen kann? Weißt du eigentlich, wie beleidigend das ist?"

„Was willst du, das ich sage, Kennedy? Ich wollte nur was Gutes tun. Ich habe die Erfahrung. Du nicht. Das weiß jeder. Aber ich wollte trotzdem, dass du sie als Klienten bekommst, weil ich mir Sorgen mache, was aus dir wird."

Sie wurde ruhiger. Endlich. „Du respektierst mich nicht. Du hast kein Vertrauen in meine Fähigkeiten." Sie verschränkte die Arme und blickte geradeaus. „Bring mich bitte nach Hause."

Er fuhr vom Parkplatz auf die Straße in Richtung Clover Park. „Und was jetzt? Willst du jetzt, dass ich dir die Klienten abnehme?"

„Ich möchte, dass du gar nichts mehr tust. Lass mich einfach … allein."

Ein Herzschlag verging schweigend. Er konnte nicht fassen, wie unvernünftig sie sich in einer Sache verhielt, die eigentlich doch etwas Gutes war.

„Ich glaube, wir sollten uns nicht mehr sehen", sagte sie leise.

„Du machst Schluss mit mir, weil ich versucht habe zu helfen?", grollte er.

„Ich mache Schluss mit dir, weil du gelogen hast! Ich mache Schluss mit dir, weil du mir in den Rücken gefallen bist! Und vor allem, weil du mich nicht respektierst!"

„Ich respektiere dich!"

„Tust du nicht. Du hast mich wie ein Kind behandelt und meine Familie als hilfsbedürftig abgestempelt."

„Das hat nichts mit Hilfsbedürftigkeit zu tun, wenn ich dir ein bisschen helfe!"

„Doch, weil ich dir gesagt habe, dass ich das nicht will. Deswegen bringst du ihnen auch ständig Essen." Sie hob ihr stures, trotziges kleines Kinn. „Ich bin *kein* Fall für die Wohlfahrt."

„Krieg dich wieder ein."

„Krieg du dich ein! Such dir jemand anderen, dem du heimlich Gutes tun kannst."

„Vielleicht werde ich das! Jemanden, der es auch tatsächlich zu schätzen weiß. Undankbare kleine Hexe."

„Fick dich!"

Er war so wütend, dass er nicht wusste, was er tun würde, doch es war nicht gut. „Sag kein Wort mehr. Ich meine es so. *Kein Wort.*"

Sie betonte jedes Wort überdeutlich. „Fahr zur Hölle."

Er stieg auf die Bremse und fuhr an den Straßenrand. Er atmete schwer, während er sie finster anstarrte. Sie wandte ihren Kopf ab und blickte hinaus in die Dunkelheit.

Er stieg aus dem Wagen und knallte die Tür zu, ging am Straßenrand auf und ab und versuchte, sich wieder unter Kontrolle zu bringen. Mehrere Minuten später stieg er wieder ein und fuhr sie in eisiger Stille nach Hause.

16

Zwei ganze, qualvolle Wochen später fuhr Luke mit grim-
miger Entschlossenheit zu Kennedys Apartment. Er konnte es
zugeben. Er war glücklicher mit ihr als ohne sie. Doch er war
immer noch unglaublich wütend auf sie. Sie tat so, als wäre
seine Liebe für sie nichts als eine Bedrohung ihrer Unabhän-
gigkeit. Heute war die Yachtparty mit Bentley, Candy und
deren Freunden. Bentley hatte versprochen, sich in die eine
oder andere Richtung zu entscheiden.

Verdammt. Er war überhaupt keine Bedrohung für
Kennedy. Sie war eine Bedrohung für ihn. Sie drohte, seine
lang genossene Existenz als Junggeselle zu beenden und ihn
zu einem Familienmann zu machen. Es war, als wäre er derjenige, der durch Hochzeitsmagazine blätterte und sich die
ganze Zeit eine rosige Zukunft vorstellte. Im Leben ging es
nicht nur um Wein und Rosen, keiner wusste das besser als er.
Die Scheidung seiner Eltern war schlimm gewesen. Sein Dad,
der immer kalt und abweisend gewesen war, war, nachdem
seine Frau ihn verlassen hatte, zu einem noch größeren
Arschloch mutiert. Er kanzelte seine drei Söhne ab, als wären
ihre Besuche eine Last, die ihm aufgezwungen worden war.
Nur Luke hatte versucht, loyal zu bleiben. Es hatte ihm nicht
gefallen, dass seine Mom einen fremden Mann und dessen
drei Söhne in ihr Haus hatte ziehen lassen, dass sie auf ihre

Schulen gingen, alles mit ihnen teilten. Es hatte ihn verändert. Zunächst zum Schlechteren, denn genau wie Alex hatte er getrotzt und sich aufgeführt. Doch letzten Endes zum Besseren, da sein Stiefvater ihm vorlebte und manchmal auch mit eindringlichen Gesprächen betonte, was es hieß, ein Mann zu sein – für seine Familie einzustehen, für sie zu sorgen, sich um sie zu sorgen, sie zu lieben.

Mehr hatte er nicht getan. Er hatte sich der Frau, die er liebte, gegenüber wie ein Mann verhalten.

Er parkte und ging zur Tür ihres Apartments. Wenn irgendjemand eine Entschuldigung nach ihrem Streit verdient hatte, dann er.

Er stand in seinem üblichen Business Casual Outfit aus Hemd und maßgeschneiderter Hose vor der Tür und zögerte. Vielleicht sollte er Größe zeigen und sich zuerst entschuldigen. Nein. Sie musste das tun.

Er klopfte und eine Minute später öffnete Kennedy die Tür in einem leuchtend gelben Sommerkleid mit weißer Strickjacke. Ihr übellauniger Gesichtsausdruck passte nicht zu ihrem fröhlichen Outfit. Er fühlte sich ungewöhnlich nervös. Als wäre es das erste Mal, dass sie ausgingen. Er warf einen Blick auf ihre Hand und stellte fest, dass sie immer noch den Diamantverlobungsring trug, den er ihr gegeben hatte. Aus irgendeinem dummen Grund war er erleichtert. Es war nicht so, als wären sie wirklich verlobt. Es gefiel ihm einfach nur, dass sie seinen Ring trug.

„Hallo", sagte Kennedy steif und verließ schnell die Wohnung, sodass er den anderen, die ihn neugierig ansahen, nur schnell zuwinken konnte.

„Hi."

Er stieg in seinen Wagen und machte sich nicht die Mühe, sie auf die andere Seite zu begleiten.

„Luke, du wirst dich wohl mehr bemühen müssen, wenn es glaubhaft sein soll, dass wir ein Paar sind."

Er stieg ins Auto und fuhr vom Parkplatz. „Es tut mir leid, dass ich dich eine Hexe genannt habe", platzte er heraus.

„Aber es tut dir nicht leid, dass du mich undankbar genannt hast?"

Er antwortete nicht, denn es tat ihm kein bisschen leid. Sie verhielt sich *wirklich* undankbar.

„Du verstehst es immer noch nicht", sagte sie.

Er stieß einen langen Seufzer aus, von dem er hoffte, dass es Bände sprach.

„Ich habe mich gestern mit Bentley zum Golf getroffen und ihm meine Ideen erklärt", sagte sie. „Und sie haben ihm gefallen."

„Was zum? Warum hast du mich nicht angerufen?"

„Ist ja nicht gerade so, als sprächen wir noch miteinander. Außerdem hast du dich reichlich mit Bentley und Candy hinter meinem Rücken getroffen."

„Nur um dir zu helfen", blaffte er.

„Ich brauche keine Hilfe", schoss sie zurück.

„Weißt du was? Lass uns einfach nicht reden. Ich möchte nicht noch einmal denselben verdammten Streit mit dir haben."

„Schön."

„Schön."

Er drehte das Radio voll auf und hatte das ungute Gefühl, dass ganz egal, wie Bentleys Entscheidung heute ausfiel, Luke derjenige sein würde, der am Ende am meisten verlor.

Er würde derjenige sein, der sein Herz verlor.

Kennedy machte sich Sorgen, wie sie weiter so tun sollte, als wäre sie mit Luke verlobt, wenn er sie so kalt behandelte, doch als sie auf der glatten weißen Yacht standen, war Luke wieder ganz der verliebte Verlobte. Er verhielt sich so warm und herzlich, dass selbst sie langsam das Gefühl bekam, als wäre alles wieder in Ordnung. Bentley und Candy waren über alle Maßen glücklich, sie zu sehen, wodurch sie fast misstrauisch wurde. Ging hier etwas vor sich? Aber was?

Sie tranken Cocktails und plauderten mit mehreren von Bentleys Freunden – einem Ölscheich, vier Spielern aus der Baseballliga, eine ganze Rock'n'Roll-Band. Eine wild zusammengewürfelte Gruppe von Leuten, mit denen er einfach gern Zeit verbrachte, und seine beiden potentiellen Berater. Es war irgendwie schwierig, sich in diese Gruppe einzufinden, die mit ihrem Reichtum so entspannt umging. Nach einer Stunde Small Talk und einem Glas Wein sagte Luke ihr, dass da jemand war, der sie gerne kennenlernen wollte. Sie folgte ihm unter Deck, wo er stehenblieb und sie gegen eine Wand drängte, seine Hände rechts und links ihrer Taille.

Er beugte sich vor und ihr stockte der Atem. Sie legte ihre Hände an seine Brust, um ihn zurückzuhalten. „Luke–"

„Schhh, küss mich. Bitte."

Angesichts des überraschend flehenden Tons in seiner Stimme ließ sie ihre Hände sinken.

„Willst du, dass ich bettle?" Er ließ sich auf seine Knie fallen und sah zu ihr auf.

Sie wurde feucht, als sie an das letzte Mal dachte, als er vor ihr gekniet hatte. „Steh auf", zischte sie.

„Erst, wenn du mir versprichst, dass du mir verzeihst. Ich habe nichts falsch gemacht."

„Hast du doch!"

„Wir sollten uns gleichzeitig entschuldigen und es vergessen", sagte er. „Das ist mehr als fair." Seine Hände glitten außen an ihren Beinen empor, unter ihr Kleid.

„Luke!"

„Kennedy!"

„Ich bin immer noch wütend auf dich! Steh auf!"

„Schh!"

Eine Stimme drang vom Ende des engen Flurs zu ihnen. „Oh nein. Streitet ihr beide euch?"

Sie drehten sich beide um und sahen Bentley dastehen. Er ging zu ihnen. Sie nahm Lukes Arm und versuchte, ihn hochzuziehen, doch er rührte sich nicht. Ihre Wangen brannten.

„Alles gut", versicherte Kennedy Bentley. „Wir machen nur Spaß." Sie zog an seinem Hemd, doch er kniete weiter vor ihr.

Luke drehte sich zu Bentley um. „Ich bitte sie um Vergebung, doch sie ist stur."

Bentley zog einen Schlüssel aus der Tasche. „Das ist nicht gut." Er schloss einen Raum neben ihnen auf. „Ihr müsst euch

vertragen und glücklich sein, wenn wir in einer Stunde anle-
gen. Geht da rein." Er deutete auf etwas, das wie eine Gästekabine aussah und von einem Doppelbett dominiert wurde.

Luke stand endlich auf und nahm ihre Hand.

Kennedy schluckte. „Das ist nicht nötig", sagte sie Bentley.
Sie drehte sich zu Luke um. „Ich vergebe dir."

Luke grinste. „Bentley hat recht. Wir müssen das ausdiskutieren. Danke." Er zog sie hinein. „Kannst du bitte abschließen, Bentley?"

Der Schlüssel drehte sich im Schloss.

„Hey!", schrie Kennedy durch die Tür. „Du kannst uns
hier drin nicht einschließen! Ich will mit Candy reden!" Sie
rüttelte am Türgriff. Dann presste sie ihr Ohr an die Tür und
hörte, wie er davonging.

„Gib auf", sagte Luke.

Sie wirbelte herum. „Hast du ihn dazu angestiftet?"

Er hob die Hände. „Nein, aber ich bin begeistert."

Sie warf ihre Hände in die Höhe. „Mann!"

Er näherte sich ihr mit einem sehr entschlossenen Blick in
den Augen. Sie trat einen Schritt zurück, bemerkte jedoch,
wie sinnlos das in dem kleinen Raum war, und rührte sich
nicht weiter. Er lächelte sie an, dann hob er sie hoch und warf
sie sich über die Schulter.

„Luke! So behebt man keine Probleme!"

Er trug sie zum Bett und setzte sie vorsichtig ab. „So. War
das nicht romantisch? Ich glaube, das werde ich auch in
unseren Flitterwochen machen."

„Es wird keine Flitterwochen geben", zischte sie zwischen
ihren Zähnen hindurch.

„Lass uns so tun." Er ließ sich neben sie fallen und streckte
sich. „Hallo, Ehefrau. Wie geht's dir?"

„Ich bin wütend."

„Du siehst entzückt aus."

„Tue ich nicht."

Er hielt ihre Handgelenke fest und legte sie mit einer
schnellen Bewegung auf den Rücken. „Gib mir nur ein bisschen Zeit." Er senkte seine Zähne in ihren Hals und ein Elektroschock schoss durch sie hindurch. Er lockerte seinen Griff

und ließ heiße Küsse mit offenem Mund auf ihr Schlüsselbein regnen. Sie schmolz in die Matratze.

„Du bist so leicht zu haben." Er ließ ihre Handgelenke los. „Das liebe ich so an dir."

Sie rollte unter ihm heraus. „Ich bin nicht leicht zu haben."

Er packte sie an der Hüfte und zog sie zurück, legte sich auf sie, stützte sich aber auf die Unterarme. „Das sollte keine Beleidigung sein." Er sah sie mit warmem Blick an. „Das ist ein Kompliment."

„Das ist ganz sicher kein Kompliment." Sie knirschte mit den Zähnen. „Und ich bin immer noch wütend auf dich."

„Okay, aber da gibt es noch eine Sache. Ich habe nichts getan, was sich nicht beheben ließe. Erstens, wenn du nicht möchtest, dass ich deiner Familie Essen bringe, werde ich das nicht mehr tun. Obwohl wir Italiener so was nun mal tun. Wir füttern unsere Lieben."

„Du bist nicht einmal Italiener!"

„Angeheiratet, doch. Zweitens, ja, deine Familie war die Inspiration für die Stiftung, aber du musst dich für die Unterstützung nicht bewerben, wenn du das nicht möchtest. Es gibt genügend andere Familien, die ihre Hilfe gut gebrauchen könnten."

Das konnte sie nicht leugnen. Es war unheimlich, wie schnell sich die Arztrechnungen bei einer Verletzung oder ernsten Erkrankung anhäufen konnten.

Luke fuhr fort. „Und drittens und letztens, ja, ich habe Bentley empfohlen, sich für dich zu entscheiden, und doch sind wir beide noch im Rennen, darum habe ich also nicht hingeschmissen. Er hätte dich schon längst engagiert, wenn er dich wollte. Vielleicht ist er hin- und hergerissen, weil er weiß, dass ich der bessere Kandidat bin."

„Ich kann den Job genauso gut", grummelte sie, doch sie musste schon zugeben, dass er recht hatte. Sie waren beide noch im Rennen. Und sie musste bei nichts mitmachen, was er in die Wege geleitet hatte.

„Ich spüre Vergebung", sagte er grinsend.

„Aber woher weiß ich, dass du nicht so weitermachst? Dass du mich hintergehst, meine Probleme für mich löst, wie auch immer du es für richtig hältst, ohne zu respektieren–"

„Ich werde dich nicht mehr hintergehen. Ich kann dir aber nicht versprechen, dass ich nicht versuche, Probleme zu lösen. Ich habe ja bereits gesagt, dass ich mich um die, die ich liebe, kümmere, doch ich werde versuchen, daran zu denken, dich auf dem Laufenden zu halten."

Sie dachte darüber nach. „Keine Geheimnisse mehr. Ich brauche hundert Prozent Ehrlichkeit."

„Ich liebe dich ganz ehrlich." Er küsste sie zärtlich. „Du hast mein Herz." Seine dunkelblauen Augen sprachen aus der Tiefe seines Herzens, was ihr Tränen in die Augen trieb. „Bitte mach es nicht kaputt."

Die Worte, die sie zu ihm gesagt hatte, fielen ihr wieder ein, und es fiel ihr schwer, etwas zu sagen. „Werde ich nicht."

Er senkte seinen Kopf und küsste sie lange – lange genug, dass er ihr ein Seufzen entlockte und sich ihr Körper vollkommen entspannte. Er hob seinen Kopf und lächelte. „Ich liebe es, wenn du dich ergibst."

„Okay, und jetzt steh auf."

„Steh auf?", echote er.

Sie winkte ihn weg. „Wir können Bentley sagen, dass wir uns vertragen haben."

„Wir haben uns nicht richtig vertragen, wenn wir keinen Versöhnungssex hatten."

„Ich kann hier keinen Sex mit dir haben! Das bekommt doch jeder mit."

„Was, meinst du wohl, glauben sie, was wir in einem verschlossenen Raum mit einem Bett tun?"

„Streiten, Probleme ausdiskutieren."

„Wir haben immer noch Zeit. Du schuldest mir Versöhnungssex für diese qualvollen zwei Wochen, die ich ohne dich verbringen musste." Er sah sie eindringlich an. „Ich habe dich vermisst."

Sie schlang ihre Arme um ihn. „Ich habe dich auch vermisst. So sehr."

Er küsste sie leidenschaftlich. Dann griff er hinüber zur Schublade des Nachttischs und zog einen Streifen Kondome hervor. „Bentley erwartet offenbar, dass seine Gäste sich amüsieren. Das bist du mir schuldig."

Sie starrte den Streifen mit den sechs Kondomen an. „Luke, bitte."

„Gut, gut, ich mag es, wenn du bettelst." Er rollte sich aus dem Bett, stand auf und zog sich aus. Trotz der Streiterei hatte er eine riesige Erektion. Vielleicht sogar deswegen. Bei Luke konnte sie da nicht sicher sein. Sie schluckte, als er ein Kondom überrollte.

„Jetzt bist du dran, Sweetheart." Er zog ihr die Strickjacke und das Kleid aus. Dann löste er mit einer geschickten Bewegung ihren BH, während sie ihr Höschen fallen ließ, woraufhin er anerkennend grunzte.

Sie wartete darauf, dass er sich auf sie stürzte. Stattdessen setzte er sich neben sie, zog sie in seine Arme und schmiegte seinen Kopf an ihren Hals, drückte einen sanften Kuss unter ihr Ohr. Sie manövrierte sich so, dass sie Arme und Beine um ihn schlingen konnte, stützte sich hoch und nahm ihn in sich auf.

Er atmete zischend aus. „Kein Vorspiel, was? Immer noch so eilig?"

„Wir müssen zurück zu Bentley und Candy", sagte sie und grub ihre Nägel in seine Schultern.

Doch Luke ging wie immer seinen eigenen Weg und in diesem Fall hieß das einen langsamen. Unerträglich langsam und süß, die Berührungen jedoch immer noch entschlossen, doch seine Bewegungen ohne jede Eile, seine Küsse zärtlich. Sie versuchte ihn anzutreiben und reckte sich ihm fiebrig entgegen, doch er rollte sie herum, pinnte sie unter sich und machte genauso langsam weiter.

„Luke!", protestierte sie. „Ich brauche–"

„Ich weiß", sagte er und machte genauso langsam und tief weiter, bis sie vor Frust hätte schreien können, weil sie sich an eine schnelle Erlösung oder wenigstens eine schnelle Steigerung mit ihm gewöhnt hatte.

„Dann gib's mir!"

Ein kleines Lächeln umspielte seine Lippen. „Werd ich ja", sagte er und stieß noch einmal lang und langsam zu.

Sie ließ ihre Arme und Beine sinken und gab es auf, ihn anzutreiben.

„Ich will, dass du mit mir kommst", drängte er sie.

„Ich kann nicht, ich brauche–" Ihr stockte der Atem, als er ihr Kinn ergriff und sich seine dunkelblauen Augen in ihre bohrten. Die Intensität stieg sprunghaft an. Weitere langsame, tiefe Stöße. Seine Lippen schwebten über ihrem Mund. Sie teilten sich einen Atemzug und dann noch einen, während sie einander in die Augen sahen. Ihr Inneres zog sich zusammen und spannte sich an. Sein Mund senkte sich auf ihren Hals und sie explodierte, zuckte hilflos gegen ihn. Er folgte ihr, erschauerte auf ihr, dann hielt er inne und hob seinen Kopf.

Sie stieß gegen seine Schulter. „Wir müssen uns anziehen. Bentley könnte jede Minute wiederkommen."

Er rollte sich von ihr, dann zogen sie sich schnell an.

Sie kämmte ihre Haare mit den Fingern. „Wie sehe ich aus?", fragte sie hektisch.

Er hob einen Mundwinkel. „Dein Verlobter hat dich ganz eindeutig markiert. Du hast da einen Knutschfleck." Er deutete seitlich auf ihren Hals.

Sie sah sich nach einem Spiegel um, doch sie fand keinen. „O Gott. Wann hast du das denn gemacht?"

„Weißt du es nicht mehr? Als du gerade einen Hammerorgasmus hattest."

„Ich habe mich so … darin verloren. Ich wusste nicht einmal, was du gerade getan hast."

„Ich könnte so ziemlich alles mit dir anstellen, stimmt's?" Er lächelte lüstern. „Gut zu wissen."

Das Boot ruckte.

„Ich glaube, wir legen an", sagte Luke und zog seine Schuhe wieder an.

„O mein Gott, wie lange waren wir denn hier unten?"

„Ich weiß nicht. Ich habe nicht auf die Uhr gesehen, als ich dir den intensivsten Orgasmus deines Lebens beschert habe." Er grinste und ging zu ihr. Seine Hand legte sich um ihren Nacken und drückte zu. Ihre Knie wurden weich. „Das war er doch, oder nicht?"

„Luke", sagte sie schwach, „du bist nicht gerade hilfreich." Sie hing an seinem Hemd, ihr Körper immer noch überhitzt und überreizt.

Er ließ ihren Nacken los und ergriff ihre Hand. „Mach dich bereit. Jetzt ist Showtime."

Luke musste unwillkürlich lächeln, als Bentley die Tür grinsend aufschloss und ihn und Kennedy wieder nach oben an Deck führte. Sie waren die letzten Passagiere, die von Bord gingen. Bentley blieb immer wieder stehen und sprach mit ihnen über die Stiftung, während er das Boot eilig verließ. Damit waren er und Kennedy die letzten beiden an Bord.

„Überraschung!", riefen alle an Land.

Kennedy griff nach seiner Hand und schwankte. Er legte einen Arm um sie und hielt sie fest.

Es war eine Überraschungsverlobungsparty. Für sie. Ein riesiges Banner hing vor einem weißen Zelt, auf dem *Herzlichen Glückwunsch, Luke und Kennedy* stand!

„Mist", sagte Kennedy leise.

Luke setzte ein Lächeln auf und ging die letzten Schritte mit Kennedy im Schlepptau an Land. „Wow! Leute! Was für eine Überraschung."

Bentley bedeutete ihnen, ihm über die Wiese zu dem weißen Zelt zu folgen. Candy stand im Eingang, lächelte und winkte ihnen zu. Bentley eilte an ihre Seite. Dann umarmten sie ihn und Kennedy.

„Ist das nicht eine fantastische Überraschung?", fragte Candy. „Wir hatten uns überlegt, wie wir verhindern können, dass ihr es zu früh seht, und als ihr dann gestritten habt, hatte Bentley die brillante Idee, euch einfach in die Gästekabine zu sperren. Wir wollten nicht, dass ihr bei eurer eigenen Verlobungsparty wütend aufeinander seid! Wir wussten ja, dass es ein Liebesstreit war." Sie lächelte beide an. „Und jetzt schaut, wie glücklich ihr seid! Es hat funktioniert!"

Luke sah Kennedy an, deren Wangen und Hals rot angelaufen waren, wodurch der Knutschfleck nur noch auffälliger wurde. Dem Neandertaler in ihm gefiel das.

„Kommt, schaut euch euer Geschenk an", sagte Bentley und hüpfte vor Aufregung auf und ab. Er ging ihnen voraus ins Zelt und Luke sah sich kurz um. Jared und Angel winkten. Bentley hatte seine Familie eingeladen? Wo zum Teufel waren die anderen? Moment, das war ja keine richtige Verlobung.

Kennedy erstarrte und blieb abrupt stehen. „Mein Boss ist auch da", flüsterte sie.

„Da ist es!", rief Bentley. Mit einer theatralischen Geste deutete er mit beiden Händen auf das Geschenk. Es war ein Ölgemälde von ihm und Kennedy.

Kennedy schnappte nach Luft. Luke biss sich auf die Zunge und ließ es auf sich wirken. Es sah aus, als wäre es nach einem Foto von der Party in Greenport in Bentleys Sommercottage gemalt worden. Sie sahen einander verliebt an und die sexuelle Chemie zischte nur so zwischen ihnen. Wirkten sie etwa auf alle so? Er wusste genau, warum Kennedy nach Luft geschnappt hatte. Nicht nur, weil das Gemälde riesig war, sondern auch, weil der Künstler Kronen und Juwelen hinzugefügt hatte, dazu einen Golfball auf einem Tisch am Rand des Gemäldes. Als wären sie Golfkönige.

„Gefällt es euch?", fragte Bentley. „Das ist euer Verlobungsgeschenk."

Luke erholte sich als erster. „Es ist umwerfend. Was für ein großzügiges Geschenk. Danke, Bentley und Candy. Auch für die Party. Das ist eine wahnsinnige Überraschung für uns, aber wirklich … schön." Er drückte Kennedys Hand, da sie immer noch mit vor Entsetzen offenem Mund das Bild anstarrte.

Kennedy nickte und stimmte ihm schnell zu.

Bentley und Candy umarmten sie nacheinander und gratulierten ihnen. Und plötzlich wurde Luke klar, dass es für Bentley zwischen Geschäft und Freundschaft keine Grenze gab. Er arbeitete nur mit Freunden. Das konnte gut oder auch schrecklich ausgehen, abhängig davon, wer seine Freunde waren.

„Wir haben auch eure Familien ausfindig gemacht und sie eingeladen", sagte Candy. „Ich hoffe, das stört euch nicht."

„Überhaupt nicht", sagte Luke. Er war ehrlich überrascht, dass Jared und Angel ihn nicht angerufen und wegen der Party gewarnt hatten.

„Meine Familie?", flüsterte Kennedy.

„Bei ihnen musste ich ein bisschen beharrlicher sein", sagte Candy. „Auf meine erste Mail hat niemand geantwortet, aber heute habe ich mit einer anderen E-Mail deine Mom erreicht."

Kennedy sah sich hektisch nach ihrer Mom um.

Candy fuhr fort. „Und, Ken, als Bentley in deinem Büro angerufen und gefragt hat, ob jemand kommen möchte, war dein Boss ganz begeistert davon und hat sofort zugesagt." Sie lächelte und nickte. „Das ist wirklich mal eine nette Firma." Sie wedelte mit der Hand. „Luke, dein Boss hatte zu viel zu tun."

Luke nickte. „Naja, normalerweise kümmere ich mich allein um meine Klienten. Sie geben mir gerade genug Seil, um mich zu erhängen."

„Hahahaha!", kicherte Candy.

„Entschuldigt mich", sagte Luke. „Ich werde schnell mal meine Brüder begrüßen." Kennedy folgte ihm, packte seinen Ellbogen und hing an seinem Arm. Jared und Angel hatten sich für den Anlass Hemden, Stoffhosen und schicke Lederschuhe angezogen. Gerade verschlangen sie teure Hors d'Oeuvres, als wären sie eine Hauptspeise.

„Hi, Leute, danke, dass ihr zu meiner Verlobungsparty gekommen seid", sagte Luke trocken. Ein Kellner blieb mit Champagnergläsern neben ihnen stehen. Er nahm sich eins und reichte eines an Kennedy weiter. Sie trank einen großen Schluck.

Seine Brüder nahmen auch jeweils ein Glas, bevor der Kellner weiterging.

„Hi, Jungs", sagte Kennedy mit gequältem Blick.

Jared grinste. „Ich musste einfach kommen und es selbst sehen. Ihr spielt wirklich eine aufwändige Scharade."

„Ich hoffe nur, dass ihr reinen Tisch machen werdet",

sagte Angel und schob sich eine kleine Hummer-Frühlings-
rolle in den Mund.

„Wo sind denn alle anderen?", fragte Luke.

„Sie sagten, sie würden auf das richtige Ereignis warten",
sagte Jared. „Wir sind hauptsächlich wegen des Essens da
und wegen der reichen Ladies, die nur darauf warten, flach-
gelegt zu werden." Er sah sich um und betrachtete die gut
gekleideten Gäste.

Angel verdrehte die Augen. „Ich bin für dich da. Wessen
Idee war eigentlich diese Verlobungssache?"

Luke nickte in Richtung Kennedy, die aussah, als wäre sie
am liebsten im Erdboden versunken.

Ding, ding, ding. Bentley klopfte an ein Glas, um die
Aufmerksamkeit der Gäste auf sich zu ziehen, und hob ein
Mikrofon an seinen Mund. „Einen Toast auf das glückliche
Paar! Möge eure Ehe so glücklich sein wie meine und
Candys."

„Hört, hört!", rief Jared und hob sein Glas.

Luke stieß mit seinem Champagnerglas an Kennedys und
ließ sie aus seinem Glas trinken, während er aus ihrem trank.
Alle jubelten, doch er hörte sie kaum, da er Kennedy in die
Augen sah. Ihr Blick hatte nicht das übliche Feuer, sondern
sie sah besorgt aus. Er wollte nichts mehr, als ihr diese Sorge
zu nehmen. Langsam stellte er sein Glas ab, ihres auch, dann
nahm er ihren Kopf und küsste sie. Sie schmolz an ihn. Er
wollte sie schon wieder so dringend, dass es wehtat. Jemand
stieß einen Pfiff aus und er unterbrach den Kuss, hielt sie
jedoch weiter in seinen Armen. Kennedy war rot wie eine
Tomate und atmete schwer.

„Verdammt", sagte Jared leise.

Angel starrte.

Er löste sich von ihr. „Okay, Jungs", sagte er zu seinen
Brüdern. „Die Show ist vorbei."

Kennedys Boss tauchte an ihrer Seite auf. Er kannte Simon
Barrett von der Barrett Group nur dem Ruf nach. Er war ein
harter Hund, der seine Angestellten zu Tode ausbeutete.
„Herzlichen Glückwunsch, Ken. Luke." Er schüttelte beiden
die Hand.

Kennedy straffte ihre Haltung. „Danke."

„Ich bin Ihrer Verlobten für ihre Vorarbeit sehr dankbar", sagte Simon zu Luke. „Ich hätte das nicht ‚einlochen' können, wenn Sie auf dem Golfplatz nicht so großartige Arbeit geleistet hätte." Er drehte sich zu Kennedy um. „Von jetzt an übernehme ich. Danke."

Er ging in Bentleys Richtung davon. Kennedy eilte hinter ihm her, wahrscheinlich, um ihn zu bitten, sie nicht außen vor zu lassen. Simon lächelte, nickte und ging weiter.

„Was hat er gesagt?", fragte Luke, als sie wieder an seiner Seite war.

Kennedy sprach mit monotoner Stimme, ihre Augen waren glasig. „Er sagt, ich sei noch nicht so weit, um mit so viel Geld umzugehen."

„Das ist Bullshit. Er hat gesagt, du bekämest eine Beförderung, wenn du ihm Bentley lieferst."

„Es ist vorbei", flüsterte sie.

～

Kennedy war noch nie so am Boden zerstört gewesen. All diese Mühe, all diese Zeit und die Scharade und, ja, auch der Herzschmerz, nur, um sich in letzter Minute alles von ihrem Boss nehmen zu lassen. Was würde ihre Familie jetzt tun? Sie würden Privatinsolvenz anmelden. Ihr Dad konnte sich die Operation, die er brauchte, nicht leisten. Er würde sich nie ganz erholen, nie seinen Job zurückbekommen. Es sei denn, sie bewarben sich um Gelder der Stiftung. Verdammt. Sie hasste es, um Almosen zu bitten.

Plötzlich sprach ihre Mom direkt vor ihr. Sie hatte nicht einmal bemerkt, dass sie zu ihr gekommen war. Ihre Mom strahlte. „Ken, warum habt du und Luke uns die großen Neuigkeiten denn nicht erzählt?" Sie umarmte sie beide und wandte sich dann Kennedy zu. „Ich war nicht sehr glücklich, dass ich das von jemand anderem erfahren musste, aber die Hauptsache ist ja, dass du glücklich bist."

„Mom, ich muss dir etwas sagen."

„Nicht", sagte Luke.

„Was denn, Sweetheart?"

Kennedy drehte sich der Magen um. Sie beugte sich vor und flüsterte ihr die Wahrheit ins Ohr. Dass die Verlobung nur vorgetäuscht sei, um an einen potentiellen Klienten ranzukommen. Sie schämte sich.

Ihre Mom starrte sie mit offenem Mund an.

Kennedy drehte sich zu Luke um. „Es tut mir leid, dass ich dich da reingezogen habe." Sie nahm den Verlobungsring mit dem Diamanten ab und hielt ihn ihm hin.

„Nein", sagte Luke und schob ihn wieder in ihre Richtung.

„Eine vorgetäuschte Verlobung!", entfuhr es ihrer Mom.

Kennedy trat erschrocken einen Schritt zurück. Ihre Mom hob fast nie die Stimme. „Mom, bitte sprich leise–"

„Seit Monaten war dein Dad zum ersten Mal wirklich über etwas glücklich!", rief ihre Mom.

Die Leute in ihrer Nähe wurden still und begannen zu tuscheln. Luke nahm ihre Hand und schob ihr den Ring zurück auf den Finger.

Er hob eine Hand. „Nur ein Missverständnis!", rief er.

Doch es war zu spät. Die Neuigkeit hatte sich schon bis zu Bentley und Candy verbreitet.

Candy kam auf sie zu marschiert und schrie bereits. „Ich habe euch vertraut!" Ihre Worte waren an sie beide gerichtet. „Ich habe euch in unser Leben gelassen. Ich dachte, wir wären Freunde. Freunde lügen einander nicht an!"

Kennedys schlechtes Gewissen und Scham wuchsen ins Unermessliche. Candy war gut zu ihr gewesen. Bentley auch. Bentley erschien an Candys Seite.

„Es tut mir leid", sagte Kennedy ernst. „Das war alles meine Idee. Nicht Lukes."

„Aber er hat mitgemacht", sagte Bentley vorwurfsvoll.

„Ich wollte mit ihr zusammen sein", sagte Luke. „Aber das ist keine Entschuldigung. Ich entschuldige mich für meinen Anteil an der Scharade."

„Ich glaube nicht, dass du einem von beiden vertrauen kannst", sagte Candy. „Komm, Bennie."

„Nein! Warte!", sagte Kennedy. „Luke ist unschuldig. Ihr solltet ihn nehmen."

Luke rannte hinter ihnen her, sprach und gestikulierte. Bentley und Candy gingen jedoch weiter.

Sie konnte nur hoffen, dass Luke die Situation retten würde. Ihr Boss stürmte auf sie zu. „Schönen Dank auch, dass Sie unsere Chance auf Bentley vermasselt haben. Ich hätte Ihnen niemals vertrauen dürfen, als Sie hinter meinem Rücken dieses Meeting verabredet haben. Sie sind gefeuert."

„Was?"

„Sie haben mich gehört." Er stürmte davon.

Kennedy stand einfach nur da, schockiert, wie schnell alles um sie herum zusammengebrochen war. Ihr Leben würde niemals besser werden. Die Rechnungen würden sich weiter stapeln und die Stiftung würde ihnen unter diesen Umständen niemals helfen. Ihre Familie würde auseinandergerissen werden. Sie sah sich unter den Leuten um, von denen sie die meisten nicht einmal kannte. Sie hatte versagt. War auf die Schnauze gefallen. Es gab nichts weiter zu tun, als sich zurückzuziehen.

Ihre Mom eilte mit dem Handy in der Hand auf sie zu. „Die Polizei hat Alex festgenommen."

„Lass uns fahren", sagte Kennedy und machte sich auf den Weg, um zu helfen, egal, welchen Ärger Alex sich diesmal eingebrockt hatte. Sie konnte auf der Party ohnehin nichts mehr ausrichten. Sie hatte alles ruiniert.

17

Kennedy kehrte nach Hause zurück, nachdem sie Alex abgeholt hatten, der verkatert und reichlich selbstmitleidig aussah.

„Ich werde nie wieder trinken", murmelte er, dann stolperte er den Flur entlang zu seinem Zimmer.

Sie hatten gedacht, er würde bei einem Freund übernachten, doch die Polizei hatte ihn bewusstlos im Wald hinter der Highschool gefunden mit einer leeren Flasche Whisky und den Resten eines Lagerfeuers. Die Anzahl an Anschuldigungen gegen ihn – ein nicht genehmigtes Feuer, Alkoholkonsum durch einen Minderjährigen und Herumlungern – wurde durch die Tatsache gemildert, dass er zusammengebrochen war und Chief O'Hare schluchzend seine Geschichte erzählt hatte. Selbst ihr und ihrer Mom waren die Tränen gekommen. Alex hatte Carla endlich gestanden, dass er sie liebte, doch sie hatte ihm gesagt, dass sie ihn nur als Freund mochte. Was noch schlimmer war, er hatte ihr gesagt, dass er sich um sie und ihre Tochter kümmern würde, und ihr versichert, dass er ein guter Dad sein würde. Darauf hatte sie erwidert, dass er noch ein Kind sei, das keine Ahnung vom wahren Leben hatte. Verständlicherweise war er am Boden zerstört.

Und auch wenn Kennedy der Meinung war, dass es so am besten war, fand sie immer noch, dass Carla ein wenig zu hart gewesen war. Hätte sie nicht wenigstens sagen können, dass sie Freunde bleiben konnten?

„Und die Strafe?", fragte ihr Dad ihre Mom.

„Er muss wieder gemeinnützige Arbeit leisten", sagte ihre Mom und ließ sich aufs Sofa sinken. „Er hat bei Chief O'Hare auf die Tränendrüse gedrückt. Selbst mir sind die Tränen gekommen. Also muss er wieder Müll einsammeln und die Kids trainieren und er hat eine strenge Warnung erhalten." Sie erzählte ihm die ganze Geschichte.

„Verdammt", sagte ihr Vater. „Aber vielleicht ist es so am besten."

Ihre Mom fuhr fort. „Weißt du, was irgendwie nett war? Er hat gesagt, dass er ein guter Dad sein würde, weil er vom Besten gelernt habe."

Ihr Dad holte scharf Luft. Ihre Mom legte behutsam eine Hand auf seine Schulter. „Ich werde mal nach ihm sehen." Ihre Mom ging.

Kennedy setzte sich auf das Sofa und lehnte ihren Kopf zurück.

„Ich habe ihn im Stich gelassen", sagte ihr Dad leise. Dann brach er in Tränen aus und machte sie damit fassungslos. Sie hatte ihn noch nie weinen gesehen. „Es ist meine Schuld. Wenn ich nicht in diesen verdammten Unfall geraten wäre, wäre er immer noch ein Musterschüler. Stattdessen ist er jetzt ein jugendlicher Straftäter."

Auch sie legte jetzt vorsichtig eine Hand auf seinen Arm und achtete darauf, seinen Rücken nicht zu berühren. „Nein, Dad, es ist nicht deine Schuld."

„Ist es. Wenn ich es mir leisten könnte, würde ich ihn auf eine Militärakademie schicken."

„Er wird schon wieder. Er macht nur gerade eine schlimme Phase durch."

„Er braucht einen richtigen Dad."

„Er hat einen richtigen Dad."

Er nahm sich ein Taschentuch vom Beistelltisch neben seinem Sessel und wischte sich das Gesicht ab. „Ich bin für ihn nicht derselbe Dad, wie ich es für dich war."

Sie sah ihm in seine dunkelbraunen Augen, in denen so viel Leid lag. „Du bist für uns beide großartig."

Er blinzelte die Tränen weg und auch sie bekam einen Kloß im Hals. Dieser Mann, der an solchen Schmerzen litt, dass er nur noch ein Schatten seiner selbst war, war über eben jenen getreten und hatte Verantwortung für sie übernommen, als er es nicht gemusst hatte. Sie hatte sich immer heimlich gewünscht, sie wäre eines seiner biologischen Kinder.

„Dad, Alex hat Probleme, ja, aber das ist nicht alles deine Schuld. Er liebt Carla. Es ist einfach eine Schwärmerei." Sie sollte es wissen. Dass sie sich in Luke verliebt hatte, war nichts, was sie je erwartet hätte, als sie ihn kennengelernt hatte. Er war so arrogant gewesen, ein selbstgefälliger Klugscheißer, der sie bei jeder Gelegenheit aufgezogen und provoziert hatte, bis er ihr endlich den Mann gezeigt hatte, der er unter dieser Fassade war. Ein herzensguter Mann, der die, die er liebte, über sich selbst stellte. Sie würde sich niemals verzeihen, wenn er Bentley und seinen Job ihretwegen verlieren würde.

Ihr Dad rieb sich mit einer Hand über das Gesicht. „Das höre ich alles zum ersten Mal."

„In letzter Zeit war es nicht leicht, mit dir zu reden."

„Ich weiß. Vielleicht wird es mit der zweiten OP besser."

„Können wir uns die leisten?"

„Gibt es eine Alternative?"

Sie sahen einander an und wussten beide, wie viel schlimmer es werden konnte, bevor es vielleicht wieder bergauf ging.

Ihr Dad unterbrach die schwere Stille. „Erzähl mir von dir. Deine Mutter hat gesagt, du hast eine Verlobung vorgetäuscht, um einen großen Klienten an Land zu ziehen?"

Sie verzog das Gesicht. „Das tut mir leid. Ich hätte es dir sagen sollen. Ich hätte das niemals tun dürfen."

„Ich mag Luke. Ich war enttäuscht, aber nicht zu überrascht von dem, was du da abgezogen hast."

„Was?"

„Da steht ganz groß dein Name drauf. Das ist die Art Gehaufs-Ganze-oder-lass-es-gleich-Haltung, die ich von dir kenne."

Sie ließ ihre Schultern hängen. „Da hast du wohl recht."

„Damit sage ich nicht, dass es richtig war."

„War es nicht." Sie legte ihre Hände in den Schoß, die Scham und Verlegenheit durch die Ereignisse des Tages überwältigten sie. „Ich bin richtig auf die Schnauze gefallen. Ich habe meinen Job verloren und den Klienten auch."

„Und was ist mit Luke?"

Sie überlegte sich ihre Worte sorgfältig. „Ich habe für ihn so ziemlich jede Chance, die er auf den Klienten und seine Beförderung hatte, ruiniert, also ..." Ihre Kehle schnürte sich zu. „Ich weiß nicht."

Eine Minute saßen sie schweigend da und dachten beide angestrengt über ihre jeweiligen Probleme nach.

Würde Luke ihr jemals das verzeihen, was sie ihm zugemutet hatte? All die Täuschung, der verlorene Klient, der Verlust seines Jobs. Er hatte gesagt, er müsse Bentley als Klienten gewinnen, um seinen Job zu behalten. Sie schluckte und ging nach draußen, weil sie unbedingt frische Luft schnappen musste. In dieser Nacht rief sie Luke mehrmals an, wurde jedoch jedes Mal auf seine Mailbox weitergeleitet. Ignorierte er ihre Anrufe?

Sie schwor sich, es am nächsten Tag wieder zu versuchen. So einfach gab sie nicht auf und er war es wert, dass man um ihn kämpfte.

∼

Kennedy saß am nächsten Morgen immer noch geschockt auf dem Sofa ihrer Eltern. „Ich werde bald einen neuen Job landen und dann helfe ich euch, wieder auf die Beine zu kommen."

„Wir wollen das nicht", sagte ihre Mom auf ihre ruhige Art. „Auch wenn wir dir dankbar sind. Es ist an der Zeit, dass du dir deine eigene Wohnung suchst, Zeit, dass du dich von uns löst und dein eigenes Leben lebst."

„Aber die Kinder brauchen mich", sagte Kennedy. Sie

hatte immer ihren Teil beigetragen – mehr als das –, um sich um ihre Geschwister zu kümmern. Sie war das Halbgeschwister, diejenige der Familie, die adoptiert worden war, und sie wollte, dass ihr Dad diese Entscheidung nie bereute.

„Es ist Zeit", sagte ihr Dad.

„Ich verstehe das nicht", sagte Kennedy. „Mom?"

„Diese Sache mit der fingierten Verlobung ging einfach zu weit, Ken", sagte ihre Mom sanft. „Dabei sind Menschen verletzt worden. Wir denken schon, dass du dein Herz am rechten Fleck hast, aber wir möchten nicht, dass du noch einmal wegen uns so etwas Unüberlegtes tust. Verstehst du?"

Kennedy erhob sich und stand eine Weile einfach schockiert da. Ihre Eltern fingen an, sich leise zu unterhalten. Dann ging sie und packte ihren Koffer, nahm ihren Laptop und ging zur Tür hinaus.

Sie stand auf dem Gehsteig, dachte über ihre Möglichkeiten nach und rief ihre Freundin Hailey an, da sie irgendwo unterkommen und nach einem Job suchen musste. Hailey war nicht zu Hause, doch sie sagte ihr, sie solle es sich in ihrem kleinen Apartment im Souterrain gemütlich machen, darum holte Kennedy den Schlüssel unter der Tonschildkröte im Garten hervor und richtete sich auf Haileys Sofa häuslich ein. Das erste, was sie tat, war, eine E-Mail an jede Firma in der Stadt zu schicken, die ihr einfiel und die irgendetwas mit Finanzen zu tun hatte. Dann endlich brachte sie den Mut auf, Candy anzurufen und sich von ganzem Herzen für die Scharade zu entschuldigen.

„Es ist okay, Honey", antwortete Candy. „Luke hat es uns gestern Abend erklärt."

„Was hat er erklärt?"

„Dass es unvermeidbar war. Die Verlobung wäre ohnehin früher oder später passiert und ihr habt die Sache nur beschleunigt. Ich hätte das bei einem Hottie wie ihm wahrscheinlich auch getan."

Sie lehnte sich zurück in das Sofa. *Unvermeidbar.* Genau das hatte sie gesagt, als sie sich aufeinander eingelassen hatten. Meinte er das wirklich so?

„Unvermeidbar?", echote Kennedy schwach.

„Ja. Hör mal, ich bin froh, dass ich dich am Apparat habe. Meine Freundin Christina hat nach dir gefragt. Ruf sie bitte an. Sie möchte mit dir über Griffins Finanzen reden."

Sie schoss vom Sofa hoch. „Griffin Huntley?", quietschte sie.

„Ja! Erinnerst du dich noch an ihn?" Und ob sie das tat. Er war ja nur der größte Rockstar der ganzen Welt.

„Natürlich erinnere ich mich!", rief sie.

„Gut. Hier ist ihre Nummer." Sie nannte sie ihr. „Ruf Christina gleich an. Sie hat mich schon genervt, aber ich hatte so viel zu tun mit der Stiftung und damit, eine gewisse Verlobungsparty zu planen, dass ich keine Gelegenheit hatte, es dir zu sagen."

„Ihr habt euch also für Luke entschieden?"

„Haben wir. Wir mögen ihn, mögen seine Erfahrung und seine moralische Haltung. Er hat sich im Cottage wirklich mächtig für dich eingesetzt. Er hat eine altruistische Art, der wir vertrauen."

Kennedy ließ sich aufs Sofa fallen. Auch sie hätte von Anfang an darauf vertrauen sollen. Sie war so erleichtert, dass sie seine Karriere nicht ruiniert hatte, dass sie Christina beinahe ganz vergessen hätte, bis Candy sie daran erinnerte, bevor sie das Gespräch beendeten.

Sie stand auf, atmete einmal tief durch und rief Christina an.

Am Ende des Telefonats stand sie erneut unter Schock.

Christina wollte, dass sie Griffins Vermögen verwaltete.

Zunächst unter Christinas Aufsicht und dann eigenständig. Christina war es leid, dafür zuständig zu sein, und hatte das Gefühl, nicht genug davon zu verstehen, um sein Geld so arbeiten zu lassen, dass Griffin für sein Leben ausgesorgt hätte. Sie wollte jemanden, der jung und vertrauenswürdig war. Jemanden, der Feuer im Blut hatte, und Candy hatte ihr versichert, dass sie genau das hatte. Candy hatte sich schon wieder für sie eingesetzt. Sie würde sie das nächste Mal, wenn sie sie sah, wie eine Verrückte umarmen.

Kennedy entschied sich gleich für Ehrlichkeit. „Christina, ich weiß nicht, wie viel Candy dir erzählt hat, aber ich habe nur so getan, als wäre ich mit Luke verlobt. Ich hatte gedacht, dass, wenn wir ein verlobtes Paar wären, Bentley uns lieber mögen würde und ich eine bessere Chance hätte, ihn als Klienten zu gewinnen. Ich möchte nur von vornherein ehrlich zu dir sein und ich will, dass du weißt, dass ich so etwas nie wieder tun werde."

„Hätte schlimmer sein können", sagte Christina. „Aber ich danke dir für deine Ehrlichkeit. Verdammt, ich bewundere dich dafür, dass du nicht des Geldes wegen geheiratet hast. Luke hat uns erzählt, wie unabhängig du bist und wie du für dich selbst sorgst."

„Du hast mit Luke gesprochen?"

„Ja, ich bin mit im Vorstand der Stiftung. Ich bin onkologische Fachkrankenschwester und ich habe viele Familien kennengelernt, die wegen der Krankheit in arge finanzielle Bedrängnis gekommen sind."

„Wow", staunte sie leise.

Christina machte sich daran, ihr zu erzählen, was Griffin in den letzten drei Jahren verdient hatte und wo sie das Geld investiert hatte, hauptsächlich in Fonds und einen Trustfund für einen jungen Mann mit Downsyndrom, der für Griffin zur Familie gehörte, auch wenn sie nicht verwandt waren. Dann schlug sie vor, ihr anstelle eines prozentualen Honorars ein exorbitantes Gehalt mit einem Nebenleistungspaket zu zahlen, und schloss mit der Bitte, dass Kennedy sich um ihr Stadthaus in Brooklyn kümmern solle, während sie für einen Monat auf Tournee im Süden waren.

Kennedys Knie wurden weich und sie sank aufs Sofa. „Ja zu allem."

„Du willst nicht verhandeln?"

Kennedy wurde ihr Fehler gleich bewusst. Christina wollte einer Vermögensberaterin vertrauen, die aggressiv verhandelte. „Ich brauche einen Vorschuss auf mein Gehalt."

„Ooh, mutig. Wie viel?"

Sie nannte den genauen Betrag für die Studiengebühren ihrer Schwester plus das Minimum, das sie für das Inkassounternehmen brauchte.

Christina antwortete: „Abgemacht."

Nachdem sie das Gespräch beendet hatte, fand sie eine Nachricht von Luke auf ihrem Handy. *Ich möchte dich sehen.*

Sie wurde ganz schwach vor Erleichterung. *Ich komme zu dir.*

Kennedy hinterließ Hailey schnell eine Nachricht und eilte mit ihrem Koffer ihrem Housesitterjob in der Stadt entgegen. Doch zuerst fuhr sie zu Lukes Apartment auf der Upper West Side Manhattans. Sie konnte es nicht erwarten, ihn zu sehen und ihm zu erzählen, was geschehen war.

Er öffnete die Tür mit breitem Lächeln.

„Luke." Mehr als dieses eine Wort brachte sie angesichts der Emotionen, die ihre Kehle zuschnürten, nicht heraus.

„Auch hallo. Was hat es denn mit dem Koffer auf sich?" Er grinste und nahm ihn ihr ab. „Ziehst du bei mir ein?", fragte er augenzwinkernd. „Ich bin mir nicht sicher, ob ich emotional dazu bereit bin."

Sie folgte ihm hinein und platzte mit den Neuigkeiten über ihren neuen Job heraus.

„Das ist fantastisch!"

„Und du hattest nichts damit zu tun?", fragte sie, um sicherzugehen, da Christina sich ja mit ihm unterhalten hatte.

Er sah sie vielsagend an. „Ich habe dir doch gesagt, dass ich dich vorwarnen würde, bevor ich etwas unternehme. Das war allein Candys Einfluss. Schau dir mal unser Verlobungsgeschenk von Bentley an. Er hat es mir gegeben, nachdem du weg warst." Er ging zum Sofatisch und nahm ein Fotoalbum hoch. Er öffnete es, um es ihr zu zeigen. Darin waren Fotos von ihr und Luke – auf der Party im Cottage, auf dem Weg zu seinem Wagen, um Alex aus dem Gefängnis zu holen, wie sie frisch massiert aus dem Spa kamen, unter Deck auf der Yacht, wo Luke vor ihr kniete.

„Das ist ja, als hätten sie uns die ganze Zeit bespitzelt", sagte sie.

„Sie haben nur zwei wahnsinnig verliebte Menschen gesehen." Er legte das Album auf den Tisch und schlang seine Arme um sie. „Das hat er mir gesagt, als ich alles gebeichtet habe. Ich habe ihm erklärt, warum es für dich so wichtig war, ihn als Klienten zu bekommen, und dann habe ich ihm dafür gedankt, dass er uns beide zusammengebracht hat. Ich hätte mich gestern Abend mit dir getroffen, aber Bentley wollte endlich über das Geschäft reden. Wir drei sind zu seiner Yacht gefahren und haben Stunden damit zugebracht, die Details für seine finanzielle Zukunft zu diskutieren."

Sie schlang ihre Arme um seine Taille. „Candy meinte, du hättest gesagt, unsere Verlobung sei unvermeidbar gewesen."

„Korrekt."

So arrogant. So übertrieben selbstbewusst. So *richtig*.

Sie starrte ihn an, während sie nach den richtigen Worten suchte, um ihm zu sagen, was jetzt vollkommen offensichtlich war. Luke war ihre Zukunft. Sie war für diesen Mann bestimmt und ein Teil von ihr hatte es schon die ganze Zeit gewusst.

Er starrte sie an, seine dunkelblauen Augen sahen zugleich amüsiert und verführerisch aus. „Zieh zu mir."

So ... unwiderstehlich.

Sie hob ihr Kinn. „Ich dachte, du wärst emotional noch nicht bereit."

Er hielt ihr Kinn fest und ein Lächeln umspielte seine Lippen. „Ich habe meinen teuflischen Charme genutzt, um deine Abwehr zu durchdringen. Ich liebe dich, Kennedy. Für immer."

Ihre Augen brannten, doch sie konnte den Blick nicht von ihm abwenden. Seine dunkelblauen Augen sahen sie an, so voller Liebe, dass sie in Tränen ausbrach. Er hob sie hoch und wiegte sie.

„Ich ... Ich liebe dich auch", stammelte sie, vergrub ihren Kopf an seiner Brust und durchweichte sein Hemd. „Für immer."

„Für immer", sagte er mit rauer Stimme, dann trug er sie zum Bett. Er legte sich zu ihr und küsste ihre Schläfe so, wie es sie immer schwach machte. Seine Hände streichelten sie entschlossen, aber ohne Eile. Nach vielen Küssen und sonst nicht viel mehr, fing sie an, sich Sorgen zu machen. Beide waren nackt, doch er ging so unerträglich langsam vor.

„Luke, machen wir jetzt immer so Liebe, ich meine langsam und zärtlich?"

Er hob eine Braue. „Wäre das ein Problem?"

„Nein, das ist schon in Ordnung, aber–"

Er zog ihre Hände über ihren Kopf, hielt sie fest und küsste sie hart. „Du magst es, dominiert zu werden?"

Ihr stockte der Atem. „Nur im Bett."

„Da hast du Glück. Das liegt mir im Blut." Er küsste sie wieder, lang und tief. „Und du wirst kommen ... wenn ich es dir sage."

Sie erschauerte vor köstlicher Vorfreude.

Er ließ ihre Handgelenke los und legte eine Hand an ihre Wange. „Ich glaube wirklich, Bentley wäre furchtbar enttäuscht, wenn du mich jetzt nicht wirklich heiratest, nach all der Mühe, die er sich bei der Verlobungsfeier gegeben hat."

„Ist das wieder mal dein teuflischer Charme?"

„Funktioniert's?"

„Ja."

Ein Lächeln huschte über sein Gesicht. „Dann ja. Wirst du mich heiraten? Ich hoffe, du hast den Ring noch." Er hob ihre Hand, um nachzusehen. Nach der Verlobungsfeier hatte sie ihn abgenommen.

Sie seufzte glücklich. „Ein Teil von mir hat dich bereits geheiratet."

Er starrte auf ihre Hand. „Wo ist der Ring?"

Sie verflocht ihre Finger mit seinen. „An einem sicheren Ort."

„Dann steck ihn an", verlangte er.

„Ich habe ihn nicht dabei. Ich hole ihn später." Er runzelte die Stirn und sie beeilte sich, ihm zu versichern: „Luke, mein Herz hat dir von der Minute an gehört, als ich gesehen habe, wie kläglich du beim Golf versagt hast."

Er legte seine Hand ans Ohr, als hätte er sie nicht richtig hören können. „Entschuldige, war das ein Ja?"

„Ja!"

Er küsste sie leidenschaftlich und atemlos und ließ sich zwischen ihren Beinen nieder, bevor er sich auf seine Unterarme stützte, um sie zu betrachten. „Ich hoffe, du weißt, dass unsere Kinder so schöne Namen haben werden wie *Kennedy*."

Sie musste unwillkürlich lächeln. „Ich habe meinen Namen nie gemocht, bis ich gehört habe, wie du ihn aussprichst. Aber mit Kindern muss ich noch warten. Ich habe das Gefühl, gerade erst damit fertig zu sein, meine Geschwister großzuziehen."

„Ich gebe dir sechs Jahre."

„Du würdest so lange warten?"

„Ja und ich erwarte mindestens zwei von dir, sagen wir, nach deinem Dreißigsten?" Er küsste an ihrem Kiefer entlang, beugte sich herunter, um in ihren Hals zu beißen und das Brennen dann mit seiner Zunge zu lindern. „Ich brauche Zeit, um deinen Körper zu erkunden."

„Sechs Jahre?", neckte sie ihn. „Dann bist du ja schon richtig alt."

„So alt bin ich auch wieder nicht." Er zwickte ihr in den Nippel, um sich zu rächen, und ein heißes Prickeln jagte durch sie hindurch. „Du solltest das mit dem *Alter* besser aus deinem Kopf verbannen."

Sie grinste schelmisch. „Oder du musst deine Männlichkeit unter Beweis stellen", ärgerte sie ihn, wie sie es in der allerersten Nacht getan hatte, als sie sich im Garner's getroffen hatten.

„Dein neuer Name ist *meine*", sagte er. „Wie ist mein neuer Name?"

„Ehemann", sagte sie sanft.

„Sehr gut", schnurrte er und belohnte sie auf ihre liebste Art und Weise.

∼

Kennedy und ihre ganze Familie waren in der Woche darauf zu einer Sonntags-Familien-Abendessen-Verlobungsparty bei Lukes älterem Bruder Gabe eingeladen. Es war ein ungezwungenes Essen, was für sie genau richtig war. Sie hatten ja bereits eine schicke Verlobungsparty mit Luxusyacht gehabt und zogen den familiären Rahmen eindeutig vor. Mehr und mehr Familientreffen fanden in Gabes Haus in Clover Park statt, wie Luke ihr erzählte, weil seine Familie langsam zu groß wurde, als dass alle in das Ranchhaus seiner Eltern passten. Gabes Haus war das Haus, in dem Luke als Kind gelebt hatte, und es gefiel ihr, es zu sehen. Als Kind war sie mit dem Fahrrad in dieser Sackgasse hin- und hergefahren und hätte nie gedacht, dass ihr zukünftiger Ehemann hier lebte. Alle freuten sich für die beiden und bewunderten ihren Ring, den sie nun stolz trug. Selbst ihr Dad hatte bessere Laune. Er hatte sich entschieden, Alex beim Coachen der Kids von einem Stuhl am Spielfeldrand aus zu unterstützen. Er hatte immer noch Schmerzen, doch seine Sorge, eine finanzielle Last für seine Familie zu sein, war gemildert, seit Kennedy ihnen die Inkasso-Unternehmen vom Hals geschafft hatte.

Nico und Lily waren auf dem Heimweg von ihren zweiwöchigen Flitterwochen in New England, wo sie sich alle möglichen merkwürdigen Sehenswürdigkeiten angesehen hatten – ein gestrandetes Schiff, zum Beispiel, und einen riesigen Dreibock, der Pompoms schleuderte. Lukes Familie wuchs ihr immer mehr ans Herz, besonders die Frauen. Alle hingen in der Küche herum, bedienten sich von einem Tablette mit Gemüse und Chips, das Gabes Frau Zoe vorbereitet hatte. Natürlich hatte Mrs Marino einen Teller mit Hochzeitskeksen mitgebracht, um die Verlobung zu feiern. Sie war mächtig stolz darauf, welchen Einfluss sie auf die jüngsten Ereignisse hatte.

Plötzlich erhob sich Vinces Stimme über das Stimmengewirr. „Was ist los mit dir?"

„Mir geht's gut!", rief Sophia zurück, dann machte sie einen dramatischen Abgang durch die Hintertür.

„Mir geht's gut aus dem Mund einer Frau ist nie gut", sagte Jared und schüttelte den Kopf.

Sie und Luke grinsten einander an, als sie sich erinnerte, dass Luke das Gleiche zu ihr gesagt hatte.

„Komm zurück!", rief Vince.

Er wollte schon hinter ihr her rennen, doch Mr Marino hielt ihn zurück. „Mein Sohn, wenn du kurzfristig deinem Ärger nachgibst, wird dir das langfristig keine Zufriedenheit bringen. Oder hörst du je, dass ich Allie anbrülle."

Vince verzog das Gesicht. „Aber sie hat dich schon mal angebrüllt."

„Ich schieße aber nicht zurück. Das ist es nicht wert."

Mrs Marino legte ihre Arme um Mr Marinos Taille und lächelte.

Vinces Ohren wurden rot. „Ich weiß gar nicht, was mit ihr los ist. Sie ist schon die ganze Woche mir gegenüber so schnippisch."

„PMS?", schlug Jared vor.

Vince gestikulierte unbeholfen. „Das habe ich auch gedacht. Aber in der Tamponschachtel fehlt nichts."

Die Männer schnitten Grimassen. Die Frauen tauschten amüsierte Blicke aus.

„Du zählst allen Ernstes ihre Tampons?", fragte Luke.

„Reiner Selbstschutz", erklärte Vince.

„Vin-cent", trällerte Zoe.

Alle drehten sich zu ihr um. Zoe war Jazzsängerin und hatte eine wunderschöne Stimme.

Sie hob Baby Miles hoch, sodass beide Vince anlächelten. Sie sang weiter und sah Vince direkt an: „Vielleicht macht Sophia gerade eine Sache durch ... oder zwei."

Vince starrte Miles an, der sein bestes Milchzahnlächeln zeigte. Dann kam ihm ein Gedanke und er stolperte unbeholfen einen Schritt zurück. „Du meinst ..." Er grub beide Hände in seine Haare und zog daran. „Du glaubst ..." Dann rannte er zur Hintertür hinaus.

Sie hörten, wie Sophia quietschte, Vinces Stimme grollte, dann Stille.

„Sagst du, was ich glaube, das du sagst?", fragte Angel mit breitem Lächeln.

„Warum so geheimnisvoll?", fragte Jared. „Warum sprecht ihr es nicht einfach aus?"

„Ich weiß es nur, weil sie eine Frage hatte", sagte Zoe. „Es ist ihre—"

Die Hintertür flog auf und Vince platzte in den Raum, die Arme triumphierend erhoben. „Ich werde Vater!"

Sophia folgte ihm. „Ich dachte, wir sagen es ihnen gemeinsam", sagte sie säuerlich.

Vince zog sie an seine Seite. Beide grinsten wie Honigku-
chenpferde.

Alle gratulierten dem glücklichen Paar. Mr Marino gab
Vince ein paar Ratschläge, wie man Schwangere verwöhnte,
denen Gabe voll und ganz zustimmte. Zoe warnte ihn, dass
Sophia noch emotionaler werden würde und dass das überhaupt nicht ihre Schuld wäre.

„Meint ihr, Nico kommt auch als Daddy aus den Flitterwochen?", fragte Luke.

„Er wird es jedenfalls ganz sicher versuchen", warf
Jared ein.

Alle lachten.

Luke schlang von hinten seine Arme um Kennedy und
beugte sich zu ihrem Ohr hinunter. „Wir werden kräftig üben
müssen."

„Nur üben", sagte sie und warf ihm einen Blick über die
Schulter zu.

Er küsste sie. „Ich werde nie genug von dir bekommen."

Sie seufzte verträumt, denn sie wusste, dass das stimmte.
„Ich liebe dich."

„Ich dich auch", sagte er mit rauer Stimme.

„Wann ist denn der glückliche Tag?", fragte Mr Marino
und sah Luke und Kennedy an.

„Jeder Tag", verkündete Luke.

„Awww ...", sagten alle im Chor, woraufhin Kennedy rot
anlief.

„Ich hab's ja gesagt. Diese Hochzeitskekse haben es in
sich", sagte Mrs Marino. „Jared, Angel, greift zu."

Jared wich zurück und hielt seine Finger wie ein Kreuz
hoch. „Nimm diese Dinger weg von mir, Voodoo-Frau!"

Angel lachte und nahm zwei.

EPILOG

Vier Monate später …

Luke war zufrieden. Verheiratet und so sehr verliebt, denn er wusste, dass sie die Eine war. Es war die Art von für immer, die er durch seine Brüder kennengelernt hatte – Gabe, Vince und Nico – und von der er nie gedacht hätte, dass sie für ihn vorgesehen war. Der Blitz hatte in Gestalt von Miss Kennedy Ward, jetzt Mrs Kennedy Reynolds eingeschlagen. Am Wochenende vor dem Valentinstag hatten sie in kleinem Kreis geheiratet und verbrachten nun ihre Flitterwochen auf Hawaii.

Kennedy war entschlossen, sein Golfspiel zu verbessern, indem sie die besten Golfplätze besuchten, die die Inseln zu bieten hatten. Das ganze Spiel über gab sie ihm Ratschläge. Er machte bereitwillig mit, obwohl es ihm trotz der geduldigen Lehrerin nicht leicht fiel, ihre Tipps umzusetzen.

„Ich habe das Gefühl, dass das meiner Karriere einen ganz schönen Anschub verpassen wird", sagte er ihr, als er seinen Schlag machte. „Vielleicht spiele ich sogar bei der PGA Tour."

Sie lächelte und korrigierte sein Handgelenk. „Nun werd mal nicht größenwahnsinnig."

Er grinste. „Wenn ich nicht beim Golf versagt hätte, hätten wir nie so getan, als wären wir verlobt."

Sie stellte sich auf die Zehenspitzen und küsste ihn. „Wir hätten uns nie richtig verlobt, wenn du am Ende nicht so wunderbar gewesen wärst."

Mit einem Arm um ihre Taille zog er sie eng an sich. „Kennedy, Kennedy, Kennedy." Sie schmiegte sich an ihn. „Wie soll ich mich denn auf den Golf konzentrieren, wenn du so schmutzig mit mir redest?" Er seufzte und schüttelte den Kopf. „Zieh dich aus."

Sie sah sich auf dem Golfplatz um. Sie waren nicht allein. Es war helllichter Tag.

„Das werde ich nicht tun", sagte sie ruhig, obwohl er ihr ansah, dass sie hoffte, er würde darauf bestehen. Ihre ruhige Stimme war eine verführerische Einladung. Sie hob ihr Kinn. „Außerdem habe ich nicht schmutzig geredet."

Er küsste sie und sie beantwortete den Kuss mit Leidenschaft und viel Liebe. Er hielt inne und hielt sie eine Minute so, wie sie es mochte. Er konnte jetzt ihre Rippen nicht mehr spüren, denn in ihrem Apartment gab es immer ihr Lieblingsessen, obwohl er ihr sagte, dass das alles seine Lieblingsgerichte waren. Was mittlerweile auch zutraf. Er löste sich von ihr und sah in ihr schönes Gesicht. „Ich liebe dich."

Sie lächelte breit. „Ich liebe dich noch mehr."

„Gott, wir klingen wie Candy und Bentley."

„Haben wir nicht ein Glück?"

Ein Golfwagen kam um die Kurve und fuhr furchtbar langsam. „Wartet auf uns!", rief Bentley. Sein Beschützerinstinkt war mehr als ausgeprägt, jetzt, da man Candy ansah, dass sie schwanger war. Sie war im sechsten Monat.

„Juhuu!", rief Candy und winkte begeistert.

„Kommt her, ihr verrückten Kinder!", rief Luke.

Kennedy lachte. Ihre beiden engsten Freunde gesellten sich zu einer freundschaftlichen Partie Golf zu ihnen. Bentley und Candy genossen einen Valentinstagsurlaub, bevor der künftige Erbe des Williams Öl-Vermögens zur Welt kommen würde.

Kennedy gewann die Runde. Schon wieder.

Doch Luke wusste, dass er der wahre Gewinner war, denn Kennedy gehörte für immer ihm. Er lächelte vor sich hin. Er hatte alles auf eine Karte gesetzt und es hatte sich ausgezahlt. Er hatte sich nie reicher gefühlt und dank Bentley, der ihm vertraute und ihn einige wirklich lukrative Investitionen tätigen ließ, war er auch noch nie vermögender gewesen. Doch alles, was für ihn zählte, war Kennedy.

Sie arbeitete als Verwalterin für Griffins Vermögen, hatte durch ihn noch drei weitere Klienten gewonnen und etablierte sich langsam als Vermögensverwalterin der Rock'n'Roll-Klientel. Kennedy arbeitete von zu Hause aus und fuhr nach Bedarf auch zu ihren Klienten. Glücklicherweise musste er von ihrem Apartment aus nur eine kurze Fahrt zu seinem Büro auf sich nehmen, darum konnten sie immer noch ihr Lieblingsspielchen spielen, bei dem er der Boss und sie die Assistentin war. Natürlich nur nach Feierabend.

Nur, wenn er es verlangte.

Oder wenn sie sich danach sehnte.

Und nur aus Liebe.

Verpassen Sie nicht das nächste Buch in der Serie, *Retter in der Not*, Jareds und Emilys Geschichte.

Er ist der Typ, an den man sich wendet, wenn man in der Klemme sitzt ...

Der Chirurg Jared Reynolds ist schon immer ein Adrenalinjunkie gewesen, was ihn zum Idealen Mann für schwierige Notfälle macht. Nur dass er nie mit einem Notfall gerechnet hätte, für den man ein Stachelschwein-Kostüm braucht.

Die Krankenschwester Emily Maguire arbeitet in der Kinderonkologie, ein schwieriger doch erfüllender Job, der plötzlich unerträglich wird, als der sehr von sich eingenommene Jared seinen süßen Bruder während des samstäglichen Captain Kuschel-Besuchs vertritt. Er steht im Ruf, Affären mit Krankenschwestern gegenüber nicht abgeneigt zu sein, doch sie weigert sich, seinem offensichtlichen Charme zu erliegen.

Bis ein Notfall sie zusammenbringt, bei dem Jared sich Hals über Kopf verliebt, und Emily sich fragt, ob ein Retter in der Not genau das ist, was sie braucht.

Abonniere meinen Newsletter & verpasse keine meiner Neuerscheinungen: kyliegilmore.com/DEnewsletter

WEITERE BÜCHER VON KYLIE GILMORE

Die Happy End Buchclub Reihe << Die Campbell Familie und ein Liebesromanbuchclub prallen aufeinander!

Hollywood Inkognito (Buch 1)

Ärger im Anzug (Buch 2)

Gewagtes Spiel (Buch 3)

Förmliche Vereinbarung (Buch 4)

Wenn der Bad Boy keiner ist (Buch 5)

Ein Störenfried zum Verlieben (Buch 6)

Schicksalsbegegnungen (Buch 7)

Eine Romantische Chance (Buch 8)

Ein sündhafter Flirt (Buch 9)

Ein unbequemer Plan (Buch 10)

Eine Happy End Hochzeit (Buch 11)

Die Clover Park Reihe << Brüder, für die die Familie an erster Stelle steht!

Das Gegenteil von wild (Buch 1)

Daisy schafft alles (Buch 2)

In den Falschen verguckt (Buch 3)

Ein Weihnachtsmann zum Küssen (Buch 4)

Vermieter küsst man nicht (Buch 5)

Nicht mein Romeo (Buch 6)

Bring mich auf Touren (Buch 7)

Clover Park Braut (Buch 7.5)

Gewagte Verlobung (Buch 8)

Retter in der Not (Buch 9)

Eine verführerische Freundschaft (Buch 10)

Ein Geschenk zum Valentinstag (Buch 11)

Raus aus der Tretmühle (Buch 12)

Die Rourkes Reihe << Prinzen, bei denen man ins Schwärmen gerät, und ebenso fantastische Prinzessinnen

ÜBER DIE AUTORIN

Kylie Gilmore ist die USA Today Bestsellerautorin der Happy End Buchclub Reihe, der Clover Park Reihe, der Clover Park STUDS Reihe und der Rourke Reihe. Sie schreibt unterhaltsame Romanzen, die die LeserInnen zum Lachen und zum Weinen bringen und zu einem Glas Eiswasser greifen lassen.

Kylie lebt mit ihrer Familie, zwei Katzen und einem verrückten Hund in New York. Wenn sie nicht gerade schreibt, Kinder bändigt oder bei Autorenkonferenzen pflichtbewusst Notizen macht, findet man sie beim Stretching – bis ganz nach oben ins oberste Regal, um dort ihren geheimen Schokoladenvorrat zu erreichen.

Melden Sie sich für Kylies Newsletter an, damit Sie keine ihrer Neuerscheinungen verpassen. https://www.kyliegilmore.com/DEnewsletter

Mehr finden Sie auf Kylies Website https://www.kyliegilmore.com

www.ingramcontent.com/pod-product-compliance
Lightning Source LLC
Chambersburg PA
CBHW071238190726
48292CB00007B/2344